AF372043

Hijos dorados

Patricia Ibárcena nació en 1996 en Barcelona, aunque sus raíces son tanto españolas como peruanas. Estudió un doble grado en Derecho y Ciencias Políticas y estuvo tres años ejerciendo de abogada hasta que decidió abandonar la profesión para dedicarse a su pasión: la literatura. Gracias a autoras como M. L. Rio, Rebecca F. Kuang y Donna Tartt, a las que admira, descubrió el Dark Academia, género que la fascinó, cautivó e impulsó a escribir Hijos dorados, su novela debut.

Código BIC: FH | Código BISAC: FIC031000
Diseño de cubierta: Luis Tinoco

Hijos dorados

PATRICIA IBÁRCENA

books4pocket

Argentina • Chile • Colombia • España
Estados Unidos • México • Perú • Uruguay

1.ª edición en **books4pocket** Junio 2025

© 2024 by Patricia Ibárcena
All Rights Reserved
© Traducción de Invictus por Francisco Vogt
© del mapa, 2024 Andrés Aguirre
© de las ilustraciones de interior, 2024 Andrés Aguirre
© 2024, 2025 by Urano World Spain, S.A.U.
Plaza de los Reyes Magos, 8, piso 1.º C y D – 28007 Madrid
www.umbrieleditores.com
www.books4pocket.com

ISBN: 978-84-19130-65-5
E-ISBN: 978-84-19251-38-1
Depósito legal: M-9.985-2025

Fotocomposición: Urano World Spain, S.A.U.

Impreso por Novoprint, S.A. – Energía 53 – Sant Andreu de la Barca (Barcelona)

Impreso en España – *Printed in Spain*

*Pels avis. Gràcies per ser la llum de la meva vida
i per deixar-me ser jo. Al final, teníeu raó.*

*Para mis avis. Gracias por ser la luz de mi vida
y por dejarme ser yo. Al final, teníais razón.*

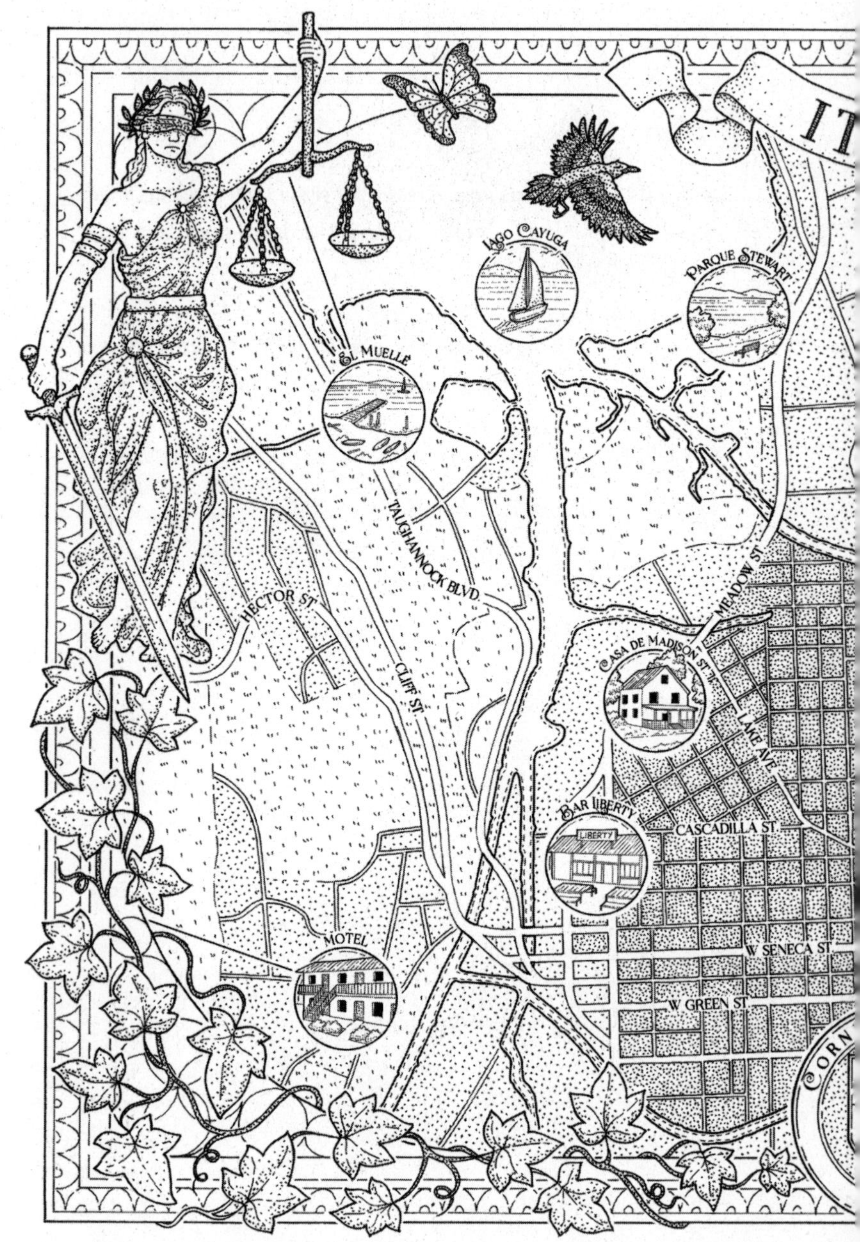

Lago Cayuga
Parque Stewart
El Muelle
Taughannock Blvd.
Hector St.
Cliff St.
Casa de Madison St.
Meadow St.
Lake Ave.
Bar Liberty
LIBERTY
Cascadilla St.
W Seneca St.
Motel
W Green St.
IT
CORN

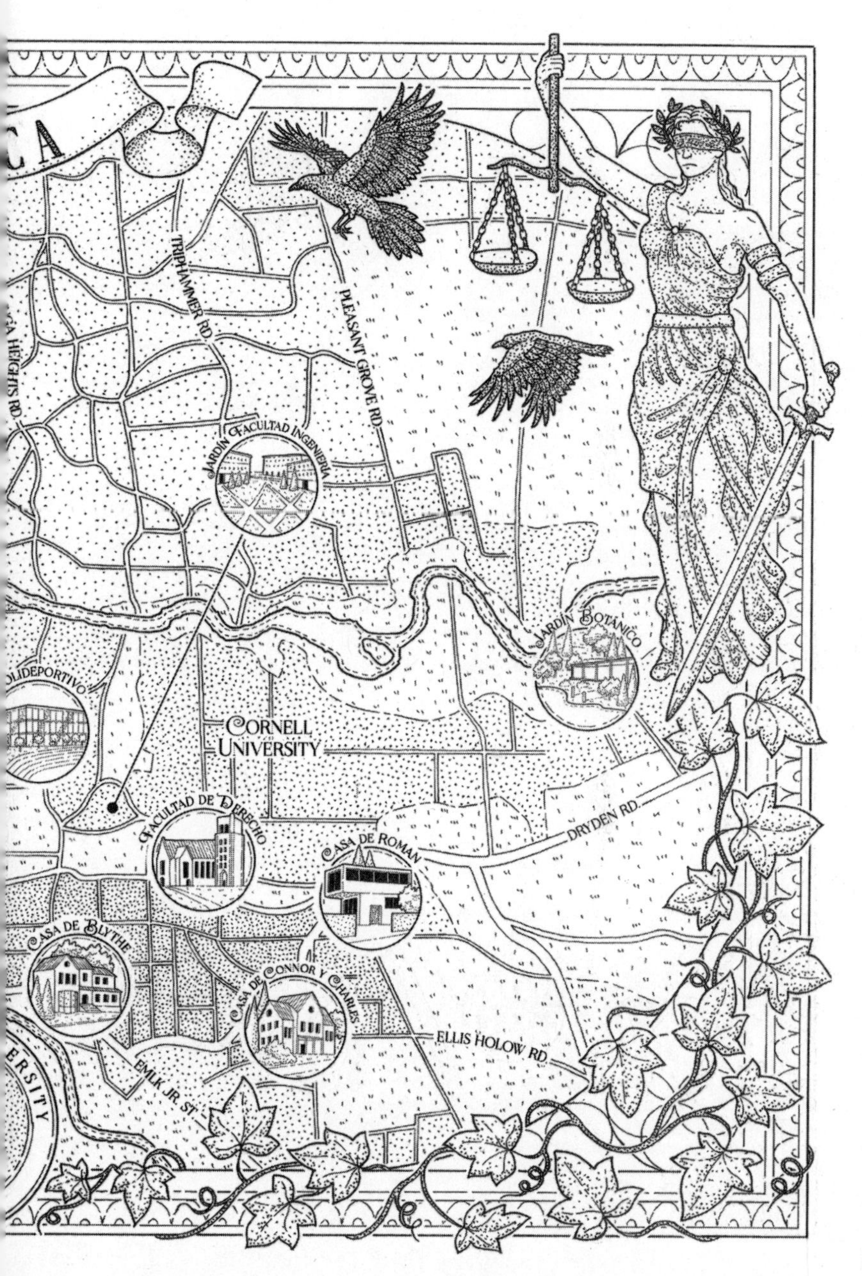
TRIPHAMMER RD.
PLEASANT GROVE RD.
HEIGHTS RD.
JARDÍN FACULTAD INGENIERÍA
JARDÍN BOTÁNICO
POLIDEPORTIVO
CORNELL
UNIVERSITY
DRYDEN RD.
FACULTAD DE DERECHO
CASA DE ROMAN
CASA DE BLYTHE
CASA DE CONNOR Y CHARLES
ELLIS HOLOW RD.
VERSITY
EMLK JR. ST.

Out of the night that covers me,
Black as the pit from pole to pole,
I thank whatever gods may be
For my unconquerable soul.

In the fell clutch of circumstance
I have not winced nor cried aloud.
Under the bludgeonings of chance
My head is bloody, but unbowed.

Beyond this place of wrath and tears
Looms but the Horror of the shade,
And yet the menace of the years
Finds and shall find me unafraid.

It matters not how strait the gate,
How charged with punishments the scroll,
I am the master of my fate,
I am the captain of my soul.

«Invictus», William Ernest Henley.

Desde la noche que sobre mí se cierne,
Tan negra como el abismo que fin no tiene,
Le agradezco a cualquier dios que exista
Por la existencia de mi alma invicta.

En las azarosas garras de las circunstancias,
Nunca he mostrado mi dolor ni mis desgracias.
Bajo la fuerte golpiza del destino,
Mi rostro ensangrentado se mantiene erguido.

Lejos de este lugar de ira y sensibilidad
Yacen los horrores de la oscuridad,
Mas la amenaza de los años
Me halla, y sin miedo me hallará.

No importa qué tan estrecha sea la puerta,
Ni qué tan condenado sea el camino,
Soy el amo de mi destino,
Soy el capitán de mi alma.

«Invictus», William Ernest Henley.

NOTA DE LA AUTORA

Ithaca, la Universidad de Cornell y su Facultad de Derecho son escenarios e instituciones muy reales. No obstante, los personajes de esta novela, así como los hechos que se describen, son producto de la imaginación de esta autora. Es importante destacar que la moralidad de los personajes es compleja y gris; sus acciones no siempre siguen los caminos más rectos ni sus decisiones son las más correctas.

Los siguientes temas podrían herir la sensibilidad del lector (*trigger warnings*):

- Drogas
- Violencia
- Lenguaje explícito
- Aborto
- Adicciones
- Enfermedades de salud mental

PRÓLOGO

Fue en ese momento, en ese instante, que tomó una decisión.

Se llevó la mano al bolsillo de la sudadera y agarró la pistola que el chico le había entregado en su casa. La misma que llevaba aferrando todo ese rato.

«¿Tienes otra pistola?».

«¿Para qué?».

«Para mí».

Recordó lo que alguien le había dicho un día: que las personas tienen una vocecita que les habla en lo más profundo de la noche, que les susurra consejos y advertencias. Y la suya, su vocecita, siempre le había alertado de una oscuridad que, si no vigilaba, acabaría adueñándose de ella.

A su lado, consciente de lo que estaba a punto de suceder y de que no podía hacer nada para detenerlo, alguien empezó a llorar.

Lo ignoró.

En ese instante, solo existían ella y la oscuridad, esa tumba que había ido cavando día tras día, desde que había decidido acercarse a ellos.

No quería detenerse en ese pensamiento porque, si lo hacía, si empezaba a repasar todas las ocasiones en las que podría haber dicho «basta», entraba en bucle. Y ese bucle la aceleraba, y la respiración y el pulso y su cabeza se descontrolaban, y ya no podía parar de repetirse y repetirse que quizá debería haberse negado, debería haber escuchado a esa vocecita, esos consejos y advertencias.

Debería…

Para. Respira.

Cuando consiguió ralentizar sus latidos, apuntó a la figura que tenía delante con la pistola. Como atraída por la posibilidad de su muerte, esta también la encaró y encañonó.

Arma contra arma.

Se miraron. En los ojos de la figura, atisbó la duda de no saber si aquello era un farol o si realmente sería capaz de disparar.

Pero ella ya no podía volver atrás. Ya no podía fingir que era la misma persona que había llegado hacía un año a Cornell. No lo era. Y sí, eso la asustaba. Pero lo que la aterrorizaba más era darse cuenta de que, muy en el fondo, sabía que volvería a hacerlo todo. Sí, la oscuridad se había adueñado de su ser. Pero ella había sido la que le había permitido entrar y ganar fuerza.

Ella la había alimentado.

Y por eso, porque ya no había nada en su interior que pudiera salvarse, apretó el gatillo.

Un disparo.

Un grito.

Un cuerpo.

Cinco cuervos volando.

OBITER DICTA

En Derecho procesal, se entiende por *obiter dicta* el conjunto de afirmaciones y argumentos contenidos en los fundamentos jurídicos de una sentencia que no forman parte de la esencia que constituye el fallo jurisdiccional.

I

PRESENTE

9 de octubre de 2017

Eran las nueve en punto de un lunes cualquiera y la cafetería estaba más abarrotada que de costumbre. Vera subió las escaleras que conectaban uno de los muchos jardines del campus con la planta principal del Edificio Este y, mientras contaba una por una las personas que hacían cola para pedir algo de desayuno, entró en la sala.

Treinta y cuatro.

¿Qué hacían treinta y cuatro estudiantes a las nueve en punto de un lunes cualquiera en una de las cafeterías menos concurridas de toda la Universidad de Cornell?

Un par de chicos la miraron con reproche como queriendo decir «ponte a la cola», pero Vera los ignoró. No necesitaba pedir comida. Ya había desayunado.

Cada mañana seguía la misma rutina. Su despertador sonaba a las seis y media, momento en el que salía disparada de la cama. Cambiaba el pijama por ropa de deporte en cuestión de minutos y, con cuidado de no hacer ruido para no despertar a su amiga —que dormía en la habitación de al lado—, salía de casa a las seis cuarenta y cinco, lista para su carrera matutina. Solía correr diez kilómetros, lo que equivalía a una hora de recorrido por los parques y calles de Ithaca. Entre las siete cuarenta y cinco y las ocho, enfilaba Stewart Avenue y bajaba el ritmo hasta llegar al número veintitrés. Para esa hora, Blythe ya se había marchado de casa. Vera hacía unos estiramientos en el porche y se daba una ducha de agua fría sin importar la estación del año. Desayunaba mientras repasaba sus apuntes para ese día y, a las nueve menos diez, volvía a salir por la puerta, rumbo a la cafetería donde sus amigos tenían la costumbre de reunirse para tomar un café y comer algo antes de la primera clase.

Sí, allí estaban, hablando de forma desenfadada en la mesa de siempre, la de la esquina izquierda, justo al lado de los ventanales. Vera se abrió paso entre la multitud para dirigirse hacia ellos y dejó caer sus cosas en la silla al mismo tiempo que Connor la saludaba con un efusivo *buongiorno, principessa* al más puro estilo Benigni y le tendía un plato con un par de magdalenas de chocolate.

—Querían comérselas todas, pero te he guardado un par —añadió con esa sonrisa pícara que tanto lo caracterizaba.

—¡Eh, eso no es verdad! —protestó Blythe levantando la vista de su ordenador portátil. Siempre era la primera en llegar porque le gustaba disfrutar de tiempo a solas para poder estudiar un rato sin que nadie la molestara—. Vera, las hemos comprado pensando en ti, no te creas ni una sola palabra que salga de su boca. Hoy se ha despertado particularmente... —guardó silencio antes de concluir— dramático.

Connor la apuntó con un dedo y le reprochó que lo que decía no tenía ningún sentido, y Blythe soltó una carcajada porque sabía que si algo le molestaba a su amigo era que lo llamaran «dramático». A lo que Connor apuntó con todavía más firmeza, a lo que Blythe rio más alto, y así podían seguir durante horas.

—¿Cómo ha ido el entreno? —Charles estaba reclinado en la silla de enfrente y bebía su té negro ajeno al escándalo que estaban montando Connor y Blythe. La miraba tras sus gafas redondas medio empañadas por el vaho de la bebida. Parecía cansado.

Al igual que ella, Charles amaba salir a correr. Había competido en el equipo de atletismo de Columbia, la prestigiosa Universidad de Nueva York, durante los cuatro años de grado que había cursado allí, antes de acudir a la escuela de Derecho de Cornell. Así que podría decirse que se había convertido en una especie de entrenador particular porque, a diferencia de ella, que solo corría porque le ayudaba a no pensar y poner la mente en blanco, Charles tenía experiencia y técnica. Cuando salían a correr juntos, Vera le pedía consejo y él corregía la forma en la que pisaba, colocaba los brazos e incluso la retaba a ponerse distintos objetivos y superarlos.

—Diez kilómetros, no me he alejado mucho, pero he ido a buen ritmo e incluso he hecho algún intervalo a más velocidad. He conseguido bajar mi tiempo.

Charles asintió satisfecho.

—Esta semana podemos hacer la ruta que pasa por al lado del jardín botánico, ¿sabes? —continuó Vera—. Esa que comentamos el otro día cuando estábamos con… —Fue entonces cuando se percató de algo—. ¿Dónde está Roman?

Dio un repaso rápido a la cafetería, como si esperara verlo en algún rincón. No solía llegar tarde al desayuno (en realidad no llegaba tarde a nada) y ya eran las nueve pasadas.

Connor apoyó un brazo en el respaldo de la silla de Vera y explicó que la noche anterior Charles y él habían pasado por casa de Roman para ver si quería ir a buscar una hamburguesa, pero no lo habían encontrado.

—Le escribí para preguntarle dónde estaba y me respondió que de camino a Tunkhannock, así que supongo que le ha surgido un tema familiar.

La familia de Roman tenía una mansión en Tunkhannock, un pueblo un poco más al sur de Ithaca, en el estado de Pensilvania, en la que solían celebrar reuniones familiares.

Sí, *una mansión*.

Para. Reuniones. Familiares.

Si recibía una llamada de su padre o hermano comunicándole que se iban a reunir todos en Tunkhannock, Roman no tenía otra opción que agarrar el coche y conducir dos horas a toda velocidad. Detestaba a su familia, pero las consecuencias de no verlos cuando se lo pedían (u obligaban) eran peores que evitarlos y quedarse en el campus.

Todo eso se lo había contado Blythe una noche en la que ella y Vera habían salido a tomar unas cervezas. La conversación había empezado con un «a Roman no le gustaría que te contara esto pero…» y había dado rienda suelta a toda la información que sabía sobre su amigo y su respectiva familia, que tampoco era mucha. Al terminar de hablar, Blythe había apurado su bebida y, con una exhalación cansada que a Vera le había recordado a las que profería su madre cuando llegaba a casa después de trabajar, le había advertido que ni se le ocurriera hacerle ningún comentario a Roman. Si él quería hablar de su relación con su familia, ya lo haría, «pero no lo presiones, Vera Velasco».

Vera no había entendido a qué venían tanta insistencia y precaución, pero después de meses junto a sus amigos se había dado cuenta de que Roman era una cuestión delicada y, si Blythe, Connor y Charles bromeaban con él y se tomaban ciertas licencias como molestarle o repetirle que era un insensible —cortesía de Connor—, era porque lo conocían desde hacía años. Para Vera, Roman era como una muñeca rusa: conocerlo estaba resultando ser un proceso de sacar figura tras figura hasta que, en algún momento, suponía que llegaría a la más pequeña.

—Estupendo, volverá de mal humor —se resignó Blythe—. Mejor aprovechar el desayuno antes de que arruine el almuerzo. ¿Magdalenas? —Esto último lo dirigió a Vera, que todavía no había comido los dulces que le habían comprado sus amigos.

Agarró una y añadió que no hacía falta antes de darle un buen mordisco. Blythe entrecerró los ojos rasgados como retando a Vera a repetir aquello. Sabía que sus amigos se preocupaban por ella, que no querían que se sintiera obligada a desayunar en casa todos los días o traerse túpers a la hora de la comida para no gastar dinero. A ellos no les importaba comprarle una ensalada o invitarla a cenar al restaurante de moda que acababa de abrir en Ithaca, o incluso ofrecerle unas absurdas pero riquísimas magdalenas de chocolate en su cafetería preferida. Pero Vera no podía evitar sentirse incómoda cada vez que hacían un gesto como el de esa mañana. No tanto porque gastaran su tiempo y dinero en satisfacerla, sino porque era un recordatorio de los abismos infranqueables que existían entre Vera y ellos.

Así que fue a por la segunda magdalena y, al verlo, Blythe esbozó una pequeña sonrisa.

—Se hubiera puesto todavía de peor humor si hubiera venido —continuó Vera, e hizo un gesto con la mano para señalar la cantidad de gente que, desperdigada por la sala, hablaba, comía y tomaba café.

—Se ve que en la cantina principal se ha ido la luz —aportó Charles.

Bueno, pues eso explicaba las treinta y cuatro personas haciendo cola en la entrada de la cafetería.

Cuando Vera hubo terminado de comer, Blythe se puso en pie y empezó a recoger sus cosas.

—¿Ya? —Connor miró su reloj—. Blythe, no fastidies, quedan veinte minutos para que empiece la clase y estamos a cinco de la facultad. ¿Tú también? —añadió con un tono chillón al ver que

Charles había imitado a su amiga y estaba en proceso de ponerse la gabardina y la bufanda.

Charles se encogió de hombros y señaló a Blythe como queriendo decir «ella manda, a mí no me mires».

—Vuestro sentido de la responsabilidad me irrita.

—Pues entonces, quédate aquí solo leyendo el periódico. —Blythe se echó el enorme bolso al hombro. Honestamente, Vera todavía no comprendía cómo aguantaba semejante peso en tan solo un brazo.

—Jamás.

Y así, los cuatro salieron de la cafetería —Connor con el diario bajo el brazo— rumbo a su primera clase de la mañana, Estructuras Mercantiles. Al ser estudiantes de Derecho de segundo año no estaban obligados a tomar ese curso. En teoría, sus esfuerzos debían centrarse en especializarse y, por lo tanto, escoger si querían enfocar su carrera profesional en la práctica mercantil, la administrativa, la fiscal, o cualquier otra; para lo que se recomendaba cursar diferentes optativas en lugar de materias troncales. Pero algunos profesores les habían recomendado estudiar esa asignatura junto con otras tres aunque ello supusiera una mayor carga de trabajo. Por supuesto, ellos habían obedecido.

Empezaba a hacer frío, el cielo estaba medio encapotado y el suelo mojado por la fina lluvia que había caído a lo largo de la noche. Vera miró las nubes y sintió el viento de principios de otoño en la piel.

—¿Estás teniendo uno de tus momentos que nadie entiende? —Connor siempre la fastidiaba por su clara preferencia por los climas fríos.

—Cuando vives toda tu infancia y tu adolescencia cerca del Ecuador y estudias tus cuatro primeros años de universidad en California aprendes a valorar este tiempo. Además, Blythe me entiende.

Unos pasos por delante, Blythe caminaba impasible a la baja temperatura. Iba vestida con un chaleco de cachemira de rombos de diferentes tonos marrones sobre una camisa blanca, una falda plisada y medias finas. Ni chaqueta, ni guantes, ni nada. De hecho, llevaba el largo pelo negro recogido en una coleta alta, con lo que la nuca le quedaba expuesta a la inclemencia del clima.

Connor se inclinó hacia Charles y le dijo al oído:

—*Nah*, lo de Blythe es diferente. Los vampiros no sienten el frío.

Vera soltó una carcajada porque, por supuesto, Connor había hablado lo suficientemente alto como para que las dos chicas lo escucharan. A su lado, Blythe lo fulminó con la mirada.

—¿Te has despertado con un deseo de muerte, Connor?

El chico le lanzó un beso y rodeó a Charles con el brazo mientras le empezaba a explicar algo que había leído en un libro sobre la figura del vampiro en la Edad Media, conversación en la que Charles —curioso por naturaleza— se metió de lleno. A Blythe el enfado no le duró ni un minuto, porque no pudo evitar añadir lo absurdas que le parecían determinadas creencias de la época teniendo en cuenta la intensidad religiosa de la sociedad, y expresó su convicción de que si Roman estuviera allí coincidiría con ella. A lo que Charles replicó y Connor apuntó y Vera se limitó a escuchar, porque esa era una de las pequeñas cosas de las que más disfrutaba: escuchar a sus amigos debatir, divagar, teorizar...

Le sorprendía cómo, poco a poco, se había hecho un hueco en ese grupo que de primeras le había parecido tan hermético y distante. De hecho, estaba casi segura de que el resto de estudiantes de la Facultad de Derecho ahora la miraban igual que ella había mirado a Roman, Blythe, Charles y Connor al llegar a Cornell, cuando todavía no los conocía y todo lo que sabía sobre ellos era lo que se hablaba por las calles del campus. Que nadaban en el dinero de sus familias, que eran inteligentes pero que, si estaban considerados entre los mejores estudiantes de la facultad, era debido a sus contactos y no a sus méritos, que no se relacionaban con nadie, incluso que los vínculos que tenían entre ellos eran turbios, tóxicos y ambiguos. Y todos esos comentarios se hacían en el mismo tono: una mezcla de fascinación, envidia, rabia, rechazo e incluso, a veces, anhelo.

Vera admiraba a sus amigos por varias razones, pero la principal era que tenían claras sus metas. Para ellos solo existía una única opción de futuro: uno brillante. No había otra. Y no porque sus familias pudieran garantizárselo con un gesto tan sencillo como sacar la chequera y escribir unos cuantos ceros, sino porque realmente lo deseaban. E iban a luchar por conseguirlo.

Cuando estaba con ellos, Vera sentía que ella también podía serlo: brillante.

Tener poder.

Por eso, sabía que la decisión que había tomado tras unas semanas de llegar a Cornell, la de acercarse a Blythe, Connor, Charles y Roman, era la correcta. No tenía ninguna duda.

Ojalá alguien le hubiera advertido de lo equivocada que estaba.

II

PASADO

19 de enero de 2017

El coche se detuvo en la acera frente a uno de los cientos de edificios que constituían la ciudad de Ithaca. Vera bajó la ventana y extendió el brazo. Al instante, pequeñas gotas humedecieron su piel.

Olía a lluvia y a arce.

—Vas a conseguir que nos dé una pulmonía —soltó Tina desde el asiento del conductor—. Sube la ventana y ayúdame a encontrar Madison Street. Según *maps* ya estamos cerca…

Vera hizo caso a su hermana. Sacó su móvil del bolsillo y abrió la nota en la que había apuntado los datos importantes para su traslado a la Facultad de Derecho de Cornell. Había procurado introducir las direcciones de los lugares que iba a frecuentar más, entre ellos la casa en la que había alquilado una habitación.

—Aquí pone que tenemos que seguir recto y girar por la siguiente. En cinco minutos deberíamos de estar allí.

Efectivamente, llegaron a su destino un par de calles después.

Vera se puso la chaqueta y salió del coche sin esperar a que Tina apagara el motor. Llevaba demasiado tiempo imaginando ese día, llegar a Ithaca para poder estudiar Derecho en Cornell y encarrilar su futuro.

Bueno, quizás «encarrilar» no fuera la palabra exacta. Vera tenía claro que, si se hubiera quedado a estudiar Derecho en USC, la universidad de California en la que había cursado sus cuatro primeros años de grado, podría haberse labrado una muy buena carrera como abogada. USC no era para nada una mala universidad. Pero Cornell estaba a otro nivel.

Cornell era una de las ocho universidades privadas de Estados Unidos que conformaban la Ivy League: la liga de élite, la *crème de la crème* de la educación académica, el sueño de millones de alumnos.

Brown, Columbia, Cornell, Dartmouth, Harvard, Princeton, Pensilvania y Yale.

Conseguir una plaza en una de ellas era extremadamente complicado. De hecho, la Ivy League se caracterizaba por su selectividad en la admisión de estudiantes.

Y Vera lo había conseguido.

El pensamiento le arrancó una sonrisa y ni siquiera el recuerdo de su madre achacándole que si se hubiera quedado a estudiar en Lima no solo no estaría endeudada hasta las cejas, sino que ya estaría trabajando de abogada, pudo detener el orgullo y la felicidad que sintió en ese momento.

Porque sí, habían sido días y noches de estudio, años renunciando a planes con su hermana porque tenía que acabar un trabajo o prepararse la clase del día siguiente, y luchas constantes consigo misma en las que tenía que repetirse una y otra vez que el camino que había escogido valía la pena.

Es cierto, había optado por la vía difícil: estudiar en un país que no era el suyo y con un sistema educativo mucho más costoso, difícil y largo, ya que para dedicarte a la abogacía en Estados Unidos no solo tenías que superar cuatro años de grado en una universidad, como había hecho Vera en USC, sino también tres duros cursos de posgrado.

Pero lo había conseguido.

—Bueno, pues pinta mejor que en las fotos, ¿no? —Ya a su lado, Tina estudiaba con atención la casa en la que Vera iba a vivir durante los próximos cursos.

Tenía dos pisos, además de lo que parecía ser una buhardilla, y estaba pintada de un color entre verde apagado y gris. Vera coincidió con su hermana, se la había imaginado más pequeña y destartalada.

—Lo malo es que tengo que caminar una media hora para llegar a la Facultad de Derecho, pero a mitad de curso es imposible encontrar algo mejor.

Decir que ser admitida en Cornell había sido difícil era un eufemismo.

Vera había entrado de milagro.

La primera respuesta que había recibido de la universidad, en abril del año anterior, había sido para comunicarle que estaba en la lista de espera. Ni admitida, ni rechazada: vamos, en el puto limbo. Valentina había intentado consolarla diciéndole que seguro cambiaban de opinión, pero Vera sabía cómo funcionaban esos procesos y que en ese momento su futuro estaba en manos de otro estudiante.

«Solo valorarán aceptarme si otra persona decide declinar su plaza, y nadie en su sano juicio le dice que no a la Facultad de Derecho de Cornell», le había explicado, más bien gritado, a su hermana el día en que había recibido la noticia.

Pero sí, resultaba que alguien había decidido darle la patada a Cornell. Se había enterado en septiembre, algo inusual ya que el curso empezaba a finales de agosto. Al no recibir ninguna respuesta por parte de Cornell y haber sido rechazada de Yale, Vera había tenido que recurrir al plan C: matricularse en la escuela de Derecho de USC, donde sí la habían admitido. El correo había llegado en la mañana, mientras estaba en clase de Contratos.

Lo primero que había hecho al leer que la habían sacado de la lista de espera y tenía una plaza con una beca del cincuenta por ciento había sido chillar. Sí, en medio de la clase. Lo segundo, salir corriendo del aula entre disculpas y lloros, y lo tercero, llamar a su hermana.

«¿Qué pasó?», había preguntado Tina al descolgar el teléfono y escuchar los sollozos.

«Me...», sollozo, «han...», sorbida de mocos, «aceptado».

«Vera, no te entiendo. ¿Estás bien?».

Ella no había podido evitar reír, claro que estaba bien. Estaba en una nube. Le había repetido a su hermana que había sido admitida y, para asegurarse de que aquello estaba pasando, le había leído el correo *tres* veces.

Los siguientes meses habían sido una carrera a contrarreloj por hacer todas las gestiones a tiempo. El Departamento de Admisiones de Cornell le había recomendado que, dado que el curso ya había empezado hacía casi un mes, lo mejor era que se transfiriera a Cornell para el semestre de primavera, que daba comienzo a finales de enero.

«Sigo sin entender por qué lo llaman "semestre de primavera" cuando empieza en pleno invierno», le había repetido su hermana unas mil veces en el transcurso de esos meses.

La verdad es que Vera tampoco lo comprendía, pero por ella podían llamarlo «primavera», «verano» o como les diera la gana.

Había entrado en Cornell.

Todo lo demás no importaba.

El sonido que hizo la puerta principal al abrirse devolvió a Vera al presente. Una chica pelirroja y un poco más baja que ella salió de la casa y se acercó con una sonrisa.

—He oído cómo un coche aparcaba en la acera y al ver que te quedabas mirando la casa he imaginado que serías la nueva. Me llamo Kasey —le tendió una mano y Vera se la estrechó—, escrito con K, no con C.

A su lado, Tina susurró en castellano un «me estás hueveando» que no pasó desapercibido. Vera le dio un pisotón. No necesitaba que Tina se pusiera en plan Tina.

Kasey abrió sus ya de por sí grandes ojos y sonrió. Claramente pensaba que Valentina le acababa de regalar el cumplido más bonito del mundo.

—¿Eres española?

—*Peruana* —corrigió Vera.

La chica soltó un gritito de emoción, como si ser de Perú fuera lo más exótico y raro que hubiera escuchado en su vida, y un «increíble» que reafirmó que sí, pensaba que ser de Perú era lo más exótico y raro que había escuchado en su vida.

—¿Te ayudo a instalarte? Uy, ¿solo una maleta? ¿Tus cosas llegan más tarde? No puede ser que te haya cabido todo en una maleta. Yo también estudio en la Facultad de Derecho y estoy en primer curso. Me hizo tanta ilusión ver tu solicitud para alquilar la habitación que ha dejado Sophie. La verdad, su salida nos tomó muy por sorpresa. Pero la buena noticia es que has venido tú. Ahora no tendré que ir al campus sola. Sabes, no pareces peruana. ¿Te lo han dicho alguna vez?

Vera lanzó una mirada a su hermana para advertirle que ni se le ocurriera hablar y se limitó a responder a Kasey con un «sí».

Sí, agradecía que la ayudara a instalarse.

Sí, una sola maleta porque allí cabían todas sus pertenencias —o al menos las que importaban de verdad.

Y sí, le habían dicho mil veces que «no parecía peruana». Pero pasaba de meterse en ese tema y soltarle algo del estilo «y cómo se supone que debería ser una peruana», porque sabía que no llegaría a ninguna parte. Así que siguió a Kasey al interior de la casa mientras detrás de ella Tina refunfuñaba.

Lo primero que le llamó la atención fue la cantidad de cosas que había esparcidas por todas partes: un tendedero con ropa colgada junto al sofá, una mesa de centro con libros, bolis, papeles y un cenicero con alguna que otra colilla, la cocina con platos sucios y sartenes y ollas y vasos, unas zapatillas justo delante de las escaleras que daban al segundo piso.

—Al ser cuatro nos cuesta un poco mantener el orden, pero te acostumbrarás. Jen y Payal tienen sus habitaciones en este piso, al fondo del pasillo. Las nuestras están arriba.

El cuarto que iba a ocupar Vera era sencillo. Tenía una cama individual, un escritorio con una silla y un armario.

—Para mí es el mejor de la casa porque entra luz todo el día y da al patio de la vecina. Es pequeño pero mono, ¿no?

Vera asintió.

—Bueno, te dejo instalarte. Si necesitas cualquier cosa estoy en la habitación de al lado —se despidió, y cerró la puerta tras ella.

Cuando se quedaron solas, Vera se dejó caer sobre la cama. Le daba igual lo desordenada que pudiera estar la casa o que tuviera que caminar media hora para llegar al campus. Estaba *allí*.

—¿Estarás bien? —Tina la miraba apoyada en el estrecho armario con una expresión rara. ¿Era preocupación?

—¿Me estás jodiendo? Tina, tú más que nadie sabes que esto —abrió los brazos para abarcar la habitación, la casa, Cornell, Ithaca— es mi sueño.

—No sé... Es tan diferente a California, por no decir a Lima... Y esa chica... No quiero que este sitio te cambie.

—¿Quién eres tú y qué has hecho con mi hermana?

Tina pareció darse cuenta de que aquella inseguridad no era propia de ella. Así que se despegó del armario y señaló a Vera con un dedo.

—Como no atiendas el teléfono o des señales de vida en más de veinticuatro horas, pienso venir hasta aquí para matarte, Vera Velasco.

Ese ya era un comportamiento más normal.

Tina ayudó a Vera a deshacer la maleta y colocar sus pertenencias en los estantes y los cajones. Media hora después se estaban despidiendo en el arcén. Tras repetirle veinte veces que no estudiara demasiado y la llamara para informarle de todo, subió al coche y puso rumbo a Nueva York, donde esa noche se embarcaría en un avión de vuelta a Los Ángeles.

Vera se quedó en la calle hasta que perdió de vista el Ford Fiesta de alquiler. Se dio cuenta de que por primera vez estaba realmente sola. Su infancia y su adolescencia las había vivido en la casa familiar de sus padres, en Lima, y cuando había decidido dar el salto e iniciar sus estudios universitarios en Estados Unidos, su hermana se había mudado con ella.

Así que sí, era un cambio importante. Pero no le daba miedo. Todo lo contrario, tenía ganas de enfrentarse a esa nueva etapa y sentir que, de ahora en adelante, dependía solo de ella.

Esa tarde se sorprendió a sí misma yendo junto con Kasey a conocer la universidad. Su plan había sido acercarse sola, pero en el momento en que había abierto la puerta de su habitación para salir de casa, Kasey había sacado la cabeza de su cuarto y le había preguntado si iba al campus. Y al ver que sí, que ese era el plan de Vera, había soltado uno de sus grititos de emoción seguido de un «agarro mis cosas rápido, súper rápido, y vamos juntas», a lo que Vera no había podido negarse.

—Tengo que hacer unas gestiones en la facultad, pero cuando acabe puedo enseñártela bien. Mira, justo allí está uno de los gimnasios de la universidad. ¿Haces deporte? Increíble, pues puedes apuntarte. Está cerca de la facultad, así que van bastantes alumnos del JD.

En Estados Unidos, JD era la abreviatura que se utilizaba comúnmente para hacer referencia al posgrado en Derecho. Expresiones del estilo «el JD me está matando» o «me arrepiento de haber empezado el JD», eran de las más populares entre los estudiantes.

—¿La tienda oficial de Cornell está muy lejos? —preguntó Vera.

—A unos diez minutos de la facultad, ¿por? ¿Con ganas de comprar algún suvenir?

—Voy a trabajar allí unas horas a la semana. —No dio más explicaciones, pero Kasey la entendió al instante.

—Yo trabajo en una de las cantinas, en el puesto de tacos. No es porque los prepare yo, pero son los mejores de todo el campus. Si alguna vez te apetece, puedes pasarte y quién sabe, quizá te pongo extra de guacamole. —Le guiñó un ojo.

Vera forzó una sonrisa.

La Facultad de Derecho estaba casi desierta. Normal, teniendo en cuenta que el semestre de primavera no empezaba hasta la siguiente semana. El edificio de ladrillo era imponente y recordaba ligeramente a las estructuras neogóticas de algunas de las universidades europeas más antiguas. Vera se quedó sin palabras. Estar allí no tenía nada que ver con los cientos de fotografías que había buscado durante horas por internet.

Entraron por una de las puertas principales y Kasey le explicó dónde podía encontrar las aulas, la biblioteca y los baños.

—Ah, y en la última planta hay un par de salas de estudio con máquinas de café. La gente suele ir cuando prefiere un ambiente un poco más distendido. Si quieres puedes esperarme allí mientras voy a Administración, o también puedes dar una vuelta, lo que quieras. Cuando acabe te llamo —dijo tendiéndole su móvil para que Vera apuntara su número.

Cuando lo tuvo, Kasey se despidió con un «genial, ahora nos vemos», y desapareció por unas escaleras que bajaban a lo que debía ser, entre otras cosas, el Departamento de Administración.

Vera no perdió ni un segundo. Quería, más bien *necesitaba*, empaparse de ese lugar. Decidió que subiría a las salas de estudio de la tercera planta y después se pasearía por el jardín interior del edificio. La biblioteca la dejaría para otro día, quería tener tiempo a solas para explorar cada rincón.

Estaba a punto de poner rumbo al ascensor cuando una voz captó su atención.

—Sigo pensando que la decisión del juez en «Dred Scott contra Sandford» fue la correcta.

Provenía del aula que tenía más cerca. Decidió asomarse.

El chico que estaba hablando se encontraba de pie en el lateral derecho de la sala con forma de anfiteatro. Tenía un pie apoyado en una silla y gesticulaba de forma exagerada. Con una de las manos aguantaba un cigarrillo electrónico de esos que se estaban poniendo de moda. Cada pocos segundos le daba una calada y se apartaba el flequillo rubio (sin éxito), porque a la que alejaba la mano le volvía a caer, cubriéndole los ojos.

Frente a él había otros tres estudiantes sentados en sus respectivos pupitres. Uno de ellos, de pelo oscuro ligeramente rizado y rasgos suaves, lo escuchaba concentrado mientras pasaba las páginas de unas notas que tenía apoyadas en sus rodillas.

—No, no. —Negó con la cabeza, y sus gafas redondas se sacudieron con el movimiento—. Se debería haber buscado una interpretación alternativa que permitiera una decisión menos radical. Nueva York, Connecticut, Massachusetts, Vermont, Rhode Island y muchos más ya eran estados libres. Y, al fin y al cabo, Scott venía de vivir en ellos. Este hecho debería haber tenido un peso considerable en el caso.

El rubio dio otra calada y apuntó a su amigo —serían amigos, ¿no?— con el cigarrillo electrónico.

—Y allí es donde estás equivocado, querido Charles. Estamos hablando de Missouri. Y por las circunstancias sociales y las leyes que estaban en vigor en Missouri y *solo en Missouri*, el razonamiento del juez no podría haber sido otro. Estaba atado de pies y manos, así que no hay nada que interpretar. No podría haber sentenciado de otra forma, ¿verdad, Rome?

El interpelado, sentado un asiento por detrás del chico de cabello oscuro, respondió sin apartar la vista del cuaderno en el que, parecía ser, garabateaba algo:

—*Dura lex, sed lex.*

Ese apunte avivó todavía más el debate entre los dos estudiantes. En cambio, el chico que había pronunciado el latinajo siguió centrado en su cuaderno. Junto a él, una chica tecleaba sin parar en su portátil. Desde la distancia, Vera podía apreciar su piel perfecta, sus rasgos delicados pero desafiantes, su brillante pelo negro y su ropa, que parecía salida de una de las tiendas más lujosas de Nueva York, esas que se encontraban en la Quinta Avenida.

Clic, clic, clic, un lápiz rasgando papel y dos voces que llenaban cada rincón del aula.

Vera se sintió en una especie de trance, observándolos desde la puerta. Por alguna razón que no podía explicar, no se veía capaz de apartar sus ojos de ese grupo de cuatro. Tenían una esencia que hacía imposible fijarse en algo que no fuera ellos. Quizás era la forma en que se expresaban e interactuaban o cómo iban vestidos. ¿Serían de primer año? ¿Coincidirían en alguna clase? Podría…

Alguien la agarró de la mano. Vera ahogó un grito y se giró de golpe.

Era Kasey.

—Casi me matas del susto.

—Los del Departamento de Administración son unos inútiles. Te puedes creer que… —No acabó la frase. Tiró de ella hacia el otro lado del pasillo, lejos del aula—. ¿Qué estabas haciendo?

—Nada, yo…

—¿Les has dicho algo?

—Eh… no, yo solo…

—Mejor vamos afuera —lo dijo en un susurro. Y una vez estuvieron en los jardines del campus, añadió—: Pensaba contarte esto con un par de copas de vino y cuando ya fuéramos más, ya sabes…

No, Vera realmente no lo sabía.

—*Amigas* —terminó Kasey con un tono de voz que denotaba que, para ella, su inminente amistad era evidente—. Pero bueno, ya que los has visto, te lo digo ahora. *No* te acerques a ellos.

—¿A quiénes?

—¿A quiénes va a ser? Connor, el chico que estaba de pie fumando como si estuviera en su casa. Charles, el de rizos oscuros. Blythe, la chica del ordenador. Y Roman, el de detrás con cara de protagonista de novela atormentado.

Al ver que Vera no la estaba tomando en serio, Kasey insistió:

—Hay rumores, Vera. De ellos y sus familias. Y nadie sabe el rollo que se traen. Es raro y turbio. Hazme caso, no quieres mezclarte con ese grupo.

—¿Quién ha dicho que yo quiera…?

Pero Kasey la cortó.

—Estabas embobada mirándolos. Lo entiendo. Están forrados, son de los más inteligentes de la facultad y sí, son atractivos. Pero no te acerques. La última chica que lo hizo, Nathalie Porter, acabó mal.

—¿A qué te refieres?

—Desapareció del campus de un día para otro. Sucedió las Navidades pasadas. Nadie sabe qué ha ocurrido con ella.

Esa noche, tumbada en la cama de su pequeña habitación en las afueras de Ithaca, Vera reflexionó sobre los acontecimientos de ese día. No le sorprendió darse cuenta de que, al final de cada pensamiento, la imagen de los cuatro estudiantes se dibujaba nítida y reluciente.

Y en la punta de la lengua, como queriendo escapar de su boca, sus nombres:

Connor.

Charles.

Blythe.

Roman.

III

PRESENTE

9 de octubre de 2017

Entraron en el aula justo cuando el timbre marcó el inicio de la clase de las diez y cuarto. Hacía más de un mes que había dado comienzo el segundo año de los tres que conformaban el JD, posgrado que les permitiría presentarse al examen llamado BAR que, si aprobaban, les abriría las puertas a la abogacía.

La carga de estudio que requería cada curso era alta, algo que convertía las clases en una carrera por conseguir cubrir y asimilar la mayor materia posible. Los alumnos de Derecho sabían que los segundos impartidos por sus profesores valían oro. Por eso, Vera se sorprendió tanto ante la ausencia del profesor Glassberg.

—Quizá se ha perdido en su propio tupé —bromeó Connor haciendo referencia al peinado del abogado.

—Oh, vamos, si te encanta —devolvió Blythe a la vez que dejaba caer su pesado bolso sobre uno de los pupitres.

Acudieran al aula que acudieran, siempre ocupaban el mismo espacio en el anfiteatro: centro, lado derecho. No demasiado cerca de la tarima, pero tampoco demasiado lejos.

Vera sacó su tableta del bolso y la colocó en el pupitre frente a su café. Abrió la aplicación en la que tomaba apuntes y empezó a repasar las respuestas al caso práctico que, en teoría, iban a resolver ese día. A su lado y un asiento por delante, Blythe y Charles hacían lo mismo en sus respectivos ordenadores. Connor sacó el cigarrillo electrónico del bolsillo interior de su gabardina y empezó a darle caladas mientras ojeaba el periódico que había robado de la cafetería.

—Algún día conseguirás que te expulsen —advirtió Charles.

Connor lo miró divertido porque, por supuesto, aquello era imposible. Él era un Hannaway. Y eso, en Cornell —más bien en todo el estado de Nueva York—, significaba impunidad. Los padres de su amigo nadaban en dinero e influencias. Sin ir más lejos, eran dos de los miembros más destacados del patronato de la Facultad de Derecho. Como solía decir Blythe, incluso el aire que respiraban lo había pagado la familia Hannaway. Así que la dinámica era de lo más sencilla: si Connor quería fumar en todas sus clases o robar periódicos, podía hacerlo. Es más, si quería suspender sus cursos y pasarse las clases bailando una conga, también podía permitírselo. Acabaría con el JD de igual forma.

—¿Algún alma caritativa que me resuma el caso en un par de frases? —Connor les dedicó una de sus encantadoras sonrisas.

Realmente era la persona más vaga y despreocupada que conocía. Nunca se preparaba las clases y estudiaba a última hora para los exámenes. A Vera, aquella actitud la desesperaba, y por eso le espetó que se podía meter la explicación del caso por el culo. Blythe directamente ni le contestó.

Charles, en cambio, lo miró de forma cómplice, un leve rubor tiñendo sus mejillas:

—Ya sabes lo que quiero a cambio.

Connor soltó un «me sales caro», pero le dio la mano saldando su pacto. Lo que acordaban cada vez que ocurría un intercambio como ese, nadie lo sabía, y Vera no iba a ser la primera en preguntar. Había cosas que era mejor no saber.

El profesor Glassberg entró por la puerta unos minutos después y aterrizó de forma estrepitosa sobre la mesa de la tarima. Murmuró una especie de «perdón» que la mayoría de los estudiantes ignoró y apuntó en la pizarra electrónica *Constitución de empresas en el extranjero*, el tema del día. Se dirigió al aula y les anunció que iban a saltarse el repaso. Resolverían directamente el caso práctico que, asumía, *todos* se habían preparado. Puede que esto último lo dijera mirando de reojo a Connor.

Blythe se ofreció junto a otros alumnos para exponer el supuesto de hecho y cuando Glassberg escogió a Jared para la tarea, un chico rubio que siempre se sentaba en primera fila, lo fulminó con la mirada.

—Ups, ¿problemas en el paraíso? —la fastidió Connor haciendo referencia al par de noches que la chica se había acostado con Jared y que, según ella, no tenían más objetivo que ayudarla a liberar el estrés de los estudios.

—Cállate y mejor ocúpate de tu paraíso, lo veo un poco… *descarrilado*.

Connor endureció el semblante.

—Relájate, Blybie —dijo utilizando el apodo que la chica tanto odiaba—. No lo decía en serio. Además, este curso ya no necesitas ser una máquina de participar en clase.

—Estar entre los quince no significa que no te puedan arrebatar la beca si ven que no das la talla —contestó Blythe sin parar de prestar atención—. Harías bien en aplicarte el consejo.

Connor se limitó a encogerse de hombros, como si aquello no fuera con él.

Pero Blythe llevaba razón. Que sus amigos —Connor incluido— y ella hubieran conseguido acabar primero de JD entre los quince mejores alumnos de la promoción no les garantizaba la beca. Eso mismo le había comentado Vera a Tina la semana anterior cuando la había llamado un día por la noche.

«No entiendo qué haces estudiando a estas horas cuando el curso acaba de empezar. Además, ¿no se suponía que este año iba a ser más relajado?».

«No es tan tarde, son solo las…», había mirado su reloj, «¿once y media?».

Vale, sí, era un poco tarde. Pero en su defensa, tenía que entregar un ejercicio de Derecho Administrativo a la mañana siguiente. Se lo había intentado explicar a su hermana, pero ella ignoró sus palabras y empezó con el sermón que llevaba repitiéndole desde que había llegado a Cornell: que si ese lugar iba a acabar con ella, que si ya no llamaba tan seguido, que si estaba más ausente, etcétera, etcétera.

«Tina, no lo entiendes», frustrada, Vera había cortado a su hermana. «Sí, es verdad, pensaba que este curso podría permitirme frenar un poco, pero no ha sido así, ¿vale? Solo me van a dar la beca si ven que soy una de las cuatro mejores estudiantes de la promoción. Y eso solo lo voy a conseguir si sigo estudiando como nadie».

«Pensaba que una vez que eras unas de las quince mejores notas ya solo importaba el Caso Mango».

«Magno».

«¿Qué?».

«Se llama Caso Magno, no *mango*».

«Ah, ya, pero *mango* es más divertido. Que por cierto, eso es lo que te falta, *diversión*».

«Tina, no empieces…».

Pero había empezado, por supuesto que lo había hecho. Mientras su hermana se marcaba un monólogo sobre las mil y una razones por las que Vera iba a acabar mal si seguía *ese camino académico de destrucción* —palabras de Tina—, ella había vuelto a su obsesión de los últimos meses: la Beca Steven Greenberg y Jacob Hughes.

Bueno, hablando en términos estrictos, no era una *beca* como tal, sino más bien una oportunidad para trabajar durante todo el verano en Greenberg & Hughes, el despacho de abogados con más reconocimiento y prestigio de Estados Unidos. Era una ventana perfecta para que los alumnos se introdujeran en el mercado laboral y demostraran lo que valían. Porque si lo daban todo, hacían un buen trabajo y gustaban, lo más probable era que terminaran con una oferta de empleo más que atractiva encima de la mesa.

Sí, la beca significaba estatus y dinero. Y Vera la necesitaba más que al propio oxígeno si quería tener un futuro prometedor. Ah, y pagar el enorme préstamo que le había tenido que pedir al banco para permitirse estudiar y vivir en Cornell.

Punto negativo: había cuatro plazas por promoción, lo que significaba que solo los cuatro alumnos con mejor promedio del curso conseguirían ese billete dorado que les abriría las puertas de la abogacía más renombrada del país. Inciso, su promoción tenía ciento treinta y cinco estudiantes.

Punto positivo: había superado el obstáculo más grande, acabar primero de JD siendo una de los quince estudiantes de Derecho con mejor media de la promoción.

Punto negativo: ahora tenía que enfrentarse a esos quince alumnos en el Caso Magno, un simulacro de juicio que se celebraría a principios de febrero del próximo año y que acabaría determinando los cuatro elegidos. Y lo peor era que mientras preparaba el Caso Magno, algo que requeriría muchas —*muchísimas*— horas de estudio, su media no podía verse afectada. De lo contrario, la facultad podría quitarle la beca bajo el pretexto de no tener suficiente capacidad para gestionar el estrés y la carga de trabajo, habilidad que, según les habían repetido cientos de veces los profesores, era esencial en el día a día de un abogado.

Punto positivo: ya no había más puntos positivos.

Mierda.

En cuanto Tina había tomado aire para proseguir con su largo monólogo, Vera había murmurado que tenía que ir al baño y había colgado. Claramente su hermana se había molestado, porque llevaba desde entonces sin llamarla.

Ya se le pasará, se volvió a decir Vera mientras devolvía su atención a la clase.

Jared seguía explayándose.

Blythe giró la pantalla de su ordenador y Vera leyó las palabras que había escrito en grande junto a sus apuntes: *A veces no entiendo a Connor*.

Vera asintió. Porque ella tampoco.

Para Vera, al igual que para Blythe, Charles y Roman, cada intervención, caso, examen y ejercicio contaban. Estaban cada vez más cerca de conseguir la Beca Steven Greenberg y Jacob Hughes y no permitirían que nada ni nadie les arrebatara la oportunidad.

Connor era un caso distinto.

Ninguno sabía a ciencia cierta si realmente la quería. A veces parecía que sí porque era capaz de pasarse tardes estudiando junto a ellos y, para qué mentir, era brillante y tenía más conocimiento que la mayoría de su promoción. Pero otras veces, daba la sensación de que estaba en otro mundo y que lo relacionado con la beca le era indiferente.

—¿Dónde está Cagliari? —La pregunta del profesor Glassberg resonó desde la tarima.

Los ojos de toda el aula se clavaron en ellos.

—Está indispuesto, profesor. —Fue Charles quien respondió.

—Claro. —No parecía muy satisfecho con la justificación—. En ese caso, le comentarán a su amigo que estaré esperando su resolución del caso por escrito mañana a primera hora —puntualizó.

Charles le aseguró al profesor Glassberg que así lo haría y volvió a su ordenador. Roman no despertaba pasiones entre el claustro y solía ser tratado de forma más bien ruda por la mayoría de los profesores.

—Le encantará la noticia —masculló Blythe.

Vera contestó uniendo las manos en posición de oración y llevando la mirada al cielo porque sí, ese día Roman estaría más que cruzado.

El resto de la clase transcurrió según lo habitual. El profesor Glassberg les fue lanzando preguntas complejas para desgranar el caso y cubrir las vicisitudes de constituir una empresa en un territorio distinto a Estados Unidos.

—Teniendo en cuenta que OpCo, la empresa encargada de realizar las operaciones más sustanciales dentro de nuestro grupo empresarial, pretende abrir una nueva línea de negocio en Alemania para fabricar piezas de repuesto para la industria aeronáutica y quiere registrar dichas piezas como patentes —aportó Vera para responder a la última cuestión que había planteado Glassberg—, una de las primeras verificaciones que haría es determinar si existe una potencial infracción de derechos de terceros.

—Bien —concedió Glassberg—. Ahora imagine que no hay ninguna patente registrada en Alemania, pero sí una empresa competidora que está en el proceso de desarrollar piezas como las de OpCo y también tiene la intención de registrar su propia patente, ¿qué debería hacer OpCo? —Se había acercado por el pasillo lateral del anfiteatro y estaba a escasos pasos de Vera.

Vera sabía que Glassberg estaba poniéndola a prueba. El profesor era conocido por llevar a sus alumnos al límite. Pero Vera confiaba en su conocimiento de la materia y, además, había preparado las respuestas del caso de forma exhaustiva y contemplado posibles réplicas como esa.

Dicho de otra forma, tenía la respuesta perfecta preparada.

Sonrió con suficiencia.

—Debería pisar el acelerador y registrarla antes que su competidor. En temas de patentes, aparte de otros requisitos que también deberían tenerse en cuenta, el primero que llega al registro es el que se lo queda. *First come, first served* —puntualizó haciendo referencia a la expresión anglosajona con la que comúnmente se conocía ese principio.

—Bien —repitió Glassberg.

Cuando les dio la espalda para volver a la tarima, Connor se giró y susurró:

—Nunca decepcionas. —Y dándole un codazo a su amigo, añadió—: Charles, esa no me la has chivado.

Vera puso los ojos en blanco y Blythe le propinó una colleja seguida de un «cállate».

Charles hizo una intervención brillante sobre estructuras empresariales y Blythe se metió en un debate encarnizado con Jared sobre doble imposición. Por supuesto, Blythe lo apisonó como un tren de carga y, al ver que Jared se encogía un poco en su silla, sonrió complacida. Vera no tenía ninguna duda de que aquello era su venganza particular por no haber podido intervenir al principio y por vete a saber qué más. Lección de vida: nunca antagonices a Blythe. No quería ni imaginarse cómo tenía que ser convertirse en el objeto de su malestar, así como tampoco tenía ninguna duda de que, si su amiga quería destrozar a alguien, lo haría sin pestañear siquiera.

El profesor Glassberg despidió la clase recordándoles que dentro de poco tendrían un examen sorpresa sobre la materia que habían dado desde principios de curso.

—Eh, yo no pongo las normas —se excusó ante las protestas de los estudiantes—. Ya saben que tengo que evaluarlos de alguna

forma antes de que acabe el primer semestre. Lo que me recuerda…
—Deslizó la vista hasta la zona del anfiteatro donde Vera y sus amigos estaban sentados, dirigiéndose a ellos—. Me han pedido que les informe de que los roles para el Caso Magno se enviarán por correo durante el día de hoy. Y no, no sé a qué hora exactamente ni he tenido acceso a la lista para saber lo que le ha tocado a cada uno, así que no me pregunten.

Y dicho esto, se fue.

Vera empezó a recoger sus cosas junto a los demás.

—Rome ha escrito por el grupo, dice que nos espera en Stone Arch. —Charles les enseñó el mensaje.

—Pensaba que llegaría más tarde —comentó Vera.

—Ni idea. Le digo que ahora vamos. —Tecleó a la velocidad del rayo.

Cuando llegaron a Stone Arch, Roman ya estaba allí. Apoyado en la piedra oscura del puente, manos refugiadas del frío en el bolsillo estilo canguro de su sudadera gris, tenía la vista fijada en una pareja que, al otro lado de la calle, discutía. Los observaba con una intensidad arrolladora, de esas que te ponen en alerta y hacen que te replantees cada pensamiento y palabra que sale de tu boca.

No los miró hasta que los tuvo a escasos pasos y, cuando lo hizo, cuando esa intensidad recayó sobre ellos, Vera advirtió que tenía el ojo izquierdo morado y el labio partido.

—Pero ¿tú no te ibas con tu familia? —Blythe se acercó a Roman de forma instintiva, pero él la esquivó y retrocedió un par de pasos.

—Sí. —Esa fue toda su respuesta.

—Rome, parece que te hayan dado una paliza —soltó Connor preocupado.

Y no era para menos. No solo eran las heridas, sino también el aire que desprendía, de agotamiento mental y físico.

—¿Por qué supones que me han dado una paliza y no que la he dado yo, Con? —le dijo Roman con una sonrisa irónica mientras le quitaba el cigarrillo electrónico de la mano y se lo llevaba a la boca con total normalidad.

Pero Vera sabía que esa sonrisa era falsa. Un mecanismo de defensa. Era la misma que ella utilizaba cada vez que veía a sus padres y tenía que fingir que, pese al dinero que debía y la presión que tenía encima, estaba genial.

—Bueno, ¿qué me he perdido? —les preguntó Roman con una clara intención de cambiar de tema y dejar de ser el foco de la conversación.

Charles sabía que su amigo no iba a dar más explicaciones y que no tenía ningún sentido insistir, así que contestó que, en realidad nada, no se había perdido gran cosa.

No lo presiones, Vera Velasco.

—Según lo que nos ha dicho Glassberg —continuó Charles—, hoy nos enviarán los roles para el Caso Magno, así que ya podremos empezar a prepararlo. La clase ha ido bien —hizo una pequeña pausa y se llevó las manos a la sien—, solo que Glassberg ha visto que no estabas y quiere que le entregues por escrito el caso que hemos comentado antes de mañana a las ocho.

—De la *mañana* —puntualizó Connor.

La mandíbula de Roman se tensó. Por un momento, pareció que iba a decir algo, pero solo asintió.

—Ya sabes cómo es, Rome. —Blythe intentó quitarle importancia al asunto—. Hoy ha querido apretar a Vera con un tema de patentes y a Cara Miller la ha puesto en ridículo.

Roman posó sus ojos en Vera. El verde, en contraste con el moratón apagado y triste, brillaba como la luz de un faro en la noche.

—¿Patentes? —le preguntó, seco.

Ella se cruzó de brazos.

—Ya tienes algo que incluir en tu resolución. De nada.

Connor soltó una carcajada y dejó caer un «venga, vamos a comer algo» mientras giraba sobre sus talones y empezaba a caminar en la dirección por la que habían venido.

Charles y Blythe asintieron.

Todavía mirando a Vera, Roman volvió a asentir. Pero antes de subirse la capucha de la sudadera para ocultar sus heridas y retrasar los cuchicheos que seguro llegarían, Vera creyó atisbar una media sonrisa.

Y esa, pensó, *esa era de las de verdad.*

IV

PASADO

8 de febrero de 2017

Connor disfrutaba del poco sol que Ithaca les estaba regalando esas semanas de invierno. Ojos cerrados, cigarrillo en mano y piernas cruzadas, escuchaba a sus amigos tumbado sobre la hierba del jardín de la Facultad de Ingeniería, al que solían acudir entre clase y clase. Bueno, más bien escuchaba a Blythe, porque Roman estaba a un lado sin decir nada y Charles ojeaba un libro que había sacado de la biblioteca mientras sorbía té de su termo.

—Podríamos hacer algo este fin de semana. —Desde que habían vuelto de las vacaciones de invierno, Blythe no paraba de insistir en organizar una escapada—. ¿Qué os parece Spruce Peak? Rome, ¿tu familia sigue teniendo buen trato con los dueños del *resort*?

Roman dejó escapar un *hmm* que tanto podía ser un «sí» como un «no», pero que Blythe interpretó como que sí, por supuesto.

—Si salimos el viernes después de Procesal Civil, podemos estar en Spruce Peak esa misma noche. Creo que puede irnos bien para despejarnos.

Connor soltó una carcajada porque la idea que tenía su amiga de «despejarse» distaba mucho de la suya. La conocía muy bien y sabía que lo único que quería era cambiar de aires. Esas semanas en las que no habían tenido clases, solo había vuelto a Nueva York para Navidad. El resto de las vacaciones las había pasado en su casa de Ithaca, estudiando como una loca para los exámenes. Sí, quizás en su súper plan de ir como una familia feliz a Spruce Peak entraban algunas horas de esquí y spa, pero Blythe planeaba pasarse la mayor parte del fin de semana preparando los casos y ejercicios que les habían puesto para los próximos días. Connor no tenía ninguna duda de ello.

—¿Charles? —Como Rome solía ignorarla y Connor llevarle la contraria, Blythe siempre acudía a él.

Charles era el más comprensivo de los cuatro, el que sabía escuchar mejor, ponía paz cuando Connor y Blythe se picaban por cualquier tontería y calmaba a Roman los días en que volvía alterado tras estar con su familia o luego de hablar con su hermano por teléfono.

—No me parece mal plan... Pero ¿cómo tenías pensado ir?

Connor miró al que llevaba siendo su mejor amigo desde que eran niños. Sabía por qué hacía esa pregunta y el gesto lo conmovió. Alargó la mano y la posó sobre la pierna de Charles, que se tensó levemente ante el contacto.

—Blythe quiere ir en coche porque cree que ya es hora de que Connor supere su trauma. —Las palabras de Roman se le clavaron como cuchillos.

—Gracias por tu gran aportación, Rome. —Roman solo se encogió de hombros—. Connor, no es eso. Solo había pensado que quizás era una buena oportunidad para que... ya sabes... le perdieras un poco de miedo... Tú me entiendes.

Bueno, al menos le tenía que dar puntos por el esfuerzo y no comportarse con su característica frialdad.

Connor se incorporó y le dio una calada a su cigarrillo. Dios, por mucho que se lo propusiera sabía que nunca sería capaz de dejar de fumar. Intentó imaginarse a sí mismo entrando en el coche, cerrando la puerta, atándose el cinturón y…

Un escalofrío le recorrió todo el cuerpo.

De repente, volvía a estar en medio de la carretera serpenteante, la tiniebla tragándose el coche, los gritos de horror cercenándolo por dentro, la sangre empañándole la visión.

De repente, escuchaba a sus padres. Le hablaban en una lengua que teóricamente era la suya pero que no entendía: promesas y mentiras y amenazas y más mentiras. «Te prometo que no te va a pasar nada malo», le había repetido una y mil veces su madre. «No ha sido tu culpa», había sentenciado su padre. «Si abres la boca, estamos todos perdidos, ¿lo entiendes?», palabras que lo habían atormentado noche tras noche. «No le des más importancia de la que tiene, acabarás olvidándote», eso se lo habían dicho los dos, entre el segundo plato y el postre de la primera comida que habían compartido tras el accidente.

Pero sí que había pasado algo malo y sí que había sido su culpa, tal y como le había confesado a Charles nada más encontrarse con él en la casa de la montaña donde todo había empezado. Y sí que le había dado importancia.

Incluso seis años después, se la seguía dando.

Quizá George y Sarah Hannaway hubieran perdido la humanidad hacía tiempo, pero él no podía (ni quería) desprenderse de ella. El momento en el que lo hiciera sería cuando no le quedara nada en el mundo por lo que luchar. Así que no.

No era capaz de ir en coche.

Al menos no todavía.

—No —repitió, ahora en voz alta.

—¿No qué?

—*Su Señoría*, me niego a ir en coche —entonó con una ligereza que no sentía pero que necesitaba. A veces, aquel era el único mecanismo al que podía recurrir para hacer frente a sus pesadillas.

—¿Y cómo pretendes que vayamos?

Adiós al esfuerzo y a la sensibilidad.

—¿Que cómo pretendo ir a este plan que te acabas de sacar de la manga y al que todavía no hemos accedido?

—Sí, ¿piensas volar en el jet privado de tus padres?

—Pues sí, quizás haga eso. —Connor ni sabía si sus padres tenían un avión privado, pero en aquel momento era irrelevante.

—A ver, no hace falta que os pongáis así, podemos escoger un sitio al que podamos llegar en autobús, ¿verdad, Rome? —Cuando notó que la conversación comenzaba a escalar, Charles dejó el termo en el suelo y cerró el libro.

—No pienso ir en autobús cuando… —empezó Blythe.

Pero Roman la cortó:

—¿Cómo se llamaba la nueva?

Connor siguió la mirada de Roman y vio a una chica cargada con una mochila pasar por delante y dirigirse a uno de los bancos del jardín. Una vez sentada, sacó una libreta, se colocó unos auriculares y comenzó a escribir.

—Vera Velasco —Blythe lo murmuró con un deje de rabia que no pasó desapercibido.

¿Cómo conseguir que Blythe dejara de discutir sobre algo? Muy sencillo, échale otra cosa que le dé todavía más coraje. Y por la media sonrisa de Roman, eso era lo que su amigo acababa de hacer.

Cabrón inteligente…

—Se ha transferido desde USC, por eso ha empezado a mitad de curso. Parece un poco rara, siempre va sola a todas partes y en las clases se sienta en una esquina al fondo. Me pregunto a quién me recuerda… —Otra cosa no, pero Blythe había dedicado tiempo a observarla.

—Yo coincidí con ella la semana pasada en un seminario que daba la asociación de estudiantes de Derecho latinoamericanos y parece una chica inteligente. No paraba de intervenir.

Los tres miraron a Charles, pero fue Connor quien expresó lo que, de seguro, Blythe y Roman también estaban pensando:

—¿Desde cuándo te interesa la asociación de estudiantes latinoamericanos?

—El seminario era sobre la legalidad de las políticas antiinmigración de Trump. Estoy escribiendo un *paper* sobre eso.

—Un poco amplio, ¿no? —Roman acababa de sacar un paquete de tabaco del bolsillo.

—Me estoy centrando en la construcción del muro fronterizo y la Ley de Tolerancia Cero.

Roman se encendió un cigarro a la vez que murmuraba «interesante» y le pedía a Charles que le contara un poco más. Emocionado, Charles sacó el ordenador de su maletín negro Montblanc, se acercó a Roman y se puso a listar los casos que había encontrado sobre apropiación de tierras privadas y que, según explicó, respaldaban la ilegalidad de una de las políticas. En ese punto, Connor desconectó.

En el banco, ajena a todo, la chica seguía escribiendo en su libreta.

Meses después, Connor dramatizaría aquel momento contando que había sentido el impulso de dirigirse hacia Vera. Pero la realidad era que se había acercado a la chica nueva porque sabía que aquello molestaría a Blythe y no le apetecía ponerse en modo académico con Charles y Roman.

Connor se levantó y caminó hacia el banco ignorando el «qué se supone que estás haciendo» que Blythe le lanzó. Y se quedó allí de pie, delante de la chica. La verdad es que no había pensado qué decirle.

—¿Qué hay? —saludó.

¿Qué hay? Como si fuera un cuñado llegando a la comida familiar de los domingos. Primera impresión de mierda asegurada.

Al ver a Connor, la chica se sobresaltó y cerró la libreta de forma abrupta.

—Perdona, no quería asustarte. —Silencio—. Me llamo Connor Hannaway, soy estudiante de primero de JD.

Le tendió la mano.

—Vera Velasco. —Se la estrechó—. Lo sé, coincidimos en algunas clases.

Connor se quedó paralizado. Esa frase, la cadencia de su voz, el tono dorado de sus ojos…

Las palabras que acababa de pronunciar Blythe, hacía apenas unos minutos, volvieron flotando como fantasmas: «Me pregunto a quién me recuerda…».

La chica nueva, Vera Velasco, era la viva imagen de Nathalie Porter.

Incluso la forma en la que lo estaba observando, con cautela pero a la vez con seguridad, le recordó a ella.

Sacudió la cabeza, intentando desprenderse de esa idea.

Céntrate, Connor. Que dos personas se parezcan no significa que sean iguales.

Trató de pensar de forma lógica y focalizarse en el verdadero significado de lo que acababa de decirle Vera (que, por supuesto, no tenía nada que ver con Nathalie). Que supiera quién era solo podía significar una cosa: conocía los rumores. Llevaba menos de un mes en Cornell y ya le habían largado todas las estupideces que se decían sobre él y sus amigos. Una vocecita que se parecía demasiado a la de Charles le susurró: *A ver, es que hay cosas que son verdad.* Connor le dijo que se callara, pero la vocecita insistió: *Nos lo hemos ganado.*

Por supuesto, todo esto sucedió en la cabeza de Connor mientras la chica, Vera, guardaba la libreta en su mochila y se metía los auriculares en el bolsillo de su chaqueta estilo Barbour. ¿Sería de segunda mano o una imitación?

—¿Te importa si me siento?

Ella negó.

—Cuéntame, Vera Velasco —repitió el nombre a propósito, una forma de intentar desvincular a la chica de sus recuerdos—, ¿cómo has acabado en la universidad donde *cualquier persona puede estudiar cualquier cosa*?

—Apliqué y me aceptaron —respondió ella, omitiendo la referencia al lema de Cornell que Connor acababa de hacer.

—Fascinante.

—En realidad, no.

Vera estaba procurando no darle más información de la necesaria. Charles tenía razón, era inteligente.

—¿Cansada del sol de California?

Vera frunció el entrecejo y Connor la miró divertido como queriendo decirle «sí, yo también sé cosas sobre ti», aunque realmente esa información la hubiera aprendido de Blythe hacía escasos minutos.

—Eso y que la escuela de Derecho de Cornell le da mil vueltas a la de USC.

—Veo que tienes las cosas claras.

Vera le dijo que sí y desvió la atención a sus tres amigos. Seguían en el sitio en que los había dejado y, al parecer, habían decidido que disimular no era lo suyo, porque estaban observando la escena como linces.

Bueno, Blythe más bien parecía una pantera a punto de comerse a su presa, y Roman… Connor apartó la mirada del chico. Podía imaginarse lo que estaba pasando por su cabeza y, honestamente, prefería no pensar en ello.

—Eh… sí, esos son mis amigos —explicó Connor—. Podría decirse que son un poco… intensos.

Pero a diferencia de la mayoría de estudiantes de la facultad, que no querían tener nada que ver con ellos y los contemplaban con una mezcla de rabia, envidia, miedo y desprecio, Vera los estaba mirando con… ¿sorpresa? ¿Curiosidad?

—Lo sé. Os vi el día que llegué a Ithaca en un aula de la facultad. Por cierto —añadió devolviendo la atención a la conversación—, yo también opino que el veredicto del juez en «Dred Scott contra Sandford» fue el correcto.

Y fue ese comentario, esa transparencia y sinceridad al admitir que los había escuchado a escondidas hacía semanas, el que borró cualquier prejuicio, comparación o mal recuerdo que hubiera podido tener.

No, reafirmó, *que dos personas se parezcan no significa que sean iguales*.

—¿Quieres venir a cenar con nosotros? —preguntó de forma impulsiva.

Quizá Charles fuera el más brillante de los cuatro, Blythe la más trabajadora y Roman el más astuto, pero Connor siempre acertaba con sus intuiciones. Eso era lo que les repetiría una y otra vez a sus amigos horas después, cuando le estuvieran recriminando y atacando por haber invitado a aquella chica que «claramente era una copia de Nathalie» (estas últimas, palabras de Blythe).

Pues había tenido una intuición. De las buenas. De las de verdad. Y por eso lo había hecho.

Punto y final.

Además, añadiría ante sus miradas furiosas, ya le darían la razón en cuanto la conocieran.

Vera iba a pronunciar lo que seguro era un «no» rotundo, pero Connor se lo impidió:

—Los miércoles quedamos en la casa que compartimos Charles y yo. —Señaló a su amigo, y el aludido, sin saber muy bien por qué Connor estaba apuntándole con el dedo, saludó. *¿Qué problema tenían?*—.

Estudiamos un rato y pedimos pizzas. Roman nos convence para ver en la televisión alguna lucha de boxeo que a nadie le interesa y, si Blythe consigue robar el mando, cambia al tenis, que sigue sin interesarle a nadie. ¿Te apuntas?

—No sé yo si…

Connor sacó su cigarrillo electrónico, le dio una calada y le pidió a Vera papel y boli.

—Ten, esta es la dirección.

Vera no tuvo otra opción que agarrar el trozo de papel, tras lo cual Connor se levantó y le lanzó una última sonrisa.

—Un placer conocerte, *Vera Velasco*, te veo más tarde.

Se giró sin esperar a que respondiera.

Volvió sobre sus pasos hacia sus amigos, que habían empezado a levantarse. Charles le tendió su maletín, y Connor se lo cruzó por encima de la gabardina.

—¿Qué has hecho? —obviamente, quien soltó la pregunta fue Blythe.

—Nada, de verdad, nada —murmuró.

Y antes de que pudieran añadir algo más, puso rumbo de vuelta a la facultad.

Si Vera decidía obviar la invitación que acababa de extenderle, el enfado de sus amigos quedaría solo en eso, un simple enfado.

Pero si aparecía esa tarde en su casa… bueno, las cosas se pondrían interesantes.

V

FUTURO

22 de diciembre de 2017

Cuando Blythe se dejó caer en el sofá eran las diez menos cinco de la noche. Agarró el mando de la televisión y entró en Netflix. Puso el primer programa que encontró, *Nailed it!*, e intentó centrarse en eso, en mirar la pantalla.

Cinco minutos.

Quizá lo que necesitaba era estar más cómoda. Se tumbó, se rodeó de cojines y se cubrió con una manta.

Diez minutos.

¿Y si le hacía falta algo de comer? Ya había cenado, pero si la gente se compraba palomitas cuando iba al cine era por algo. Mejoraba la experiencia. Se levantó, fue a la cocina y sacó un paquete de galletas de la despensa. Las que compraba Vera. Pensar en su amiga la sacudió por dentro. Desde que vivían juntas habían tomado como costumbre, algunas noches, cocinar y cenar en casa con una buena botella de vino mientras charlaban de todo y de nada. Era su momento.

Pero esa noche Vera no estaba.

Volvió al sofá con la caja de galletas.

Quince minutos.

Debería haberse puesto una mascarilla facial. O los parches para los ojos que le había regalado su hermana por Navidad porque, según ella, tenía mal aspecto y necesitaba relajarse más. Sí, Jia podía ser una cabrona.

Veinte minutos.

No, definitivamente eso no estaba funcionando.

Había muchas cosas que Blythe detestaba, pero no tener el control era, sin lugar a duda, la mayor de todas.

No tener el control de situaciones, pensamientos, conversaciones e, incluso, de personas. Y ahora mismo, ni siquiera podía centrarse en ese absurdo programa (porque, siendo sincera, la repostería le importaba una mierda).

Su mente no paraba de volver y volver a lo mismo.

Al Baile de Navidad y todo lo que había venido después.

En realidad, llevaba días así. Los mismos días que Vera llevaba sin aparecer por casa.

No sabes lo que tienes hasta que lo pierdes.

Se cubrió la cara con uno de los veinte cojines que tenía desperdigados a su alrededor y ahogó un grito. No recordaba la última vez que se había sentido tan impotente y vulnerable.

El móvil sonó y Blythe se incorporó del susto.

Era Vera.

Descolgó al instante.

—¿Vera? —susurró.

—¿Blythe? Blythe. Es él. Tienes que venir. Ahora.

—¿Dónde estás?

VI

PRESENTE

12 de octubre de 2017

Vera salió de su habitación con cuidado de no despertar a Blythe. Sabía que su amiga tenía un sueño ligero y que ni las pastillas de melatonina que se tomaba cada noche (de 10 mg cada una) conseguían ayudarla a dormir del tirón. La teoría de Blythe era que el karma la estaba castigando por algo —según Connor, por ser un vampiro sin emociones—, pero Vera creía que el problema de su amiga era que le daba demasiadas vueltas al hecho de no dormir.

—Intenta no pensarlo —le había sugerido una de esas noches en las que cenaban juntas. Habían cocinado una pasta con gorgonzola buenísima y disfrutaban de la comida con una copa de vino tinto y jazz de fondo—. Solo... duerme.

—No es tan fácil. A la que me tumbo entro en bucle.

—¿Has probado meditar?

—Eso es para débiles.

Vera había decidido cambiar de tema. Pero quería ayudar a su amiga. Veía su sufrimiento y sabía que, aunque quisiera aparentar frialdad y fortaleza, valoraba tener a alguien que se preocupara por ella.

Bajó las cuatro escaleras del porche y empezó el recorrido. Normalmente dedicaba unos minutos a calentar y ganar velocidad, pero aquella mañana el frío había apretado y, por eso, pasó de cero a cien. Las primeras respiraciones las sintió como cuchillos en la garganta y, pese a haberse vestido con ropa de deporte más abrigada, su cuerpo tardó en entrar en calor.

Vera se centró en el tempo de sus pisadas.

Izquierda, derecha, izquierda, derecha.

Y así entró en trance. Correr era su terapia, su forma de abstraerse y dejar de pensar en todo aquello que la preocupaba. Cuando lo hacía, se olvidaba de que debía miles de dólares al banco, que no tenía un plan B al que acudir si no conseguía la beca, que la gran mayoría de su promoción había pasado de no conocerla a despreciarla, que cada vez hablaba menos con Tina o que su madre pensaba que estaba tomando todas las malas decisiones.

Tuviste que marcharte con los gringos.

Izquierda, derecha, izquierda, derecha.

Correr neutralizaba todos esos pensamientos que la acechaban. Los dejaba anestesiados. Sabía que después volverían, pero, al menos, durante una hora, podía desprenderse de ellos.

Enfiló Delaware Avenue y giró por Irving. Charles la estaba esperando delante de su casa, preparado para unirse a la carrera. Unos pasos por detrás, vestido con solo un batín azul y una taza de café humeante en la mano, estaba Connor. Tenía el pelo rubio alborotado y los ojos entornados. Madrugar no era lo suyo.

Saludó a Vera y murmuró un «buenos días» que más bien sonó como el maullido de un gato.

Vera miró a Charles, confundida, pero este negó con la cabeza.

—Después te lo cuento —susurró cuando llegó a su lado.

Tras despedirse de Connor, gesto que el chico respondió con un bostezo, se focalizó de nuevo en su ritmo.

Izquierda, derecha, izquierda, derecha.

Charles no acompañaba a Vera cada mañana, pero los días que lo hacía eran, con diferencia, los que más disfrutaba. Correr junto a su amigo implicaba un ritmo y un recorrido más exigentes.

Pero ese día, cuando apenas llevaban cinco kilómetros, Charles paró en Stewart Park, a escasos metros de la orilla del lago Cayuga, para recuperar el aire.

—¿Charles? —Vera paró junto a él y posó una mano en su espalda. Sintió su respiración agitada.

Charles se enderezó, se dirigió a la fuente más cercana y se mojó la cara con agua helada.

—Perdona, es solo que… —Dejó la frase a la mitad.

Y entonces Vera reparó en el azul oscuro que enmarcaba los ojos de su amigo y su expresión cansada. Normal que no hubiera podido acabar la carrera.

Charles se percató de que ella lo estaba estudiando.

—Ayer me quedé hasta tarde redactando una primera línea de estrategia para el Caso Magno. Me está costando dar con el enfoque correcto.

El día en que les habían asignado los roles para preparar el caso había marcado un antes y un después en el curso. Vera había sentido como si alguien hubiera dado el pistoletazo de salida para la maratón más importante de su vida.

—Por eso Connor estaba despierto. —Charles dibujó una media sonrisa, la primera que le había visto aquella mañana—. Blythe lo ha obligado a estar en la cafetería a las ocho en punto. Bueno, más bien lo ha amenazado.

Vera no pudo evitar reírse, eso lo explicaba todo.

La preparación y defensa del Caso Magno podía hacerse de forma individual, como lo haría Charles, o en parejas. Los cinco se habían quedado sorprendidos cuando leyeron la lista de asignaciones que les habían enviado por correo y vieron que tanto Connor y Blythe como Roman y Vera formaban equipo.

—Es un poco raro, ¿no? —había comentado Vera.

A lo que Connor había respondido que él no veía ningún problema.

—Es más, me parece perfectamente normal —había añadido.

Blythe y Vera habían intercambiado una mirada y confirmado que sí, había algo raro.

—Qué has hecho. —No, no fue una pregunta. Para ese momento, Blythe ya estaba convencida de que Connor tenía algo que ver en las asignaciones.

—¿Yo? Señoría, me declaro inocente de los cargos que se...

—Déjate de estupideces y dinos qué mierda has hecho —lo cortó Roman.

Connor les había explicado que quizá, podía ser, había una posibilidad de que, hubiera movido hilos para que lo pusieran con Blythe. En lo de Roman y Vera, juraba y perjuraba, no había tenido nada que ver.

Como era de imaginar, Blythe había entrado en cólera y había perdido los papeles en medio del restaurante al que habían ido a comer; Charles había intentado calmar las aguas restándole importancia al asunto y Roman se había quedado mirando a Vera con una expresión que ella todavía no sabía descifrar. ¿Era enfado o indiferencia?

Vera apoyó el talón del pie izquierdo en uno de los bancos del parque y estiró el isquiotibial.

—Sigue chocándome que Connor pueda manipular a la facultad con solo unas palabras —confesó. Sentía que Charles era el único de los cuatro con el que podía ser cien por cien transparente y expresar lo que pasaba por su cabeza, incluidas sus dudas y miedos.

—¿Te molesta?

Una pregunta que en realidad significaba: «¿Desapruebas que seamos como somos?».

—No —respondió. Y era verdad.

Charles asintió.

—Si tú tuvieras el poder para hacerlo, ¿lo harías?

Vera cambió de pierna. Si le preguntaran eso en medio de una conferencia o estuviera hablando con cualquier otro estudiante dudaría sobre qué respuesta dar; obviamente, lo correcto sería decir que no, cómo se le podía ocurrir a alguien abusar del estatus y emplear los contactos de esa forma tan descarada.

Era reprochable. Inmoral. Intolerable.

Pero no estaba en una conferencia ni la persona que tenía al lado era un estudiante cualquiera. Era Charles. Así que no se lo pensó dos veces.

—Sí.

Su amigo volvió a asentir.

—Lo que no hubiera hecho es escoger a Roman como mi pareja. Dios, creo que habría sido la *última* persona en mi lista de preferencias.

Charles se rio de esa forma suave y grave tan suya.

—Mejor que no te escuche decir eso.

—Oh, creo que estaría de acuerdo conmigo. La mayor parte del tiempo que estamos juntos tengo la sensación de que quiere asesinarme.

—Bueno, me puedo imaginar por qué —respondió, ahora más serio.

—¿Qué me estás queriendo decir?

—Nada, solo que… Roman es Roman. Creo que la mayoría de las veces ni él mismo se entiende. Es… complicado.

—¿Te refieres a él o a la situación?

—A ambos.

—Vale, ahora sí que me he perdido.

Charles caminó hacia la orilla del lago y Vera lo siguió. A esa hora el agua todavía estaba cubierta por una fina neblina que le daba al paisaje un aspecto tétrico.

—Ayer me comentó que habéis quedado para empezar a preparar el caso.

—¿Eso te dijo?

—Sí.

—En teoría tengo que estar a las cuatro de la tarde en su casa.

—¿En teoría?

Vera se encogió de hombros, restándoles importancia a sus palabras.

—Todavía puede cancelar el plan. —Al fin y al cabo, desde que se habían conocido, Roman nunca la había invitado a su casa ni hecho ningún gesto por pasar tiempo con ella a solas.

En el lago, un jilguero planeaba a ras del agua.

—*A veces queremos lo que queremos aunque sabemos que nos matará* —citó el chico, su mirada fija en el ave.

—Donna Tartt. —Vera lo imitó, siguiendo también el elegante aleteo.

—Sí, Donna Tartt.

—Que sepas que sigo sin entenderte.

—Tranquila, ya lo harás.

Vera no insistió.

A veces, era mejor dejar las cosas ir.

Resultaba que el mensaje nunca había llegado. Así que Vera se había plantado a la hora acordada en la puerta de Roman y había llamado al timbre.

—Llegas tarde —dijo el chico como saludo nada más abrir la puerta.

—Pero si son solo las cuatro y cinco.

—Precisamente.

Y dicho esto, se hizo a un lado para dejarla pasar. Vera entró en la casa a regañadientes. Iba a soltarle un reproche, pero las palabras se le quedaron atragantadas.

Delante de ella se abría un espacio estilo industrial decorado con un gusto que nunca hubiera asociado con Roman. Lo primero en lo que se fijó fue en la enorme mesa de madera, dispuesta al lado de un par de ventanales por los que entraba toda la luz que Ithaca podía conceder una tarde de principio de otoño. Del techo, y a diferentes alturas, colgaban cuatro lámparas negras y sencillas.

Unos metros delante de la mesa había un sofá gris oscuro frente a una enorme televisión de pantalla plana y, por encima, cinco estanterías de caoba que recorrían el largo de la pared. Estaban repletas de libros.

La cocina, dispuesta a la izquierda de la mesa y el sofá, era estilo americano. Delante de la isla central, había cuatro taburetes. Uno para Charles, uno para Connor, uno para Blythe, y por supuesto, uno para él.

No había ninguno para Vera. Nunca para Vera.

Roman pareció leer su mente, porque carraspeó y le preguntó si quería algo de beber. Pero Vera le dijo que no.

Por mucho que lo intentara, no podía sacudirse la sensación de que para Roman ella no era una más del grupo. Vera estaba convencida de que nunca la había aceptado. De hecho, esa era la primera vez en diez meses que había pisado su casa o estado con él a solas.

Por eso las recriminaciones, los silencios y las miradas indiferentes cuando Vera hablaba.

Por eso la incomodidad entre ellos.

Por eso cuatro taburetes.

Bueno, pues allá él. Como diría Tina, se podía ir al carajo.

Roman fue a la nevera, sacó una cerveza y se sentó en uno de los taburetes.

—¿Cómo lo ves?

—¿El qué? —¿Que fuera incapaz de tolerarla? ¿Que en su casa no existiera un espacio para ella? ¿Que se sintiera desplazada y eso, por mucho que no quisiera, le afectara?

—El caso.

Oh, claro. Se le olvidaba que, en lo que respectaba a Vera, a Roman solo le interesaba el Caso Magno.

—Creo que el primer paso es que los dos tengamos claro el caso. Podemos repasarlo y señalar aquellos hechos que consideramos más importantes. A partir de allí, haremos una lista de los argumentos que se nos ocurran. Una lluvia de ideas de la que poder partir.

—Voy a buscar el ordenador. Ponte cómoda.

Roman dejó la cerveza sobre la encimera y desapareció por las escaleras que llevaban a la segunda planta. Un poco sorprendida por el gesto, Vera decidió dejar sus cosas en la mesa grande y se sentó.

—Quizás hubiera preferido un supuesto mercantil, pero creo que podemos encontrar argumentos sólidos que defiendan la posición de Kelly. —La voz de Roman llegó hasta ella desde alguna habitación de arriba.

¿Cómo sería su habitación?

Apareció de nuevo tras un par de minutos y colocó el ordenador en la mesa, delante de Vera. También dejó una libreta con hojas a cuadros, un par de bolis, su móvil y lo que parecía un *vaper*. Agarró esto último y se lo llevó a la boca.

—¿Te molesta? —preguntó al ver que Vera seguía el movimiento de sus labios.

—No, Connor y tú estáis todo el día fumando, ya me he acostumbrado.

—Pero no te gusta.

—¿Dejarás de darle caladas a esa cosa si te digo que no?

—No.

—Entonces, ¿por qué lo preguntas?

Roman frunció el ceño.

—Curiosidad.

Vera no sabía cómo responder ni cómo interpretar aquel comentario, así que decidió volver al caso.

—Tenemos a Charlie Kelly, demandante y nuestro cliente. En 2015 es detenido durante un control de tráfico por la policía vial de Montana. Lo acusan de exceso de velocidad, conducir bajo los efectos del alcohol y portar un arma peligrosa en estado de ebriedad.

—La policía lo detiene sin una orden —Roman tomó el revelo— y es llevado a los juzgados a la espera de que se celebre una vista por causa probable en la que se evalúe si existen suficientes indicios para justificar la detención.

Vera se levantó, bolígrafo en mano.

—Kelly alega que, durante su estancia en los juzgados, fue físicamente agredido por varios policías. Una hora y media después del supuesto incidente, el juez competente declara que sí existían causas probables para detener a Kelly.

—Así que Kelly decide presentar una demanda por privación de derechos en base a la Sección 1983 del Título 42 del Código de los Estados Unidos y la interpone contra el condado de Rosebud y los cuatro policías que lo asaltaron.

—*Presuntamente.*

—Es nuestro cliente, Vera, por supuesto que fue agredido por esos hijos de puta.

Vera no pudo evitar esbozar una media sonrisa. Otra cosa no, pero Roman iba a meterse en el papel y a tomarse aquel caso como si fuera real.

Continuó:

—En su demanda, Kelly declara que los policías han vulnerado sus derechos de la Decimocuarta Enmienda al emplear fuerza letal durante la paliza que sufrió en los juzgados en 2015.

—Y aquí estamos —terminó el chico.

—Sí, aquí estamos.

Roman fue a la cocina y empezó a sacar cosas de la despensa: patatas fritas, galletas saladas, cacahuetes. Lo sirvió en boles y lo colocó en la mesa junto con un par de cervezas más. Se llevó una patata a la boca.

—La defensa de los codemandados es sencilla. Consideran que Kelly debería haber basado su demanda en la Cuarta Enmienda en lugar de en la Decimocuarta, porque en el momento de producirse la paliza el juez todavía no había resuelto sobre la existencia o inexistencia de causa probable.

—Estamos bailando alrededor de una línea muy fina —agregó Vera—. Un hombre es agredido por cuatro policías y todo el caso se puede ir a la mierda por algo tan absurdo como un escrito mal fundamentado. Nadie excusa la conducta que lo llevó a ser arrestado, pero eso no significa que pueda servir de saco de boxeo.

No hizo falta que Roman hablara. Vera sabía lo que estaba pensando.

Dura lex, sed lex.

—La clave es centrarnos en lo que realmente importa. —Roman escribió algo en su libreta y se lo enseñó.

Detenido vs. Preso preventivo.

Ella asintió.

—Si en el momento de la paliza Kelly era considerado un detenido, entonces debería haber basado su demanda en la Cuarta Enmienda. En cambio, si era un preso preventivo, esto es, si se encontraba sujeto al régimen de prisión preventiva…, no hay ningún problema en alegar la Decimocuarta.

—La contraparte defenderá que estaba detenido y que por eso el caso está mal fundamentado.

—Y nosotros tenemos que convencer al tribunal de lo contrario.

—Eso es. —Roman la miró con complicidad y le tendió la bebida que le había traído.

Esta vez, Vera la aceptó.

Y se quedaron así, en silencio. Roman le daba caladas a su *vaper* mientras miraba el techo absorto en sus cavilaciones. Vera apuntaba lo que habían hablado en su tableta y añadía posibles argumentos y contraargumentos.

Hasta que Roman lo interrumpió:

—Tendremos que machacar a Connor y a Blythe.

A sus amigos les habían asignado el mismo supuesto de hecho, pero defendían la posición contraria: la del condado de Rosebud y los cuatro policías que habían agredido a Kelly.

¿Qué significaba eso? Pues que el día en el que defendieran el Caso Magno frente al jurado tendrían que verse las caras en el estrado. Siendo sincera consigo misma, Vera hubiera preferido enfrentarse a cualquier otro estudiante. No porque Blythe y Connor fueran sus amigos, sino porque era consciente de lo brillantes que eran y lo letales que podían llegar a ser cuando se trataba de cuestiones académicas (en particular Blythe).

—¿Sin piedad? —Vera enarcó las cejas.

—Sin piedad —confirmó Roman—. Nada me daría más satisfacción que ver la cara de rabia de Blythe al perder el juicio. —Dio otra calada y expulsó el humo—. Aunque pensándolo bien, que ganemos o perdamos da igual, lo que importa es lo bien que lo hagamos nosotros y cómo defendamos a nuestro cliente. Gustarle al jurado. —Una calada más—. Al final solo cuatro personas conseguirán la beca.

Esas palabras pusieron en alerta a Vera. Como cada vez que alguien hablaba de la beca, sintió un nudo en el pecho y su mente entró en bucle con el pensamiento de que era posible que ella no fuera una de las cuatro escogidas. Sí, la resolución del Caso Magno era vital. Pero no era lo único que contaba. La calidad de su participación en el simulacro les daría una serie de puntos, y estos tendrían que sumarse a la media con la que habían acabado primero de JD. Ambos elementos determinarían su posición entre los quince.

Roman, Charles y Blythe no tenían mucho de lo que preocuparse. Ocupaban los primeros puestos del ranking. De hecho, Charles era el primero de la promoción, Blythe la tercera y Roman, el cuarto. Connor estaba en la posición decimosegunda, aunque tampoco parecía importarle mucho. Pero en su caso… era diferente. Era la décima, lo que significaba que tenía más probabilidades de quedarse a las puertas del billete dorado que de conseguirlo. Y para Vera, conseguir la Beca Steven Greenberg y Jacob Hughes era cuestión de vida o muerte. Por eso, la mera mención del tema le generaba un malestar y un terror que a veces le era imposible gestionar.

Como en ese momento: se sintió invadida por un calor intenso y unas ganas de gritar lo salvaje que le parecía la forma en la que la facultad los llevaba al borde de la demencia y el agotamiento. Y todo por conseguir aquella oportunidad. ¿Por qué no podían abrir más plazas? ¿Tan malo sería que diez personas pudieran gozar de la beca?

Pero lo que quería Cornell era causar esa sensación de exclusividad, de privilegio, y, lo peor, quería que solo cuatro personas pudieran ser las beneficiadas. Con esa estrategia, la universidad mandaba un mensaje a sus estudiantes: ser admitido en una de las facultades de Derecho más reconocidas del mundo no era suficiente.

No.

Si de verdad querías destacar, debías coronarte como uno de los cuatro *optimates*, como solía llamarse a los estudiantes que eran galardonados con aquella oportunidad de oro.

—A veces me siento como un peón en medio de una partida de ajedrez. —Vera hizo todo lo posible por calmar su respiración. No podía dejarse llevar porque entonces los ojos se le empezarían a llenar de lágrimas y el pulso se le aceleraría y la visión se emborronaría y…

Para.

Tenía que parar.

—Lo somos. La cuestión es: ¿qué clase de peón quieres ser?

—¿A qué te refieres? —Inspiración, espiración.

—Bueno… —Roman agarró el vaso de cristal y empezó a deslizarlo por la mesa hacia Vera—, a mi modo de ver puedes ser un peón como cualquier otro o uno de esos que luchan, llegan hasta el final del tablero y… —dejó el vaso frente a Vera y, en su lugar, asió la cerveza— consiguen convertirse en reina.

Le dio un trago largo.

—Y tú quieres ser uno de esos peones —sentenció Vera.

Roman clavó su mirada en ella. No la apartó.

—A toda costa.

VII

PASADO

8 de febrero de 2017

—Esta es la peor idea que has tenido en mucho tiempo. —Era como la sexta vez que Blythe repetía aquello.

Estaban los cuatro en el amplio salón de la casa que Connor y Charles compartían en Ithaca. Como cada miércoles, se habían reunido allí después de clases para pasar un rato juntos repasando sus apuntes y avanzando con los trabajos que tenían pendientes. La idea se le había ocurrido a Connor a principios de año. Según él, de esa forma reforzarían su amistad y su conocimiento se vería enriquecido.

—Colectividad frente a individualismo —les había dicho tras proponerles el plan.

Y cuando todos se le habían quedado mirando como «qué te has fumado», había citado a Marx. Vamos, que había sido imposible llevarle la contraria.

Y ese era el motivo por el que, cada miércoles desde principios de curso, se reunían allí. Solo que aquel miércoles era diferente, porque Connor había decidido —por algún motivo que todavía nadie entendía— invitar a la chica nueva.

Sí, la que se parecía a Nathalie.

Blythe estaba de los nervios; Charles, más callado de lo normal, y él, al borde de agarrar sus cosas y largarse al gimnasio.

Como si no tuviera suficiente con lo que lidiar.

De forma inconsciente, su mente vagó a ese último fin de semana, en el que había tenido que acudir a la mansión de Tunkhannock para hacer acto de presencia en una de las reuniones familiares de los Cagliari. Como de costumbre, alguien había acabado derramando sangre sobre la alfombra y Betsy, la amante de turno de su tío Andrea, había tenido que salir corriendo a por gasas. Y también como de costumbre, había tenido que hacer un esfuerzo sobrehumano por ignorar las burlas, amenazas y presiones de sus familiares. Que cuánto tiempo iba a seguir *escondido* en esa puta universidad (pues el que le diera la gana), que si ya era hora de que hiciera algo para demostrar su lealtad ante los Cagliari (¿no había hecho suficiente?), que si se le estaba olvidando de dónde provenía (ya le gustaría), que si esto, que si aquello.

La mitad de los días del año, Roman deseaba poder enviar a todos los Cagliari a la mierda.

La otra mitad, matarlos.

—He tenido una intuición. —La justificación que Connor les estaba intentando vender desde hacía horas lo trajo de vuelta al salón.

—Tus intuiciones se pueden ir a tomar por culo. —Blythe caminaba de un lado para otro del salón, una bomba a punto de detonar.

—Creo que te has pasado un poco —apuntó Charles de camino a la cocina abierta. Se sirvió un vaso de agua.

—¿Ahora también vas a defenderlo?

—No es eso.

—Sí, sí que lo es. Siempre lo defiendes. Incluso cuando hace estupideces tan sumamente grandes como invitar a una chica que nadie conoce a vuestra casa y que, por si no lo he dicho antes, se parece a Nathalie Porter.

—Deja de hablar así —advirtió Charles.

—Y deja de repetir ese nombre —añadió Roman.

—Entonces deja de defender a tu… a tu… —dijo Blythe, dirigiéndose a Charles.

—Connor —completó Roman.

—Eso.

—¿Podemos no adelantarnos a los acontecimientos? No sabemos si va a venir —masculló Charles con la mirada clavada en su vaso de agua, ya fuera para evitar el conflicto o a su amigo, que observaba la escena divertido desde el sillón orejero marrón que se había empeñado en traer desde su ático de Nueva York.

—Exacto —coincidió Connor—. Además, como ya os he dicho, he tenido una…

—Como vuelvas a decir «intuición» voy a reventarte el vaso de Charles en la cara.

—*Ragazzi*, calma. Charles tiene razón, no sabemos si Vera Velasco va a venir. Y si lo hace, qué más da. Ella no es Nathalie…

—No. Digas. El. Nombre —repitió Roman.

— … Porter. Ya lo veréis. Blythe, te sorprenderá lo transparente que es. Y Roman, nadie te está pidiendo que repitas errores y corras a follártela, aunque conociéndote…

Ya está, había tenido suficiente de esa mierda.

Como no se largara de allí alguien iba a acabar en el hospital del campus (ese alguien siendo Connor).

Se levantó del sofá y agarró su mochila, dispuesto a marcharse. Sus amigos empezaron a protestar diciendo que ni se atreviera a dejarlos solos (Blythe), que si salía por la puerta estaría demostrando que el individuo era más importante que el grupo (Connor) y que por favor se quedara (Charles).

Pero Roman los ignoró. Cruzó el salón en tres pasos, posó su mano en el pomo de la puerta principal.

Y en ese momento sonó el timbre.

Maldijo por lo bajo.

—¿Qué esperas? Abre —canturreó Connor.

Y eso hizo.

Abrió la puerta.

Más tarde se preguntaría por qué lo había hecho. El camino fácil hubiera sido negarse y esperar a que la chica, al ver que nadie respondía, se marchara. Blythe tenía razón: era una mala idea. No necesitaban revivir pesadillas ni mucho menos repetir lo que había sucedido hacía unos meses. Y menos él.

Sin embargo, abrió la puerta.

Debió de hacerlo con más fuerza de la que pretendía, porque la chica estuvo a punto de perder el equilibrio y caerse por los peldaños que separaban la casa del pequeño jardín exterior.

Cuando se hubo recompuesto, levantó la mano derecha en señal de saludo. En la izquierda sostenía la libreta medio roñosa en la que había estado escribiendo frenéticamente esa mañana, cuando Connor la había abordado en el jardín de la Facultad de Ingeniería.

—Soy Vera Velasco —dijo—. Connor me ha invitado.

Como invocado, Connor se acercó y, asomándose por encima de su hombro, exclamó:

—Vera, has venido. —Por su tono, cualquiera diría que la conocía de toda la vida.

Al verlo, la chica sonrió. Pero su expresión, consideró Roman, era falsa. Carecía de sentimiento o emoción. Lo sabía porque él había empleado la misma arma justo ese fin de semana, en Tunkhannock, cuando se había visto obligado a tragarse el orgullo y mostrarse como una persona dócil y conforme pese a las ganas que había tenido de subirse al coche y alejarse todo lo posible de su familia.

—Pasa, pasa. Estábamos esperándote impacientes. —Connor se hizo a un lado y tiró a Roman de la mochila para obligarlo a hacer lo mismo.

Ese, pensó, era el último adjetivo que utilizaría para describir el ambiente que se había respirado hacía escasos minutos.

Desde el sofá, Blythe la estudiaba con una expresión de odio digna de admirar.

Charles se puso de pie y fue hacia Vera. Probablemente era consciente de la tormenta que se desataría si su amiga decidía abrir la boca.

—Dame —se ofreció, y agarró la chaqueta que la chica se acababa de sacar—. ¿Quieres algo de beber? Por cierto, soy Charles —dijo a la vez que le tendía la mano.

Vera se la estrechó.

Llevaba un jersey de cuello alto de rombos marrones, unos vaqueros oscuros más anchos que estrechos y unas botas negras de estilo militar que estaban de moda. Tenía las uñas pintadas de marrón y varios anillos. Su piel era de un ligero tono tostado y, sus ojos, dorados.

Como *sus* ojos.

No pienses en esa zorra, se reprendió. Pero las similitudes eran casi imposibles de obviar. No solo era cómo se movía, con seguridad pero a la vez con reserva, como si un movimiento en falso pudiera revelar sus más oscuros secretos. Era su voz, los anillos, la forma en la que se había presentado («soy Vera Velasco», apellido incluido), y por encima de todo, los ojos.

Agarra tus cosas y márchate, Roman. Esto no pinta nada, pero nada, bien.

Sin embargo, se quedó.

—Gracias —murmuró Vera. Cautelosa. Confiada.

—Ella es Blythe. —Charles la señaló y rápidamente, para que Vera no se fijara en su amiga (que seguía enfurecida), añadió—: Y él, Roman.

Vera se giró y clavó esos ojos en él.

Fue como si dos agujeros negros lo empezaran a absorber lenta, muy lentamente. Solo que no eran negros, sino *dorados*. Solo que no estaba siendo absorbido, porque seguía en casa de Connor. De pie. La mochila cargada a su espalda porque su plan había sido salir por la puerta pero todavía no...

—Hola. —Un saludo seco pero amable.

—Hola. —Una respuesta ronca y estrangulada.

Antes de que pudieran intercambiar una sola palabra más, Connor la rodeó con un brazo, alejándola de Roman y llevándola hacia los sofás.

—Siéntate donde quieras, Vera. Charles, Blythe y yo solemos ocupar el sofá o los sillones, alrededor de la mesa de centro. Roman prefiere la mesa del comedor.

La chica escogió uno de los sillones y, tras guardar su libreta en la mochila, sacó una tableta y un par de folios en blanco.

—¿Cómo vas con las clases? —le preguntó Charles. Luego le ofreció un refresco, que la chica aceptó, y se sentó junto a ella—. Transferirse desde otra universidad a mediados de curso no debe de ser nada fácil.

¿A qué se suponía que estaban jugando?, pensó. *¿No veían que no tenían nada que ganar y mucho que perder?*

Al parecer no, porque Charles la animó a contestar a la vez que Connor le sonreía como si llevara años esperando ese momento.

Vera empezó a explicarles que, en realidad, no le había costado nada hacer el cambio. Su objetivo siempre había sido Cornell. Estaba convencida de que, de una forma u otra, acabaría allí.

—¿Estás becada? —Blythe lanzó la pregunta sin ningún tipo de miramiento y compasión porque, por supuesto, sabía la respuesta. Su amiga se había encargado de exprimir toda la información posible sobre Vera y explicárselo a ellos ese mismo día.

«Su familia no es nadie», les había siseado hacía unas horas, «su padre solía tener dinero pero lo perdió todo y ahora es un simple empleado en una empresa de seguros. Tiene una beca del cincuenta por ciento pero aplicó para la completa, por eso trabaja algunas tardes en la tienda del campus, lo necesita para cubrir sus gastos», había expuesto como si aquello se tratara de un estudio de investigación y estuviera dispuesta a sacar la mejor nota.

Así que aquello era un reto. La estaba poniendo a prueba. Si mentía… Era mejor no pensar en cómo reaccionaría Blythe si la chica nueva se inventaba una vida que en realidad no tenía.

Pero Vera asintió.

—Parcialmente. He empezado a trabajar en la tienda oficial del campus para poder pagarme la vida en Cornell y… bueno, intentar ahorrar un poco.

—¿Tus padres no te ayudan? —Para Connor, que llevaba viviendo toda su vida de la fortuna de los Hannaway, aquello era impensable.

—No. Ellos nunca quisieron que viniera a estudiar a Estados Unidos. Su plan ideal hubiera sido que me quedara en Lima. Según ellos, todo a lo que podía aspirar se encontraba en casa, en Perú —dijo esto último con una mueca que oscilaba entre el dolor y la diversión. Como si ni ella misma supiera cómo sentirse ante las palabras y los sentimientos de sus padres—. Pero yo quería… más. —No paraba de darle vueltas y vueltas a uno de sus anillos—. Cuando les dije que me habían aceptado en USC me juraron que si ponía un pie fuera del país no se harían responsables de nada; tendría que buscarme la vida.

Su voz se quebró al pronunciar la última frase.

Y fue esa vulnerabilidad, esa manera de mostrarse tal y como era, sin tapaderas ni mentiras, que le llevó a hablar.

—Pero te fuiste.

Ella lo miró.

Y cuando lo hizo, sus ojos no le parecieron tan iguales a los de Nathalie.

—Lo peor fue que mi hermana, Tina, decidió venirse conmigo. Eso les jodió incluso más.

—¿Dónde está ahora?

—Se ha quedado en California. Hace unos meses consiguió una visa y ha abierto un gimnasio con una amiga. Estoy sola en Ithaca.

Vera se concentró en su tableta, seguramente en un intento por desviar toda la atención que, de repente, se había posado en ella. Al fin y al cabo, no solo no los conocía de nada, sino que también debía de haber escuchado los mil rumores que corrían sobre ellos.

Pero a pesar del nerviosismo de quien interactúa con un grupo de personas por primera vez, había algo en ella que derrochaba seguridad e interés. Estaba allí, saludándolos y explicándoles cosas como si fueran unos estudiantes más, como si le importara que la conocieran. Y ello pese a todos los rumores y advertencias que debían de haberle llegado de los otros alumnos del JD.

Roman odiaba darle la razón a Connor, pero… quizá su amigo estuviera en lo cierto.

Quizás esa chica no era como Nathalie.

—¿No te ibas, Roman? —Connor se había desplazado hasta la cocina y removía con una pajita uno de esos cócteles dulzones sin alcohol que tanto le gustaba mezclarse.

—No. —Dejó caer la mochila sobre la mesa del comedor y se sentó en una de las sillas.

—Oh, me había parecido que sí.

Connor sonrió con triunfo y movió los labios lentamente pronunciando la palabra «intuición».

Imbécil.

En ese momento le hubiera gustado tirarle algo.

Llevaban una hora trabajando en silencio, cada uno concentrado en sus cosas (o eso parecía), cuando Connor decidió que había llegado el momento de pedir pizzas.

—No aguanto más, necesito comida. —Alargó la mano para buscar su móvil de la mesa del centro—. Vamos a ver, yo quiero una cuatro quesos, Charles una margarita, Blythe…

—La de crema de trufa —añadió la chica sin dejar de teclear en su ordenador.

—Eso. Roman, ¿tú la picante o también una cuatro quesos?

—Picante.

—¿Y tú, Vera? —Connor la miró, a la espera de una respuesta.

Pero Vera murmuró que no quería nada.

—¿No te gusta la pizza? Podemos pedir otra cosa si quieres —propuso Charles.

—No es eso. —Fueron sus únicas palabras.

Blythe habló por segunda vez desde que Vera había llegado:

—No seas tonta, aprovecha que le toca pagar a Roman y pide una.

—Pero si te toca pagar a…

Pero entonces, Roman lo entendió.

Vera no quería gastar dinero en pedir pizzas porque no podía permitírselo y Blythe le acababa de ahorrar el mal trago de tener que admitirlo delante de un grupo de personas que recién había conocido. Porque una cosa era explicarles que podía estudiar en Cornell gracias a una beca (situación en la que se encontraban muchos estudiantes), pero otra muy diferente tener que admitir que no podía pagarse una mísera pizza.

Roman estudió a Blythe.

Seguía tecleando, como si la situación le importara una mierda; como si no hubiera sido la primera en oponerse (se había puesto como una furia) a que Vera se juntara con ellos.

Al parecer, pensó, su amiga había llegado a la misma conclusión que él. Por muchas similitudes que pudieran encontrar, quizá, solo quizá, aquella chica no fuera como Nathalie.

Claro que esa era una admisión que no iba a pronunciar en voz alta.

Roman entendía el orgullo de Blythe, porque era el mismo con el que convivía día a día y que muchas veces le impedía pronunciar un «lo siento» o «gracias» a tiempo. El mismo que lo obligaba a callarse toda la mierda que rodeaba a su familia y lo avergonzado que se sentía de formar parte de ella.

Precisamente porque entendía a Blythe y lo que debía de haberle costado tener aquel gesto, dijo:

—Un día me arruinaréis. Connor, llama ya y pide las pizzas. Pero que sean dos margaritas y dos cuatro quesos. Las podemos compartir.

Seguro que a la chica nueva le gustaba alguna.

Connor puso el altavoz y exclamó un *buonaaaseraaa* innecesario cuando el camarero del restaurante descolgó la llamada.

Roman desconectó. No necesitaba escuchar a su amigo pedir las pizzas en su italiano chapurreado pero que, según él, hablaba a la perfección porque había pasado cinco veranos seguidos en la Costa Amalfitana y *bla, bla, bla.*

Sacó su móvil para mirar la hora.

Tenía tres llamadas perdidas y cinco mensajes.

Eran de Carter.

Tenemos que hablar.

En una hora en el Liberty.

Eso se lo había dicho a las cinco. Eran las seis menos cuarto.

¿Hola?

¿Por qué coño no contestas?

Más te vale estar allí cuando llegue.

Tenía quince minutos para ir a su casa, buscar el coche y conducir hasta el bar que se encontraba a las afueras de Ithaca. Llegaba tarde. Joder.

Se levantó de la silla y empezó a recoger sus cosas.

—¿Qué ha pasado? —Charles se había acercado y él ni se había enterado.

Guardó el ordenador en la mochila y se puso la larga chaqueta negra.

—Carter —murmuró mientras sacaba un billete de cien dólares de su cartera y lo dejaba encima de la mesa.

—¿Necesitas algo? —Frunció el ceño, claramente preocupado.

—No. Después te escribo.

Charles se limitó a asentir, sabía que no podía hacer nada más por su amigo, y se apartó para dejarlo pasar.

Roman lanzó un «nos vemos luego» y abrió la puerta principal. Lo último que vio antes de salir a la calle fueron unos ojos dorados observándolo desde el sofá.

Carter lo estaba esperando con una expresión cabreada y un vaso de whisky. Se había sentado en una de las mesas más alejadas de la barra, lo que significaba que no quería que nadie los escuchara.

Roman se acercó y ocupó la silla frente a su hermano.

—Y aquí llega el niño rico de Cornell.

—¿Qué quieres?

Carter apoyó los codos sobre la mesa y se inclinó hasta que su rostro estuvo a escasos centímetros de los de Roman. Su aliento olía a alcohol y tenía las pupilas dilatadas, consecuencia de lo que se debía de haber metido esa tarde.

—Para empezar, que contestes al puto teléfono cuando te llamo.

—Estaba ocupado —lo dijo con un tono plano, carente de toda emoción.

—*Estaba ocupado.* —Carter lo imitó, despectivo—. Haciendo qué, ¿chupándosela a tus dos amiguitos?

—Ni se te ocurra mencionar a mis amigos.

Una cosa era que Carter le hablara mal y se mofara de él. Eso podía aguantarlo sin problemas. Al igual que los puñetazos y patadas que llegaban en los momentos más inesperados, cuando nadie —en especial Stefano— estaba mirando. Pero Roman no iba a consentir que su hermano pronunciara el nombre de sus amigos.

Por supuesto, Carter siguió:

—Me dais asco. Sabes lo que dicen de vosotros, ¿no? Que os folláis los unos a los otros. Que sois una especie de…

—¡Cállate la puta boca! —Roman golpeó la mesa con ambos puños.

El Liberty quedó en silencio. Roman sintió cómo los ojos de los clientes del bar se le clavaban en la nuca. Se centró en respirar y controlar el temblor que había empezado a sacudirle el cuerpo.

Su hermano se reclinó en la silla y soltó una carcajada que más bien sonó como un cerdo en el matadero.

—Tranquilo, Romie, tranquilo. Mira que te lo tomas todo en serio, eh. Bebe algo para relajarte.

Le hizo una seña al camarero, que se aproximó a la mesa con cautela. Roman murmuró que no quería nada, pero Carter lo ignoró. Pidió dos whiskies más. El camarero apuntó la comanda y unos minutos después les sirvió el alcohol.

Carter apuró su segundo vaso en apenas dos tragos.

Roman no lo tocó.

—Voy a empezar a vender en tu bonito campus. Nada del otro mundo: hierba y coca. Pero se moverá bien. Va a volar. Te sorprendería la cantidad de niños ricos que quieren meterse. Pagan oro por un chute. —Rebuscó en el bolsillo de su chupa negra y sacó una bolsita de plástico transparente con marihuana—. Huélela, es de la buena.

—¿Estás loco? Esconde esa mierda. —¿Acaso pretendía que todo el Liberty lo viera?—. Como te arresten, Stefano va a ir personalmente a la cárcel a matarte.

Stefano era su padre, pero Roman nunca se refería a él así. Había dejado de hacerlo hacía mucho tiempo, tras recibir una de sus primeras palizas a los cinco años. Carter y él habían estado jugando con sus primos al béisbol. Habían convertido el jardín de la mansión de Tunkhannock en un campo improvisado y se habían dividido en dos equipos. A Roman le había tocado batear. Tres *strikes* después lo habían eliminado y Carter y Wess —uno de sus primos— se habían abalanzado sobre él para enseñarle el trato que recibían los perdedores en la familia Cagliari.

Tras un labio partido y varias heridas, Roman había conseguido escapar y correr hacia la mansión. No había recurrido a sus padres, sabía que no serviría de nada, pero aterrorizado de que Carter y Wess volvieran a por él, se había escondido en el pequeño armario que había debajo de las escaleras que daban a las habitaciones del servicio. El problema fue que a la hora de cenar todavía no había salido. Allí dentro no había tenido forma de saber qué hora era y el comedor quedaba demasiado lejos como para escuchar a su madre llamarlo a la mesa.

Fue Stefano quien lo encontró. Lo agarró por el cuello del jersey y lo arrastró fuera del armario.

«Qué se supone que estás haciendo aquí», le había gritado.

Llevaban un buen rato buscándolo. Roman había empezado a explicarle que se estaba escondiendo de su hermano y su primo, pero Stefano lo había silenciado con un tortazo.

«¿Esconderte? Los Cagliari no se esconden. Si el idiota de tu hermano te pega, tú se la devuelves. ¿Lo entiendes, mocoso?».

No, no lo entendía, pero había asentido. No podía hacer otra cosa.

Desde ese día, su padre dejó de ser su padre y pasó a ser Stefano: el hombre que estaba al mando de los negocios de la familia, el *capo*, el maltratador de su madre y la pesadilla que lo había acechado cada noche hasta que había sido lo suficientemente mayor como para entender que si no tenía corazón, no era su culpa.

—¿Te crees que soy imbécil? Si vengo a este bar es por algo, nadie va a llamar a la policía. —Carter le arrojó la bolsita con la marihuana y Roman no pudo hacer otra cosa que atraparla al vuelo—. Tengo la zona y los caramelos. Solo me falta un camello. Y tú, hermano, eres la persona perfecta.

—No. —Roman le lanzó la droga de vuelta y se cruzó de brazos.

Una cosa era que Stefano le diera órdenes que no podía negarse a cumplir. Porque por mucho que lo aborreciera, Roman todavía dependía de su familia y estaba obligado a obedecer como un chucho. Stefano se había encargado de pagarle los cuatro años de universidad en Dartmouth y, ahora, el JD. Si Roman daba un paso en falso… adiós a Cornell.

Adiós a ganar la beca.

Adiós a su plan para escapar de aquel infierno.

Una cosa era estar forzado a cumplir la palabra de Stefano, pero otra muy diferente que Carter intentara meterlo en sus negocios paralelos de mierda.

—¿Cómo que no? —Carter volvió a inclinarse hacia él, pero Roman no titubeó.

—No —repitió—. No voy a ser tu camello. Búscate a otro.

Hizo ademán de levantarse. Ya había tenido suficiente, pero su hermano le apresó ambas muñecas con fuerza.

—Piensas que esto no va contigo, ¿no? Que estás por encima de mí. Mírate, jugando a ser un estudiante rico de Derecho, yendo y viniendo con tu grupito de empollones como si fueras uno más. —Le clavó los dedos con todavía más fuerza. Roman hizo todo lo posible por mantenerse impasible—. ¿Cómo te sientes sabiendo que todo es una fachada y en el fondo eres como papá y como yo? ¿O acaso tengo que recordarte toda la mierda que llevas haciendo estos últimos años? Creo que el policía al que enviaste al hospital de una paliza…

—Cállate.

Aquellas palabras fueron suficientes para que su mente, sin quererlo, recordara. Era de noche. Roman se vio a sí mismo, de pie, en un callejón sin salida de un pueblo perdido en Pensilvania. Había estado con Carter, esperando un camión que tenía que entregarles un cargamento de armas. Y entonces habían aparecido dos policías. Alguien los había delatado. En cuestión de segundos, Carter había disparado a uno de ellos, un balazo directo al pecho, y antes de desaparecer para llamar a Stefano y alertarle de que algo iba mal, muy mal, le había pedido a Roman que se encargara del otro. Y eso había hecho Roman: encargarse. No había permitido ni que el policía sacara la pistola. Se había abalanzado sobre él y lo había tirado al suelo. El forcejeo lo había obligado a propinarle golpe tras golpe tras golpe en la cabeza hasta que había perdido la conciencia. Solo había querido detenerlo, por eso no había sacado su arma. Solo había querido frenarlo, por eso había utilizado los puños.

Pero había infravalorado su fuerza.

Había infravalorado el monstruo en el que era capaz de convertirse.

Él mismo había llamado a la ambulancia. ¿Qué se suponía que tenía que hacer? ¿Dejarlo morir en el asfalto?

Quizás eso, la muerte, hubiera sido mejor que el destino al que lo había condenado.

Porque el policía, ese hombre que seguramente tenía una familia y amigos y toda una vida construida, había entrado en un coma profundo.

E incluso dos años después, todavía no había despertado.

Roman lo sabía porque se encargaba de visitarlo en el centro en el que llevaba ingresado desde esa horrible noche en Pensilvania.

Era su penitencia.

—¿Qué pasa, Romie? ¿Duele que te recuerden lo hijo de puta que eres?

Roman se zafó de su hermano y se levantó bruscamente. La silla en la que había estado sentado cayó al suelo con un golpe seco.

—Di lo que te dé la gana, pero no voy a ser tu camello.

Agarró su mochila y se marchó del Liberty sin importarle que el camarero, el cliente de la barra o quien fuera hubieran presenciado aquella escena.

Fue hacia su coche, lo arrancó y pisó el acelerador para largarse de ese lugar cuanto antes. Carter era capaz de salir del bar y empezar a perseguirlo como un loco.

Solo cuando hubo llegado a su casa y asegurado todas las puertas y ventanas con pestillo, se permitió caer sobre el sofá y cerrar los ojos asimilando la sensación aguda que le subía desde las manos. No hacía falta que mirara sus muñecas para saber el estado en el que estaban.

Perdió el sentido del tiempo. En algún momento de la noche el móvil vibró una, dos, tres veces. Lo ignoró. Volvió a vibrar. Lo sacó de su chaqueta, dispuesto a bloquear el número de Carter para que no pudiera volver a contactarlo, pero era Charles.

¿Roman? ¿Todo bien?
Habías dicho que me escribirías y llevas horas sin decir nada.
Estoy preocupado.
Dime algo cuando puedas, por favor.

Roman ignoró la punzada de dolor que le causó leer los mensajes de su amigo. Por un momento, pensó en llamarle y contarle todo, sin tapujos ni medias verdades. Que odiaba a su familia, que no soportaba ser su esclavo, que estaba harto de fingir y mentir, que le aterrorizaba pensar que en el fondo era todo lo que su hermano le había dicho: un hijo de puta, una rata criminal como Stefano, un Cagliari. Al fin y al cabo, ¿quién había machacado tanto a ese policía que lo había dejado en coma?, ¿quién había convencido a sus amigos de hacerle a Nathalie lo que le habían hecho?, ¿quién tenía las manos manchadas de sangre? Sí, había hecho cosas de las que se arrepentía, que lo perseguían por las noches (y tenía la certeza de que lo seguirían persiguiendo por el resto de sus días). Había hecho cosas que solo un monstruo sería capaz de hacer.

Pero fue un pensamiento fugaz y, tal y como pasó por su cabeza, se fue. Si llevaba años ocultándole a sus amigos la verdad sobre su familia, era por una razón: cuanto menos supieran, mejor para ellos; cuanto menos supieran, más a salvo estarían.

Era consciente de que Charles, Blythe y Connor sospechaban; que intuían que tenía un reverso oscuro vinculado a su familia del que no estaba orgulloso, pero tampoco podía desprenderse (al menos de momento). Pero mientras fueran solo sospechas, podía seguir adelante. Mientras no descubrieran qué se cocía en las reuniones familiares a las que acudía recurrentemente y los motivos por los cuales a veces volvía a Cornell magullado y apaleado, podía fingir que todo estaba bien y que Roman era Roman y no un Cagliari.

Respondió el mensaje de Charles:

Ya estoy en casa, todo bien.

La contestación de Charles llegó al instante:

¿Necesitas algo?

No. Mañana nos vemos.

En el chat aparecieron tres puntitos. Charles estaba escribiendo. Borró el mensaje. Volvió a escribir. Volvió a borrar.

Sabía que su amigo no se creía ni una de sus palabras y estaba dudando de si debía confrontar la situación o dejarlo estar. El mensaje llegó:

De acuerdo. Buenas noches.

Sí, era mejor dejarlo estar. Porque no existía nada ni nadie que pudiera sacarlo del hoyo en el que se encontraba. Era demasiado profundo, demasiado abismal. Y si Roman tenía clara una cosa era que no iba a permitir que sus amigos se vieran arrastrados a esa oscuridad.

Bajo ninguna circunstancia.

VIII
PASADO

9 de febrero de 2017

Vera salió de la casa de Madison Street con el pelo todavía medio húmedo. Llegaba tarde a la primera clase de la mañana. Había perdido la noción del tiempo mientras corría y había acabado haciendo un circuito de casi quince kilómetros. Cuando se había dado cuenta, había esprintado de vuelta a casa, se había duchado a toda velocidad y se había vestido con lo primero que había encontrado: una camisa blanca con un cárdigan verde oscuro y los mismos tejanos y botas del día anterior.

Había pasado la noche dando vueltas en la cama, incapaz de dejar la mente en blanco.

Incapaz de salir del bucle: ¿había hecho lo correcto?

Siendo totalmente sincera consigo misma, había estado a punto de ignorar la propuesta de Connor. De hecho, lo había tenido claro hasta que se había sentado en su escritorio a primera hora de la tarde. No, no iba a ir. No era una buena idea por muchísimas razones.

Por ejemplo, los cientos de rumores que, desde que había llegado a Cornell, no había dejado de escuchar.

Kasey había sido la primera en advertirle que no se mezclara con ellos, pero no la única.

Allá donde fuera, el nombre de Nathalie Porter la perseguía como la muerte a los vivos.

«Estaba en el campus y de repente ya no. Algunos dicen que la última noche que la vieron estaba llorando, escapando de ellos. Cagliari le hizo algo, te digo yo que ese cabrón es culpable de más de un crimen. Pobre Nathalie, con lo buena chica que era. Seguro que sus familias tuvieron algo que ver».

Porque ese era el otro tema recurrente en las bocas de los estudiantes de la facultad: los Hannaway, los Jeong, los Aster y los Cagliari.

Kasey no se cansaba de repetir que si Connor y sus amigos estaban entre los mejores estudiantes del JD era por sus familias. «Manipulan a quien haga falta para conseguir lo que quieren», le había susurrado hacía un par de días en la biblioteca, cuando había visto pasar a Blythe y a Roman. Y después, cuando se habían cruzado con Charles en una de las cafeterías del campus, había incidido (por enésima vez) en que ni se le ocurriera acercarse a ellos.

Esa era la estrategia que, al parecer, seguían los estudiantes de la facultad: mantener la distancia y hacer todo lo posible por no tener que interactuar con ellos a menos que fuera estrictamente necesario. E, incluso, en estas pocas ocasiones en las que era inevitable cruzar unas palabras —un debate en clase o un «¿estás en la cola para pedir un café?»—, los miraban y se referían a ellos con desprecio, rabia y, a veces, asco.

Sentimientos que solo se veían acrecentados cada vez que Roman, Blythe, Charles o Connor respondían con un aire de superioridad (claramente les importaba una mierda lo que pensaran de ellos) o miraban a sus compañeros de clase por encima del hombro porque no solo sabían que eran de los alumnos más inteligentes, ricos y bien posicionados de la facultad, sino que se recreaban en ello.

No, no eran las personas más queridas del campus.

Por ese motivo, Vera había tenido claro que iba a ignorar la propuesta de Connor. Hasta que minutos después de sentarse en el escritorio de su habitación, se había levantado y salido por la puerta rumbo a la casa de ese chico que acababa de conocer (si una conversación podía considerarse conocer a alguien).

Había estado nerviosa. ¿Cómo no iba a estarlo? Estaba internándose en la boca del lobo pese a las mil señales de peligro dispuestas a su alrededor.

Pero era como si algo dentro de ella quisiera arrastrarla hacia esa casa.

No podía evitarlo.

Necesitaba saber cómo era estar con ese grupo. Aunque solo fuera una vez. Al fin y al cabo, no había conseguido sacarse sus nombres y sus rostros de la mente desde que los había visto en esa aula el día en el que había llegado a Ithaca.

Cuando Roman había abierto la puerta y había clavado sus ojos verdes y fríos en los suyos, había estado a punto de salir corriendo. Vera había podido sentir el recelo emanando de cada poro de su piel. Parecía un depredador preparado para defender a su manada ante un peligro inminente.

«¿Por qué me miras así?», quiso preguntarle, «¿qué te he hecho?».

Connor la había salvado. Había aparecido como un rayo de luz y la había acogido con una calidez totalmente opuesta a la actitud de su amigo. Lo mismo con Charles que, aunque más cauteloso, había sido amable con ella y se había preocupado por que no se sintiera intimidada por Roman ni por Blythe, que la había observado con una mirada cargada de odio desde el sofá.

Entonces le habían empezado a preguntar por su llegada a Cornell, por las condiciones de su beca (información que Vera sospechaba que ya conocían pero que le estaban preguntando para probar su sinceridad), por su hermana, por sus padres…

Vera solía ser reservada y prefería observar desde la distancia antes que actuar, al menos en cuanto a relaciones se trataba. No obstante, y contra sus propias expectativas, se había abierto y hablado sobre las dificultades de su llegada a Estados Unidos. Incluso había confesado que si había roto lazos con sus padres había sido en pos de una vida en la que pudiera alcanzar el éxito y el poder.

De alguna forma que todavía no alcanzaba a comprender, se había sentido cómoda y tranquila y, cuando había llegado el momento de recoger sus cosas y marcharse a casa, había deseado quedarse un rato más.

Porque junto a ellos, se había sentido especial.

Y era esa sensación, más que cualquier otra, la que la estaba irritando y haciendo perder la cabeza. Porque no era un «especial» superficial. Era un «especial» peligroso.

Vera había presenciado lo que era el mundo de Charles, Connor, Blythe y Roman. Reunirse cada miércoles para estudiar juntos en un inmenso salón y mantener debates que ni los alumnos más avanzados de tercero de JD entenderían. Dejar un billete de cien dólares sobre la mesa para pagar unas pizzas que, como mucho, costaban sesenta. Trabajar con ordenadores de última generación y escribir en libretas con bolígrafos más caros que todo el armario de Vera.

Para ella, un mundo inalcanzable.

Imposible.

Inaccesible.

¿O no…?

¿Y si la clave para acercarse a ese mundo que tanto deseaba eran esas cuatro personas? ¿Y si pasar rato con ellos la ayudaba no solo a mejorar en sus estudios sino también a posicionarse en la facultad? Le constaba que los padres de Blythe, Grace y Heath Jeong, eran socios de Greenberg & Hughes, el despacho de abogados más prestigioso del país y encargado de otorgar la Beca Steven Greenberg y Jacob Hughes (beca que ella quería obtener a toda costa). Connor provenía de las familias más poderosas del estado y, como tal, tenía influencias por todas partes (en especial, en la propia Cornell). Charles era el alumno más brillante del JD y, por lo que había podido averiguar, su padre era el propietario de uno de los negocios familiares que más dinero movía en la gran ciudad. Y en cuanto a Roman, si lo que se rumoreaba sobre los Cagliari era cierto… Entonces también estaba en una posición de poder. Quizá no fuera el mismo poder que tenían los otros, pero seguía siendo poder.

Y eso era lo que importaba.

Pensar en Roman le hizo recordar la forma abrupta en la que se había marchado de casa de sus amigos. Blythe, que con el paso de la tarde había acabado bajando la guardia, la había tranquilizado asegurándole que era normal, que a veces se comportaba así y desaparecía de un momento a otro. Aunque por su expresión preocupada y los susurros intercambiados entre Connor y Charles, Vera había entendido que no, aquello no era normal.

¿Habría hecho algo para molestar al chico? Vera había tenido la impresión de que…

—¡Vera! —La voz de Kasey la sacó de sus pensamientos.

Estaba sentada en uno de los bancos de piedra que rodeaban la Facultad de Derecho junto con Susanna Parseley (en palabras de la propia Kasey, «su amiga del alma»). Frente a ella, de pie, tres chicos conversaban de forma desenfadada: Mark Tahoe, Gavin Fuller y Frank Root.

Los odiaba. A los tres.

Vera era consciente de que el verbo «odiar», cuando se aparejaba a una persona, requería un conocimiento profundo de esta. «No puedes odiar a esa niña si no has tratado lo suficiente con ella», le solía decir su madre de pequeña, cada vez que Vera volvía a casa enfurruñada porque en el parque le habían dicho que sus trenzas eran feas.

Pero cuando se trataba de Mark Tahoe, Gavin Fuller y Frank Root... Pese a que había interactuado con los chicos pocas veces (se podían contar con los dedos de una mano), no los soportaba. Era la forma en la que la miraban, como si fuera un trozo de carne que querían devorar, y cómo aprovechaban la mínima oportunidad para despreciar al resto; y en especial y por encima de cualquiera, a ellos.

Así que no, no tenía ganas de pararse a hablar con Kasey y su grupito, pero esta le estaba haciendo señas para que se acercara. No tenía escapatoria.

—¿No te estás congelando? —Se refería a su pelo, que todavía estaba húmedo.

—Oh... —La verdad es que era la primera vez que pensaba en que quizá caminar con el pelo mojado en pleno invierno no era una buena idea—. No he tenido tiempo de secármelo.

—¿Estás bien? Pareces... *afectada*. Cuando me fui a dormir ayer por la noche todavía no habías vuelto.

Ignoró el hecho de que Kasey estuviera pendiente de sus idas y venidas, y le dijo que sí, que solo estaba cansada.

Kasey abrió la boca para comentar algo más —seguramente insistir en que Vera estaba rara—, pero Susanna la interrumpió:

—Te lo juro, cada día los detesto más.

No hacía falta que siguiera la mirada de aquella chica. Podía intuir a la perfección a quiénes se refería porque, al igual que el trío de idiotas que tenía delante, Susanna era de las que no se esforzaba por ocultar el desdén que sentía hacia Roman, Blythe, Connor y Charles.

En efecto, allí estaban.

Los cuatro.

Acababan de llegar a la facultad. Por lo que parecía, Blythe les estaba explicando algo a sus amigos, porque estos estaban atentos escuchándola. Roman se detuvo para encenderse un cigarro y le tendió otro a Connor, que se lo agradeció con una palmada en la espalda. Vera se fijó en las manos del chico de ojos verdes. Tenía las muñecas vendadas, como si estuviera intentando cubrirlas para que nadie reparara en su piel. ¿Estaría aquello relacionado con su ausencia la noche anterior?

—Sobre todo Blythe —siguió diciendo Susanna—. Da asco lo perfecta que es.

—No es perfecta —apuntó Mark Tahoe. Vera pudo palpar el desprecio en su voz—. Ninguno lo es. Son unos putos desequilibrados.

—Ya sabéis lo que dicen. Dios los crea… —empezó Gavin.

El grupito murmuró su aprobación.

Vera nunca había sido invadida por un instinto de protección tan grande como el que la sacudió al escuchar las palabras de Kasey y sus amigos.

Se giró de golpe, dispuesta a decirles que se callaran, pero la chica pelirroja habló primero:

—¿Por qué vienen hacia aquí?

Kasey tenía razón, estaban caminando en su dirección.

Al ver que habían captado su atención, Connor esbozó una media sonrisa traviesa. «Sí», parecía decir, «preparaos porque aquí venimos». A su lado, Blythe fijó sus ojos rasgados en los grandes y azules de Kasey. Se movía con una seguridad y una presencia imposibles de obviar. Charles y Roman los seguían un par de pasos por detrás. El primero parecía relajado, sumido en su propio mundo. El segundo le daba caladas al cigarro como si aquello no fuera con él. Como si no tuviera ningún interés en lo que estaba a punto de suceder.

Fue como si la Facultad de Derecho se hallara suspendida en un espacio-tiempo en el que solo existían ellos.

Vera sintió lo mismo que había sentido cuando los había visto por primera vez: fascinación, anhelo, atracción. Al igual que también sintió ese anhelo de estar junto a ellos y no marcharse nunca. Quería compartir más tardes a su lado, que Blythe le sonriera de la forma en que le había sonreído la noche anterior (como si entendiera algo sobre ella que ni la propia Vera comprendía), que Connor y Charles la acogieran al igual que ayer, que Roman la mirara con esa intensidad que solo era suya.

De forma inconsciente, o quizá de forma muy consciente, dio un paso adelante, acortando la distancia que la separaba de los cuatro estudiantes.

El gesto provocó que Kasey posara una mano sobre su hombro y Mark Tahoe, Gavin Fuller y Frank Root se colocaron detrás de ella, como perros guardianes.

Pero ella no necesitaba su auxilio.

—Vera… —advirtió Kasey.

Vera solo tenía ojos y oídos para los cuatro estudiantes que cada vez estaban más cerca.

¿Quién era Kasey en comparación con ellos?

Nadie.

¿Quiénes eran Susanna Parsley, Mark Tahoe, Gavin Fuller y Frank Root?

Nadie.

Cuando ya solo los separaban unos pocos metros, se detuvieron.

—*Buongiorno, principessa* —la saludó Connor, todavía sonriente y con la ligereza propia de quien sabe que tiene el control de una situación.

—Desequilibrados —volvió a murmurar Mark Tahoe.

El insulto no pasó inadvertido por nadie. Ni siquiera por el propio Connor, que solo ensanchó más su sonrisa. Era como si, en lugar de humillarlo, la ofensa hubiera alimentado su ego.

—¿Vienes? —preguntó.

Y Vera entendió tres cosas:

La primera, que le estaba hablando a ella. Solo a ella.

La segunda, que aquel «vienes» no era un «vienes» insustancial, de los que se empleaban para decir si «vienes a tomar algo» o «vienes un momento». No. Era un «vienes» trascendental. Connor le estaba pidiendo que tomara una decisión: unirse a ellos o darles la espalda.

Como leyéndole la mente, el chico murmuró:

—*Aut necare, aut necari.*

Vera dio otro paso al frente.

Y otro.

Y otro.

Porque la tercera cosa que había entendido era que aquella decisión la había tomado desde el primer momento en que los había visto.

Sí, desde ese instante, algo dentro de ella la había querido arrastrar hacia ese grupo.

No había otra opción.

No había otro camino.

Al menos, no para Vera.

Connor, Blythe, Roman, Charles y Vera dejaron atrás a Kasey y a su grupo de amigos. No se pararon a escuchar lo que seguro estaban diciendo a sus espaldas ni a mirar las caras de rabia y desprecio que les debían de estar dedicando.

Que dijeran y los miraran como quisieran.

Aut necare, aut necari.

«Matar o ser muerto».

IX

PRESENTE

Octubre de 2017

Descenso

Sabía que el mundo albergaba oscuridad. Lo que no sabía era que esa oscuridad lo acabaría encontrando, se plantaría en su casa y que él le daría la bienvenida.

Crees que eres invencible hasta que ya no lo eres.

Recordaba el momento en el que su amigo, sentado en el mismo banco en el que ahora se encontraba, le había susurrado aquellas palabras. Como si no quisiera que nadie las escuchara. Como si el hecho de pronunciarlas fuera una manifestación, un faro en la noche, un «ya lo hemos dicho, siéntete libre de venir a por nosotros».

Ojalá hubiera escuchado las palabras de su amigo. Ojalá hubiera puesto más atención en los pequeños detalles que, como pistas, le advertían de que una nube se estaba cerniendo sobre su aparentemente perfecta vida.

Hijo Dorado, bendecido por la fortuna, adorado por la energía de este mundo.

Lo peor es que, creciendo, se lo había llegado a creer.

Incluso cuando se sintió abandonado se lo siguió creyendo.

Y es que es así: *crees que eres invencible*. Que puedes con todo y más. Que no hay nada que pueda derrumbarte. Que si a veces caen lágrimas de tus ojos es porque todos debemos llorar en algún momento; que no son lágrimas profundas, arraigadas en la ansiedad y el sufrimiento de saber que ya no hay vuelta atrás.

Hasta que ya no lo eres.

Y todo lo que conoces se va a la mierda.

Sentado en el mismo banco en el que su amigo le había confesado que hacía mucho tiempo que ya no era invencible, se llevó las manos a la sien. Cerró los ojos y contó hasta treinta. Cuando llegó a veintinueve y se dio cuenta de que no había conseguido calmar su respiración, volvió a empezar. ¿Qué le estaba pasando? Y luego contó de nuevo: quince, dieciséis, diecisiete. *No, para*, se recriminó, *no estás centrado en contar y esto solo va a funcionar si te centras en contar.*

Pero hacía semanas que ya no podía centrarse en nada. La maldita nube no hacía más que crecer, la tormenta perfecta.

La oscuridad lo había encontrado.

Y él le había abierto la puerta de par en par.

En vez de intentar luchar, se había resignado. *¿Quieres pasar? Pues pasa y haz lo que quieras.* Estaba tan cansado.

Y una vez más: veintiuno, veintidós, veintitrés, veinticuatro… La respiración se le entrecortó y las manos le empezaron a sudar. Era octubre.

Lo intentó una y otra vez hasta que, rendido, abrió los ojos y clavó la mirada en el río, en la hierba, en el perro que corría sin preocupaciones ni bajo el peso de las malas decisiones. Fijó la mirada en tantas cosas… menos en él mismo.

Hijo Dorado, mecido por la suerte, querido por el propio destino.

Todavía con la vista centrada en los árboles, en la madera del banco, en la brisa de otoño que ni podía ver, dejó escapar una risa irónica. Lo había creído, de verdad que lo había hecho, con todas sus fuerzas.

Hasta que ya no lo eres.

Y así, empezó el descenso.

X

PRESENTE

24 de octubre de 2017

Vera recogió sus cosas y salió del aula tras Charles y Roman. Habían terminado su última clase de la mañana, Capital Privado, y habían quedado en encontrarse con Blythe y Connor en el jardín de la Facultad de Ingeniería.

Se notaba que el otoño había caído sobre Ithaca, pensó Vera mientras caminaban por el campus. El suelo parecía una alfombra de tonalidades marrones y anaranjadas y el aire rozaba el punto de asemejarse más a una navaja afilada que a una brisa suave.

Se arrebujó en la chaqueta marrón estilo americana que Blythe le había regalado a principios del mes pasado, cuando había decidido que era hora de renovar su armario porque, según ella, un nuevo curso siempre implicaba nueva ropa.

Había vuelto de entrenar en el gimnasio un caluroso sábado de agosto y se había encontrado a su amiga en el centro del vestidor, rodeada de faldas, mocasines, camisas, americanas... Al verla, Blythe había levantado un dedo como queriendo decir «dame un momento», y había rebuscado entre la cantidad de prendas que estaban desperdigadas por el suelo hasta encontrar la chaqueta.

«Pruébatela», le había ofrecido Blythe.

«Estamos a casi veintisiete grados y estoy sudada».

A lo que Blythe había contestado que tenían el aire acondicionado encendido y, con una sonrisa triunfante, había añadido que no tenía excusas para evitar lo que le pedía. Al ver que la chaqueta le «quedaba como un guante» —palabras de Blythe— había insistido en que se la quedara. Vera no había podido hacer otra cosa más que aceptar el regalo. Por mucho que odiara sentirse como un proyecto de caridad, sabía que a Blythe le hacía feliz poder ayudarla. Y eso, a veces, pesaba más que el rechazo y la frustración que le provocaba darse cuenta del abismo que existía entre sus amigos y ella.

Por ahora, se prometió mientras llegaban al jardín de la facultad que, como de costumbre, estaba poco concurrido.

Dejaron sus cosas en el mismo banco en el que Connor le había hablado por primera vez. Vera lo recordaba como si fuera ayer. Se había dirigido a ese jardín con la intención de alejarse de la cantidad de estudiantes de JD que habían abarrotado el patio interior de la Facultad de Derecho.

Para ser totalmente sincera, en cuanto Vera había visto a Blythe, Roman, Charles y Connor en el jardín, a lo lejos, había caminado de forma deliberada hacia ese banco, como atraída por un imán. Una vez sentada, había sacado su pequeño diario y, sin saber muy bien por qué, había empezado a escribir sobre ellos:

Supongo que es la forma en la que se relacionan, o mejor dicho «no se relacionan», con el resto. La forma en la que toda la facultad, sin quererlo, gravita a su alrededor. Porque, aunque se escuden en que los desprecian, la realidad es que siguen estando pendientes de cada uno de sus movimientos. Blythe es el centro. Solo de ver sus interacciones en las clases uno se da cuenta de que los tres buscan su aprobación para todo. Charles los mantiene unidos; sin él, el grupo se desmoronaría. Connor es la luz. Roman, la fuerza.

Nota: Buscar más información sobre los Jeong y los Cagliari, así...

Cuando Connor la había saludado, lo había cerrado de golpe.

No quería pensar en cómo sería todo si el chico se hubiera fijado en las palabras que, todavía frescas, habían vibrado en el diario.

Pero no las había visto. Y allí estaban.

Más que sentarse, Charles se dejó caer en el banco. Apoyó los codos sobre sus rodillas y se frotó la sien. ¿Se habría quedado otra vez estudiando hasta tarde?

Roman y ella optaron por quedarse de pie.

—La profesora Wittman los debe de estar reteniendo con una de sus últimas batallitas en los juzgados —dijo Roman.

Anette Wittman era una de las juezas más importantes del estado de Nueva York. Era brillante y tenía un ego más grande que la propia Cornell, motivo por el cual le encantaba marcarse monólogos sobre su asombrosa carrera profesional. Blythe solía quejarse alegando que solo buscaba pavonearse y remarcar lo muy relevante que era. En cambio, Vera hubiera dado lo que fuera por presenciar una de sus clases.

—Me dan un poco de envidia —confesó Vera—, me hubiera encantado estudiar Litigación Colectiva.

—¿Y por qué no lo hiciste? —Roman se encendió un cigarro y exhaló el humo en dirección contraria a donde estaba Vera.

Era algo que había empezado a hacer desde que Vera le había comentado que, pese a que se hubiera acostumbrado al humo del tabaco, no le gustaba. Y, la verdad, no sabía cómo interpretarlo. Si viniera de otro de sus amigos no habría dudado ni dos segundos en concluir que aquel era un gesto empático. Pero con Roman nunca se sabía. Y eso, el no saber cuáles eran sus intenciones, la irritaba.

—No todos podemos permitirnos escoger las asignaturas que nos dé la gana. —Las palabras sonaron más secas de lo pretendido.

Aunque era la verdad. A la hora de elaborar su plan de estudios, había tenido que ser estratégica y pensar con vistas a futuro. ¿En qué rama del Derecho se movía más dinero? En mercantil. ¿Qué departamento era el más completo en Greenberg & Hughes, el despacho que junto con Cornell iba a dar las cuatro becas? El de M&A, que trataba operaciones mercantiles como fusiones y adquisiciones.

Conclusión y resultado: la gran mayoría de asignaturas en las que Vera se había matriculado eran de Derecho de empresas.

Roman se encogió de hombros y continuó fumando en silencio hasta que, de forma abrupta, Charles soltó:

—¿Me das uno? —Extendió la mano hacia su amigo.

Este último compuso una expresión confusa, pero, aun así, sacó el paquete de tabaco de su bolsillo. Se lo mostró a Charles como queriendo decir «¿te refieres a esto?».

Él asintió, contundente.

—¿Desde cuándo fumas? —inquirió Vera intentando que sus palabras no sonaran como una acusación.

No quería que Charles se pensara que desaprobaba su comportamiento, porque, honestamente, hacerlo sería injusto. Roman y Connor solían fumarse una media de un paquete al día. A veces incluso más. Pero, por lo que sabía, Charles no fumaba. De hecho, Connor solía bromear con que llevaba una vida demasiado saludable como para ser buena.

Por eso, el gesto le pareció raro. Y más cuando Charles añadió en un tono distante y muy poco común en él:

—Desde ahora.

Roman le tendió el tabaco a su amigo y, cuando este se lo pidió, le encendió el cigarro. Charles le agradeció y se puso a fumar como si llevara años haciéndolo.

—En casa tengo un libro sobre litigación en masa. —Roman retomó la conversación—. La próxima vez que pases te lo doy.

—Oh. —Las palabras la tomaron por sorpresa.

La comisura izquierda de Roman se inclinó hacia arriba.

—¿Eso es un «sí, gracias» o un «métete el libro por el culo»?

Vera se cruzó de brazos y se forzó a no corresponderle la media sonrisa.

—Las dos.

Roman soltó una risa apenas audible. Pareció que iba a decir algo más, pero la voz de Charles lo detuvo.

—Mierda, mierda.

El chico tiró el cigarrillo al suelo y, tras levantarse del banco, lo pisó de forma frenética.

—Charles, qué… —Vera siguió la mirada nerviosa de su amigo y los vio.

Connor y Blythe se acercaban por uno de los caminos de piedra que cruzaban el jardín. Por alguna razón, Charles no quería que lo vieran fumando.

Por el semblante de Roman, él también había llegado a la misma conclusión.

—*Scusate, amici* —exclamó Connor gesticulando de forma exagerada cuando ya solo los separaban unos pocos pasos—. Si me pagaran un dólar por cada palabra que sale de la boca de la profesora Wittman una vez acabada la clase, sería millonario.

—Ya eres millonario —le recordó Roman sin un ápice de emoción.

Connor lo ignoró.

—Me muero de hambre y un pajarito me ha chivado que hoy es martes de tacos en el mexicano de Ithaca.

—Te lo ha dicho la profesora Wittman al final de clase. Y si nos hemos retrasado no es por ella, es porque te has quedado hablando con Thomas. —Blythe se cruzó de brazos.

—Irrelevante. —Connor movió las manos de izquierda a derecha, como queriendo quitarle importancia a las palabras de Blythe—. La cosa es, ¿quién quiere ir a por tacos? Vera, ni se te ocurra abrir la boca. Te puedes comer tu túper de fideos por la noche.

—¿Thomas? —El nombre, en boca de Charles, sonó seco.

—Sí.

—¿Qué quería?

—*Niente*.

—Pensaba que ya no ibas a quedar más con él.

Connor se irguió y con una sonrisa propia de quien conoce un secreto que el otro no, soltó:

—¿Qué más te da?

Charles metió las manos en los bolsillos de sus pantalones y negó una, dos veces.

—Nada.

Pero en sus ojos oscuros, pensó Vera, se estaba formando una peligrosa tormenta.

—¿Nada?

—Nada.

Connor abrió la boca, dispuesto a decir algo más, pero Blythe (consciente de que aquella conversación podía acabar todavía peor) lo cortó devolviendo la atención al apetito que, de repente, tenía.

—Vamos a por tacos. —Agarró a Connor del brazo y empezó a tirar de él para alejarlo del grupo (o más bien de Charles).

—¿Charles? —Roman posó una mano amable sobre el hombro de su amigo que, de repente, se había quedado absorto, con la mirada clavada en algún punto lejano, más allá del jardín.

Como si hubiera visto a un espectro.

—Id vosotros, tengo que hacer un par de cosas. —Se cruzó el maletín que había dejado en el banco y se ajustó la bufanda.

Una brisa fría los rodeó y trajo las palabras iracundas de Blythe que, ya a unos metros de distancia, le estaba gritando a Connor que se estaba comportando como un idiota y que más le valía parar con ese comportamiento destructivo porque no le iba a llevar a ninguna parte.

—¿El qué? —A Roman tampoco le había pasado por alto el extraño comportamiento de su amigo.

—Eh… Una cosa del programa de tutoría de alumnos de primero de JD en el que estoy metido.

Vera y Roman intercambiaron una mirada de desconcierto.

—¿*Programa de tutoría?* No me habías dicho que formaras parte de uno.

—Te lo estoy diciendo ahora.

Y antes de que Roman o Vera pudieran decir nada más se despidió y se alejó a paso rápido.

—¿Qué acaba de pasar? —murmuró Vera.

—No tengo ni idea.

XI

FUTURO

22 de diciembre de 2017

Blythe agarró las llaves del coche y salió por la puerta de casa. Hacía cinco minutos que había colgado con Vera. Cinco minutos que había tardado en vestirse con las primeras mallas de deporte y la sudadera que había encontrado. Cinco minutos en los que se había esforzado en focalizarse solo en un pensamiento: llegar a la dirección que su amiga le había mandado.

Pero antes tenía que pasar por casa de Connor y Charles.

Cerró la puerta del coche y marcó el número de Connor.

Su amigo contestó al primer tono.

—Al habla. —Su voz, amplificada por el altavoz, sonaba distante, difusa.

¿Qué se había fumado ahora?

Arrancó el motor.

—Con. —Blythe trató de transmitirle a su amigo la mayor urgencia posible—. Estoy en el coche viniendo a tu casa. Ha pasado algo.

Connor no respondió.

—Con —repitió—. Es importante.

Un murmullo empezó a sonar al otro lado de la línea. Blythe se acercó el móvil a la oreja para escuchar bien.

Connor estaba cantando.

Tenía que estar tomándole el pelo.

Se lo imaginó tal y como se lo había encontrado hacía una semana, cuando había pasado por su casa para asegurarse de que estaba bien, de que todavía seguía allí: tirado sobre la alfombra del salón (esa que tanto se había empeñado en comprar), con la mirada perdida clavada en el techo y fumando Dios sabía qué mientras entonaba canción incoherente tras canción incoherente.

¿En qué momento habían acabado así?

¿En qué momento habían dejado de ser ellos?

Lo peor era que, muy en el fondo, Blythe lo sabía. Conocía todos y cada uno de los motivos por los que sus vidas se habían ido a la mierda.

Y la verdad, ya había tenido suficiente. Suficiente de conformarse con que Vera se alejara de ella o con que Connor se pasara la mayor parte del día colocado.

Suficiente.

Por eso, y porque se negaba a aceptar una realidad que fuera distinta a la que llevaba imaginándose durante años, esa por la que tanto había luchado, volvió a acercarse el móvil y dijo:

—En menos de diez minutos voy a aparcar delante de tu casa. Como no estés allí, preparado para subirte al coche, vas a arrepentirte el resto de tu vida.

Colgó sin esperar a que su amigo dijera nada y siguió conduciendo a toda velocidad por las calles de Ithaca.

Sí, había tenido suficiente.

XII

PASADO

25 de febrero de 2017

Roman salió del polideportivo con el pelo húmedo y un humor de perros. Y eso que había empezado la sesión de boxeo con ganas. Al ser sábado, disponía de más tiempo para estar en el *ring* y descargar la tensión acumulada durante la semana. Golpe tras golpe, había soltado todas las emociones que debía guardarse y las conversaciones que no podía compartir con sus amigos (y en realidad con nadie).

Hasta que el entrenador Brooks había decidido emparejarlo con Mark Tahoe, un estudiante de su misma promoción, y había perdido el foco, que era otra forma de decir que su entrenamiento se había ido a la mierda.

Conocía a Tahoe: compartía con él algunas clases y, desde hacía un par de meses, también el *ring*.

La verdad es que hasta hacía unas semanas su existencia le había parecido insignificante e irrelevante. Pero desde que Vera les había contado lo mucho que los detestaba a él y a sus dos amigos,

Gavin Fuller y Frank Root, su animadversión hacia el trío no había hecho más que crecer.

«Es la forma en la que me miran», les había explicado Vera después de habérselos cruzado una mañana de camino a la facultad. «Como si no fuera más que un trozo de carne, un objeto del que se quieren apropiar. Además…».

Pero Vera había negado con la cabeza, como queriendo quitarle importancia a lo que estaba a punto de decir.

«¿Además *qué*?», había insistido Blythe.

Vera había desviado la mirada y la había posado en un grupo de estudiantes que, a lo lejos, conversaban de forma desenfadada.

«No me gusta cómo hablan de vosotros», había confesado.

«Todo el mundo habla mal de nosotros», la había tranquilizado Charles.

«Ya. Pero no me gusta».

Las palabras de la chica habían hecho mella en Roman.

Y por eso, cuando Tahoe había entrado en el cuadrilátero con aires de superioridad y una soberbia repulsiva, Roman solo había tenido un objetivo: *machacarlo*.

Sí, podría decirse que había perdido el foco.

Tahoe había acabado en el suelo, las manos agarrándose la nariz para intentar contener la hemorragia, la ira relampagueando en sus diminutos ojos.

—Fuera de aquí —le había ordenado el entrenador. Y al ver que Roman no se había movido ni un centímetro sino que seguía con los guantes enfundados, esperando el momento para volver a atacar, había gritado—: ¡Cagliari! ¡A la ducha!

Roman había bajado del *ring* a regañadientes mientras Tahoe, todavía desplomado sobre la lona, había mascullado que aquella pensaba devolvérsela, que cuando menos se lo esperara le partiría la cara.

«Me gustaría verte intentarlo», le había querido responder Roman, pero para cuando la voz del chico le había llegado, ya se había encontrado a medio camino de los vestuarios.

Una larga ducha de agua fría después, durante la cual había intentado calmarse y repetirse que no era necesario volver al pabellón para acabar de romperle la nariz a Tahoe, había salido del polideportivo.

Roman fue directo al *parking* del recinto.

Y allí, esperándolo apoyado en su coche, vio a Charles.

Vestía una chaqueta jaspeada, un gorro de lana gris y una bufanda a juego. Con las manos enfundadas en guantes de piel, sujetaba un libro.

Esa imagen, la de su amigo leyendo tan plácidamente una mañana de sábado, esperándolo, abrigado como si estuvieran en Alaska, le transmitió la paz que no sabía que necesitaba y le arrancó una sonrisa.

Y así, Mark Tahoe, Gavin Fuller, Frank Root y todos los demás idiotas de Cornell quedaron en un segundo plano.

—¿Qué lees? —le preguntó cuando estuvo lo suficientemente cerca como para hacerse oír.

—Oh. —Charles dio un pequeño brinco. *Típico de Charles*, pensó Roman, *meterse tanto en lo que está leyendo, estudiando o viviendo, que ni se da cuenta de lo que tiene a su alrededor*—. Es fantasía. —Alzó el libro para enseñarle la portada. En ella, en blanco y negro, aparecía la figura de una chica de pelo corto. Se encontraba sobre una especie de roca, en posición de ataque, y sujetaba un arco—. Va sobre una joven que se alista en la academia militar de su país para escapar de un matrimonio forzado. La historia está basada en la segunda guerra sino-japonesa. Es cruel. Y brillante. —Hizo una pausa y luego concluyó—: Brillantemente cruel.

—¿Me lo recomiendas? —Roman sacó las llaves del coche de su bolsa de deporte y lo desbloqueó.

—Te *obligo* a leerlo —expresó Charles cuando estuvieron los dos dentro.

Roman encendió la calefacción y, solo entonces, su amigo empezó a desprenderse de la bufanda, los guantes y el gorro.

—Después mándame una foto, así me acuerdo. —Roman salió del *parking* y condujo rumbo a la cafetería más cercana. Necesitaba café e ingerir algo de comida.

Charles continuó hablándole del libro: sus impresiones y opiniones hasta el momento, cómo había descubierto a la autora y los motivos por los cuales le recomendaba (*obligaba*) leerlo.

Su amistad era así: sencilla, tranquila, apacible.

Había días, como aquel, en los que Charles aparecía de la nada, sin aviso previo, y simplemente se unía a lo que fuera que estuviera haciendo Roman. Y otros en los que le enviaba un mensaje diciéndole que estaba a punto de llegar a su casa para, minutos después, llamar al timbre y presentarse con unas hamburguesas o pizzas.

Roman sospechaba que, a su lado, Charles se sentía con la confianza para comportarse como le viniera en gana. Si estaba triste, triste. Si era feliz, feliz. Si le apetecía estarse callado mientras comían y miraban una película en la televisión, pues no decía ni una palabra.

Lo sospechaba porque él se sentía igual. Era indudable que cada uno tenía demonios con los que lidiar. Charles venía de una familia desestructurada, con una madre que ya no era una madre y un padre que había decidido desechar su vida para empezar una nueva junto a una mujer más joven, abandonando al único hijo que tenía, el mismo que siempre lo había dado todo por él (incluso sus sueños). En cuanto a Roman… no hacía falta entrar en la jodida pesadilla que eran los Cagliari.

Sí, a veces necesitaban la compañía del otro. Así de sencilla, tranquila y apacible. Sin Blythe queriendo tomar las riendas de situaciones que no tenían solución. Sin Connor siendo Connor y soltando cualquier tontería sin ningún reparo, o simplemente para llamar la atención y provocar una reacción en Charles.

Y por este motivo, porque a veces tan solo se necesitaban el uno al otro, cuando esa mañana Roman se apeó del coche y entró en la cafetería, Charles lo siguió.

Se sentaron en una de las mesas y abrieron los menús, aunque Roman ya sabía lo que iba a pedir.

—¿Quieres algo? —preguntó.

—Un té negro.

—¿Nada más?

—¿Tú vas a comer algo?

—Unos huevos revueltos.

—No entiendo cómo puedes comer huevo.

—Y yo no entiendo cómo tú no lo comes.

—Me da asco.

—¿Entonces?

—¿Avena?

Roman llamó a uno de los camareros y le preguntó si tenían lo que Charles pedía. Sí, tenían avena con manzana y frutos secos o con plátano y crema de cacahuetes.

—¿Puede ser con manzana y crema de cacahuetes?

Al camarero no le hizo mucha gracia la petición de Charles, pero asintió y se alejó de la mesa.

Desayunaron mientras Roman le explicaba a su amigo que casi le había roto la nariz a Tahoe pero que se lo merecía.

—¿Qué te ha dicho Brooks?

—Nada. Solo me ha mandado a la ducha. Creo que también odia a Tahoe y en el fondo se ha alegrado de que le jodiera la nariz.

—Últimamente vas cada fin de semana a boxear. —Charles se sacó las gafas y las depositó sobre la mesa.

—Ya.

—¿Y?

—El otro día vi a Carter.

Desde aquel encuentro en el Liberty, hacía unas semanas, no podía desprenderse de una sensación de peligro, casi nociva. Como si un pensamiento lo persiguiera a todas partes, sin descanso:

Permanece en alerta permanece en alerta permanece en alerta...

Quizá, si hablaba con Charles, parte de ese sentimiento lo abandonaría. Al fin y al cabo, de sus amigos, era el que más conocía sobre su familia. De vez en cuando, Roman le dejaba caer lo mucho que detestaba a Stefano y a Carter, o le contaba de forma ambigua cómo se sentía.

Además, lo que Carter le había propuesto no tenía nada que ver con los Cagliari. Al contarlo no estaría rompiendo el pacto de sangre y silencio que Stefano no se cansaba de recordarle.

Así que se lo contó: que Carter planeaba empezar a vender droga en el campus porque, según él, había muchos alumnos desquiciados por un «buen chute», y que le había pedido a Roman que fuera su camello. Por supuesto, él se había negado. Lo último que necesitaba era que su hermano lo metiera en sus «proyectos paralelos», como los llamaba.

—Carter está loco —terminó Roman—. No me gusta la idea de tenerlo rondando por Cornell. Me da miedo lo que pueda llegar a hacer.

Al principio, Charles no respondió. *Normal*, se dijo Roman, *en su situación yo tampoco sabría cómo reaccionar.*

Pero entonces preguntó:

—¿A qué tipo de persona busca?

Roman lo miró, confundido.

—No tengo ni idea, Charles. Supongo que alguien lo suficientemente desesperado como para querer vender droga en una universidad, con todos los riesgos que ello conlleva.

Una pausa. Y después:

—Olvídalo. Solo espero que, sea quien fuere, a mí me deje en paz. No quiero cruzármelo. No quiero saber nada de él. No en Cornell.

«No en el único lugar en el que puedo ser mínimamente feliz», quiso decir, pero se tragó sus palabras.

Buscando apartar su atención de los Cagliari, desbloqueó su móvil y comprobó si tenía alguna notificación. Contestó un par de mensajes que le habían llegado (uno de Blythe preguntándole si tenía planes para comer) y, tras dejarlo sobre la mesa, se excusó con su amigo y se levantó en busca del baño.

Cuando volvió, Charles ya estaba listo para irse.

Pagaron, salieron de la cafetería y volvieron a entrar en el coche.

Roman condujo por las calles de Ithaca y aparcó frente a su casa. Una vez dentro, se dejó caer sobre el sofá, derrotado. Charles lo imitó.

A veces solía hacer eso: aparecer de la nada sin previo aviso, acompañarlo a donde fuera sin explicaciones ni justificaciones. Su amistad era así: sencilla, tranquila, apacible. Como los primeros copos de nieve en invierno o el crepitar del fuego en una chimenea.

Roman nunca ponía objeciones. Si Charles estaba a su lado, él se sentía con la confianza para actuar con sinceridad. Para ser real. Si quería pasar las horas dibujando a su lado, lo hacía. Si quería confesarle que, incluso en los días más soleados, temía a su hermano, lo confesaba.

Y Charles tampoco objetaba, juzgaba, ni cuestionaba.

Porque Roman sabía que, en el fondo, su amigo se sentía igual.

XIII

PRESENTE

30 de octubre de 2017

Vera cerró el manual de Derecho Penal Avanzado y se dejó caer sobre el respaldo de la silla. Después de las dos horas que llevaba leyendo sin pausa en la biblioteca, se sentía ligeramente mareada.

La preparación del Caso Magno la estaba estresando a un nivel que no se había imaginado. Y eso que, a diferencia de la mayoría de los estudiantes que luchaban por la beca —«los quince fantásticos», como los llamaban ahora en la facultad—, ella contaba con un compañero.

Tenía que admitirlo, trabajar junto a Roman estaba resultando ser una bendición. Blythe se lo había dejado caer un día volviendo a casa, que Roman estaba muy implicado en sus estudios y que haría todo lo posible por sacar adelante el Caso Magno. Al principio, ella no se lo había acabado de creer. Pero la primera tarde en la que había acudido a casa de su compañero, esa incredulidad se había convertido en un *tal vez*. Tal vez tenerlo en el mismo equipo fuera un punto a favor. Tal vez trabajar con él no fuera tan difícil como se pensaba. Tal vez él tampoco detestaba que lo hubieran emparejado con ella.

Tal vez esto, tal vez aquello.

Y, a medida que habían ido avanzando con el caso, Vera lo había confirmado: Roman era de las personas más trabajadoras, resolutivas y eficientes que había conocido nunca. En el duro camino por conseguir la beca, organizarse con él estaba siendo de lo más sencillo.

Eso no quitaba que en ocasiones siguiera sin entender su actitud y la mayor parte del tiempo no supiera lo que estaba pasando por su cabeza. Se podría decir que Roman... la *confundía*. A veces tenía gestos que le hacían pensar que la tenía en consideración, y otras sentía que solo le provocaba indiferencia.

Y esos pequeños gestos: exhalar el humo del tabaco en dirección contraria a donde ella estaba u ofrecerse a prestarle un manual de litigación en masa porque sabía que le interesaba la asignatura, la descolocaban y le generaban una sensación que prefería ignorar. Aunque cada vez le estaba resultando más difícil hacerlo.

Vera apoyó los codos encima de la mesa y posó la cabeza sobre sus manos. Tanto estudio iba a acabar con ella.

Agarró la botella metálica de agua de su mochila y se levantó, pensando que moverse un poco la ayudaría a despejarse.

Bajó los dos pisos de escaleras hasta la planta baja y se dirigió a los baños que quedaban más lejos de la entrada.

A Vera le fascinaban las bibliotecas. La concentración que se respiraba en el ambiente; el conocimiento aglomerado en las estanterías, en las mesas, en las mentes de los estudiantes.

«Imagina que consiguiéramos extraer ese conocimiento y lo derramáramos sobre un campo. ¿Cuántos kilómetros crees que cubriría?», le había comentado a Tina en una de sus llamadas.

«Vera, no te entiendo», le había respondido Tina, que acababa de llegar a casa después de trabajar en el gimnasio y sonaba cansada.

«¿Derramar conocimiento? Estás empezando a hablar como el personaje pretencioso de esa serie de abogados que tanto te gusta y, créeme, no quieres hablar como él».

«Retira eso ahora mismo o te cuelgo». No iba a tolerar que la compararan con el personaje que más odiaba de *Better Call Saul.*

«Lo retiraré cuando me dejes de hablar como una abogada pedante». Lo había dicho de forma mordaz, sin un ápice de cariño.

Vera había sentido el rechazo de su hermana incluso estando a más de cuatro mil kilómetros de distancia, y por eso, unos minutos después, había puesto fin a la llamada.

De hecho, desde que había llegado a Cornell hablaban cada vez menos. Tina estaba convencida de que Vera se estaba convirtiendo en una niñata presuntuosa y ella se había empezado a cansar de intentar convencerla de lo contrario. Aunque si tenía que ser cien por cien sincera consigo misma, le gustaría gritarle a su hermana que tenía todo el derecho del mundo a, si le daba la gana, sentirse una niñata presuntuosa. Porque a fin de cuentas había conseguido entrar en la maldita escuela de Derecho de Cornell y era una de las quince mejores estudiantes de su promoción.

Vera rellenó su botella de agua y volvió a subir las escaleras de la biblioteca hasta el tercer piso. Pasó de largo varias mesas repletas de estudiantes hasta que llegó a la suya, vacía. Esa tarde había preferido estudiar en uno de esos enormes escritorios de madera colocados entre estanterías repletas de libros que había en una de las salas que ella y sus amigos solían reservar.

Se sentó en su silla, la más alejada del pasillo, y se permitió cerrar los ojos, simplemente disfrutar de los rayos de sol que entraban por los cristales del ventanal y le calentaban la piel del rostro y las manos.

El silencio le permitió oír los susurros de un par de alumnas que, de seguro, estaban buscando un sitio libre para sentarse. Vera estaba convencida de que debían de estar debatiéndose entre colocarse junto a ella o hacerse hueco en alguna de las otras mesas pese a estar abarrotadas. Así como también tenía claro cuál sería el resultado.

En efecto, unos segundos después, los susurros se perdieron y Vera se volvió a quedar sola.

La soledad no le importaba. Estaba acostumbrada a ella. En Lima había tenido más bien pocos amigos y, una vez en Estados Unidos, había priorizado sus estudios frente a forjar amistades de esas que duran para siempre o vivir la vida universitaria de la que tanto hablaba la gente.

Es más, ya en Cornell, su idea había sido focalizarse solo en la beca. Antes incluso de poner un pie en Ithaca, había asimilado que le esperaban tres años más bien solitarios. No quería distracciones. Nada que la pudiera apartar de su camino: acabar primer año de JD con una de las quince mejores medias de la promoción para, de esta forma, conseguir una plaza en el Caso Magno y, en última instancia, hacerse con una de las cuatro becas para trabajar en Greenberg & Hughes.

Sí, Cornell y la beca. Esos eran los dos objetivos que llevaba persiguiendo desde hacía años. Y por eso, había estado mentalizada para estar sola; una dinámica que, pese a las ocasiones en las que se había visto obligada a pasar tiempo con Kasey y algunos de sus amigos, había conseguido mantener.

Claro que todo había cambiado el día en el que había decidido aceptar la invitación de Connor para ir a su casa y pasar la tarde con ellos.

Vera inclinó un poco más el rostro, siguiendo la luz. Pensó en la Vera de principios de año, en la Vera de ahora, en la relación con sus amigos, en lo que había sido y en lo que se había convertido. Pensó en los secretos que nunca podría decirles y los que sabía que ellos tampoco le confesarían, por mucho que ansiara conocerlos. Pensó en esa chica, Nathalie Porter, y en cómo pese a no haberla conocido y no haber hablado de ella con ninguno de los cuatro, parecía que estuviera presente en cada conversación e instante.

«No te pareces en nada a ella», le había susurrado Connor, una tarde en la que se habían encontrado a las afueras de la facultad y Vera le había confesado que estaba preocupada por Blythe porque hacía un par de días que la veía alicaída.

«¿Perdona?», había preguntado, porque su amigo lo había soltado así, sin más.

«No es nada».

Pero Vera había sabido que aquello sí tenía importancia y, por eso, había insistido e insistido, hasta que Connor había revelado que Vera era un poco, solo de primeras, la viva imagen de una chica que habían conocido.

«¿Una chica? ¿A qué te refieres, Connor? ¿Y ahora por qué dices que no me parezco a ella?», había conseguido articular de forma calmada, pese a que le hubiera encantado gritar y romper algo.

Connor se había puesto en modo Connor, agitando las manos de un lado para otro y diciendo de manera atropellada que se tenía que ir porque se había comprometido con Charles a pasar por el supermercado para comprar los ingredientes para la cena (Connor no había pisado un supermercado en su vida) y «lo siento, Verus, después hablamos».

Vera se había quedado sola en medio del campus, la rabia y el miedo azotándola y provocándole ganas de vomitar.

Porque no había ninguna duda, Connor se había estado refiriendo a Nathalie Porter, la chica que decían que había desaparecido de la noche a la mañana de Cornell y que había formado parte de ese grupo antes que ella. Lo que no había sabido, y acababa de descubrir, era que esa chica se parecía a Vera.

Era su viva imagen.

Y era ese hecho, más que ningún otro, el que la había dejado confusa y asustada.

Desde entonces, raro era el día en que no le daba vueltas a aquello. El pensamiento, el pánico, la asaltaban en los momentos más inoportunos e innecesarios, recordándole que antes que ella había habido otra chica, *esa chica*, Nathalie Porter.

¿Qué había pasado? ¿Por qué no se lo explicaban? ¿Por qué evitaban el tema y hacían ver como si no hubiera existido nunca? ¿La echaban de menos? ¿La odiaban? ¿Y si cuando la miraban pensaban en ella? ¿Y si cuando *él* la miraba pensaba en ella? ¿Y si habían tenido algo? ¿Y si...?

Pum.

Vera abrió los ojos de golpe y se llevó una mano a la boca para ahogar el grito que había estado a punto de soltar.

—No pretendía asustarte. —Blythe la miraba desde el otro lado de la mesa con una expresión divertida.

Vestía uno de los cientos de conjuntos que tenía para jugar al tenis (falda pantalón corta pese al frío incluida), y llevaba el pelo recogido en una coleta alta que se había sujetado con una goma de pelo rosa chillón, a conjunto con sus muñequeras.

El golpe seco lo había causado la enorme bolsa de deporte que había dejado caer sobre la mesa.

—Me ha costado la vida encontrarte —empezó a contarle en voz baja mientras se sentaba en la silla de enfrente—. Connor me ha dicho que habías venido aquí, pero no estabas en ninguna de las salas de estudio. Me he recorrido todo el primero y el segundo piso hasta dar contigo. También te he llamado un par de veces.

—Cuando vengo a la biblioteca suelo poner el móvil en silencio.

Blythe agarró los papeles que Vera tenía desperdigados sobre la mesa y los leyó por encima.

—¿«Gerstein contra Pugh»? —inquirió con el ceño fruncido, haciendo referencia a una de las sentencias que Vera había estado estudiando esa tarde.

Vera y Roman llevaban unos días leyendo a fondo toda la jurisprudencia relevante que habían encontrado sobre la Cuarta y la Decimocuarta Enmiendas. Era un trabajo tedioso pero necesario para construir una buena línea de defensa.

—Blythe, los papeles —le susurró extendiendo la mano.

Su amiga dejó escapar un suspiro y se los entregó. Unos días después de que les asignaran los roles para el Caso Magno, al ver que tenían que defender posiciones contrarias del mismo supuesto y que, por lo tanto, iban a enfrentarse en el simulacro de juicio de febrero, Blythe y Vera habían pactado que ninguna interferiría en el trabajo de la otra ni intentaría sonsacar información relacionada con el caso. Si Connor y Roman querían jugar sucio entre ellos —algo que en ocasiones hacían, aunque fuera en tono de broma—, era su problema. Blythe y Vera iban a darlo todo por hacerlo lo mejor posible y ganar el caso, de eso no cabía ninguna duda. Ambas eran competitivas y ansiaban la beca. Pero lo que no iban a hacer era obstaculizarse el camino a propósito.

Y la verdad, Vera lo prefería. Había visto hasta dónde podía llegar Blythe para destacar frente a otros estudiantes o conseguir aquello que quería. Su amiga podía ser despiadada. Por eso, consideraba que era mejor no entrometerse en su camino a menos que fuera necesario.

Lo que le hizo pensar en…

—¿Qué tal con Jared? —Hacía tiempo que Vera no le preguntaba por el chico con el que Blythe había estado quedando.

Blythe compuso una mueca que podría describirse como de asco.

—¿Por qué me preguntas por… *eso*?

Vera se encogió de hombros.

—Pensaba que tenías algo con él.

—*Ew*, Vera, no. —Su amiga alzó la mano y la movió de izquierda a derecha, como queriendo descartar la idea—. ¿Cómo voy a tener algo con una persona que ni siquiera puede permitirse un Uber y que solo compra en Wallmart?

—Te has acostado con él. Más de una vez.

—Oh, sí, pero es solo sexo. Los orgasmos me ayudan a liberar estrés.

—Blythe.

—Dime.

—Yo tampoco puedo permitirme un Uber. Y compro en Wallmart.

—¿Estás proponiendo que nos acostemos?

—¿Qué? ¡No!

—No es que desapruebe las relaciones homosexuales ni bisexuales ni nada por el estilo. Por Dios, si soy la primera que me muero de la frustración con Connor y Charles. Además, nunca digas «nunca». Pero, Vera, ¿tú y yo?

—¡Blythe!

—Dime.

—No estoy… No quiero decir que…

Su amiga esbozó una sonrisa diabólica que le hizo ver que, por supuesto, le estaba tomando el pelo. Vera abrió la boca, dispuesta a señalar que, de todas formas, el comportamiento que estaba teniendo con Jared le parecía insano, pero cambió de opinión en el último segundo y decidió pasar del tema.

—¿Cómo ha ido la clase de tenis? —Discutir con Blythe sobre aquello no la llevaría a ninguna parte.

—Bien. Mi entrenadora me ha propuesto apuntarme a un campeonato que se celebra en febrero en Cornell.

—¿Y vas a hacerlo?

Blythe llevaba jugando a tenis desde los siete años. Sus padres la habían apuntado a clases un verano, mientras disfrutaban de unas merecidas vacaciones en su casa de los Hamptons. Blythe no había tardado en demostrar que era la mejor jugadora de su grupo, posición que había consolidado con los numerosos torneos que, año tras año, había ido ganando. De hecho, a Vera le constaba que hacia los dieciséis años le había surgido la oportunidad de dedicarse al deporte de forma profesional. Pero no había podido ser. Por mucho talento que tuviera su amiga, sus padres se habían negado. El único futuro viable para Blythe era convertirse en abogada y acabar ejerciendo la profesión en el mismo despacho en el que trabajaban ellos: Greenberg & Hughes.

Sí, el señor y la señora Jeong eran socios del despacho implicado en otorgar la beca a cuatro estudiantes del JD.

Kasey se lo había explicado la mañana siguiente de la llegada de Vera a Ithaca. Ella había estado desayunando en la cocina de la casa de Madison Street y, para qué negarlo, se había puesto a investigar sobre los cuatro estudiantes que había visto el día anterior. Sorprendentemente, no había sido nada difícil dar con ellos y aprender un poco de cada uno. Estaban por todas partes: artículos que habían escrito, ponencias en las que habían participado, debates que habían organizado... Había estado tan abstraída que no se había dado cuenta de cómo Kasey se le había acercado por detrás y, con una exclamación dramática, le había repetido que dejara de interesarse por ese grupo (literalmente, le había apagado la tableta en sus narices). Según la chica, no eran trigo limpio y, si todos los estudiantes los evitaban, era por algo. Le había explicado las conexiones y los contactos que tenían, motivo por el cual estaban tan bien posicionados en la universidad y, con un deje de rabia que no se había molestado nada en ocultar, había añadido:

«No tardarás en darte cuenta de cómo funcionan las cosas en Cornell, están los Hijos Dorados, y después, muy por debajo, estamos el resto».

«¿Hijos Dorados?», había preguntado Vera, extrañada al escuchar esas dos palabras.

«Así los llaman», se había resignado Kasey.

«¿Quién?».

«Pues no lo sé. Todo el mundo».

«Es un buen nombre», había murmurado Vera. En su imaginación, había paladeado ambas palabras como si fueran bombones de chocolate, esos que se deshacían al mínimo contacto con la boca. *Hijos Dorados. Hijos. Dorados. Hi-jos-Do-ra-dos.*

«Si tú lo dices...».

Como Kasey no había sonado muy convencida (más bien todo lo contrario), Vera había intentado tranquilizarla asegurándole que no era lo que parecía y que no tenía ninguna intención de juntarse con el grupo. Pero sabía que, por mucho que lo intentara, esos cuatro nombres, «los Hijos Dorados», seguirían persiguiéndola.

Y así había sido, porque pese a todas las advertencias y los consejos, allí estaba.

—No lo sé —continuó Blythe—. Por un lado, me apetece, hace tiempo que no juego un torneo y he de admitir que echo de menos competir. Roman insiste en que me apunte y dice que él vendría a verme. Pero por otro... —Se ajustó la cola—. Están siendo unos meses intensos. Y mis padres...

No terminó la frase. No hacía falta.

Sus padres desaprobarían que su hija dedicara tantas horas a un «simple *hobby*» en lugar de estar estudiando y esforzándose en sacar adelante el Caso Magno. Por primera vez desde que la conocía, Vera se planteó la posibilidad de que el Derecho no fuera la verdadera pasión de Blythe y que solo estuviera persiguiendo esa carrera porque era lo que se esperaba de ella.

Si aquella era su realidad... sintió lástima por Blythe.

—Roman tiene razón, deberías apuntarte. Podemos ir todos a verte.

Los ojos de Blythe brillaron, como emocionada ante la idea, y empezó a explicarle el funcionamiento del torneo y quiénes serían sus contrincantes si finalmente decidiera apuntarse.

Vera recogió sus cosas mientras la escuchaba, y cuando estuvo lista, ambas chicas se levantaron y salieron de la biblioteca. Ignoró las miradas de reproche que le dirigieron varios estudiantes al pasar junto a sus mesas. Ya estaba acostumbrada y, honestamente, le daban igual. Las había empezado a recibir el mismo día en que le había dado la espalda a Kasey. De hecho, Kasey había sido la primera en clavar sus enormes ojos en ella y negar con la cabeza en un gesto de evidente rechazo. Esa tarde, cuando había llegado a la casa de Madison Street, Kasey no había salido de su habitación a saludarla como de costumbre. Vera tampoco había llamado a su puerta. Sabía que su relación había cambiado en el momento en el que había decidido unirse a ellos.

Ya fuera de la biblioteca, Vera sacó el teléfono. Connor les había enviado un par de mensajes por el grupo que tenían los cinco.

Les proponía cenar esa noche porque, según él, hacía demasiado tiempo que no celebraban sus miércoles de estudio y estaban perdiendo el espíritu colectivo que tanto los unía.

—Pero hoy es lunes —comentó Vera.

—No sabe ni en qué día vive. —Blythe puso los ojos en blanco, tecleó una respuesta y se la enseñó a Vera, quien asintió, mostrando su conformidad.

Blythe le dio a enviar y, un par de segundos después, Vera recibió el mensaje en su propio móvil.

Esta noche a las 7 en nuestra casa. Vera y yo nos encargamos de cocinar. Traed postre. Y vino.

Connor apareció a las siete menos cuarto. Traía una tarta de queso y unas galletas que había comprado en Sweets & Lattes, su pastelería preferida de Ithaca. Cuando se las entregó, les explicó que la tarta no era como las de Nueva York, pero que cumplía su función.

—¿Y Charles? —preguntó Blythe.

Connor se subió de un salto a la encimera de la cocina y se llevó un par de patatas que Vera acababa de freír a la boca.

—¡Quema, quema! —gritó mientras las escupía.

Agarró el vaso de agua del que Blythe había estado bebiendo y le dio un largo trago.

—Dios, Vera, ¿nos pretendes calcinar vivos o qué?

Vera le espetó que eso le pasaba por comer algo recién hervido y siguió removiendo la carne en la sartén.

Connor le dio otro sorbo al agua y le contestó a Blythe que no tenía ni idea de dónde estaba Charles.

—¿No lo has visto hoy? —Blythe se cruzó de brazos.

—No. Últimamente no pasa mucho tiempo en casa. —Sacó la lengua—. *¿Cdeez que debedía ponedme hiedo?*

—No digas estupideces. —Blythe lo calló con un golpe en el brazo.

El timbre volvió a sonar.

—Ya voy yo. —Se ofreció Vera.

Añadió la cebolla y las patatas a la sartén, bajó el fuego y se dirigió a la puerta principal.

Era Roman.

Iba vestido con ropa de deporte y, por su aspecto, parecía que acabara de pelearse con alguien. Aunque teniendo en cuenta que practicaba boxeo, eso era lo más probable. Todavía llevaba las manos vendadas y cargaba con una enorme bolsa negra.

—No me ha dado tiempo a pasar por casa a ducharme. —Esa fue su única explicación.

Vera se apartó para dejarlo pasar y el chico se dirigió a la cocina.

Connor había sacado su cigarrillo electrónico y, todavía sobre la encimera, le daba caladas mientras con la otra mano removía el contenido de la sartén que Vera había dejado en el fuego.

—¿Charles? —Roman sacó un par de botellas de vino de la bolsa de deporte y las depositó en la mesa.

Connor repitió, esta vez en un tono más crispado, que no tenía ni idea de dónde estaba su amigo y que lo dejaran en paz.

Roman no indagó más en el tema y le preguntó a Blythe si podía utilizar el baño para ducharse y cambiarse.

—El que quieras. —Su amiga desapareció un minuto y volvió con un par de toallas marrones sobre las manos.

Roman las agarró, se lo agradeció y fue directo al baño de Vera. ¿Por qué narices iba a su baño en lugar de al de invitados de la segunda planta?

El timbre sonó por tercera vez antes de que Vera pudiera decir o hacer nada.

Esta vez era Charles.

Les dio a Blythe y a Vera un rápido abrazo y a Connor lo saludó, distante. El chico ni siquiera respondió.

—¿Rome? —preguntó al no ver a su amigo.

—En la ducha —aportó Blythe—. ¿Qué tal el día?

—Bien. Estudiando.

Charles se dirigió al armario en el que Blythe guardaba la vajilla y empezó a sacar platos para poner la mesa.

Blythe buscó un sacacorchos y se lo tendió a Connor.

—Abre el vino.

—¿Qué? —la voz de Connor salió aguda—. Yo no bebo.

Blythe se encogió de hombros en un claro gesto de «me da igual» y, al ver que Connor no agarraba el sacacorchos, lo dejó encima de sus piernas.

—¿En la biblioteca? —Blythe volvió a la conversación con Charles.

—Ehh… sí.

Blythe miró a Vera muy seria y, sin que Charles ni Connor se dieran cuenta, negó con la cabeza.

En ese momento, Vera recordó las palabras que Blythe le había dicho esa tarde, nada más encontrarse con ella: «No estabas en ninguna de las salas de estudio… me he recorrido todo el primero y el segundo piso hasta dar contigo».

Si su amigo hubiera estado en la biblioteca, Blythe lo habría visto.

Charles estaba mintiendo.

—¿Se puede saber por qué tu champú huele a película de Barbie? —Roman apareció vestido de negro, con una camiseta de manga corta y unos pantalones de chándal, mientras se secaba el pelo con una de las toallas que Blythe le había dado.

Vera, que había acabado de servir la cena en un par de fuentes, le dedicó una sonrisa dulce.

—Porque sabía que una princesa iba a utilizar mi ducha.

Blythe soltó una carcajada que resonó por toda la casa.

—Eso duele —murmuró Connor.

Incluso Charles dejó escapar una risilla por lo bajo.

Ignorando la mirada helada de Roman, Vera depositó las fuentes de comida y el vino sobre la mesa. Connor se sirvió una Coca-Cola.

Hacía un rato, de camino a casa, Blythe le había confesado que no creía que esa cena fuera la mejor idea. «Estamos todos un poco… tensos», había comentado su amiga. Y en parte tenía razón. La semana anterior la carga de trabajo había sido tal que Vera se había visto obligada a pedir vacaciones en el trabajo. Por suerte, su jefa, una estudiante de último año de Arquitectura que, al igual que Vera, tenía deudas y gastos que pagar, se las había concedido sin demasiados problemas.

Parecía que el claustro se había puesto de acuerdo para sepultarlos en trabajos y exámenes, como si quisieran llevar al extremo a los quince alumnos que, además de todo aquello, tenían que preparar el Caso Magno.

Si ellos cinco ya estaban agotados y, en palabras de Blythe, «tensos», no quería ni imaginarse cómo se sentirían los otros diez estudiantes que también competían en esa recta final por la beca. Bueno, Connor no daba la imagen de persona preocupada, pensó Vera observando cómo su amigo se estaba sirviendo un plato enorme de lomo saltado mientras les contaba algo sobre el masaje que se había dado ese fin de semana.

—Tenía el cuerpo destrozado, y más después de que Thomas y yo... Oh, no importa. —Desvió la mirada hacia Charles, claramente intentando captar su atención, pero este lo ignoró mientras se servía otra copa de vino. Siguió con su relato—. Os lo aseguro, Tatiana hace magia. Si en algún momento necesitáis que alguien os descontracture os la recomiendo. No hay nadie mejor. —Hizo una pausa para servirse un poco más de arroz y añadió—. Vera, esto está buenísimo. ¿Qué era?

—Lomo saltado —contestó Roman al instante.

—*Delizioso*.

—¿Sabes lo que hubiera sido *delizioso*? —Blythe habló con esa voz grave que no auguraba nada bueno—. Que en lugar de pasarte la tarde del sábado disfrutando del masaje de Francesca...

—*Tatiana*.

Blythe lo ignoró.

— ... hubieras venido conmigo a la biblioteca porque, no sé si lo sabes, tenemos un Caso Magno que preparar.

Sí, pensó Vera, *aquello podía ponerse muy feo muy rápido*.

—Sabes que los sábados son mi día de relajación. —Mirando a Vera añadió—: Shabbat.

—No eres judío —espetó Blythe.

—Señoría, objeto —exclamó Connor dirigiéndose a Roman—. La abogada de la contraparte —señaló a Blythe con el tenedor— está formulando alegaciones falsas y que, además, no guardan relación con el objeto del pleito.

Roman tomó la copa y, como si estuviera pensando su veredicto, empezó a oxigenar el vino.

—Rechazado.

Connor ahogó un grito dramático.

—Señoría, permiso para reformular...

Pero Blythe cortó aquel juego:

—¡Puedes callarte de una vez! No voy a permitir que me dejes en ridículo el día del Caso Magno. Además, harías bien en espabilar y empezar a preparar tu entrevista en Greenberg & Hughes.

Era tradición que Greenberg & Hughes organizara una ronda de entrevistas para conocer a los quince alumnos que competían por la beca. Se querían asegurar de que contrataban no solo a estudiantes brillantes, sino también a perfiles compatibles con el despacho. Así se lo había explicado Roman la semana anterior, cuando Vera había acudido una vez más a su casa para preparar el caso.

«Quieren cerciorarse de que no escogen a ningún bicho raro. Al fin y al cabo, lo más probable es que acabemos trabajando allí». Vera se había percatado de cómo Roman daba por sentado que iban a ganar la beca. «Lo último que quieren es tener a alguien que cause problemas o no encaje con el equipo. Yo haría lo mismo».

«Es decir que da igual lo bien que lo hagas en el Caso Magno, si a Greenberg & Hughes no les encajas, no vas a ganar la beca».

«Algo así», había confirmado Roman.

Su reacción había sido cabrearse. ¿En serio le estaban diciendo que incluso esforzándose por ser de las mejores estudiantes de la Facultad de Derecho no era suficiente?

«No te preocupes», le había dicho Roman desde la cocina. Se había movido hasta allí para fumar. «Les vas a gustar».

En ese momento, Vera se había creído las palabras de Roman. Pero ahora, sentada frente a sus amigos, todas las inseguridades volvieron a asaltarla. ¿Y si no encajaba? ¿Y si los socios de Greenberg & Hughes se llevaban una mala imagen de ella? ¿Y si después de todo no conseguía la beca por algo tan absurdo como «piensan que eres un bicho raro» o «no vienes de la familia adecuada»?

—*Nah*, no hace falta que prepare nada. Los conquistaré con mis encantos. Además —Connor dibujó su mejor sonrisa—, siempre puedo recurrir a papi y mami Jeong.

—No metas a mis padres en esto. —Blythe recogió los platos con la ayuda de Charles, que casi no había tocado su comida, y colocaron los postres en el centro de la mesa.

—Oh, vamos. —Connor se sirvió un par de las galletas—. Tus padres están metidos hasta el fondo. No hables como si no tuvieran nada que ver en esto. Por el amor de Dios, Blythe, probablemente formarán parte del jurado el día del Caso Magno. Todo el mundo sabe que una de las cuatro becas tiene tu nombre escrito.

Y con eso, Blythe estalló.

—¿Eres idiota? Ya sabes que no van a hacerme ningún favor por conseguir la beca. Honestamente, ojalá lo hicieran. Ojalá fueran como tus padres y me ayudaran ni que fuera un poquito. Ojalá movieran hilos por mí. Porque entonces toda esta mierda sería más fácil y no tendría que estar rompiéndome el culo cada día. Podría ir a hacerme uno de tus malditos masajes el sábado por la tarde en lugar de pasarme horas en la biblioteca.

—Blythe… —Charles posó una mano sobre el brazo de su amiga, para intentar calmarla.

Pero la chica se zafó y continuó cargando contra Connor:

—Sabes cómo son mis padres y sabes la presión que tengo por conseguir esta beca.

—Presión tenemos todos —apuntó Roman desde su silla.

—Sí, la tenemos todos —pareció susurrar Charles, y se sirvió más vino.

Vera permaneció en silencio. Decir lo que le estaba pasando por la cabeza solo empeoraría las cosas. Porque, por mucho que admirara a sus amigos, a veces le alucinaba la facilidad que tenían para olvidar que, de todos, ella era la que lo tenía más difícil.

De todos, ella era la que tenía que vivir con la constante preocupación de no saber si iba a llegar a fin de mes.

De todos, ella era la que estaba sola, la que no tenía contactos que la sacaran de un bache o una familia a la que acudir si necesitaba que alguien le solucionara un *pequeño* problema.

De todos, ella era la intrusa, la oveja negra, la que no debería estar allí pero, por alguna razón, lo estaba.

La diferencia era sencilla y a la vez abismal: para sus amigos, la beca era un logro más en su brillante y asegurada carrera profesional; para Vera, una cuestión de vida o muerte.

O al menos eso era lo que pensaba.

XIV

PASADO

5 de marzo de 2017

Connor llegó al muelle cuando la luz de la tarde ya había empezado a teñir el agua de ese matiz dorado tan característico del ocaso. Ese sitio al que, desde que vivían en Ithaca, acudían cada vez que el mundo se les tornaba un poco insoportable.

Charles lo estaba esperando en la punta más alejada, sobre la madera fría y corroída por la humedad.

«El muelle es nuestro lugar seguro», le había susurrado Charles la noche en la que habían vuelto de estar juntos en el embarcadero por primera vez; «de ahora en adelante, cada vez que estemos tristes, enfadados o perdidos, iremos al muelle». Connor simplemente había asentido. Y con una última mirada cargada de mil palabras que ambos conocían pero quizá nunca se llegarían a decir, cada uno se fue a su habitación.

Desde esa noche, habían mantenido su promesa. La mañana en la que Connor había sido incapaz de levantarse de la cama por las pesadillas que, incansables, lo habían sacudido toda la noche, habían acudido al muelle. La tarde en la que Charles se había derrumbado en medio de la facultad tras escuchar cómo un grupo de ineptos había insinuado cosas innombrables sobre Blythe, habían acudido al muelle. Cuando había pasado lo de Nathalie... habían acudido al muelle.

Por eso, ese día, 5 de marzo, Connor había sabido dónde encontraría a Charles.

Salvó los últimos pasos que lo separaban de su mejor amigo y, al llegar a su lado, se sentó junto a él. La madera vieja crujió bajo su peso.

Connor siguió la mirada de Charles. A lo lejos, un grupo de cormoranes descansaba sobre las aguas calmadas del lago. De vez en cuando, alguno se sumergía con la esperanza de emerger unos segundos después con su presa en el pico.

Charles cerró los ojos y dibujó una sonrisa tímida que a Connor le calentó el alma. No necesitaba preguntarle el porqué de sus acciones para saber que simplemente estaba disfrutando de la brisa fría, del sonido que emitían los árboles al mecerse, del olor del lago, el graznido de los cormoranes.

De pequeños, cuando todavía no eran lo suficiente maduros como para comprender el mundo, Connor había chinchado a su amigo diciéndole que esa obsesión por la naturaleza lo llevaría a convertirse en guardabosques y a vivir como un ermitaño en un parque natural. Pero incluso a los seis años, Charles había optado por ignorar esos comentarios. Ahora, a los veinticuatro, Connor entendía que quizás aquello no había sido ignorancia sino conformidad, la resignación de quien entiende, incluso a una edad temprana, que nunca va a poder dedicarse a lo que realmente le hace feliz, a su sueño.

En la naturaleza, Charles se encontraba en paz, seguro. Por eso, cuando se había sentido triste, enfadado o perdido, había acudido a ese muelle.

Por eso, hoy estaba allí.

Hacía nueve años que los padres de Charles se habían separado. Nueve años desde que su padre les había contado a su madre y a él que se había enamorado de otra mujer. «He renacido», les había confesado con una sonrisa de oreja a oreja, como si al decirlo no estuviera destruyendo los corazones de dos personas. Una más grande pero vulnerable, y otro más pequeño, pero no por eso menos maduro.

Y así, John F. Aster había desaparecido de la vida de Charles, dejándole una casa vacía y una fortuna estéril. Y así, su madre había entrado en una espiral de destrucción de la que no había conseguido salir. Gianna había dejado de ser Gianna. Y Charles había dejado de ser un hijo para convertirse en el adulto de la casa.

Connor había estado allí. ¿Cómo no iba a estarlo si su amistad con Charles era lo más grande que tenía? Hacía tiempo que ambos habían entendido que cuando uno se caía, el otro lo levantaba.

Charles era el pilar que lo estabilizaba, la luz que lo guiaba, el salvavidas que lo mantenía a flote. Si no fuera por él, Connor ya se habría ahogado hacía mucho tiempo.

Y si un día Charles decidía que ya había tenido suficiente de él, sus excentricidades y sus juegos…

Connor sería incapaz de enfrentarse a una vida sin Charles.

—Me ha llamado hace un rato. —Charles procuraba no pronunciar el nombre de su madre o referirse a ella de ninguna forma—. Al principio parecía que estaba bien, incluso me ha preguntado por las clases y por ti. Siempre me pregunta por ti. —Le dedicó una sonrisa torcida—. Pero después ha empezado a decir cosas sin sentido. Algo sobre que había demasiadas estatuas y se había perdido en los vestíbulos de la casa. Le he preguntado que qué casa y Joana ha agarrado el teléfono antes de que pudiera contestar.

Joana era la mujer que había cuidado a Charles incluso desde antes de que naciera. Ahora cuidaba a Gianna.

—Entonces, ¿no mejora?

Connor se sacó un porro del bolsillo y lo encendió. Ese día necesitaba algo un poco más fuerte que el tabaco. El humo se perdió en la inmensidad del lago Cayuga.

—No —repuso Charles. Le quitó el porro de las manos y le dio una larga calada.

Su amigo había dejado de fumar hierba el mismo día que él había decidido dejar el alcohol. Pero el muelle era el muelle.

—Quizá valdría la pena…

—¿Internarla otra vez en Hope Harbor? —Charles terminó la frase por su amigo.

Connor se encogió de hombros. Cuando se trataba de Gianna, no sabía cuál era la mejor solución.

—Quizá tengas razón y a la cuarta va la vencida. —Charles soltó una risa irónica y le dio otra calada al porro—. O quizá tengo que aceptar que ni el mejor centro de rehabilitación de Nueva York va a conseguir sacarla del hoyo que ella misma ha cavado —añadió con rabia.

—*Tenemos*. —Connor posó una mano en el hombro de Charles y le dio un pequeño apretón.

—¿Qué? —su amigo frunció el ceño.

—No *tienes* que aceptar nada. *Tenemos*. Estamos juntos en todo.

Charles cerró los ojos con fuerza y se pellizcó el puente de la nariz en un gesto que Connor conocía demasiado. Estaba intentando controlar las lágrimas y no llorar, no llorar, no llorar. Hacía lo mismo desde que era un niño. Solo que antes, ese mantra lo repetía en voz alta y no internamente, como seguro estaba haciendo en ese momento.

No llorar, no llorar, no llorar.

Connor no entendía por qué la gente ponía tanto empeño en ocultar sus emociones.

Se sacó la gabardina y se la colocó a Charles sobre los hombros. Después, con mucho cuidado, atrajo a su amigo hacia él, lo rodeó con el brazo y susurró que todo estaba bien, que estaban juntos, que podían con todo.

Y fue con esas palabras, con Connor a su lado abrazándolo, que Charles empezó a llorar.

Lloró por el padre que lo había abandonado hacía nueve años; lloró por la madre que no supo cómo salir adelante, por el niño que había dejado de ser niño demasiado pronto.

—Me vas a dejar el jersey hecho un desastre. —Connor rebuscó en el bolsillo trasero del pantalón y le tendió un pañuelo blanco de tela.

Charles se separó un poco y lo miró. Había una chispa de picardía en sus ojos empantanados.

—¿En serio? ¿Me vas a dar tu pañuelo? ¿El mismo con el que te suenas cada mañana después de ir al baño?

—Es esto o quitarte los mocos con el agua del lago, tú decides —dijo Connor, ofendido.

—Vale, vale, prefiero el pañuelo —repuso su amigo, entre risas.

Un silencio amable se posó entre ellos. Porque así eran sus silencios: tranquilos, sencillos, irremplazables. Triples. Infinitos.

Y Connor recordó lo que le había dicho Roman una de las primeras noches que habían pasado en Cornell: que era importante saber entablar conversaciones, pero lo más valioso era aprender a mantener silencios. Que eso era lo que diferenciaba a un amigo de un simple conocido, a un amor verdadero de una aventura. Cierto, habían fumado más de la cuenta y cada uno había estado en un mundo paralelo, pero Roman había acertado con cada palabra.

Silencio.

Eso era lo que marcaba la diferencia. Eso era lo que tenía con Charles. Por mucho que Charles se negara a dar el paso de aceptar sus sentimientos. Por mucho que Connor siguiera esperando y, en esa espera, hiciera lo posible por llamar su atención, por provocar una mínima reacción que le reafirmara que estaba pendiente de lo que hacía, que todavía sentía, que le importaba.

Por mucho que llevaran en este ir y venir desde que tenía uso de razón.

—Gracias —añadió el chico después de lo que pareció una eternidad y, a la vez, poco tiempo.

Los cormoranes habían volado hacia sus nidos y el sol se había puesto, bañándolos en una oscuridad apacible.

—No me las tienes que dar, ya lo sabes.

—Tú me las diste una y otra vez después del accidente y, a día de hoy, me las sigues dando. Yo haré lo mismo.

—Bueno… pues de nada. —Connor ignoró la punzada de angustia que le provocó la simple mención del accidente—. Ahora, ¿me vas a tener aquí mucho más rato o podemos ir a cenar?

El cuerpo de Charles se sacudió por la risa, pero se levantó de un salto y, todavía con su gabardina cubriéndole el cuerpo, le tendió la mano.

—Vamos. Si te me murieras aquí, nunca me lo perdonaría.

—¿Me echarías de menos? —Connor le dedicó una de sus sonrisas torcidas.

Charles se puso serio de repente.

—Más de lo que te imaginas —susurró.

Connor quiso confesarle que él también lo echaría de menos, más que a nada en el mundo, pero calló y esperó a que Charles dijera algo más. Lo que fuera.

Pero no lo hizo.

Así que Connor tomó su mano, todavía extendida, se puso en pie, y empezó a recorrer el muelle, de vuelta al embarcadero.

—¿Tacos? —propuso fingiendo un tono desenfadado.

Charles, que se había quedado rezagado, corrió hasta colocarse a su lado.

—¿Qué obsesión tienes con los tacos? Cada semana quieres comer lo mismo.

—Querido Charles, los tacos son la alegría de la vida, el manjar perfecto. Es más, nunca te fíes de una persona a la que no le gustan los tacos.

—A Roman tampoco le encantan…

—¿Y quién ha dicho que Roman sea una persona de fiar? —Connor le guiñó un ojo.

—Que no te escuche decir eso…

—Mientras no se lo digas, no habrá problemas. Bueno, ¿tacos?

Charles dejó escapar un suspiro de exasperación. Por supuesto, era fingido, porque al segundo dijo:

—Vamos a por tacos.

Sí, el muelle era su lugar seguro. Y siempre que estuvieran tristes, enfadados o perdidos, acudirían a él.

XV

PRESENTE

10 de noviembre de 2017

Blythe estacionó el coche frente al restaurante italiano en el que había quedado para comer. Greenberg & Hughes se encontraba a tan solo un par de manzanas de allí, en la esquina de la calle 26 Este con Madison.

Le dio las llaves del BMW al aparcacoches y, forzándose a no caer en la emoción de estar de nuevo en su ciudad, entró por la puerta principal del rascacielos.

—Bienvenida a Gattopardo. —El *maître* del restaurante la saludó de forma educada. Iba vestido con un traje negro y llevaba el pelo engominado en un peinado que casi parecía antinatural—. ¿Me puede indicar el nombre al que está su reserva?

Por supuesto, Gattopardo, uno de los locales de moda de Midtown Manhattan, solo aceptaba reservas. Y más desde que su renombre había escalado al recibir a uno de los cantantes del momento, Giovanni Brunelli. Cantante del que, por cierto, solía escuchar alguna canción, sobre todo cuando se sentía más alicaída y necesitaba algo de rock que la pusiera de buen humor.

—Jeong. —Blythe ofreció su apellido.

El *maître* asintió y le pidió que lo siguiera hasta su mesa.

—¿Quiere que le traiga algo mientras espera a su acompañante? —le preguntó a la vez que le tendía la carta del restaurante.

—Un Martini. Hendricks.

Ya con el cóctel en sus manos, Blythe se relajó un poco. El camino de Ithaca a Nueva York había sido largo y cansado. Unas cuatro horas conduciendo —solo se detuvo a repostar en una gasolinera a la altura de Swiftwater— en las que no había dejado de cuestionarse si aquella decisión era la correcta.

Sus amigos creían que había tenido que escaparse a la ciudad para visitar al traumatólogo que, una vez cada seis meses, le revisaba la lesión de rodilla que había sufrido durante un partido de tenis, cuando jugaba para el equipo de Columbia.

Era una mentira.

Pero lo que le preocupaba más no era haberles mentido a sus amigos, sino lo fácil que había sido hacerlo y lo rápido que le habían creído.

«¿Quieres que te acompañe?», se había ofrecido Vera hacía unos días en la cafetería en la que seguían encontrándose todas las mañanas para desayunar.

Pero Blythe había declinado la proposición y le había asegurado a su amiga que podía ir sola. «Además», había añadido, «no quiero que te saltes clase por mí».

Mentira.

El móvil vibró en su bolsillo. Blythe desbloqueó la pantalla y vio que era Vera, quien, como invocada por el mero hecho de pensar en ella, le había escrito.

¿Has llegado bien?

Mentira.

Volvió a guardarse el móvil en el bolsillo y lo ignoró cuando, unos segundos después, vibró de nuevo.

Le dio otro sorbo a su Martini.

No iba a empezar a sentirse mal ahora, cuando ya estaba allí. Como sus padres le habían dicho siempre, «una vez tomas una decisión, debes ser consecuente con ella y defenderla a toda costa». Pues eso estaba haciendo: defenderla.

Además, Vera no siempre había sido sincera con ellos cuatro. Sus intenciones no siempre habían sido puras y correctas. Podía parecer la más racional y sensata de los cinco, pero Blythe sabía la verdad sobre Vera Velasco: en el fondo, era igual de ambiciosa y calculadora que ellos. Solo hacía falta leer los...

—Blythe. —La voz la devolvió al restaurante.

Frente a ella se encontraba una mujer de unos treinta y pocos años, vestida con una americana gris marengo a juego con una falda de traje. Llevaba el pelo rubio recogido en un moño y un maquillaje discreto pero que realzaba sus pómulos afilados y labios carnosos.

—Rebecca. —Blythe dejó el Martini sobre la mesa y se levantó para estrecharle la mano.

Una vez sentadas, Rebecca pidió un Aperol Spritz y una cesta de *focaccia*.

—Me apetece picar algo —le confesó a Blythe con una sonrisa cálida—. ¿Cómo estás? Qué ilusión me hizo recibir tu mensaje. Hacía tiempo que no te pasabas por la zona.

—Ya sabes cómo es Cornell. Entre las clases y la preparación del Caso Magno, no es que tenga mucho tiempo libre.

Rebecca también había estudiado su JD en Cornell y, pese a no haber conseguido la beca, la impresión que había causado en los abogados de Greenberg & Hughes había sido tan buena que habían hecho una excepción y la habían acabado contratando.

Sí, podría decirse que el caso de Rebecca era, *literalmente*, único.

—¿Cómo lo llevas? Por lo que me cuentan tus padres cuando me los cruzo por el pasillo o coincido con ellos en alguna reunión, me consta que genial. ¿Lo preparas sola o con alguien?

—Con Connor Hannaway. Es el hijo de…

—El hijo de George y Sarah Hannaway —terminó Rebecca—. Los dueños de Cornell y prácticamente todo el estado de Nueva York. No sabía que también estaba entre los candidatos a la beca.

Blythe frunció el ceño.

—¿No estás al mando de las entrevistas? —Hasta donde sabía, Rebecca era la socia encargada de supervisar las entrevistas que Greenberg & Hughes mantenía con los quince aspirantes a la beca y, como tal, conocía quiénes eran los candidatos.

—Este año se encarga Carrell, otro de los socios —le explicó—. Pero si puedo ayudarte en algo, solo tienes que decírmelo.

En ese momento apareció un camarero con el Aperol Spritz de Rebecca y la *focaccia*. Aprovecharon para pedir los platos principales. Blythe optó por el *risotto*, uno de los más populares del restaurante.

Mientras Rebecca le preguntaba al camarero sobre los ingredientes de la salsa que llevaban los raviolis rellenos de carne, Blythe sopesó sus opciones. Una cosa era intentar sonsacarle información a Rebecca, con quien tenía confianza y se sentía cómoda, pero otra muy diferente pedirle que intercediera por ella con un socio del despacho al que no conocía.

Una vez tomas una decisión, debes ser consecuente con ella y defenderla a toda costa.

Blythe tomó aire. Tenía muy claro por qué le había propuesto aquella comida a la abogada y lo que necesitaba saber para superar la entrevista en Greenberg & Hughes. Así que lo soltó:

—¿Sabes cómo tiene pensado enfocar las entrevistas?

Rebecca meditó las palabras de Blythe, dándole un sorbo a su cóctel. No parecía ofendida ni molesta.

—Supongo que formulará algunas preguntas jurídicas y después se detendrá en lo personal. Para ver si encajas en el despacho y *bla, bla*. Carrell es el típico al que, para caerle bien, tienes que hablarle de lo que le gusta. Lo sé, un poco cretino —apuntó al ver la expresión reacia de Blythe—. Pero créeme, lo mejor va a ser tragarte el orgullo y decirle lo que quiere oír.

—¿Que es…?

—Tú háblale de Paul Auster o de energías renovables, y lo tienes en el bote. Ah, bueno, y si le sacas el equipo de remo de Cornell ya ni te cuento.

De entre todos los deportes que se practicaban en la universidad, uno de los que más destacaba era el remo. Blythe recordó la obsesión pasajera que Connor había tenido hacía unos meses con apuntarse al equipo masculino. Pero en cuanto Charles le había hecho darse cuenta de que aquel deporte requería muchísima constancia y dedicación (aptitudes que Connor no poseía), había desechado la idea.

Blythe asimiló las palabras de Rebecca.

El camarero trajo sus platos principales y los depositó encima de la mesa, y entonces Rebecca y Blythe se sumergieron en una conversación insustancial sobre lo deliciosa que estaba la comida y lo agradable que era el restaurante.

Los dueños del Gattopardo, íntimos amigos de los padres de Blythe, habían puesto mucho cuidado en la decoración de la sala. Del techo colgaban varios candelabros que emitían una luz cálida, las paredes estaban repletas de estanterías con libros antiguos y, a lo largo del recinto, había columnas de mármol decoradas con enredaderas.

Durante sus cuatro años como estudiantes de grado de Columbia, Connor, Charles y Blythe habían frecuentado el restaurante.

Connor se había enamorado de la estética clásica del lugar el mismo segundo en el que había entrado, y Charles, de la pasta fresca.

Algún día le gustaría volver aquí con ellos, pensó mientras degustaba su *risotto*. Y con Roman y Vera también. Los cinco.

—¿Cuándo tienes la entrevista? —le preguntó Rebecca cuando ya habían pagado y se estaban despidiendo.

—El día 20 por la tarde.

—Intentaré hablar con Carrell antes. Ya sabes, para que las cosas sean más fáciles. Recuerdo el proceso que tuve que pasar para entrar en el despacho. Fue horrible y larguísimo. —Le dio las gracias al *maître* cuando este se acercó y le tendió su chaqueta—. Viví meses convencida de que no tenía ninguna oportunidad de entrar. Tú más que nadie eres consciente de lo muy puristas que son seleccionando a sus candidatos.

—Pero lo conseguiste.

—Sí, y tú también vas a conseguirlo. En nada vamos a estar trabajando juntas en Greenberg & Hughes. Me encantaría tenerte en mi equipo.

—¿De verdad? —No se esperaba que Rebecca le regalara aquel cumplido.

—¡Por supuesto! —exclamó la abogada—. Sería un honor tener a una Jeong. Porque todavía quieres especializarte en Derecho internacional, ¿no?

Blythe carraspeó, intentando disimular la punzada de rabia que le habían causado las últimas palabras de Rebecca: *Sería un honor tener a una Jeong.* ¿Realmente quería trabajar con ella o solo con su apellido?

—Sí, claro, Derecho internacional —contestó forzando una sonrisa.

—Estupendo. No se lo digas a Jia, pero tomó la decisión equivocada al especializarse en mercantil —le dio un abrazo—. Pero tú, tú vas por el buen camino.

Tras despedirse una vez más, salió por la puerta principal del Gattopardo.

Y Blythe se quedó allí, de pie, sin saber muy bien qué hacer ni qué pensar.

Tomó aire un par de veces.

Has conseguido lo que querías, has conseguido lo que querías, has conseguido lo que querías, empezó a repetirse. *Has tomado una decisión y estas son sus consecuencias.* Qué más daba si Rebecca quería trabajar con ella porque era la hija de dos de los socios más importantes de Greenberg & Hughes. Qué más daba si lo único que buscaba era tener a una Jeong en su equipo. Lo que importaba, lo relevante, era que ya sabía cómo gestionar la entrevista y que Rebecca intercedería por ella ante Carrell.

Volvió a tomar aire.

Sí, eso era lo importante.

Se disponía a salir del edificio cuando una voz que conocía demasiado bien la detuvo en seco.

—¿Se puede saber qué hacías hablando con Rebecca Callahan?

Jia.

Su hermana, siempre el retrato de la perfección, la miraba con ojos acusatorios.

Mucha gente decía que Jia y Blythe eran dos gotas de agua: mismo pelo negro y liso, mismos ojos color avellana, misma complexión delgada, misma forma de andar, mismo todo. De más pequeñas, cuando vivían en la casa de sus padres y los fines de semana los pasaban entre comidas, galas benéficas, fiestas, eventos y más comidas, Blythe se había hartado de escuchar frases del estilo «sois idénticas» o «parecéis gemelas».

Cada vez que alguien le echaba en cara lo mucho que se parecía a su hermana, algo en Blythe agonizaba y se rompía, y le daban ganas de gritar, de rebelarse. Porque no podían ser más distintas.

A Blythe nunca se le ocurriría tratar a Jia de la forma en que Jia llevaba tratando a Blythe toda su vida; como si fuera una molestia, una piedra en su zapato imposible de sacarse, una carga.

Decir que los años en los que había vivido junto a ella en el apartamento de Manhattan habían sido difíciles era quedarse muy, *muy*, corta. Blythe nunca olvidaría el día en el que su hermana había abandonado la casa familiar para irse a estudiar a Harvard y la paz que la había invadido en cuanto había salido por la puerta cargada con cuatro maletas.

Lo primero que había hecho Blythe había sido ir a su habitación y reproducir su lista de canciones preferidas a todo volumen, algo que Jia nunca le había dejado hacer porque afectaba a su concentración y sus nervios. «Toma concentración, toma nervios», había gritado (o pensado, el recuerdo era cada vez más borroso), mientras abría la nevera, sacaba su helado de chocolate preferido y, de camino a su habitación, se lo empezaba a comer a cucharadas. Ya no había nadie juzgando todo lo que comía y recriminándole que si el arroz era puro carbohidrato, que si no era bueno comer pasta antes de un entreno, que si esto que si lo otro. Sí, Blythe había gritado y cantado y bailado y comido helado y, cuando el choque de ya no tener a su hermana había pasado, se había dejado caer sobre la alfombra de su habitación y se había puesto a llorar como una niña.

Porque, después de todo, sabía que si Jia la llamaba y le pedía perdón y le confesaba lo orgullosa que estaba de ella y le proponía ir a comer a su restaurante preferido o a pasear por Central Park, Blythe se lo perdonaría todo en un segundo e iría con ella.

Porque, después de todo, quería ser aceptada y querida por su hermana.

La misma que ahora tenía delante y, de brazos cruzados, esperaba una respuesta por su parte.

Blythe se enderezó (aunque no hacía falta, su postura era recta y perfecta gracias a las clases de pilates que sus padres habían pagado durante años) y encaró a su hermana.

—Solo nos hemos puesto al día.

Jia soltó una risa incrédula.

—Oh, por favor, ¿crees que soy idiota? Te conozco, Blythe, si estás aquí un viernes, saltándote tus clases, no es *para ponerte al día* con Rebecca Callahan.

Blythe intentó disimular la rabia que, poco a poco, iba ganando fuerza dentro de ella. Era increíble como, después de tanto tiempo, su hermana seguía siendo capaz de desestabilizarla solo con algunas palabras.

—Y tú, ¿qué haces aquí? —Se dio cuenta de que no debería de haber dicho aquello en cuanto la pregunta salió de su boca.

Jia puso los ojos en blanco, fastidiada.

—Tenía una reunión con un cliente a las doce y, ya que estaba aquí, he aprovechado para comer. Si no hubieras estado tan concentrada en llevar a cabo el plan que sea que has venido a ejecutar me habrías visto sentada en la barra. —Y con un dedo, señaló el taburete donde, en efecto, se encontraba su maletín.

—¿Mamá y papá te mandan a cubrir las reuniones a las que ellos no pueden ir, o qué?

El rostro de Jia se endureció. Blythe había dado donde más le dolía.

—¿Acaso tú no estás intentando conseguir la beca para entrar en Greenberg & Hughes? ¿Acaso no estás siguiendo mis pasos y haciendo exactamente lo que hice yo en su momento?

—Si yo entro en Greenberg & Hughes no va a ser para convertirme en el perrito faldero de mamá y papá.

Jia volvió a reír.

—Claro, porque estar en otro departamento va a hacer que todo el mundo te mire diferente.

—Al menos yo voy a intentar labrarme mi propio camino. No como tú.

Su hermana se cruzó de brazos y alzó el mentón en un gesto de orgullo. No iba a dejar que Blythe ganara aquel asalto. Por mucho que le jodiera que le recordara que, en efecto, Jia había seguido los mismos pasos que sus padres, iba a mantenerse altiva e impenetrable como siempre.

—No te engañes, Blythe. Estés en el departamento que estés, te esfuerces lo que te esfuerces, si entras en Greenberg & Hughes vas a ser la hija de Grace y Heath —dijo refiriéndose a sus padres por sus nombres anglosajones, los que habían escogido cuando se habían mudado a Nueva York desde Seúl.

Pero pese a la cantidad de gente que se lo había repetido a lo largo de su vida, Blythe se negaba a aceptar que era igual que Jia.

—Déjame adivinar —continuó su hermana—. Has quedado con Rebecca porque te pensabas que seguía estando al mando de las entrevistas y querías ganarte su favor. Querías manipularla, como llevas haciendo desde que tienes uso de razón. Pues déjame decirte una cosa, Blythe —dio un paso al frente, recortando la distancia que las separaba—, Rebecca ya no es la encargada de las entrevistas. Este año las lleva otro socio.

A la mierda con intentar controlar la rabia, pensó Blythe. Ahora fue ella quien dio un paso al frente.

—No, Jia. Voy a ser yo quien te diga una cosa a ti. Sé que Rebecca no tiene nada que ver con las entrevistas, al igual que sé que quien las lleva este año es Carrell. —Blythe atisbó la sorpresa que cruzó fugazmente por los ojos de su hermana—. He comido con Rebecca porque sí, me apetecía ponerme al día con ella. Así que déjame en paz y céntrate en meterte en tus asuntos que, por lo que veo, son muchos.

Y dicho esto, le dio la espalda a su hermana y empezó a caminar hacia la entrada del edificio, dispuesta a pedir las llaves de su coche y conducir de vuelta a Ithaca cuanto antes.

Pero no había dado dos pasos cuando la voz de Jia la volvió a alcanzar, más fría y carente de emoción que nunca:

—Tus amiguitos no saben que estás aquí, ¿no?

Blythe se detuvo en seco.

—Has venido a sus espaldas —siguió Jia—, y cuando vuelvas, te vas a inventar cualquier historia sobre por qué has estado en Nueva York; les vas a mentir a la cara, como llevas haciendo toda tu vida y vas a seguir haciendo hasta que te quedes sola.

Blythe inspiró, luchando por no moverse, por controlarse.

Una vez tomas una decisión...

Contuvo el aire cinco segundos que le parecieron infinitos y espiró.

Debes ser consecuente con ella...

Y sin girarse, sin dedicarle una mirada o un gesto más a su hermana, salió del edificio. El viaje de vuelta a Ithaca duró cuatro horas. Cuatro horas conduciendo —solo se detuvo a repostar en la misma gasolinera a la altura de Swiftwater— en las que no paró de convencerse de que aquella decisión había sido la correcta.

Y defenderla a toda costa.

XVI

PRESENTE

13 de noviembre de 2017

—Parece ser que la administración Trump está reactivando con fuerza el debate sobre las reformas fiscales.

Como cada mañana, Connor leía el diario mientras bebía un café americano en su taza preferida: una color gris con un relieve en forma de garra de oso y una bandera marrón pequeña en la que ponía STAY WILD (un mensaje irónico porque Connor, de salvaje, no tenía nada). Se la había comprado Charles en un viaje que Connor y él habían hecho hacía años a la Columbia Británica, en Canadá. Desde entonces, la llevaba consigo a casi todas partes y, cuando iban a cafeterías, les pedía a los dependientes que le sirvieran el café allí.

Era curioso cómo las personas se aferraban a pequeños comportamientos o rutinas para mantenerse a flote, para sentirse estables y reafirmar que la vida seguía su curso normal, que todo estaba bien.

Así que mientras Connor se aferraba a la taza de Charles, Roman lo hacía al significado de que su amigo llevara aquel objeto a todas partes (si aquello tenía algún tipo de sentido).

—Tahoe llegará a clase excitado —se burló Roman refiriéndose a Mark Tahoe, uno de los quince fantásticos—. Si dieran un premio al mayor fanático republicano del campus, se lo llevaría él.

Connor miró a Roman por encima del periódico y esbozó una sonrisa que no podía significar nada bueno.

—Estés pensando lo que estés pensando, no lo hagas.

Connor le puso morritos.

—Antes eras más divertido, ¿sabes?

—¿Antes de qué? —Roman enarcó una ceja.

—No sé, dímelo tú. Antes de que nacieras; antes de que alguien te metiera un palo por el culo y te convirtiera en un objeto que ni siente ni padece.

—No soy un…

—Antes de que el Grinch te robara la Navidad —continuó Connor—; antes de que Nathalie llegara y, *literalmente*, te robara la Navidad; antes de que apareciera Vera y te pasaras la mitad del tiempo babeando por ella y la otra mitad lamentándote por esta doble moral tan absurda que tienes. Antes de que…

—¿Connor?

—¿Sí, Rome?

—No vuelvas a pronunciar el nombre de esa perra en mi presencia y mucho menos en la misma frase que el de Vera.

Connor pasó de la picardía a la seriedad en cuestión de segundos.

—Lo que pasó con… *ella* —evitó el nombre en el último segundo— no tiene nada que ver con Vera. Son personas diferentes, lo sabes, ¿no?

—No creo que seas el más indicado para dar consejos de este tipo, Connor.

—¿A qué te refieres?

—¿De verdad quieres que hablemos de Charles?

Pero Connor murmuró un «no, no quiero» bajito y, sin decir nada más, volvió a la lectura de su periódico.

—Ya lo pensaba —sentenció Roman.

Intentó focalizarse en beber el café que tenía delante, pero no pudo. En cambio, sus manos buscaron de forma instintiva el paquete de tabaco.

—Ahora vuelvo.

Y sin esperar una respuesta por parte de Connor, salió de la cafetería.

Aquella mañana, Ithaca había amanecido nublada y fría. Más que otoño, parecía invierno. Pero Roman agradeció el viento y la fina lluvia que caía sin cesar de un cielo apagado.

Se apoyó contra la pared de piedra del edificio y encendió un cigarrillo. Al exhalar el humo, se relajó. Era increíble cómo su cuerpo reaccionaba de inmediato a la nicotina. Había gente que iba a terapia, otra que levantaba peso en el gimnasio, otra que simplemente hablaba con sus amigos. Él fumaba y practicaba un deporte que consistía en pegarse con otras personas.

¿Duele que te recuerden lo hijo de puta que eres?

Las palabras de Carter resonaron en su cabeza, fuertes y desafiantes.

Roman intentó ignorarlas, pero era difícil cuando, en el fondo, sabía que su hermano tenía razón. Sin quererlo, varias imágenes empezaron a sucederse ante él: un policía tirado en el suelo, inconsciente, con heridas en la cabeza de las que no paraba de manar sangre; él, montando guardia en uno de los pasillos de la mansión de Tunkhannock, inmóvil pese a los gritos y lamentos que escuchaba al otro lado de la puerta; Stefano obligándolo a darle una paliza a su propio primo para que «aprendiera una lección»; una chica llorando frente a él, pidiéndole que no hiciera lo que estaba a punto de hacer.

Confiteor quia peccavi nimis…

—Roman.

Movido por un acto reflejo, Roman agarró con fuerza la mano que se acababa de posar en su brazo y con una rapidez casi inhumana se preparó para…

—¡Roman!

Esa voz.

—¿Vera?

Frente a él, unos iris dorados lo miraban cargados de preocupación. No había miedo ni rechazo, solo eso: preocupación.

Roman relajó el agarre que había imprimido sobre la muñeca de Vera, pero no la soltó.

—Perdona —carraspeó.

—Nada —contestó ella, restándole importancia.

Llevaba un vestido negro de manga larga por encima de las rodillas. Era más bien pegado y realzaba sus curvas. Además, había cambiado sus botas estilo militar por unas de caña alta y con un poco de tacón.

Sí, Roman la miró de arriba abajo y, al fijarse en el cortavientos que se había puesto por encima para protegerse de la lluvia, no pudo evitar esbozar una media sonrisa.

—¿Qué pasa? —inquirió Vera con el ceño fruncido.

—Me encanta tu cortavientos. ¿A quién se lo has robado? —Por lo menos debía de ser cuatro tallas más grande de su tamaño.

Vera se sonrojó ligeramente, pero dijo con esa pose y seguridad que tanto la caracterizaban:

—Era el único que quedaba en la tienda del campus con descuento.

Por supuesto, tenía que cagarla con ese comentario y quedar como un superficial.

No era lo que quería decir, me he expresado mal, lo siento si he… No sabía cómo explicarle que, en realidad, el cortavientos era lo que más le gustaba de todo su conjunto.

Roto.

Así estaba si no era capaz ni de pedir perdón por un malentendido como aquel.

Jodidamente *roto*.

Antes de que encontrara las palabras para justificarse, Vera clavó la mirada en la mano de Roman, que todavía la sujetaba como un idiota.

La soltó de golpe, como si su piel quemara.

—Nos vemos arriba —murmuró Vera, apartándose unos pasos de él, y subió hacia la cafetería.

Roman alzó el rostro al cielo dejando que las gotas de lluvia le bañaran la piel y, después de darle dos últimas caladas al cigarrillo, la siguió.

En el mostrador se encontró con Blythe, que estaba pidiendo un café bien cargado y un par de magdalenas que, seguro, eran para Vera.

—¿Cuándo has llegado? —Roman se acercó y se apoyó en la madera de la repisa.

—Pues a la vez que Vera. Te he saludado pero estabas en medio de uno de tus momentos intensos y no te has enterado.

—Ya.

—Ya.

—¿Te has pensado lo del torneo de tenis?

—¿Te han dicho que, cuando quieres, eres peor que un perro con un hueso? —Giró su cuerpo para encararlo y le dio tres golpes en el pecho—. No. Lo. Sueltas.

Roman rio por lo bajo y le sujetó la mano.

—¿De qué tienes miedo, Blythe?

Conocía a su amiga lo suficiente como para saber que aquella pose fría y altiva era una barrera.

Él era igual.

Y ese, pensó mientras esperaba, paciente, a que la chica confesara lo que fuera que le estaba pasando por la cabeza, era el motivo por el que eran tan buenos amigos. La mayor parte del tiempo podían no parecerlo, porque se irritaban y molestaban, e incluso a veces (demasiadas) se insultaban. Pero en el fondo, Blythe era como su otra mitad; la más oscura y peligrosa.

Ella suspiró, rindiéndose ante la mirada intensa de Roman.

—De perder.

Roman asintió, meditando su respuesta.

Pasó un minuto, dos, tres, sin que pronunciara una sola palabra. Y al final, cuando Blythe ya tenía el café y las magdalenas entre las manos y estaba lista para dirigirse a la mesa en la que Connor y Vera charlaban de forma animada, dijo:

—Lo que deberías temer no es perder, sino dejar de jugar por el miedo a perder. Desde mi punto de vista, si te presentas en ese torneo y desafías lo que tus padres esperan de ti, persiguiendo lo que realmente te hace feliz, ya has ganado.

—Un concepto cuestionable de lo que significa ganar y lo que significa perder.

—Puede. Pero creo que también es un concepto interesante. ¿Qué prefieres, Blythe? ¿Ser la hija perfecta que siempre hace lo que se espera de ella o ser tú misma?

Roman agarró la bolsa con magdalenas y, tras guiñarle un ojo a su amiga, fue a reunirse con Connor y Vera.

Pocos segundos después, Blythe lo siguió.

—El honorable caballero vuelve por fin. —Connor inclinó la cabeza en señal de saludo—. Y viene acompañado de...

—Ahórrate los cumplidos, Connor —soltó Blythe antes de que su amigo pudiera acabar la frase.

—De parte de Blythe —Roman le tendió las magdalenas a Vera, que las agarró con un «no hacía falta» resignado, y se sentó en la silla que quedaba justo a su lado.

Blythe le dedicó una media sonrisa a Roman, y devolviendo su atención a Vera, preguntó:

—¿A qué hora tienes la entrevista en Greenberg & Hughes?

—A las cinco. Haré la primera clase y después me iré a la estación de autobuses. Quiero llegar con tiempo a Nueva York.

—Puedo llevarte yo en coche. —Roman pronunció las palabras al instante. Al ver que Vera lo estaba mirando confusa, añadió—: ¿Qué sentido tiene que vayas en autobús? Yo tengo la entrevista media hora después que la tuya.

Y era verdad, al estar trabajando juntos en el Caso Magno, los habían citado en Greenberg & Hughes de forma consecutiva. Pasaba lo mismo con Connor y Blythe, que también tenían sus entrevistas el mismo día y con media hora de diferencia.

—Claro, Verus —dijo Connor utilizando el mote afectuoso con el que solía referirse a ella—. Es mejor que vayas con Roman. Además, los autobuses que salen de Ithaca son muy poco fiables. Si te contara la cantidad de veces que me han dejado tirado o se han retrasado…

—Porque tú te subirás al coche de Blythe la semana que viene, cuando te toque ir a Nueva York. —Vera le lanzó una mirada fulminante que Roman no llegó a entender.

¿Acaso prefería tragarse cinco horas de autobús a tres en coche con él?

Por supuesto que lo prefiere, se castigó a sí mismo.

—Mi situación, querida Vera, es distinta —replicó Connor, ajeno a las dudas que sacudían a Roman por dentro—. Yo no escojo que los traumas me persigan, pero me persiguen de forma traumática —y con voz solemne, añadió—: Esa, al fin y al cabo, es la condena que debe sufrir un hombre honrado.

—¿Henley? —inquirió Blythe.

—Hannaway. —Connor le lanzó un beso.

Blythe bufó, porque no le sorprendía nada que Connor se acabara de citar a sí mismo. El chico se cruzó de brazos y le recriminó que quien había hecho la asociación entre Henley y Hannaway era ella solita.

Roman desconectó de la discusión entre sus amigos. De forma inconsciente, sus ojos se posaron en Vera. La chica lo estaba estudiando, seguramente tratando de dilucidar si su propuesta, la de llevarla en coche a Nueva York, era sincera o una manera de burlarse de ella. Atisbó el titubeo tras sus pupilas: *confía, no confíes, confía, no confíes*. Roman no creía en dioses ni en dimensiones paralelas, pero en ese momento le suplicó a lo que fuera que estuviera allá arriba que Vera decidiera darle una oportunidad.

Tras unos segundos, se decidió:

—¿A qué hora salimos? —Aunque parecía más un reto que una pregunta.

—Cuando quieras —respondió él encogiéndose de hombros.

—Vale, con una condición. Sostuvo su dedo índice a escasos centímetros de su nariz.

—La que quieras —respondió, sincero.

—Mi cortavientos se viene conmigo.

Roman no pudo hacer otra cosa que soltar una carcajada.

—No esperaba menos.

Vera sonrió y, por un momento, Roman pensó que quizá, solo quizá, pasar tres horas en un coche con él no fuera tan horrible.

Decidieron salir de Ithaca a las once y media de la mañana. Una vez en la facultad, Vera había insistido en ir con tiempo, por si tenían cualquier tipo de imprevisto.

Roman, que había sentido que estaba nerviosa, se había limitado a asentir y, antes de desaparecer por la puerta del aula en la que tenía clase, había añadido:

—Paso a buscarte a menos cinco. Después nos vemos.

Así que allí se encontraba, en el porche de la casa de Blythe, esperando a que Roman apareciera.

Lo tenía todo: móvil, tableta, su libreta, un sándwich que se había preparado por si le daba hambre por el camino (aunque lo dudaba, porque cuando estaba nerviosa su estómago se cerraba) y hasta una lista de «cosas muy importantes» que había escrito la noche anterior.

Número uno: convénceles de que mereces la beca.
Número dos: Greenberg & Hughes, fundado en 1994
por Steven Greenberg y Jacob Hughes.
Número tres: no te olvides de sonreír y parecer cercana
(no quieren bichos raros, así que no te comportes como uno).
Número cuatro: seguridad vs. políticas de inmigración en relación
con el atentado del 31 de octubre (porque seguro que te preguntan
algo sobre los sucesos de Nueva York de hace unos días).

La lista seguía hasta el número diez.

Vera siguió repasándola hasta que atisbó el coche de Roman al final de la calle.

De pronto, fue muy consciente de que iba a pasar las siguientes horas prácticamente pegada al chico.

Su plan había sido perfecto: acabar la clase, ir directa a la estación de autobuses, tomar el primero hacia Nueva York, hacer la entrevista y volver a Ithaca.

Así que no, en su plan no había entrado ser la copiloto de Roman.

No hubiera tenido ningún problema si se hubiera tratado de Blythe, Charles o Connor (si este último fuera capaz de subirse a un coche). Pero con Roman… todo era diferente.

La pregunta era: ¿por qué había accedido a que la llevara hasta Nueva York?

Prefería no contestar.

Primero la entrevista, se dijo a sí misma, *después ya pensarás en todo lo demás.*

Las dos primeras horas de viaje las pasaron en silencio.

Roman conducía como mínimo veinte kilómetros por hora por encima del límite de velocidad. Si no fuera por lo confiado que se le veía al volante y la seguridad que transmitía, Vera le habría pedido (o gritado) que fuera más despacio. Pero por algún motivo, estaba tranquila, relajada.

Sacó la lista de «cosas muy importantes» de su bolso y, de nuevo, empezó a leerla en silencio.

—¿Qué lees? —Roman se lo preguntó sin apartar sus ojos verdes de la carretera.

—Ehh… —Vera tragó saliva—. Nada, unas notas para la entrevista.

En realidad, no era nada de lo que avergonzarse, pero Vera prefería no compartir la lista con Roman. Por supuesto, el chico opinaba distinto, porque soltó:

—¿Me las lees?

—¿Perdona? —En un acto reflejo, Vera dobló el papel.

Roman le dedicó una mirada fugaz.

—Tus notas —aclaró, pensando que Vera no lo había entendido—. ¿Puedes leérmelas?

—¿Para qué quieres saber lo que he puesto?

Otra mirada fugaz, esta cargada de una intensidad sobrecogedora.

—Curiosidad.

Le había contestado lo mismo la tarde en la que se habían reunido en su casa para empezar a preparar el Caso Magno y él le había preguntado si le gustaba el olor a tabaco.

¿Por qué? ¿Qué más te da? No pienso leerte nada de lo que he escrito en este maldito papel.

Pero en lugar de formular lo que le pasaba por la cabeza, volvió a tragar saliva y empezó a leer en voz alta:

—Número uno: Greenberg & Hughes, fundado en...

—Te has saltado una —le cortó Roman.

Vera clavó sus ojos en el chico, que seguía concentrado en la carretera. ¿Cómo se había enterado?

—¿Qué tal si te centras en conducir?

Roman rio por lo bajo.

—Estoy conduciendo. —Alargando la mano le dio un par de toques al papel, como queriendo decir «venga, lee».

Vera suspiró. No sabía por qué estaba haciendo aquello.

—Número uno: convénceles de que mereces la beca.

Miró de reojo a Roman, esperando una burla, una réplica irónica, algo. Pero no dijo nada. El chico seguía conduciendo, atento a sus palabras.

—Número dos: Greenberg & Hughes, fundado en 1994 por Steven Greenberg y Jacob Hughes. Número tres: no te olvides de sonreír y parecer cercana —omitió el apunte de los bichos raros.

—¿Parecer? —Roman agarraba el volante con una mano, la otra la tenía apoyada en el cambio de marchas a escasos centímetros de su pierna. Al ver que Vera no contestaba, añadió—: *Eres* una persona cercana. No necesitas aparentar.

Vera bufó, incrédula.

—Bromeas, ¿no? ¿Cercana?

No le importaba reconocerlo. Vera no era una persona *cercana*. No lo había sido en el colegio, ni en USC, ni tampoco lo estaba siendo en Cornell. Las miradas que le dirigían sus compañeros de JD eran prueba suficiente de ello.

Pero Roman se encogió de hombros.

—Con nosotros lo eres. —Sus ojos verdes se clavaron en los de ella.

Vera apartó la mirada, temiendo que el chico notara su turbación.

—Vosotros sois diferentes.

Hijos Dorados.

Roman asintió, como si aquellas tres palabras le valieran, y le dio un leve toque en el brazo, instándola a seguir. Vera trató de ignorar la forma en la que su piel se erizó ante el simple contacto. Si el chico podía estremecerla con algo tan sencillo como un roce, qué sería capaz de hacer con una caricia, un beso, o al desvestirla y...

Carraspeó, alejando la imagen de su mente.

Focalízate en seguir leyendo.

Número cuatro: seguridad vs. políticas de inmigración en relación con el atentado del 31 de octubre (porque seguro que te preguntan algo sobre los sucesos de Nueva York de hace unos días). Número cinco: inversión extranjera en energías renovables.

—Eso lo has puesto por Carrell —apuntó Roman haciendo referencia a Joseph Carrell, el socio de Greenberg & Hughes encargado de entrevistarles. Estaba especializado en energías renovables y, como tal, Vera estaba segura de que les preguntaría algo al respecto—. Yo también hago mis deberes, Vera Velasco.

Era la primera vez que Roman pronunciaba su nombre completo. Nombre y apellido. Ni Vera, ni Velasco. Vera Velasco. Obvió el vuelco que le dio el estómago y continuó leyendo:

—Número seis: todos los candidatos... —Vera calló de golpe y leyó el resto de la frase para sus adentros.

Quizá fuera mejor... No. Pensándolo bien, le daba igual cómo se lo tomara. Era la verdad y, si no le gustaba, no era su problema. Además, él había querido escuchar la jodida lista, ¿no? Pues iba a hacerlo. Terminó la frase, tratando de imprimir en su voz toda la seguridad que albergaba en su interior:

—Número seis: todos los candidatos están forrados y tienen contactos. Tú no. Pero eso no te resta posibilidades. Vales igual que ellos. O incluso más.

Desde su asiento, Vera vio cómo Roman enarcaba ambas cejas.

—Pobre Tahoe, mejor no se lo cuento. No quiero herir su ego.

La contestación la tomó por sorpresa y no pudo evitar reír.

—No, mejor no se lo cuentes. No queremos romperle el corazón.

Cuando Vera acabó de leer su lista, la dobló en cuartos. En lugar de guardarla en el bolso, la sostuvo con fuerza. Cada vez estaban más cerca de Nueva York y tener ese trozo de papel entre las manos la ayudaba a combatir los nervios de la entrevista.

—Es una buena lista —concedió Roman.

—Supongo.

—Vera.

Ella lo miró. La luz le daba de lleno en el rostro, provocando que el verde de sus ojos brillara con más fuerza de lo habitual. En ellos danzaba algo desconocido y nuevo, algo que Vera no supo identificar.

—Vales igual que nosotros.

Sin saber qué contestar, Vera optó por el silencio. Y así permanecieron hasta que llegaron a Nueva York.

Como iban con tiempo, decidieron aprovechar para comer algo por los alrededores de la calle 26 Este con Madison, donde se encontraba Greenberg & Hughes.

Roman propuso ir a un restaurante donde, en sus palabras, servían las mejores hamburguesas de Nueva York. Y cuando Vera dudó un instante (porque, según Google, la maldita hamburguesa valía como cuarenta dólares), insistió en que él invitaba.

—Como digas algo, pienso robarte esa lista y recitársela a Connor —la calló Roman al presentir que estaba a punto de discutir.

Así que fueron y comieron las hamburguesas. Y sí, eran de las más buenas que Vera había probado desde que se había mudado a Estados Unidos.

—Aunque las de Bembos son mejores y valen como treinta dólares menos —le había dicho al chico mientras mojaba una patata frita en la salsa de trufa.

—¿Bembos? —había preguntado Roman.

Vera le había explicado que era una de las cadenas de comida rápida más populares de Perú. A lo que Roman le había pedido que le contara cosas sobre su país natal. Y así habían pasado más de una hora.

Roman parecía otra persona. Estaba más relajado. Era como si alejarse de Cornell y del ambiente de tensión que se respiraba en el campus le hubiera permitido bajar sus barreras. Vera no pudo evitar pensar que quizás el chico estaba pensando exactamente lo mismo de ella.

Cuando acabaron de comer, postre y café incluido, pusieron rumbo a Greenberg & Hughes.

Roman aparcó en el *parking* subterráneo del despacho. Les adjudicaron una plaza para clientes y, cuando el que debía de ser el vigilante (un chico que parecía recién salido del colegio) le ofreció limpiarle el coche, aquel le entregó las llaves y un billete de cincuenta dólares seguido de un «gracias».

Subieron en ascensor hasta la recepción del edificio. En ese punto, Vera estaba estrujando su lista de «cosas muy importantes» como si fuera una pelota antiestrés.

—Creo que voy a ir a ese Starbucks. —Roman señaló la cafetería, en una esquina de la recepción. Había un par de personas charlando, pero por lo demás parecía tranquila—. Las entrevistas duran unos veinte minutos así que, si quieres, cuando acabes la tuya puedes bajar y me cuentas qué tal antes de que yo suba.

Ella asintió, incapaz de hacer otra cosa.

Una mano le agarró la muñeca izquierda, al igual que lo había hecho esa mañana.

Incluso después de pasar tres horas en un coche con la calefacción en marcha y resguardarse en el interior de un restaurante, Roman tenía la piel fría.

—Va a ir bien —le aseguró y, dicho esto, se alejó.

Vera observó al chico llegar hasta la cafetería y, sin querer retrasar más el momento, volvió a entrar en el ascensor.

Las puertas se abrieron veintidós plantas más arriba.

Lo primero que vio fue un mostrador de madera oscura con el nombre Greenberg & Hughes tallado en letras grandes y negras. Tras este se abría una sala enorme con cuatro sofás de cuero y una mesa circular, también de madera. Y ventanales, cantidad de ventanales con unas vistas impresionantes a la ciudad de Nueva York.

El repiqueteo de unos tacones sobre el parqué anunció la llegada de una chica bajita y de pelo oscuro rizado. Iba vestida con un traje chaqueta azul marino y, por lo que ponía en una placa reluciente, era una de las recepcionistas del despacho.

Le dio la bienvenida y, tras comprobar su nombre y apellido en el ordenador del mostrador, la guio a uno de los sofás indicándole que el señor Carrell estaría disponible en unos minutos.

Unos minutos que a Vera se le hicieron efímeros, porque antes de que pudiera asimilar que estaba a punto de tener aquella entrevista, la recepcionista ya la estaba guiando de nuevo por el despacho, esta vez hacia una sala de reuniones.

Joseph Carrell la estaba esperando en una de las sillas dispuestas alrededor de la gran mesa que ocupaba el centro de la sala. Parecía concentrado en unos papeles que tenía desperdigados frente a él. No obstante, en cuanto la vio entrar, se levantó y caminó hacia ella con la mano extendida.

—Vera Velasco, encantado de conocerte.

Vera se la estrechó devolviéndole el saludo.

—Siéntate donde te apetezca —le dijo retornando a su sitio—. Y, por favor, si quieres un café o un vaso de agua solo tienes que pedirlo.

Vera optó por tomar el asiento que estaba justo delante del hombre. Detrás de él, en una de las largas estanterías de madera que recorrían la pared de la sala de reuniones, descansaba una cerámica en forma de jarrón ovalado que le recordó al estilo precolombino peruano. ¿De dónde la habría sacado?

Pero no pudo preguntar ni pensar sobre ello, porque Carrell empezó a dispararle preguntas. Una tras otra, tras otra, sin piedad.

Fue directo a poner a prueba sus conocimientos jurídicos generales. Como había previsto, le preguntó sobre el debate que se había generado a raíz de los atentados del pasado 31 de octubre. ¿Qué cambios legales creía que debían llevarse a cabo para mejorar la seguridad de los ciudadanos? ¿Y a nivel de políticas inmigratorias? ¿Cómo creía que la administración Trump abordaría el conflicto?

Vera intentó responder las preguntas de la forma más completa y directa posible. Siempre había pensado que uno de sus puntos fuertes eran su asertividad y la capacidad de síntesis que tenía. Y esas, como le había dicho Blythe un par de días antes mientras miraban una serie (o intentaban hacerlo), eran cualidades extremadamente valiosas en el mundo de la abogacía.

Joseph Carrell se reclinó un poco sobre el respaldo de su silla y asintió en silencio, valorando las últimas palabras de Vera.

—Vamos a pasar a un plano más personal. Al fin y al cabo, en Greenberg & Hughes nos interesan las personas. —Le dedicó una sonrisa blanca digna de un anuncio de televisión—. ¿De qué trabajan tus padres? ¿También son abogados?

Vera descruzó y volvió a cruzar las piernas en un gesto que esperó que no se interpretara como incomodidad. Toda la seguridad que había sentido al contestar las preguntas jurídicas se esfumó cuando Carrell mencionó a sus padres.

No es que se sintiera avergonzada de su pasado. Esa no era la cuestión. De hecho, no tenía ningún problema en soltarle a Roman que su cortavientos era una talla XL en lugar de S porque no podía permitirse una prenda que no estuviera en descuento, o en explicarles a sus amigos que tenía que trabajar en la tienda del campus para pagarse los gastos que suponía vivir en Cornell. Pero no quería decir o hacer nada que disminuyera sus posibilidades de conseguir la beca. Y para gente como Joseph Carrell, un hombre que trabajaba en un rascacielos con vistas privilegiadas a Nueva York y vestía trajes hechos a medida, la situación de sus padres podía provocar justo ese efecto.

Vera pensó en su padre, que había tenido que disolver y liquidar su empresa y ahora era un empleado más en una compañía de seguros, y en su madre, que intentaba aportar algo a la casa remendando ropa para desconocidas.

No, no se sentía avergonzada. Pero sí sentía rabia. Rabia por no venir de una familia con millones de dólares en el banco y un recorrido profesional admirable. Rabia porque aquello, seguramente, iba a jugarle en contra.

Pero qué iba a hacer, ¿mentir? Inventarse que sus padres eran abogados de éxito en Perú. Greenberg & Hughes era el tipo de despacho capaz de verificar los antecedentes de sus candidatos antes de contratarlos.

Así que no, mentir no era una opción.

Vera cruzó y descruzó las piernas de nuevo y se dispuso a contestar.

—Pues la verdad es que mi padre…

Pero no pudo acabar la frase. El teléfono de Joseph Carrell empezó a sonar.

—Disculpa, ahora vuelvo —murmuró al ver de quién se trataba.

Cuando hubo salido por la puerta, dejando a Vera sola, la chica apoyó los codos sobre la mesa y se inclinó hacia delante. Soltó todo el aire que había estado conteniendo, y agradeció a quien fuera que la estuviera vigilando desde el cielo el tiempo que le habían regalado para pensar cómo formular aquel tema.

En sus prisas por atender la llamada, Carrell había dejado a la vista de cualquiera los papeles que había estado revisando antes de que Vera entrara en la sala de reuniones.

Pues para vanagloriarse de que es el despacho más renombrado del país, el tema de la protección de datos…, pensó.

Más tarde, Vera se intentaría convencer de que había visto el apellido por casualidad, de que su intención no había sido fijarse en los papeles. Pero la realidad era que se había dejado llevar por la curiosidad y había ojeado los documentos a conciencia.

Y había sido en ese momento que lo había visto.

Un apellido.

Arrieta.

Escrito en letras mayúsculas y en negrita en el encabezado de un contrato de compraventa de bienes inmuebles.

¿De qué le sonaba aquel apellido? Lo había escuchado antes, de eso estaba segura.

Trató de sacar alguna otra información en claro, pero no pudo. El contrato estaba medio cubierto por varios papeles y orientado en dirección opuesta a la de ella.

La puerta se abrió y Carrell volvió a entrar. Vera fingió que estaba mirando por uno de los ventanales.

—Impresionante, ¿verdad? Nunca me acostumbraré a tener Nueva York a mis pies —comentó Joseph Carrell mientras volvía a sentarse. Vera silenció lo que pensaba, que no había nada más peligroso que una persona que se creía dueña de lo indomable—. Disculpa, cuando el cliente llama, tienes que responder. Ya te acostumbrarás. —Le volvió a mostrar sus dientes blancos.

—Por supuesto, no hay ningún problema —contestó con un tono que sonó demasiado falso pero que el socio ignoró.

—Bueno, dónde estábamos… Ah, te había preguntado si practicas algún deporte, ¿no?

No.

—Sí.

Y Vera empezó a contarle sobre sus carreras matutinas y lo mucho que la ayudaban a mantenerse centrada en sus estudios, momento que el abogado aprovechó para hablarle sobre sus años de gloria en el equipo de remo de Cornell.

Diez minutos más tarde, tras despedirse de forma rápida y cordial, estaba bajando los veintidós pisos en ascensor hasta la planta principal del edificio, dejando atrás Greenberg & Hughes.

Y por algún motivo, no sentía que se había quitado un peso de encima o estaba orgullosa de haber superado la entrevista.

Por algún motivo, solo podía pensar en una cosa.

Un apellido.

Escrito en letras mayúsculas y en negrita.

Arrieta.

XVII

PRESENTE

Noviembre de 2017

Deterioro

Siempre se había preguntado cómo sería perderse a uno mismo. Lo que nunca se había imaginado era que él llegaría a ser la persona capaz de darle respuesta a aquel interrogante. Y a muchos otros.

Como por ejemplo:

¿Cómo debía sentirse alguien al no saber en quién se había convertido?

Como una mierda.

¿Era un proceso largo o algo que sucedía en cuestión de minutos?

Qué importaba si era largo o corto, lo relevante era que el proceso era invisible y cuando uno se daba cuenta ya era demasiado tarde.

¿Creía posible volver a encontrarse?

No, no lo creía.

Sentado en el suelo de su habitación, con la mirada clavada en el techo y las piernas extendidas, intentó dejar la mente en blanco. Daría lo que fuera por no pensar en nada, aunque esa nada solo durara un segundo.

Pero no pudo. Como un caballo salvaje, su mente estaba descontrolada y no había quién la domara.

Así que recurrió a lo único que parecía calmarlo esos días, esas noches.

Alargó la mano derecha y abrió el último cajón de su escritorio. Sacó un estuche de color negro y, de su bolsillo interior, extrajo una pequeña bolsa transparente.

La suspendió en el aire frente a su rostro y la miró. Al principio, con unos ojos vacíos, carentes de toda emoción. Pero después, con una ira, una rabia, capaz de arrasar con aquel maldito campus y todo lo demás.

Memento, homo, quia pulvis es, et in pulverem reverteris.

La frase, o más bien la advertencia, se le apareció como una invocación. Y no pudo hacer otra cosa que liberar una carcajada histérica.

Y otra.

Y otra.

Y las carcajadas se tornaron gritos y los gritos sollozos y los sollozos llantos.

Estaba llorando, llorando de la ira, de la rabia, de la ironía de aquella frase, que hablaba del polvo en el que acabaría convirtiéndose por culpa del polvo que sostenía entre sus manos.

Pensó en su madre. En todas las veces que le había recriminado su comportamiento y ella simplemente se había vuelto pequeña, muy pequeña, como una niña, y le había susurrado «no puedo».

Y ese pensamiento, esa imagen, consiguió que estallara. Lanzó la bolsa transparente con el polvo blanco al otro lado de la habitación.

No lo quería.

Lo quería.

No quería convertirse en polvo por culpa del polvo, pero quería el polvo para seguir adelante. Porque esos días era lo único que le daba paz y fuerzas, y eso le provocaba tanta vergüenza, ira e impotencia...

Siempre se había preguntado cómo una persona podía llegar a perderse. Lo que nunca se había imaginado era que él sería capaz de explicar, paso a paso, cómo hacerlo.

Mirad, es muy fácil...

Le empezó a contar a su público ficticio.

Solo tienes que levantarte del suelo de tu habitación...

Se puso en pie.

Cruzarla en dos pasos...

En realidad fueron tres.

Agacharte a recoger esta bolsita...

La recogió, era transparente.

¿Y ves este contenido de aquí, blanquito, precioso, como la nieve...?

Joder si lo veía, era lo único que veía.

Pues viertes un poco sobre una superficie plana, no hace falta mucho, y dibujas una fina línea valiéndote de algo como una tarjeta de crédito...

Sacó la cartera del bolsillo de sus pantalones, tomó su American Express y alineó el polvo blanco.

Acercas tu nariz y, bueno, no hace falta que os explique lo que viene después, ¿no?

Esnifó.

Y sin prestarle atención a las lágrimas que seguían cayendo sin cesar de sus ojos, se volvió a tirar al suelo, clavó su mirada en el techo y dejó que, poco a poco, su mente se apagara.

—Memento, homo... —esbozó una sonrisa lánguida—, *quia pulvis es, et in pulverem reverteris.*

Y así, señores y señoras, es como uno se pierde; para nunca regresar.

Así que simplemente se volvió pequeño, muy pequeño, como un niño, y susurró «no puedo».

XVIII

FUTURO

22 de diciembre de 2017

Connor esperaba sentado en el arcén frente a su casa.

Estaba temblando.

En cuanto Blythe había cortado la llamada se había levantado del suelo del salón, desechado el porro que se había liado, y se había vestido con ropa decente.

No, su reacción no había sido la más adecuada ni la más madura, pero dadas las circunstancias, ¿qué esperaba Blythe? Cada uno lidiaba de la forma en la que podía.

Ojeó su reloj por enésima vez desde que había salido a la calle.

Su amiga debía de estar a punto de llegar. Le había dicho que tardaría menos de diez minutos y habían pasado cinco o seis.

Todo su cuerpo se sacudió en un espasmo nervioso, violento.

Connor se agarró las piernas con fuerza, tratando de detener los temblores, y se concentró en calmar su respiración.

Pero era inútil. Su cuerpo reaccionaba al miedo, no a la razón. Así que por mucho que intentara razonar y explicarle a su corazón que no había ningún problema en subirse al coche, este seguía martilleando de forma frenética. Lo mismo con sus extremidades, que temblaban con la fuerza de un huracán.

Habían pasado seis años desde el… *accidente*. El mero hecho de pensar en aquello, en los momentos previos al choque, en la sangre, los gritos, el cuerpo inerte de su amiga junto al suyo…

Para.

Pero no podía parar.

Ya no.

Se llevó las manos a la cabeza y se agarró los mechones de pelo rubio que siempre le caían sobre la frente.

Había sido su culpa. Charles le había advertido que no bebiera tanto y después había intentado por todos los medios que no condujera. «Es peligroso», le había insistido, «por favor, Con, no lo hagas». Pero él, borracho, estúpido, lo había mirado con ojos idos y se había regocijado en su preocupación. Solo iba a ser un momento, conducir diez minutos por una carretera desierta, llegar al pueblo más cercano, comprar un par más de botellas de alcohol y volver. «No me digas que estás sufriendo por mí, Charles», había siseado entre trago y trago, «si me pasara algo, ¿llorarías?».

Charles se había quedado de pie, una expresión seria e impenetrable en su rostro. Y entonces Connor le había dado la espalda y, de un salto, se había subido a una mesa de madera.

«¡Quién me acompaña en esta aventura!», había gritado desde lo alto, como si fuera el rey del mundo.

A su alrededor, decenas de adolescentes ebrios habían alzado los brazos y chillado su aprobación.

Al final, solo lo habían seguido Vanessa, Marcos y Ronald, que se habían subido al coche de Connor tambaleándose como veleros en medio de una tormenta. Vanessa se había posicionado en el asiento del copiloto y no había parado de cantar: *I'm in love with the shape of you, we push and pull like a magnet do*, una canción de la que Connor había estado harto porque no paraba de sonar en la radio. En un ramalazo de ira provocado por el alcohol, había estado a punto de gritarle que si iba a cantar esa mierda no se subiera a su coche.

Pero en ese momento, Charles se le había acercado una última vez para intentar disuadirlo y Vanessa desafinando había pasado a ser la última de sus preocupaciones.

«Con, es peligroso, volvamos a la fiesta».

«Dilo», Connor había abierto la puerta del coche. Un pie dentro, otro fuera. «Si quieres que me quede, dilo».

«¿El qué?».

«Ya sabes el qué».

«Con…».

«Dilo».

Un segundo, dos, tres.

Cuatro.

Cinco.

Silencio.

Seis.

Silencio.

«*Tempus fugit*, querido Charles», y tras meterse en el coche y encender el motor, había bajado la ventanilla y, ejecutando el papel de niñato rico despreocupado a la perfección, había chillado: «¡Camaradas, sigamos con la aventura! ¡Nadie puede detenernos!».

Connor había arrancado y desaparecido por la oscura carretera que, encadenando curva tras curva, descendía la montaña hasta el valle.

No había mirado por el retrovisor.

Si lo hubiera hecho, quizás habría visto las lágrimas de Charles.

Pero no había mirado y se había dejado llevar por la rabia y la impotencia y había conducido a ciento veinte por una carretera por la que se recomendaba ir a sesenta.

Marcos y Ronald, cada uno en un asiento trasero, habían estado discutiendo a voz en grito sobre quién había conseguido ligarse a más chicas el último verano en los Hamptons. Pero Connor ni los había escuchado. El grado de ebriedad que tenía, esa rabia y esa impotencia, no le habían permitido prestarles atención.

Así como tampoco le había permitido ver al ciervo que, veloz, había cruzado la carretera.

Ni reaccionar a tiempo.

Primero había sido el impacto del cuerpo del animal.

Después el volantazo, que los había mandado directos contra la barrera de contención de la carretera.

Y, por último, la sangre y los gritos.

No habían podido llamar a una ambulancia, no había cobertura porque estaban en medio de las jodidas montañas. Connor había tenido que volver cojeando a la casa donde habían estado celebrando la fiesta.

Cuando Charles, que se había quedado sentado en el porche, congelado, esperando a que su amigo regresara, lo había visto, había corrido hacia él y lo había abrazado con toda la fuerza de la que había sido capaz.

«Qué ha pasado. Por qué tienes sangre. ¿Es tu sangre? ¡Connor, contéstame! ¿Dónde están los otros? ¿Te has hecho daño?».

Connor había negado una y otra y otra vez, y había balbuceado que él no quería, que no había sido su intención, que lo sentía, lo sentía mucho.

«Lo siento, Charles. Es mi culpa».

Con Connor desplomado entre sus brazos, Charles había sacado el móvil de su chaqueta y había llamado a una ambulancia.

Pero había tardado demasiado y Vanessa había muerto desangrada.

Marcos y Ronald habían sufrido algún que otro golpe, pero nada grave.

Y él, Connor, tendría que haber ido directo a la cárcel. Un homicidio vehicular en segundo grado que tendría que haber acarreado una pena de hasta siete años o más.

Pero, por supuesto, sus padres se habían encargado de que no fuera así y habían removido cielo y tierra por conseguirle un trato con el juez. Después de pagar una multa considerable para el estado de Nueva York (y nada considerable para la familia Hannaway) y comprometerse a seis meses de trabajos comunitarios, Connor había vuelto a su *cómoda y tranquila vida.*

George y Sarah Hannaway eran expertos en aparentar, así que habían fingido que nada de eso había sucedido.

Connor les había seguido el juego, aunque por dentro hubiera estado destrozado. Aunque todas las noches que habían acompañado a aquella desgracia las hubiera pasado en vela porque cerrar los ojos había significado revivir el accidente: los momentos previos (*I'm in love with the shape of you, we push and pull like a magnet do*), el choque, la sangre, los gritos. Aunque se hubiera aislado y apartado de todos sus amigos.

De todos, menos de Charles.

Cuando se lo había encontrado en la casa de la montaña, le había confesado que había sido su culpa y que lo sentía, lo sentía, lo sentía.

Charles podría haberle reprochado tantas cosas…

Pero lo único que había hecho era abrazarlo con más fuerza y susurrarle que todo estaba bien, que él estaba allí, que siempre estaría allí, que nunca lo abandonaría.

Y Connor, egoísta, había tomado sus palabras al pie de la letra y en lugar de alejarse de él y apartarse de su vida, se había aferrado a su amigo como quien se aferra a la vida en sus últimos momentos.

Pasara lo que pasara, siempre volvería a Charles. Era lo más bonito que tenía y que tendría nunca.

Y por esa misma razón se hallaba en medio de la noche, sentado sobre el arcén, esperando a que Blythe apareciera. Por esa misma razón, después de seis años, iba a subirse a un coche y, pese al miedo que le oprimía el pecho, no iba a dudar en hacerlo.

Una luz intensa y blanca lo deslumbró y lo obligó a cubrirse los ojos con las manos.

Blythe detuvo el coche a escasos metros de él, y tras abrir la puerta, se acercó.

No dijo nada, solo le tendió una mano.

Connor la miró, sus pupilas empañadas por los recuerdos. Incluso en mitad de la noche, con un conjunto de deporte y el pelo en un moño suelto nada propio de ella, era la chica más bella y perfecta que había conocido nunca.

Su amiga movió los dedos de la mano extendida, animándole a sujetarla. Y pronunció las únicas palabras que podrían conseguir que Connor luchara y se enfrentara a sus demonios:

—Él te necesita, Con.

Sí.

Así que Connor agarró la mano de su amiga, se puso en pie y caminó decidido hacia el coche.

Y cuando abrió la puerta del copiloto y todo su cuerpo le gritó que no, no, no, no lo hiciera, no se subiera: lo ignoró. Y cuando se sentó en el asiento y el corazón le martilleó tan fuerte que dejó de escuchar otra cosa que sus propios latidos: se concentró en la respiración de Blythe. Y cuando el motor se puso en marcha y las extremidades lo sacudieron y amenazaron con expulsarlo del coche: pensó en él.

En él, solo en él.

XIX

PRESENTE

15 de noviembre de 2017

Izquierda, derecha, izquierda, derecha.

Vera se dejó llevar por el ritmo mecánico de sus pasos.

Una vez más, Ithaca había amanecido fría y gris. Pero a diferencia de personas como su hermana, que se lamentaban cada vez que el sol se escondía, ella adoraba ese clima. Se sentía más despierta, más viva.

Giró por la calle Irving.

Charles no le había contestado al mensaje que le había enviado la noche anterior, preguntándole si quedaban a la misma hora de siempre frente a su casa. De hecho, llevaba ya una semana sin acompañarla a correr.

Al principio había pensado que simplemente debía de estar cansado u ocupado, pero también había empezado a faltar a algunos de sus desayunos matutinos y sesiones de estudio.

«¿Y Charles?», le había preguntado Blythe a Connor hacía un par de días, cuando su amigo no les había dado el encuentro en la biblioteca, tal y como habían quedado.

Pero Connor, apoyado en la pared y con la mirada perdida, se había limitado a encogerse de hombros.

«Tú vives con él», había seguido Blythe. «¿Sabes si le pasa algo?».

A lo que Connor se había girado de golpe y, con una voz que Vera nunca le había escuchado, había siseado:

«No, no lo sé, Blythe. No soy su maldita niñera ni su pareja; así que no, no sé qué mierdas le pasa».

Blythe había abierto la boca para contestar, pero no había sabido cómo. Y Roman, que solía mantenerse al margen de las discusiones entre sus amigos, había comentado que seguramente estaba ocupado estudiando para el Caso Magno. Pero Vera sabía que solo lo había dicho para calmar a Connor.

Izquierda, derecha, izquierda, derecha.

Charles no estaba en la hierba calentando, ni junto a la puerta, resguardándose del viento.

Vera sintió una punzada de decepción. Una parte de ella había esperado encontrarse a su amigo, sonriente, listo para unirse a la carrera.

Pasó de largo la casa y siguió su ruta.

Izquierda, derecha, izquierda, derecha.

Con cada zancada, entraba más en trance.

Subió el ritmo, intentando alcanzar los cinco minutos por kilómetro.

De pronto, era como si Charles estuviera allí, acompañándola. Repitiéndole las palabras que le había dedicado la primera vez que habían salido a correr juntos: «Céntrate en tu respiración, en el ruido de tus pasos al avanzar por la carretera, en el martilleo de tu corazón».

Vera se focalizó en inspirar y espirar, en el impacto de sus zapatillas contra el asfalto, en el *pum-pum, pum-pum* de su pecho. Y fingió que todo estaba bien: que Charles no se estaba convirtiendo en un desconocido; que Connor no entendía por qué y, por ello, estaba fuera de sí; que Roman no fumaba más de la cuenta para calmar la tormenta que, al parecer, lo torturaba por dentro; que Blythe no se pasaba casi todas las noches en vela y a la mañana siguiente intentaba disimularlo con maquillaje; que ella no les ocultaba nada a sus amigos, que no pensaba en Nathalie Porter casi a diario, que no llevaba desde que había salido de Greenberg & Hughes sin poder parar de pensar en aquel apellido.

Arrieta.

Vera sintió una vibración en el brazo. Tardó unos segundos en salir del trance y darse cuenta de dos cosas: la primera, se había puesto a llover y, la segunda, la vibración provenía del brazalete deportivo en el que había guardado su móvil.

Se detuvo en seco y extrajo el móvil.

Era Tina.

Vera maldijo por dentro. Le había prometido a su hermana que la llamaría cuando saliera de la entrevista en Greenberg & Hughes y ahora se daba cuenta de que se había olvidado por completo.

Descolgó el móvil con un gesto rápido y se lo llevó a la oreja.

—¿Tina? —Trató de hacerse oír por encima de la lluvia.

Al otro lado de la línea, su hermana suspiró.

—Sí, soy yo. Todavía existo.

Vera miró a su alrededor para buscar algún sitio en el que poder resguardarse. Sospechaba que aquella no iba a ser una conversación de un minuto (como últimamente solían ser las llamadas con su hermana). Vio uno de los polideportivos del campus al otro lado de la carretera y corrió hasta él mientras Tina le echaba en cara que llevaba sin saber nada de ella desde hacía más de una semana.

—No es verdad —se defendió Vera ya dentro del edificio—. Te he enviado algunos mensajes.

A Tina, que detestaba las aplicaciones de mensajería instantánea, no le hizo mucha gracia aquel comentario. Su tono de voz pasó del rencor al enfado.

—¿Algunos *mensajes*? —Vera se la imaginó enfurecida en el pequeño despacho que tenía en el gimnasio que gestionaba junto a su amiga Jess—. Dijiste que me llamarías cuando acabaras la maldita entrevista. ¿Desde cuándo prometes algo y no solo no lo cumples, sino que ni pides perdón por ello y respondes con una excusa de mierda?

Vera caminó por el pasillo y llegó a la pista central del polideportivo. Había un grupo de estudiantes congregado en el centro, escuchando las instrucciones que les daba un hombre mayor, bajito y de pelo blanco. Debía de ser el entrenador.

Decidió subir a las últimas gradas de la pista. No quería que la oyeran discutir con su hermana.

—Tina… —empezó, pero no supo cómo continuar.

—¿Nada? ¿No sabes ni qué decir? Mmm… no sé… —entonó de forma irónica—. Quizás un «lo siento» no estaría de más.

—Lo siento —lo dijo con toda la sinceridad de la que fue capaz—. Sé que no me vas a creer, pero están siendo unos días muy intensos y…

—Oh, no, no te confundas. Te creo. Sé que estás *súper* ocupada en tu *maravillosa* universidad. —Énfasis y más ironía en «súper» y «maravillosa»—. Lo que me enerva es que siento que ya no tengo una hermana. Este lugar, estas personas, te están absorbiendo.

No hacía falta que especificara que por «estas personas» estaba haciendo referencia a Connor, Charles, Roman y Blythe.

Los llamaba así desde que Vera le había hablado de ellos por primera vez, cuando el único contacto que tenía con el grupo eran los rumores que corrían por la facultad.

Hijos Dorados.

Por supuesto, su hermana los había rechazado desde el principio. «No te juntes con esos gringos», le había advertido, «no parecen buenas personas, y tú, Vera Velasco, eres una buena persona».

Bueno, pensó Vera desde lo alto de las gradas, ese último punto no lo tenía tan claro.

Así que cuando le había confesado a Tina que había pasado de observar al grupo desde lejos a formar parte de él —o eso parecía—, su hermana había entrado en cólera. Le había repetido una y otra vez que se alejara (por Dios, era como si Kasey y ella se hubieran puesto de acuerdo), que le hiciera caso, que tenía un sexto sentido y este le estaba diciendo que «esas personas» no eran de fiar. Pero Vera no la había escuchado.

Y ese había sido el punto de inflexión en su relación.

Sus llamadas, cada vez más cortas e insustanciales, se habían ido espaciando. De ser diarias a cada tres o cuatro días, a una a la semana, a ni eso.

Y Vera sabía que discutir con ella, intentar explicarle que estaba equivocada, era inútil. ¿Cómo confesarle que Blythe se había convertido en su mejor amiga (algo que nunca pensaba que tendría), que hablar y correr con Charles la sanaba por dentro, que Connor la hacía reír como nadie y que junto a Roman se sentía invencible? ¿Cómo hacer que la escuchara?

No podía.

Y como no podía, lo único que le quedaba era disculparse, quitarle importancia a la discusión e intentar salvar la relación con su hermana.

—Tina, no digas tonterías. Sigo siendo tu hermana. ¿Cómo va todo por el gimnasio? ¿Y con Jess?

Tina emitió otro suspiro exagerado y murmuró algo que Vera no llegó a entender, pero acabó optando por hablar sobre los últimos avances en el gimnasio, las reformas que estaban llevando a cabo en la sala de *spinning*, que Jess opinaba que deberían instalar saunas en los vestidores...

Vera fue soltando pequeños comentarios como «claro» o «entiendo», para mostrar que estaba interesada e involucrada en la conversación.

Aunque, en realidad, su atención estaba centrada en la pista, donde los estudiantes se habían dividido en grupos de tres y practicaban una disciplina de combate que parecía boxeo. Dos luchaban mientras el tercero aguardaba su turno a un lado.

Vera recorrió el pabellón con la mirada, hasta que se encontró con un chico alto vestido de negro.

Roman.

Por supuesto, de todos los polideportivos de Cornell, había entrado al que Roman acudía para boxear.

De repente, fue muy consciente de la imagen que debía de dar, allí arriba en las gradas, empapada de pies a cabeza, y sintió un calor recorrerle el cuerpo y teñirle las mejillas.

Desde la pista, Roman pareció pensar lo mismo, porque negó con la cabeza levemente y compuso una de esas sonrisas torcidas que tan bien podía significar «no estás tan mal» como «pareces una rata mojada».

Vera le mostró el dedo corazón, dando respuesta a lo que fuera que el chico le quisiera transmitir.

La carcajada de Roman resonó por todo el polideportivo. A su alrededor, varios de sus compañeros detuvieron sus luchas para mirarlo extrañados, como si aquella fuera la primera vez en sus vidas que habían escuchado la risa de Roman (era probable que lo fuera).

Pero Roman los ignoró. No despegaba sus ojos de los de ella.

¿La estaba mirando a ella o a Nathalie Porter?

No.

No. Necesitaba. Pensar. En. Aquello.

Intentó centrarse en lo que le estaba diciendo Tina:

—En fin, un montón de papeleo y permisos administrativos que nos va a costar que nos concedan porque, adivina, ¡pese a tener una visa no somos lo suficientemente americanas!

—Me sabe mal —murmuró Vera.

—Da igual, lo acabaremos consiguiendo. No sé si será en esta vida o en la siguiente o si tendremos que matar a alguien por el camino, pero lo conseguiremos y…

Tina siguió hablando.

Un grito de «cambio» resonó por el polideportivo. Frente a Roman, los dos chicos que habían estado luchando se detuvieron. Uno de ellos se alejó un par de pasos, cediéndole su lugar a Roman. Este se ajustó los guantes, y tras colocarse delante de su oponente, adoptó una postura de combate. Todos sus músculos se tensionaron, preparados para atacar, para derribarlo.

Un momento… Conocía a aquel chico.

Era Mark Tahoe, el amigo de Kasey. ¿Qué se suponía que estaba haciendo allí?

Pues al parecer, boxear, se respondió a sí misma.

Como atraído por sus palabras mudas, Mark Tahoe se giró y la miró como siempre la había mirado, como si fuera un trozo de carne que quería devorar, como si él fuera un depredador y ella su presa.

Vera reprimió una arcada.

Porque eso era lo que le provocaba aquel chico. Asco. Y odio.

Asco por su incapacidad de verla como una persona en lugar de un objeto.

Odio porque el idiota seguía pensando que ostentaba algún tipo de poder cuando en realidad no tenía nada.

Porque lo que no entendía era que quien jugaba con ventaja era ella.

—¡Empezad!

Roman se lanzó sobre su oponente y comenzó a soltar golpe, tras golpe, tras golpe. Mark Tahoe retrocedió, sorprendido por la fuerza, la rabia, de su contrincante.

Izquierda, derecha, izquierda, derecha.

Vera reconocía aquella forma de focalizarse en un movimiento, de centrar toda su atención en una sensación, de entrar en trance. Era el mismo foco que ella tenía cuando corría.

Izquierda, derecha, izquierda, derecha.

El último golpe envió a Mark Tahoe al suelo. Roman se acuclilló a su lado y le susurró algo en el oído.

Vera hubiera dado lo que fuera por escuchar las palabras de su amigo.

—¿Vera?

Mierda. Había estado tan metida en la pista que se había olvidado por completo de la conversación que había estado manteniendo con su hermana.

—¿Tina? ¿Estás ahí? —Vera entonó su mejor voz de inocencia—. Te he perdido un momento.

Se apretó el puente de la nariz con la mano que tenía libre, la culpabilidad inundando cada rincón de su cuerpo.

Su hermana se quejó sobre la pésima conexión que tenía en el despacho de su gimnasio y le repitió lo que acababa de preguntarle, pero Vera no había escuchado.

—Oh, la entrevista. —Vera pensó en la mejor forma de explicarle a Tina su experiencia en Greenberg & Hughes sin sacar ninguno de los temas que, al parecer, se habían vuelto tabú entre ellas. Por ejemplo, que Roman se había ofrecido a acompañarla en coche o lo importante que se había sentido entre las paredes del despacho de abogados. Sin embargo, no encontró las palabras adecuadas—. Fue… ¿bien?

Abajo, Roman se había apartado de Mark Tahoe y lo observaba desde la distancia mientras este intentaba recuperarse de los golpes y, Vera no tenía ninguna duda de ello, también de la humillación de haber sido derrotado en apenas un minuto.

—¿Bien? Llevas años jodiendo con que quieres entrar en ese despacho porque es el mejor de todo Estados Unidos y, aparentemente, no hay otra opción viable, y ahora te pregunto por ello y me dices que ha ido... ¿*bien*?

Vera se obligó a apartar la mirada de su amigo. Se giró, dándole la espalda a la pista, y, antes de que Tina pudiera seguir reprochándole su pobre explicación, añadió:

—Me entrevistó uno de los socios del despacho y me hizo varias preguntas jurídicas que creo que respondí bien. Después me preguntó sobre temas más personales, como mis *hobbies*, mis gustos literarios y...

El apellido volvió a aparecérsele, más nítido que nunca.

Arrieta.

—Tina. —Escuchó una puerta abrir y cerrarse al otro lado de línea, quizá Tina había salido de su despacho—. ¿Tú conoces a alguien con el apellido Arrieta?

En efecto, cuando Tina habló, lo hizo más alto de lo normal, para hacerse escuchar por encima de la música que sonaba a todo volumen en las salas de máquinas y clases dirigidas del gimnasio.

—Sí, y tú también.

El cuerpo de Vera se congeló.

—¿A qué te refieres?

—¿De verdad no te acuerdas? Francesca Arrieta iba a mi clase en el colegio. De pequeñas éramos muy amigas, cosa que no tiene ningún sentido porque no podemos ser personas más diferentes. Quiero decir, ella jugaba con muñecas y yo con coches y... Bueno, da igual. La cosa es que dejamos de serlo.

—¿Por qué? —Dos palabras secas, directas.

Tina ignoró su tono de voz, o bien no lo advirtió.

—Empezó a hacer cosas raras y turbias. Como mentirme cada dos por tres o robarme mi peluche preferido, o decir que me invitaba a su casa para después obligarme a quedarme sola en su jardín mientras ella merendaba en el comedor. Cuando le conté eso a mamá, entró en cólera. Aunque, en realidad, me sabe mal por la chica. Con unos padres como los suyos cualquiera acaba loca.

—¿Qué pasa con sus padres?

—Vera, ¿en serio? ¿En qué cueva vives? Todo Lima sabe que los Arrieta son una de las familias más ricas de Perú. Siempre he dicho que la expresión «dinero sucio» se inventó para definirlos.

—¿De qué trabajan?

—Tienen una de las empresas mineras más grandes del país. ¿De verdad no te suenan? Han estado involucrados en muchísimos escándalos por corrupción, explotación de trabajadores, incluso asesinatos y cosas así.

—Asuntos penales. —La corrección salió de su boca antes de que pudiera evitarlo.

—Sí… eso —dijo Tina con un deje de rabia.

Vera necesitaba moverse, hacer algo para asimilar aquello que le acababa de contar su hermana. Empezó a caminar de un lado a otro de las gradas.

Arrieta.

Por supuesto que le sonaba aquel apellido. Lo debía de haber escuchado y leído en numerosas ocasiones mientras vivía con sus padres, solo que lo había enterrado en su memoria, como había hecho con casi toda su vida en Lima.

—En fin, no es una familia de fiar. ¿Por qué lo preguntas?

—Ehh… —La mente de Vera empezó a trabajar en otra mentira creíble.

¿En qué momento mentirle a su hermana se había convertido en algo recurrente?

Giró sobre sus pasos dispuesta a caminar en sentido contrario, trazando de nuevo el recorrido de las gradas, pero chocó contra algo (más bien alguien) que se lo impidió.

Roman.

Vera desvió la mirada hacia la pista y se percató de que en ella solo quedaban un par de chicos que hablaban de forma desenfadada con el entrenador. El resto, Mark Tahoe incluido, se había esfumado.

—Nada —soltó rápido—. El otro día conocí a un chico que se apellidaba así.

Delante de ella, Roman se cruzó de brazos y enarcó una ceja. ¿Acaso había entendido lo que acababa de decir?

—¿Un chico? —Por primera vez en toda la llamada, la voz de Tina sonó ligera, divertida—. ¿Qué chico? Cuéntamelo todo.

Vera tenía que cortar aquello cuanto antes.

—No es lo que te estás imaginando ni lo que parece. Tina, me tengo que ir. Lo siento. Te llamo pronto.

—Vera Velasco, como se te ocurra colgarme voy a...

Colgó.

Roman seguía con esa expresión indescifrable.

—Mi hermana —aportó Vera como toda explicación.

—Lo he supuesto —respondió él.

Vera carraspeó. Tener a Roman a escasos centímetros siempre la desestabilizaba.

—¿Hablas español?

—Di algunas clases en Dartmouth y ahora las he retomado.

A Vera aquello la tomó por sorpresa.

—¿Me puedes explicar cuándo tienes tiempo de dar clases de español? —Ella tenía que hacer malabares para cuadrar en su horario todas las clases, seminarios, el trabajo y actividades extra como charlas y debates.

Roman se agachó ligeramente, reduciendo así la cabeza y media de altura que le sacaba.

—Tengo mis motivos. Pero eso, ahora, es irrelevante. —Y tras una pausa, dijo—: ¿A quién conociste el otro día?

Lo preguntó con un tono que Vera no supo cómo interpretar. Parecía tenso.

Ella negó con la cabeza, recordando la mentira que le había soltado a su hermana.

—A nadie. Era una mentira.

La comisura izquierda de Roman se alzó en un gesto que ya era demasiado familiar. El chico volvió a incorporarse y esperó, paciente, a que Vera continuara.

Y Vera se lo contó.

Quizás a su hermana, la que llevaba a su lado toda la vida, podía mentirle y ocultarle cosas sobre ella y sus amigos, pero a Roman, aquel chico al que había conocido hacía escasos meses, no. Por algún motivo que no quería entrar a entender ni analizar, no podía.

Así que se lo contó.

Cómo mientras había estado en medio de la entrevista Carrell había recibido una llamada y se había levantado para atenderla. Cómo había visto el apellido Arrieta entre sus documentos. Cómo estaba convencida de que conocía aquel apellido y no había podido parar de pensar en él desde que habían abandonado Nueva York. Y cómo Tina le acababa de confirmar que los Arrieta eran, básicamente, criminales.

—Cuando me ha preguntado por qué le estaba haciendo aquellas preguntas lo primero que se me ha ocurrido ha sido que he conocido a un tal Arrieta. —Ahora la que se cruzó de brazos fue ella—. Sabes lo que significa esto, ¿no?

—Seguro que tú me lo vas a contar en un segundo.

Vera ignoró su comentario.

—Greenberg & Hughes está defendiendo a criminales.

Roman miró a su alrededor, como queriendo asegurarse de que no hubiera nadie escuchando su conversación.

—Eso no lo sabes, Vera. Los Arrieta podrían no ser clientes del despacho. ¿Y si son la contraparte? —pronunció Arrieta lo mejor que pudo, pero incluso sus clases de español no evitaron el deje americano de suavizar la erre.

Pero Vera negó de nuevo.

—Estoy casi segura de que son clientes. El apellido estaba en un contrato de prestación de servicios. Los únicos datos que aparecían en el encabezado eran los de un tal Germán Arrieta. Todo lo demás, incluidos los datos de la contraparte, estaban en blanco.

Roman meditó aquello durante unos segundos.

—Pongamos que tienes razón y son clientes. ¿Qué más da?

—Roman, son criminales.

—¿Y? Incluso las peores personas, los asesinos, violadores, corruptos, necesitan abogados que los defiendan. Los despachos como Greenberg & Hughes deben de estar más que habituados a aceptar clientes como estos. Lo que interesa es que paguen las minutas.

—¿Te gustaría trabajar para alguien que defendiese a criminales?

—Todo depende.

—¿De qué?

—¿Hasta dónde estás dispuesta a llegar por entrar en Greenberg & Hughes?

Y Vera calló, porque en el fondo sabía que Roman tenía razón.

Sabía que la palabra «justicia» tenía muchos matices y que, cuando más te adentrabas en el estudio del Derecho y la abogacía, estos se volvían más oscuros y difusos. Por eso, todo se reducía a la pregunta que había planteado Roman: *¿Cuánto estaba dispuesta a ceder e ignorar?*

Si lo pensaba bien, si no se dejaba llevar por impulsos superficiales y morales, la respuesta estaba clara.

Hasta donde fuera necesario.

XX

PASADO

10 de abril de 2017

—Tenemos un contrato de compraventa entre dos empresas, A y B. A es la vendedora y B, la compradora. A ha incumplido el contrato, lo que le da derecho a B a ponerle remedio a la situación de incumplimiento. ¿A qué remedios contractuales puede recurrir B?

Ese lunes, el profesor Glassberg, que, entre otras asignaturas, impartía Contratos a los estudiantes de primer año de JD, había decidido dedicar la clase a repasar toda la materia que había impartido desde inicios del semestre de primavera.

Intuyendo que aquello iba a suceder, Vera se había pasado la mayor parte del fin de semana estudiando esa asignatura. Y por la sonrisa arrogante que, sentada a su lado, le estaba dedicando Blythe, ella había hecho lo mismo.

Ambas levantaron la mano casi a la vez.

—Jeong y Velasco. —Glassberg bajó de la tarima desde donde solía dar sus clases, y caminando por uno de los laterales del aula se acercó a los pupitres en los que estaban sentadas—. Veo que ambas saben la respuesta. Adelante.

Y con un gesto de la mano, les cedió el turno de palabra.

Si Vera hubiera sido cualquier otra estudiante, Blythe no habría dudado en desoír a Glassberg y contestar la pregunta por su cuenta. Pero Vera ya no era una alumna más, no desde hacía un par de meses. No desde aquel día en que los había escogido por encima del resto de la Facultad de Derecho.

Y por eso, Blythe le susurró un «empieza tú».

Con los ojos de los otros cincuenta estudiantes con los que compartían el aula fijos en ellas, Vera contestó:

—Con carácter general, B podría recurrir a dos remedios contractuales. El primero es el cumplimiento específico, que consiste en obligar a la parte incumplidora, en este caso A, a cumplir con lo estipulado en el contrato original. En el caso de un contrato de compraventa en el que A fuera la parte vendedora, el cumplimiento específico equivaldría a entregar los bienes prometidos.

—Correcto —murmuró el profesor.

—Y el segundo —siguió Blythe— sería la resolución y posterior compensación por daños, la contabilización económica del perjuicio causado a la parte cumplidora. Al incumplir el contrato de compraventa, al no entregarle el bien objeto del contrato, A le ha causado un daño a B. Porque B tenía unas expectativas, las de recibir un bien, que no se han visto satisfechas. Quizá B tiene una obligación con otra parte, C, y al no recibir el bien, ha incumplido su contrato con C. Quizá B es el propietario de una tienda y, como consecuencia del incumplimiento de A, no tiene bienes que vender a sus clientes. La cuestión es delimitar ese daño y cuantificarlo. Hay varias formas de hacerlo y de allí los diferentes tipos de daños. Si quiere, también se los explico.

—No, gracias, Jeong. Soy consciente de que, si se lo propusiera, podría impartir la clase usted misma. Pero deje que sea otro de sus compañeros quien nos dé la respuesta ahora. *No ustedes*, Aster y Cagliari —contestó haciendo referencia a los dos chicos sentados detrás de Vera y Blythe—. Me refiero al resto de la clase.

Glassberg emprendió el camino de vuelta a su tarima.

—Eh, ¿y a mí no me nombra? —La voz de Connor, también sentado una fila tras ellas, se alzó por encima del murmullo que había causado el intercambio entre Blythe y el profesor Glassberg.

Glassberg alzó una mano pidiendo silencio y, cuando todos callaron, sentenció:

—Ojalá algún día nos ilustre a todos con su conocimiento, Hannaway. Pero, si los meses que llevamos de curso son prueba de algo, me temo que ese momento no va a llegar hoy. Ni nunca.

Blythe se giró para encarar a Connor y le susurró a su amigo:

—Tiene razón, ¿sabes? No te iría mal intervenir de vez en cuando.

Connor puso los ojos en blanco. Sobre el pupitre, tenía el periódico abierto por la sección internacional. Pese a que cada mañana repasaba los titulares y las noticias que más le interesaban en la cafetería, mientras desayunaban, tenía la costumbre de llevarse el diario con él y emplear las primeras clases leyéndolo a fondo.

—Y dime, querida Blybie —al escuchar el mote, Blythe entrecerró sus ojos color carbón—, ¿por qué iba a hacer eso? Todos sabemos que, intervenga o no, voy a seguir sacando las mejores notas de la promoción.

Charles le dio un codazo a Connor y este soltó un quejido agudo.

—¿Qué? Es verdad. Todos, incluido Glassberg, lo sabemos.

A lo que Charles le dirigió una mirada seria y, al parecer, cargada de significado, porque Connor la captó al segundo y, murmurando un «vale, vale, tienes razón», continuó pasando las páginas de su periódico.

Vera no pudo evitar sonreír ante el intercambio entre sus dos amigos. Pese a que la mayoría de las veces no comprendía el tipo de relación que tenían, a ella le parecía especial. «Sí, y también tóxica», añadiría Blythe, que en más de una ocasión le había aconsejado que no tratara de entenderlos, y más cuando los dos chicos intercambiaban miradas que más bien eran conversaciones, o Charles fingía que no estaba atento a lo que hacía Connor, o Connor hacía ver que observaba más de la cuenta a algún chico cuando era evidente que solo estaba interesado en *una* persona.

«Son unos desequilibrados».

Las palabras que Mark Tahoe había pronunciado hacía un par de meses, frente a la facultad, volvieron henchidas de rabia y odio.

No era ningún misterio, los alumnos de JD pensaban eso y más de sus amigos. Había experimentado de primera mano cómo era estar al otro lado del espejo. Durante sus primeras semanas en Cornell había tenido que escuchar a Kasey repetir hasta la saciedad que si los cuatro tenían la beca garantizada era por quienes eran y no por sus méritos; así como también había tenido que tragarse comentarios obscenos sobre Blythe («está loca, pero dicen que folla como una diosa y está tremenda»), insultos hacia Connor por sus extravagancias («a ese lo tendrían que encerrar en un manicomio»), hacia Charles por su relación o no relación con Connor («seguro que le da por culo entre clase y clase») y rumores sobre la familia de Roman y el propio Roman («ha matado a alguien seguro, empezando por Nathalie Porter»).

Sí, siempre Nathalie Porter.

Según lo que le había contado Kasey cuando todavía se hablaban, nadie sabía qué relación había tenido con el grupo, solo que desapareció sin dar ninguna explicación y que ellos habían tenido algo que ver seguro.

A Vera, los rumores le traían sin cuidado.

Porque la realidad era que toda aquella gente no conocía a sus amigos.

Pero ella sí.

Conocía a Connor y pensaba que sus extravagancias (como llevarse su taza a todas partes o robar el periódico cada mañana de la cafetería) lo hacían todavía más auténtico y especial. Conocía a Charles y la forma en la que conseguía calmar a sus amigos con solo una sonrisa o un «te escucho». Conocía a Blythe, y cómo se preocupaba por que todos estuvieran bien, que no les faltara de nada (ni unas magdalenas para desayunar). Conocía a Roman, y cómo sería capaz de darlo todo, de llegar hasta donde fuera necesario, por ayudar a los suyos.

Y para ella, aquello era más que suficiente.

Rumores y comentarios incluidos.

Nathalie Porter incluida.

Vera confiaba en que, cuando llegara el momento, sus amigos le contarían la verdad sobre esa chica que, por muchos días que pasaran, se negaba a abandonar Cornell.

En cuanto a las habladurías de la beca, Vera estaba convencida de que solo eran más mentiras. Nadie, por mucho nombre, contacto o dinero que tuviera, la tenía garantizada. Así lo había expuesto el decano Heiden, el más alto cargo de la Facultad de Derecho, en la charla que habían tenido a principios de febrero.

«Me da igual cuál sea vuestro apellido», había pronunciado las palabras con un aire solemne, mientras con la mirada recorría el auditorio abarrotado de alumnos de primer año de JD. «Hannaway, Tahoe, Fuller, Jeong, Root... Para mí, para nosotros», abrió los brazos, abarcando al cuerpo docente que sentado en primera fila de la gran sala también escuchaba aquel discurso, «todos sois iguales. Y por eso, todos tenéis las mismas oportunidades de conseguir la beca».

Para ese entonces, Vera ya se había unido a los Hijos Dorados. Se encontraban los cinco en el auditorio, sentados en uno de los extremos: Vera y Blythe, una fila por delante de los tres chicos.

Al escuchar su apellido, Blythe se había erguido en el asiento, orgullosa.

«Creo que el decano Heiden infravalora el poder de George y Sarah Hannaway», había susurrado Connor haciendo referencia a sus padres.

Por el tono que había empleado y el bufido que había soltado Roman, Vera sabía que no lo había dicho en serio.

«La Beca Steven Greenberg y Jacob Hughes es más que una tradición. Es una institución en la Facultad de Derecho de Cornell. Una oportunidad que brindamos a los mejores estudiantes de Estados Unidos: vosotros»; el decano Heiden había alzado el tono de voz, señalando a los ciento treinta y cinco estudiantes que conformaban la promoción de 2020.

«Un poco dramático, ¿no?», la voz de Connor había llegado en otro susurro.

Pero a Vera, aquellas palabras le habían puesto la piel de gallina. Llevaba años luchando por conseguir entrar en Cornell, por formar parte de ese grupo selecto de estudiantes privilegiados, por ganar la beca y acceder al despacho de abogados más prestigioso de Estados Unidos. Y ahora que había conseguido parte de sus objetivos, le gustaba deleitarse en la sensación y que le recordaran que sí, era de las mejores.

«Al final de este primer año de JD emitiremos un comunicado en el que podréis encontrar una lista con vuestros nombres clasificados por vuestra media académica, de mejor a peor. Solo los alumnos que se posicionen los quince primeros pasarán a la segunda fase de la competición por la beca: la del Caso Magno. Y de esos quince...».

«Cuatro conseguirán la beca»; a su espalda, Roman había terminado la frase.

«Trabajad duro, prevaleced, esforzaos, y la Beca Steven Greenberg y Jacob Hughes será vuestra».

Y la beca será vuestra...

Esas palabras, esa imagen, eran el motor de Vera. Fuera como fuere, tenía que acabar primer año de JD con una de las mejores medias de la promoción. Una de esas quince posiciones tenía que ser suya.

Iba por buen camino.

Al haberse transferido de USC a Cornell a mitad de curso, su media de primer año de JD la compondrían las notas de ambas universidades. Aquello tenía un lado muy bueno... y otro muy malo.

El bueno: las notas que había obtenido en la Facultad de Derecho de USC, por lo general menos exigente que Cornell, eran buenas (o, como diría Tina, «dan asco de lo buenas que son»).

El malo: ahora estaba en Cornell, lo que significaba que competía con alumnos más ambiciosos. *Con los mejores.*

No podía confiarse.

Vera notó un leve codazo en el brazo. A su lado, Blythe la miraba, expectante, como si estuviera esperando una respuesta o un gesto por su parte. Al percatarse de que Vera no la había escuchado, le repitió la pregunta:

—¿En qué piensas?

—Oh... —Por un momento, quiso inventarse algo, cualquier cosa diferente a admitir que, una vez más, estaba pensando en la beca. Pero los ojos sinceros y preocupados de Blythe la llevaron a admitir la verdad—: En la beca.

La clase había acabado hacía unos minutos y su alrededor era un frenesí de estudiantes recogiendo ordenadores y libretas, hablando entre ellos y saliendo por la puerta del aula.

Blythe depositó el ordenador en su bolso (ese día llevaba un Louis Vuitton clásico estilo *tote bag* en el que, al parecer, cabía de todo) y se lo echó al hombro. Esperó a que Vera recogiera sus cosas.

—Nada nuevo, en realidad —siguió Vera mientras depositaba la tableta en su vieja y raída mochila. No pudo evitar compararla con el despampanante bolso de Blythe—. Solo que... mi mente le da vueltas a lo mismo una y otra vez.

Detrás de ella, la voz de Charles la alcanzó, tranquila y comprensiva:

—Creo que ninguno puede. Es una situación estresante. Queremos la beca y sabemos lo difícil que es conseguirla. Nuestra promoción tiene ciento treinta y cinco alumnos y solo cuatro van a hacerse con el billete dorado. —Utilizó el nombre que se empleaba entre los estudiantes para referirse a la beca—. Eso es un 2,9 % de la promoción. Es ridículo.

—*Vincit qui patitur* —recitó Connor con el cigarrillo electrónico en la boca.

—Es ridículo, pero es lo que hay. —Roman se había puesto su larga chaqueta negra. Ese fin de semana se había ausentado de Ithaca para reunirse con su familia y había vuelto con un corte en la mejilla derecha. Habían intentado preguntarle qué había sucedido, pero, como siempre, el chico se había negado a dar explicaciones—. Connor tiene razón, solo los que perseveren ganarán.

—Y los que gusten a Greenberg & Hughes —apuntó Charles—. No nos olvidemos de eso.

—Al final... solo quedarán cuatro. —Blythe repitió aquello, como si aquel hecho estuviera cobrando sentido en su mente por primera vez.

Y la miró a ella, a Vera.

Y Vera lo entendió.

Hasta hacía unos meses, aquel hecho, que la beca solo admitiera cuatro ganadores, no había sido ningún problema. Porque habían sido ellos: Blythe, Charles, Connor y Roman. Cuatro personas.

Y Nathalie, le recordó esa vocecita que a veces le hablaba en sus momentos más oscuros, susurrándole consejos y advertencias. ¿Y si Nathalie también había estado tras la beca?

Para.

No. Pienses. En. Ella.

Retomó el control de su mente y pensó de forma lógica. Con independencia de lo que hubiera sucedido con Nathalie, la realidad era que desde que Vera había pasado a formar parte de sus dinámicas y se había convertido en una más (como Blythe no se cansaba de repetirle), los cuatro habían dejado de ser cuatro para ser cinco.

Pero la beca seguía siendo de cuatro estudiantes.

Uno de ellos sobraba.

Aunque, pensándolo bien, era improbable que los cinco quedaran en las cinco mejores posiciones… ¿o no?

Vera los observó uno por uno y comprendió que no, no era improbable. Porque delante de ella tenía a los estudiantes más brillantes de toda la Facultad de Derecho de Cornell. A los más capaces. A los que lo darían todo por conseguir la beca.

El silencio se instaló entre ellos, pesado, grave. Los rodeó y, por un momento, pareció atraparlos.

Pero solo duró un momento, porque Connor dejó escapar «no, ni de broma», y rodeando a Charles con un brazo, añadió:

—A mí no me veréis en Greenberg & Hughes. Esos abogados se pasan todo el día trabajando y al final acaban pálidos y escuálidos.

La tensión cayó tan rápido como se había formado.

—Esa es la idea de que te contraten en un gran despacho, Connor. Trabajar.

Arrastrando a Charles con él, Connor empezó a descender las escaleras del aula, en dirección a la salida.

—Creo que os dejaré ese futuro gris a vosotros. Ya me vendréis a visitar a mi isla desierta cuando necesitéis un poco de sol.

Blythe apremió el paso para colocarse junto a Connor y empezó a reprenderle diciendo que no podía echar a perder todo el talento que tenía, que debía ganarse la vida de alguna forma y que si se esforzara de verdad podría ser un gran abogado.

Al lado de Vera, Roman se ajustó la mochila al hombro y, sin mirarla, mientras rebuscaba en el bolsillo interior de su chaqueta lo que seguro era un paquete de tabaco o su *vaper*, le dijo:

—Lo estás haciendo bien.

Tras lo que siguió a sus amigos.

Vera se quedó allí unos segundos, mirándolos a los cuatro. La forma en la que se movían en sintonía, como si fueran una única persona.

Los pocos alumnos que quedaban en el aula se apartaron para dejarlos pasar. La gran mayoría los miraba con recelo, con rabia. Y Vera imaginó los pensamientos que debían de estar formándose en sus mentes, las obscenidades que seguro les gustaría escupirles, pero, por cobardes, optarían por susurrar.

> *O, that a mighty man of such descent, of such possessions, and so high esteem, should be infused with so foul a spirit!*.*

Insultos, ideas erróneas, convicciones envenenadas, capaces de herir y destruir a cualquier persona.

Menos a ellos.

Porque si Vera tenía algo claro era que sus amigos no iban a caer ante el odio del resto de estudiantes de Cornell.

Lo único que sería capaz de destruirlos eran ellos mismos.

---

* «¡Oh, qué ironía que un caballero tan poderoso, de semejante alcurnia, con tantas posesiones y tan apreciado por la gente, esté poseído por este espíritu tan impuro!». William Shakespeare, *La fierecilla domada*.

XXI

PRESENTE

25 de noviembre de 2017

Connor llegó a los Hamptons después de un largo trayecto que había implicado ir en tres autobuses distintos, uno de ellos con la calefacción estropeada.

Había formas más rápidas de viajar a ese paraíso atesorado por la alta sociedad estadounidense, pero:

1. Desplazarse en coche no había sido una opción.
2. Había querido optar por el transporte más lento a propósito.

Cuando Connor le había comentado a su madre que ya había comprado los billetes de autobús, ella se había quedado un tanto extrañada.

—Pensábamos que vendrías en avión —le había contestado.

Pero Connor lo había negado, inventándose que quería asistir a un debate en el que participaba Charles el viernes por la tarde y que, debido a ello, le iba mejor salir a la mañana siguiente.

—Y ya sabes lo horrible que es volar desde Ithaca el fin de semana. O sales a las seis de la mañana o a las diez de la noche. Imposible, mejor voy en autobús.

Por supuesto, ambas cosas eran mentira. Pero su madre no llamaría a Charles para preguntarle sobre el debate ni tampoco se metería en la página web del aeropuerto de Ithaca para comprobar los horarios de los vuelos.

Manipulador, siseó la vocecita de Charles.

—Yo lo llamo tener amor propio.

Al escuchar sus palabras, dirigidas a la nada, una mujer mayor vestida con un abrigo de piel largo frunció los labios y lo miró con desconfianza.

Connor le dedicó su mejor sonrisa pícara y siguió caminando hacia el club de golf Maidstone, donde, por desgracia, había quedado con George y Sarah Hannaway para cenar.

La realidad era que no tenía ganas de ver a sus padres y pasar aquel fin de semana con ellos. Por eso, había optado por mentirles y forzarse a viajar durante horas por el estado de Nueva York. El tiempo invertido en estar sentado en el autobús, aburrido y asfixiado de calor, era tiempo que se ahorraba en los Hamptons. Cuanto más rápido pasara aquella tortura, mejor.

No era que no le gustara reunirse con sus padres. En ocasiones normales disfrutaba de su compañía y agradecía la relación que tenía con ellos. Al fin y al cabo, no era tan horrible como la que tenían sus amigos con sus respectivos padres, ¿no?

Roman detestaba a su familia. Solo hacía falta ver la rabia que lo sacudía por dentro cada vez que su hermano Carter lo llamaba y el estado en el que volvía de sus reuniones en Tunkhannock o en otra de las mansiones de los Cagliari.

A los padres de Blythe solo les interesaba que su hija siguiera sus pasos y se convirtiera en la heredera perfecta de su legado como socios de Greenberg & Hughes. Connor sospechaba que el señor y la señora Jeong veían en Blythe, la más brillante de sus dos hijas, la oportunidad de que Greenberg & Hughes se convirtiera en Greenberg, Hughes & Jeong, o algo por el estilo. No quería ni imaginarse la presión que, día tras día, debía sentir su amiga.

Y desde que lo había dejado con un corazón destrozado y una cuenta de banco repleta de miles de dólares, Charles no había vuelto a hablar con su padre. También desde ese mismo momento, su madre había dejado de ser su madre para convertirse en una versión desdibujada de sí misma.

Mientras caminaba por las calles verdes y soleadas de los Hamptons, casi vacías en esa época del año (aunque a sus padres les encantaba estar en su mansión de la costa en invierno), Connor se percató de que no conocía mucho sobre Vera. Sí, sabía que toda su infancia y su adolescencia las había vivido en Lima, que más tarde se había mudado a Los Ángeles para estudiar su grado en USC y que se había transferido a mitad de primer año de JD porque Cornell la había puesto en lista de espera. Pero al margen de eso… no había mucho más. ¿A qué se dedicaban sus padres? ¿Qué tipo de relación tenía con su hermana? ¿Se llamaba Tania o Thalia?

Vera era una persona reservada, incluso a veces desconfiada. En las conversaciones prefería permanecer al margen y solo intervenir si era necesario. En el campus, mantenía un perfil bajo, discreto, pero todos los alumnos sentían su presencia. Solo hacía falta ver cómo la miraban. En las clases, sus intervenciones eran directas y concisas, pero perfectas.

Connor soltó una carcajada. Quizá precisamente por estos motivos había encajado entre ellos, los «Hijos Dorados», como los llamaban en Cornell. Eso y que Blythe la había aceptado en lugar de verla como una amenaza, como había pasado con Nathalie.

Aunque, y aquí tenía que darle la razón, su amiga había estado en lo cierto.

Nathalie había resultado ser una amenaza. Y de las grandes.

¿Justificaba eso lo que habían hecho aquel día, hacía ya casi un año? Todos se habían convencido de que sí, por supuesto, estaba más que justificado, había sido necesario.

No podía haber otra opción, otra forma de pensar, porque de lo contrario…

No.

El pasado era pasado y no se podía hacer nada por cambiarlo: *factum fieri infectum non potest.*

Y aquello aplicaba a todo, Nathalie incluida.

Lo único que tenía en sus manos era el presente, el ahora, los Hamptons, esa carretera rodeada de jardines impecables, la maldita cena.

Así que sí, en ocasiones normales agradecía la relación que tenía con sus padres, disfrutaba de su compañía, e incluso cuando tenía que despedirse de ellos para volver a Cornell, deseaba poder permanecer unas horas más a su lado. Echar otra partida de cartas con su madre, fumarse otro puro con su padre.

Pero aquella no era la típica e inocente reunión familiar, sino el fin de semana en el que sus padres celebraban el aniversario de su divorcio.

«Sigo sin entenderlo», había dicho Vera el día anterior cuando Connor les había recordado a sus amigos el motivo por el cual aquel fin de semana no iba a estar en el campus.

«Créeme, conozco a Connor desde hace cinco años y a día de hoy yo también sigo sin entenderlo», Blythe había pronunciado las palabras sin apartar la mirada de Charles que, siguiendo la dinámica de las últimas semanas, parecía perdido en su mundo.

Connor se había encogido de hombros y había exhalado un largo suspiro.

«Es… complicado», había dicho como toda respuesta.

La historia de George Hannaway y Sarah Esposito se remontaba décadas atrás y tenía de cuento de hadas lo que Connor tenía de activista.

Los Hannaway eran propietarios de una de las redes bancarias más importantes y antiguas de Estados Unidos. Dinero viejo.

Con el inicio de los años 2000, los Esposito habían empezado a forjar una pequeña fortuna gracias a la promoción inmobiliaria de edificios y centros comerciales. Dinero nuevo.

Cuando los Esposito habían visto la oportunidad de expandir su negocio hacia el desarrollo y la construcción de parques temáticos, habían recurrido a los Hannaway para financiar su primer gran proyecto. Atraídos por las expectativas de retorno de aquel negocio y el nombre que Jaime Esposito, el padre de Sarah, se estaba empezando a labrar entre las altas esferas neoyorquinas, los Hannaway habían aceptado.

Y así había empezado la relación entre las dos familias. Los Hannaway veían en los Esposito una familia en auge, un aliado que podría serles útil en el futuro. Por su parte, los Esposito necesitaban los recursos y la cartera de contactos de los Hannaway.

Lo que ninguna familia esperaba era que, con los años, esa relación se fortaleciera hasta convertirse en algo que iba mucho más allá de los negocios. Y así, una noche entre manjares y alcohol, los Hannaway y los Esposito habían decidido que la unión entre George y Sarah simbolizaría la consumación del vínculo entre ambos apellidos. No había habido otra opción: cuando llegara el momento, George y Sarah debían casarse.

En lugar de luchar contra su destino, algo que habría sido inútil, los padres de Connor habían decidido aprovechar la oportunidad y exprimirla al máximo. Para George aquello había significado poder ocultar su homosexualidad ante una esfera de la sociedad que, por mucho tiempo que transcurriera y aires de progresista que se diera, seguía siendo intransigente y superficial. Para Sarah, apropiarse de un apellido que le abriría todas las puertas que siempre había deseado atravesar.

Eso sí, tenían muy claro que su objetivo principal era poder divorciarse sin que aquello generara una brecha entre ambas familias. Para ello, tenían que pasar dos cosas: la primera, ambos tenían que convertirse en piezas imprescindibles de sus respectivos negocios familiares (debían hacerse con el poder o con parte de él), y la segunda, debían concebir un hijo para que los apellidos se entrelazaran de por vida. Planes sobre planes sobre planes.

El 25 de noviembre de 2004, hacía doce años, Sarah y George Hannaway (sí, por motivos obvios, su madre había decidido apropiarse del apellido de su exmarido) habían celebrado por lo alto que ponían fin a su matrimonio. Toda persona que se considerara alguien en la élite de Nueva York había acudido a la mansión de los Hamptons y bebido champán al son de la cantinela «que se divorcien, que se divorcien» que cientos de voces habían gritado durante la noche y bien entrada la madrugada.

Sarah y George habían saltado y bailado y cantado, ajenos al pequeño niño de once años que, escondido debajo de la cama de su habitación, lloraba de forma desconsolada la pérdida de una familia que en realidad nunca había tenido.

Desde entonces, cada 25 de noviembre Connor acudía a los Hamptons para rememorar junto a sus padres aquel hito en sus vidas.

Lo odiaba.

No era que no hubiera superado el divorcio de sus padres, porque con el tiempo se había dado cuenta de que aquella decisión había sido la correcta. Sarah y George estaban hechos para ser amigos, no pareja. Pero había algo en ese día que le recordaba al niño al que habían olvidado en un cuarto y al que nadie había acudido a consolar, con el que nadie había empatizado.

Llegó al club de golf Maidstone a las cinco de la tarde. Un hombre de pelo blanco y rostro arrugado, vestido de verde, le abrió las puertas que daban al *hall* principal de la casa-club.

—Bienvenido de nuevo, señor Hannaway. —Lo recibió con una sonrisa.

—Frank. —Devolviéndole la sonrisa, Connor le ofreció la mano y el hombre se la estrechó—. Es un gusto verte.

Por mucho que detestara el motivo por el cual se encontraba en los Hamptons, volver y sentirse en casa siempre era agradable.

—El señor y la señora Hannaway han llegado por la mañana. Han jugado dieciocho hoyos con los señores Polestar y ahora se encuentran en la terraza. Puedo pedirle a un compañero que lo acompañe.

Connor alzó la mano con la que no sujetaba la bolsa en la que había metido algo de ropa para el fin de semana (o más bien, las escasas horas que iba a pasar en los Hamptons).

—No te preocupes, Frank. Voy yo.

Y tras darle un par de palmadas en la espalda al hombre, fue en busca de sus padres.

El club de golf Maidstone era uno de esos lugares inmutables al paso de los años. Seguía teniendo el mismo suelo de moqueta color burdeos, las mismas paredes empapeladas en tonos marrones repletas de fotografías de sus socios más destacados y antiguos, y estanterías repletas de trofeos.

Connor cruzó el comedor principal, donde unos ancianos jugaban a cartas mientras fumaban puros y bebían *whisky*, y salió por una de las puertas de cristal a la terraza.

Como de costumbre, George y Sarah Hannaway estaban sentados en una de las mesas más cercanas al *green* del hoyo dieciocho (para no perderse la acción, según su padre). Con sendas copas entre las manos, bebían algún tipo de cóctel mientras, inclinados el uno hacia el otro, cuchicheaban y se reían. Parecían adolescentes.

Connor dejó caer la bolsa de viaje al suelo.

Pum.

Sobresaltados, sus padres alzaron las cabezas a la vez y, al verlo, esbozaron sonrisas idénticas.

—Connie —chilló su madre, tras lo cual se levantó y, meneándose en lo que quería ser un bailecito, lo abrazó.

El perfume J'adore lo embargó y mareó al segundo. Connor siempre había sido sensible a los olores y, por ello, no soportaba los perfumes.

—Mamá... ¿te importa? —Se separó de su madre, que seguía dando saltitos, emocionada.

—Ay, Connie, tan sensible como siempre. —Alargó la mano y le pellizcó el moflete, un gesto que Connor aborrecía.

—Ya era hora de que llegaras. —Este fue su padre, que le dio su versión de lo que consideraba un abrazo cariñoso (rodearlo con un brazo y darle un apretón en el hombro).

George había crecido en una familia altamente tradicional y conservadora y, por ello, se había visto forzado a ocultar su orientación sexual durante años. No estaba acostumbrado a las expresiones y gestos de cariño, la mayor parte de su vida las había evitado para cumplir con las expectativas que los hombres de su entorno habían cargado sobre sus hombros.

Por eso, para George Hannaway el divorcio había sido mucho más que un divorcio. También había marcado el inicio de su nueva vida como «hombre gay orgulloso» (sus palabras). Desde entonces, había salido con varios hombres e incluso mantenido una relación de dos años con Steve, un diseñador de Los Ángeles. No obstante, todavía tenía viejos traumas que no conseguía superar. Dar cariño de forma natural era uno de ellos.

Connor se sentó a la mesa de mantel blanco y, cuando el camarero se acercó para preguntarle si quería beber algo, le pidió agua con gas.

—Oh, vamos, Connie —replicó su madre—. Acompáñanos con algo más fuerte. Al fin y al cabo, *estamos de celebración.* —Estas últimas palabras las dijo en una cantinela.

—Ya sabes que no bebo —se limitó a contestar Connor.

Sacó el cigarrillo electrónico del interior de su gabardina y empezó a darle caladas de forma compulsiva. En ese sentido era un poco como Roman: fumar lo tranquilizaba y ayudaba a quitarle el estrés.

Su padre le dio un trago a su cóctel, un Martini.

—No bebes, pero fumas. No te subes a un coche, pero sí a un autobús. Tus hábitos no son muy coherentes, hijo.

—El trauma no es coherente, solo es trauma. Tú más que nadie deberías de saberlo —lo dijo sin pensarlo y solo cuando lo había soltado se dio cuenta de que se había equivocado.

Pareces Blythe en uno de sus buenos días, le advirtió la vocecita de Charles.

Su padre torció la boca, claramente afectado por sus palabras.

Por suerte, su madre hizo como si nada y siguió con su voz cantarina y su buen humor.

—Connie, de aquello hace muchos años. Te lo digo siempre. No te martirices, no vale la pena. —Su madre extendió la mano y la posó sobre la suya, fría por la media hora que llevaba caminando por las calles de los Hamptons.

Claro, porque ella no había matado a una chica.

Factum fieri infectum non potest, le susurró Charles; *vive con ello*, le repitió, *vive con ello.*

Así que Connor se esforzó por dibujar su mejor sonrisa, esa con la que Charles, en una ocasión, le había dicho que podría conquistar el mundo entero.

Levantó el vaso lleno de agua con gas que el camarero le había traído y anunció con la voz más alegre que pudo emitir:

—Brindemos por este hermoso día en familia.

Su madre soltó otro gritito y alzó su copa. Su padre hizo lo mismo, olvidando el pequeño encontronazo que habían tenido.

—Feliz aniversario de divorcio, querido George.

—Feliz aniversario de divorcio, apreciada Sarah.

Y brindaron.

Una hora después, estaban acabando de cenar. El sol se había puesto y los últimos jugadores abandonaban el campo, con los rostros sonrosados por las horas expuestas a la luz y el frío de los Hamptons en otoño.

George y Sarah iban, como mínimo, por su cuarto Martini. Connor continuaba con el agua con gas mientras hacía todo lo posible por seguirles el juego a sus padres.

—No, no, tengo una mejor. —Su madre hizo una pausa para limpiarse los labios con la servilleta—. Georgia de pie sobre el piano del comedor, haciendo un estriptis delante de su marido y la mitad de los invitados.

El comentario fue seguido de las carcajadas de sus padres.

Cada año era lo mismo. Anécdota tras anécdota de la Gran Fiesta del 2004 o la Fiesta del Divorcio, como la llamaban.

Connor se las conocía todas. Y aun así, cada año tenía que soportar a sus padres rememorándolas como si fuera la primera vez.

Su madre siguió:

—Y qué me dices de Grant acercándose a ti —señaló a su padre— y susurrándote a la oreja «así que ahora ya estás disponible», para después agarrarte de la corbata y llevarte al baño.

—Un escándalo —consiguió decir su padre entre risas—. Pero un escándalo...

—¡Que repetiría! —exclamaron los dos a la vez.

Connor se hundió un poco en su asiento y miró a su alrededor. Otras familias y parejas cenaban tranquilamente, ajenas al espectáculo que estaban montando George y Sarah Hannaway. Al fin y al cabo, todo el mundo en los Hamptons conocía a sus padres y nadie se atrevería a mirarlos mal o reprenderles de alguna forma. Ostentaban demasiado poder. Viejo dinero, nuevo dinero.

Su madre exhaló uno de esos suspiros de «ay, esos viejos tiempos», y se reclinó en la silla. Le dio un par de vueltas al contenido de su copa y, una vez más, extendió la mano para posarla sobre la de Connor.

—Connie, ¿cómo vas con los estudios? ¿Cómo está Charles?

Connor tragó saliva. No debería de incomodarle la pregunta sobre Charles. Sus padres solían preguntarle por el chico siempre que lo veían. De alguna forma, sabían que Charles era alguien muy especial para él, y no porque fueran amigos desde la infancia.

Pero aquella noche, Connor no quería hablar de Charles. Le dolía pensar en lo distante que estaba su amigo, en lo poco que últimamente hablaban o compartían pese a vivir juntos. En la cantidad de veces que había querido acercarse a él, preguntarle qué le pasaba, pero no había podido porque Charles lo había evitado o no estaba.

Recordó la forma tan apática en la que Charles lo había mirado esa mañana, antes de que Connor saliera de casa hacia la estación de autobuses de Cornell.

Se lo había encontrado tirado en el sofá, medio tapado con una manta y un vaso posado sobre la mesa de centro. Por el olor, parecía vodka. Tenía mala cara. Como si no hubiera podido conciliar el sueño hasta altas horas de la madrugada e, incluso así, no estuviera consiguiendo descansar. ¿Tendría pesadillas? Connor se había acercado y, con cuidado de no despertarlo, había intentado cubrirlo bien con la manta. Estaban a finales de noviembre y pese a tener la calefacción encendida, hacía frío. En cuanto había estado a escasos centímetros de su amigo, Charles había abierto los ojos de golpe, alerta, y todo su cuerpo se había tensado. Cuando se había dado cuenta de que quien estaba a su lado era Connor, se había relajado ligeramente. Eso sí, no había vuelto a cerrar los ojos. Sus pupilas se habían mantenido en él, carentes de luz, de paz, de cariño.

Connor había abierto la boca para decirle algo, lo que fuera, pero se había callado. ¿Qué le decías a la persona más especial que tenías en tu vida cuando sabías que le pasaba algo pero se negaba a explicarte el qué? ¿Cómo gestionabas la pena y el dolor que te sacudían por dentro al ver el sufrimiento de alguien a quien querías pero que no se dejaba ayudar? ¿Cómo le preguntabas si se había cansado de ti y le pedías que no tomara en serio todas las tonterías que cometías porque solo las hacías para llamar su atención, para cerciorarte de que todavía le importabas?

Así que se había limitado a taparlo bien, a rodearlo de almohadas para que estuviera cómodo y a cambiar el alcohol por un vaso de agua y un bol de avena con manzana y crema de cacahuetes. Y se había marchado.

Cuando Charles quisiera hablar, cuando quisiera contarle el motivo de su aislamiento, él estaría allí. Y si el motivo era que realmente se había cansado de él... tendría que aceptarlo.

Por el momento, solo le quedaba esperar. Ser paciente.

Por muchos años que pasaran, seguir siendo paciente.

Connor carraspeó, sacudiéndose los recuerdos.

—Cornell va... bien. Estoy preparando el Caso Magno con Blythe. —Esperó que sus padres no notaran la forma en la que había evitado la pregunta sobre Charles.

—¿Con Blythe, eh? Sí, recuerdo la carta que nos pediste que mandáramos al decano Heiden. Me alegra saber que ha dado sus frutos. —Su padre asintió, satisfecho con sus dones de manipulación—. Esa chica es inteligente y trabajadora, le espera un futuro brillante. Seguro que defendéis el Caso Magno sin problemas. Aunque tampoco es que lo necesites.

Ante esto, su madre dejó escapar un ruido similar al gruñido de un cerdo. En un intento por contenerse o disimular (Connor no tenía claro qué intentaba), se cubrió la boca con la mano. Pero fue incapaz, las carcajadas escaparon de ella, libres y estridentes.

—Shhh, Sarah, vas a conseguir que nos echen —profirió su padre, pero a él también le pudo la risa.

Connor frunció el ceño, extrañado por aquel comentario y el comportamiento de sus padres.

—¿A qué os referís con «tampoco es que lo necesites»? —pronunció el final de la frase de forma lenta, intentando llamar la atención de sus padres.

Su madre inspiró y, cuando estuvo un poco más tranquila, habló:

—Oh, Connie, a veces eres tan inocente. —Su madre levantó la mano, dispuesta a pellizcarle otra vez la mejilla, pero Connor la apartó de un manotazo seco y contundente.

Aquella fue la gota que colmó el vaso. Connor había agotado la poca paciencia que había albergado para esa noche. Podía soportar que sus padres se emborracharan, que relataran anécdotas estúpidas como si fuera la primera vez que las recordaban, e incluso que pusieran en duda sus manías (como las llamaban ellos) de no beber alcohol y no querer poner los pies en un coche.

Pero aquellas últimas palabras, «tampoco es que lo necesites», junto con la insinuación de que sus padres conocían una información que él no, habían conseguido arrebatarle el temple y el buen humor que había sabido mantener durante la mayor parte de la cena.

—Explicadme. Ya.

—No te pongas así. —Su madre hizo un mohín, como si fuera una niña pequeña mimada—. No es nada.

Desatendiéndolo de aquella manera, su madre solo consiguió que Connor endureciera su expresión.

—Vale —resopló con exasperación Sarah Hannaway.

Se recogió un mechón de pelo rubio platino tras la oreja y, dejando la copa sobre la mesa, encaró a su hijo.

De repente, su expresión se tornó dura y fría, desprendida de toda tontería y ebriedad.

—¿Acaso pensabas que tu padre y yo no íbamos a asegurarnos de que una de las becas de Cornell fuera para ti? —Los ojos azules de su madre se clavaron en los suyos.

De repente, Connor se sintió pequeño. Volvía a ser el niño de once años, llorando debajo de su cama, la vía que sus padres habían empleado para escapar de su matrimonio.

—No… Pero… Yo… —No entendía, no quería entender.

—¿Acaso creías que, si tu padre y yo no estuviéramos presionando al claustro de Cornell, semana tras semana, tendrías las notas que tienes? Por favor, Connor —bufó—. No me creo que te sorprenda. Por lo que me cuentan, te pasas las clases leyendo el periódico y abstraído. ¿Realmente pensabas que has llegado donde has llegado por tus méritos?

—Yo… sabía que algo habíais hecho. Quizás inflar un poco las notas. Pero la beca…

—La Beca Steven Greenberg y Jacob Hughes —esta vez fue su padre quien habló— la tienes garantizada desde que pusiste un pie en Cornell. Eres nuestro hijo. Un Hannaway.

—Pero… —Connor no daba crédito a lo que estaba escuchando, a lo que sus padres estaban diciendo.

Su padre siguió. Se había encendido un puro y fumaba reclinado en la silla.

—Cuando el momento llegue y el decano Heiden te otorgue la beca, vas a fingir sorpresa y luego vas a aceptarla. Este próximo verano trabajarás en Greenberg & Hughes.

Connor recordó las palabras del decano de la Facultad de Derecho de Cornell: «Me da igual cuál sea vuestro apellido…

para mí todos sois iguales». Mentiras, todas ellas. ¿Cómo podía haber pronunciado aquel discurso sin retorcerse de la vergüenza?

—¡Pero yo no quiero la puta beca! —Le dio un golpe a la mesa con ambas manos.

En la terraza del club de golf Maidstone se hizo el silencio.

Su madre soltó una risita.

—Oh, Connie. No se trata de lo que tú quieres, sino de lo que debes.

—Un gran nombre implica grandes responsabilidades —añadió George Hannaway—. Asúmelas, agradécelas y aprovéchate de ellas.

Connor sintió las lágrimas agolparse tras sus ojos, listas para humedecer su piel. Intentó retenerlas, pero fue incapaz.

Se imaginó a sus amigos, en Cornell. Vera y Roman habían quedado para mirar las grabaciones de los Casos Magnos de los últimos años y así poder detectar errores comunes y detalles que el jurado valorase. Blythe le había enviado un mensaje apenas hacía un par de horas con la referencia de una sentencia que había encontrado y que «les iba de perlas». No tenía ninguna duda de que Charles también se estaba desviviendo por conseguir la beca y que aquello era, en parte, la causa de su comportamiento de los dos últimos meses.

Y él, que no tenía ningún interés en conseguir la beca, la había tenido desde el principio.

—¿Os dais cuenta de que me estáis haciendo lo mismo que vuestros padres os hicieron a vosotros, no? —Miró a sus padres a los ojos.

—No tengas el valor y la cara de comparar nuestras situaciones. —Su padre señaló a Connor y después a Sarah y a él—. Siempre te hemos dado lo que has querido. Te hemos dejado ser quien eres y relacionarte con quien te dé la gana. Lo único que estamos haciendo es asegurarnos de que tengas un buen futuro. No quisiste estudiar finanzas ni convertirte en el heredero del legado Hannaway. En cambio, te encaprichaste con el Derecho por una visión absurda de la justicia que ni existe. Y nosotros te lo permitimos, porque te aceptamos tal y como eres. Pero discúlpanos si no vamos a quedarnos quietos mirando cómo tiras tu futuro por la borda.

—¿Encima esperáis que os dé las gracias? ¿Que os bese los pies?

—Connie, lo hacemos por ti. —Su madre lo buscó con la mirada, pero él se negó a encontrarla—. Quizás ahora no lo veas, porque eres joven y no piensas en el futuro. Pero en unos años lo entenderás. Nos entenderás.

—Pero *no es justo*. No para los otros estudiantes. —Connor no podía parar de pensar en sus amigos, en todo lo que estaban dando por conseguir la beca. Por supuesto, había muchísimos otros despachos en Nueva York en los que los contratarían para practicar la abogacía, pero Greenberg & Hughes era *el* bufete. Era una cuestión de prestigio, de poder.

Era una cuestión personal.

Para Blythe significaba demostrarles a sus padres, a su hermana y a sí misma que estaba a la altura. Para Vera era incluso una cuestión de supervivencia, de tener un futuro asegurado. Connor estaba seguro de que Roman la necesitaba para escapar de su familia, para volverse independiente y así poder romper lazos con Stefano sin correr ningún riesgo. Y Charles... según lo que le había dicho su amigo, era un reto personal.

Su padre se inclinó sobre la mesa, quedándose a escasos centímetros del rostro de Connor.

—¿No es justo? Eres el hijo de dos de las personas más influyentes del estado de Nueva York y has presenciado en tus propias carnes lo que esto implica. Por Dios, ahora mismo deberías de estar pudriéndote en la cárcel y, en cambio, estás tan tranquilo sentado en un club de golf de los Hamptons. Y después de todo esto, ¿todavía crees en la justicia? Madura, Connor. En la vida la justicia no existe, solo el poder.

Connor se levantó de golpe, provocando que toda la mesa se tambaleara. La copa de su madre, todavía llena, cayó al suelo y se rompió en mil pedazos.

Se negaba a quedarse otro segundo en la terraza. Se negaba a escuchar cómo le volvían a recordar la noche del accidente, dónde habría acabado si no fuera por ellos. Se negaba a que lo chantajearan con sus responsabilidades y el deber que tenía como hijo de los Hannaway, a que se rieran de su inocencia. Y pensar que hacía unas horas se había convencido de lo mucho que los valoraba y agradecía la relación que tenía con ellos.

En el fondo, estaban igual de jodidos que los padres de sus amigos.

Ignorando los lamentos de Sarah, que le pedía que no se enfadara y que se volviera a sentar con ellos, agarró su bolsa de viaje, se la echó sobre el hombro, y esquivando las miradas del resto de comensales, se marchó.

Ya fuera del club de golf, haciendo todo lo posible por no prestarle atención al temblor que sacudía su cuerpo, buscó el móvil y llamó a Blythe. Su amiga descolgó al primer tono.

—Blythe. —Su voz sonó distante, rota.

—¿Connor? ¿Todo bien?

«No», quiso gritarle al aparato. «Nada va bien. ¿Sabes esa beca que tanto quieres y por la que tanto te estás esforzando? Bueno, pues tus posibilidades de conseguirla se acaban de ver reducidas, porque adivina quién se va a llevar una de las plazas sin tener que mover ni un puto dedo».

Entonces, Connor lo supo. No podía confesarles aquello a sus amigos. Si lo hacía… podía arruinarlo todo.

La única opción era ocultarlo. Hacer como si nada. Mentir.

Así que dijo que sí, que no había ningún problema, solo que sus padres habían bebido más de la cuenta y habían invitado a la mitad del club de golf a su casa a seguir con la fiesta.

—¿Tu casa está libre?

—Sí, mis padres se han quedado en Nueva York y Jia ya nunca va a los Hamptons porque vive en Greenberg & Hughes. —Sin que Connor tuviera que preguntarlo, añadió—: Ahora llamo a Kit para avisarle de que vas para allá. Él te dará la llave de repuesto.

Kit era el chico encargado de vigilar la mansión de los Jeong.

Aliviado, Connor exhaló un suspiro.

—Gracias, Blybie. Te debo una.

—Entonces deja de llamarme así y mañana súbete al primer autobús de vuelta. Necesito que revisemos un par de sentencias más. —Una pausa, y después—: Con, si he encontrado lo que creo, tenemos algo muy bueno entre manos. La beca podría ser nuestra.

Aquellas palabras fueron como puñales directos al corazón.

—Claro, te ayudo en lo que haga falta —consiguió murmurar.

—Mañana nos vemos.

Blythe colgó y Connor se quedó allí, solo en mitad de la oscuridad. Por segunda vez aquella noche, las lágrimas cubrieron su rostro.

Un impulso lo llevó a marcar otro número de teléfono. Uno que se sabía de memoria.

«Contesta», le ordenó a la nada.

Solo necesitaba hablar con él un segundo.

«Contesta». Solo necesitaba escuchar su voz.

«Contesta». Solo sentir que estaba a su lado, que pese a todo, seguía allí.

«Contesta». Sin nadie al otro lado para descolgar, la llamada fue directa al buzón.

Factum fieri infectum…, empezó a susurrarle la voz.

—No te atrevas a acabar la frase. Si no estás aquí, no tienes derecho a decir nada.

Connor reemprendió su camino por las calles de los Hamptons, hacia casa de Blythe, y por primera vez en su vida, deseó que aquella voz no volviera a hablarle nunca.

XXII

PASADO

7 de mayo de 2017

Blythe llamó al timbre de la casa de Madison Street, donde vivía Vera, y esperó a que le abrieran la puerta. Esa mañana había tenido dos horas intensas de tenis en las que, sospechaba, había expulsado más toxinas que Connor en toda su vida. Su entrenadora había llegado decidida a llevarla al límite.

—Y cuando pienses que ya no puedes más, sigue —le había dicho al principio de la clase.

Y eso había hecho. En la pista, una hora y media de entreno superada, había empezado a entrar en bucle y a decirse a sí misma que si restaba otro saque, daba otro revés o esprintaba para subir a la red una vez más, caería rendida. *Tu mente te está engañando, pidiéndote descanso*, se había dicho a sí misma. *No caigas, sigue.*

Si algo era Blythe, era persistente. Así que había seguido. Y su cuerpo, obediente, la había acompañado.

En la ducha, con el agua caliente limpiándole la piel, se había sorprendido a sí misma dándose cuenta de que no tenía ganas de ir a la biblioteca a estudiar, tal y como había planeado. Lo que realmente le apetecía era quedar con su amiga, ir a tomar *brunch* al sitio de moda de Ithaca y quedarse allí unas horas, comiendo y bebiendo café o zumo o lo que fuera, fingiendo que no tenía mil responsabilidades que atender.

Vera, su amiga.

Blythe dejó escapar una risita por lo bajo. Quizá para el noventa y nueve por ciento de las estudiantes de Cornell aquel hecho, el tener una amiga con la que poder hacer planes, fuera algo cotidiano. Pero para ella era nuevo y especial.

Las pocas amigas que había tenido durante la infancia las había perdido cuando había empezado sus estudios de grado en Columbia. Ninguna se había matriculado en la universidad de la Ivy League neoyorquina, optando por desperdigarse por el resto del país o por tomar años sabáticos y viajar por Europa.

Ya en Columbia, Blythe había estado sola. Lo admitía, en parte se debía a que se había pasado la mayor parte del tiempo encerrada en la biblioteca, esforzándose por consagrarse como una de las mejores alumnas de la universidad. Pero con el paso de los meses se había percatado de que aquello no era todo. La gente, en especial las chicas de su promoción, la evitaba. La miraban con recelo cuando se pensaban que Blythe estaba absorta en sus libros de texto y cuchicheaban mentiras sobre ella y su familia cada vez que intervenía en clase.

Por eso, Connor y Charles habían sido como dos faros en una tormenta. Los había conocido una noche, en la cola de un restaurante mexicano del Upper East Side. El plan de Blythe había sido pedir algo para llevar y comer en casa mientras acababa un trabajo que tenía que entregar la semana siguiente. Detrás de ella, dos chicos debatían animadamente sobre una clase de Historia que habían tenido esa tarde. Al nombrar a la profesora que había impartido el curso sobre la Guerra Fría, Blythe había confirmado que los chicos también estudiaban en Columbia.

Fue un impulso, Blythe se había girado de golpe y sin siquiera saludar, se había metido de lleno en la conversación.

Media hora después, seguía en el restaurante. Pero en lugar de estar sola, esperando su pedido de tacos, estaba sentada en una de las mesas más cercanas a la barra, sonriendo mientras Charles le contaba algo sobre las diferentes especies de osos que podían encontrarse en la Columbia Británica y que Connor y él habían conseguido avistar en un viaje que habían hecho a Canadá hacía unos años.

Desde ese momento, Blythe no se había separado de los dos chicos y ellos tampoco habían mostrado ninguna señal de que quisieran lo contrario. Roman había llegado tiempo después, durante su último verano antes de iniciar sus estudios de Derecho en Cornell. Su unión al grupo había sido igual de natural que la de Blythe, aunque un poco más caótica (Roman y Connor habían estado a punto de pegarse por un malentendido).

Con Vera había sido distinto. Connor se había acercado a ella en uno de sus arrebatos irracionales y la había invitado a pasar la tarde con ellos. Blythe había estado furiosa con su amigo. Hacía escasos meses que había pasado toda la mierda con Nathalie. ¿Cómo podía olvidarlo con tanta facilidad? Y más todavía, ¿cómo podía invitar a una chica que prácticamente era una copia de esa zorra?

Blythe la había estudiado, se había informado todo lo que había podido sobre Vera Velasco. La chica había cumplido todos los requisitos para que hablar con ella, mirarla siquiera, fuera una mala idea: pasado deprimente, orígenes mediocres, el pelo, los anillos, la forma en la que hablaba, ese «Vera Velasco, lo sé, coincidimos en algunas clases», los ojos.

Por supuesto, Roman había opinado como ella. Aquel no era momento de jugar a los amiguitos. Tenían que desconfiar de cualquiera que no fuera uno de ellos. Esperar lo peor.

«¿Acaso piensas que no están esperando a que caigamos?, ¿que no van a aprovechar cualquier oportunidad para jodernos?», le había gritado a Connor la tarde en la que habían conocido a Vera. Porque era la verdad, todos los estudiantes del JD se regocijarían en su desgracia. Solo hacía falta que dieran un paso en falso, que alguien se enterara de lo de Nathalie, que repitieran errores.

Connor se había negado a escucharlos y Charles, cómo no, se había puesto de su parte y había argüido que quizá la chica no aparecería.

Pero Vera Velasco había aparecido y, en cuestión de horas, les había demostrado que, pese a las apariencias, no tenía nada que ver con Nathalie Porter.

Sí, los había ganado con sus silencios, su ambición y, por encima de todo, su transparencia. La forma sincera en la que había admitido que estaba en Cornell becada y que venía de una familia humilde. La vulnerabilidad con la que había confesado que la relación con sus padres no era la mejor pero, oye, eran las cartas con las que tenía que jugar si quería conseguir éxito y poder.

Esa noche, en su casa, con el pijama ya puesto y a punto de irse a dormir, Blythe había llamado a Roman. Como de costumbre, su amigo había contestado al segundo.

«¿Qué piensas?», había dicho a modo de saludo, porque la conocía demasiado bien.

«Creo que lo mismo que tú», había contestado ella, porque se parecían de una forma que a veces daba miedo. Eran la misma mitad de una naranja: la oscura, la peligrosa.

«No es como *ella*».

«No, no lo es».

Un silencio, y después:

«Connor insiste en que mañana vayamos a buscarla, que la invitemos a sentarse con nosotros en clase», había hablado con calma pero con cautela, entre calada y calada.

«¿Tú qué piensas?».

«Hay algo que me dice que… Una sensación… Quizá deberíamos intentarlo. Veamos cómo reacciona y, en función de eso, decidamos».

«Puede salir muy mal».

«Sí».

«Jodidamente mal».

«Sí».

«No quiero repetir lo que pasó con Nathalie».

«Créeme, Blythe, soy el último que quiere que se repita».

A la mañana siguiente, habían ido a buscar a Vera. Había estado con ese grupo de incompetentes liderado por la chica pelirroja que siempre la miraba como si se hubiera atragantado con una uva rancia. Al verlos acercarse, Vera no lo había dudado ni un segundo. Había avanzado hacia ellos y, con un desdén admirable, le había dado la espalda a Kasey y al resto de estudiantes.

Y así, cuatro habían pasado a ser cinco.

Esta vez, pensó Blythe, *de verdad*.

Vera era la pieza que les había faltado para completar el complejo, y sí, a veces disfuncional, puzle que formaban.

Y por eso, Blythe se encontraba aquel domingo por la mañana en la pequeña parcela verde que había frente a la casa de Madison Street, esperando a que alguien le abriera la puerta.

Impaciente, volvió a llamar al timbre.

—Ya vooooy —trinó una voz aguda desde el interior de la casa.

Kasey abrió la puerta. Al ver a Blythe, su radiante sonrisa se transformó en una mueca de disgusto.

Blythe lo ignoró.

—¿Está Vera?

La chica pelirroja se cruzó de brazos.

—No tengo ni idea.

—¿Cómo no vas a saber si la persona que vive contigo está en casa?

Kasey no contestó. Se limitó a quedarse de pie, atravesándola con la mirada, como retándola a cruzar el umbral.

—Bueno pues… ¿puedo entrar para ver si está en su habitación?

—Preferiría que la llamaras desde aquí fuera.

Blythe bufó. La situación era ridícula. Pero se negaba a que una chica mediocre que no conseguiría destacar en nada en la vida la alterara.

Con una sonrisa helada, Blythe sacó el móvil del pequeño bolso negro que llevaba cruzado y llamó a Vera.

Su amiga descolgó al segundo tono.

—¿Blythe?

—Estoy delante de tu casa y tu compañera, Kaley —pronunció otro nombre a propósito—, parece tener algún problema con que entre.

—¿Cómo? ¿Qué haces aquí? —Vera sonaba alterada—. Espera, bajo.

Apenas un minuto después, Vera apareció detrás de Kasey y, esquivando a la chica —que seguía sin moverse—, salió de la casa.

Iba vestida con unos pantalones negros ajustados, sus botas estilo militar y un jersey ligero de rombos marrones con cuello de pico. El pelo, de ese tono dorado tan característico, brillaba bajo la luz del sol.

—Blythe, ¿qué ha pasado? —preguntó, preocupada.

—Nada. He acabado de jugar al tenis y he pensado en pasar a recogerte para ir a comer algo, pero tu compañera de casa, Kandy, no quiere que entre.

Detrás de Vera, Kasey parecía un pez globo a punto de explotar de la rabia. Blythe le dedicó otra sonrisa.

Vera se giró para encarar a la chica pelirroja.

—¿Qué mierdas es esto, Kasey? Te recuerdo que, por mucho que no te guste, yo también vivo aquí. Si Blythe quiere entrar, entra.

A Blythe no se le escapó el «por mucho que no te guste».

Kasey entrecerró sus enormes ojos de dibujo animado y, emitiendo un ruido similar a un gruñido, cerró la puerta de un golpe.

Vera y Blythe se quedaron en la pequeña parcela verde.

—Sabía que era justita de miras, pero no tan estúpida. —Blythe se ajustó la coleta alta en la que se había recogido el pelo.

—Ya, bueno —murmuró Vera.

Entonces, Blythe lo comprendió. ¿Cómo había podido estar tan ciega?

—¿Ha sido así siempre? Quiero decir, desde que llegaste a Ithaca.

Vera desvió sus ojos, también dorados, como si quisiera evitar la pregunta. Pero después pareció pensarlo mejor y miró a Blythe fijamente.

—No.

Blythe asintió. No hacía falta que dijera nada más. El motivo por el que Kasey había pasado de tratar bien a Vera a detestarla estaba claro.

Eran ellos.

Roman, Charles, Connor y la propia Blythe.

Vera se había convertido en una más y, por eso, Kasey la despreciaba. Por su culpa.

En ese momento, tomó una de las decisiones más sencillas de su vida.

—Te vienes conmigo.

El semblante de Vera cambió, expresando confusión.

—¿A qué te refieres?

Blythe cruzó el pequeño jardín (si a ese trozo de hierba se le podía llamar así) en dos pasos y posó la mano sobre el pomo de la puerta.

—Te mudas a mi casa.

—¿Qué? ¡Blythe, no puedo!

—No entiendo qué problema hay.

—Muchos. —Las mejillas de Vera estaban sonrosadas. Blythe se había fijado en que era una reacción normal en su amiga, sobre todo cuando se exasperaba o sulfuraba por algo—. Para empezar, no me lo puedo permitir.

—¿Quién te ha dicho que vayas a pagar alquiler?

Su amiga tragó saliva, claramente sorprendida por sus palabras. Abrió la boca, la cerró, la volvió a abrir, la volvió a cerrar. Acabó decantándose por negar con la cabeza unas veinte veces.

—No. Esto no va a pasar. No pienso hacerlo, no pienso…

Pero Blythe la cortó.

—Oh, ya lo creo que vas a hacerlo. Desde mi punto de vista, tienes dos opciones. La primera: subimos a tu habitación, metemos tus cosas en una maleta, te mudas conmigo y lo celebramos con un buen vino. La segunda: entro en esta maldita casa, voy a la habitación de Kayla y empiezo a gritarle que es una mediocre que no va a hacer nada con su vida mientras destrozo todo lo que encuentre a mi paso.

—¿Por qué tengo la horrible certeza de que serías capaz de hacer lo segundo?

Blythe esbozó su mejor sonrisa maquiavélica.

—Porque eres una persona inteligente y sabes hasta dónde estoy dispuesta a llegar por conseguir lo que quiero. Ahora. —Empezó a girar el pomo de la puerta—. ¿Qué opción vas a escoger?

Vera alzó su dedo índice.

—Con una condición. —Blythe enarcó una ceja, como queriendo decir «en serio vas a ponerme condiciones». Pero Vera siguió—: Si, y solo si, decido mudarme contigo tienes que dejarme pagar de alguna forma. Y solo es temporal.

—Eso son dos condiciones, Vera. Pero, vale, lo que quieras. —Puso los ojos en blanco, demostrando lo absurdo que le parecía aquello. Por supuesto, no tenía ninguna intención de hacerle caso—. Ahora, ¿podemos entrar?

Sin esperar a que Vera le diera su aprobación, Blythe cruzó el umbral de la casa de Madison Street. Lo primero que pensó fue en el desorden que la rodeaba y lo pequeño que era el espacio para cuatro personas. Su casa era más o menos del mismo tamaño y vivía ella sola. Lo segundo, en lo egoísta que había sido al no prestarle la suficiente atención a la situación en la que se encontraba su amiga.

Pero aquello acababa esa mañana.

Dejó que Vera la guiara hasta su habitación, en el segundo piso. Era minúscula (al menos en comparación con el cuarto que ocuparía a partir de ese momento). Una vez allí, se pusieron manos a la obra.

Media hora después habían metido todas las pertenencias de su amiga (accesorios de baño incluidos) en una maleta y un par de bolsas de tela.

Dejaron una hoja de papel explicando que Vera abandonaba la habitación y que se encargaría de realizar todos los trámites oportunos, como colgar un anuncio en internet para buscar una inquilina que la reemplazara. Sin decirle nada a Kasey, salieron de la casa de Madison Street.

No, quizá Blythe no había tenido el placer de compartir su vida con un gran grupo de amigas. Quizá se había olvidado de lo que se sentía al pasar horas y horas charlando de forma desenfadada con alguien o de lo bonito que era poder descargar sus preocupaciones en otra persona.

Pero aquello había cambiado el día en el que Vera había entrado en sus vidas.

Porque Vera era una de ellos; se había convertido en su amiga.

Por eso, iba a hacer todo lo posible por cuidarla.

Solo esperaba no estar equivocándose al depositar su confianza en Vera.

Solo deseaba que no le diera ninguna razón para volverse en su contra.

XXIII

PRESENTE

27 de noviembre de 2017

Se despertó a las once y media de la mañana con un dolor de cabeza arrollador. La vuelta desde los Hamptons había sido incluso peor que la ida. No solo no había conseguido dormir, sino que el trayecto más largo (el de Nueva York a Ithaca) lo había pasado junto a un hombre con un olor corporal tan fuerte e intenso que casi le había hecho vomitar. Además, sus padres lo habían estado llamando de forma insistente durante horas y solo cuando les había mandado un mensaje aclarando que todo estaba bien y que ya estaba de vuelta en Cornell, habían detenido sus intentos de contactar con él.

Podría decirse que el fin de semana había sido desastroso. La noche del sábado había llegado a casa de Blythe y, sin desvestirse ni asearse, se había dejado caer sobre el confortable y enorme colchón de una de las habitaciones de invitados de los Jeong. Honestamente, después de la «maravillosa» cena con sus padres, no tenía fuerzas para más.

Había algo en lo que su madre tenía razón: había sido inocente.

Pensándolo bien, y conociendo a George y a Sarah Hannaway, tendría que haberse visto venir el drama de la beca. Sí, tendría que haberlo anticipado y hecho algo para evitarlo. Porque ahora ya era demasiado tarde.

Connor estaba seguro de dos cosas.

La primera, que no había nada que pudiera conseguir cambiar la decisión de sus padres: una de las becas iba a ser suya, le gustara a él o no.

La segunda, sus amigos no podían saberlo.

Connor podía tener muchos miedos (como subirse a un coche o las noches de tormenta), pero ninguno se comparaba con el de perder a sus amigos. Y temía que aquella verdad pudiera causar una brecha infranqueable entre ellos. Así que tenía que callarse. La única persona a la que podría haber recurrido, con la que podría haber descargado aquel peso, era Charles.

Pero Charles estaba irreconocible e inaccesible.

Así que sí, tenía que callarse. Mentirles. Hacer como si nada.

Se sentía como una mierda.

La culpabilidad lo estaba corroyendo por dentro. De allí el dolor de cabeza y su reticencia a salir de la cama.

En cuanto había llegado a su casa de Ithaca (vacía) había decidido que a la mañana siguiente no iría a clase. Total, qué más daba. Sus padres se habían asegurado de que se graduaría de Cornell por todo lo alto hiciera lo que hiciera.

Ya eran las doce.

Connor dejó escapar un gruñido desesperado.

Si por él fuera, estaría un par de semanas sin ver a sus amigos. Pero claro, aquello no era una opción. Sabía que Blythe se plantaría en la puerta de su casa a las veinticuatro horas sin dar señales de vida (de hecho, estaba convencido de que ya tenía unos diez mensajes suyos preguntándole por qué no estaba en clase) y que Roman empezaría a buscarlo como un loco por todas partes. Si no habían actuado así con Charles era porque todos estaban convencidos de que lo de su amigo era pasajero. Lo de Charles solo era una mala racha y, por ello, se le pasaría dentro de poco. No había nada por lo que alarmarse. O al menos eso era lo que llevaba diciéndose desde octubre.

Así que, no; desaparecer no era una opción. Y menos cuando, en teoría, había quedado con Blythe en unas horas para revisar algunas sentencias del Caso Magno. Ya podía estar practicando su mejor cara de indiferencia.

Con la cabeza martilleándole como un tambor, se levantó y, haciendo todo lo posible por no sucumbir al frío y volverse a cubrir con el grueso edredón, fue a la cocina.

Abrió el cajón en el que Charles y él guardaban las medicinas y agarró el frasco de ibuprofeno.

Estaba vacío.

Connor lo sacudió para asegurarse de que no quedaran pastillas y, en efecto, nada.

Soltó una maldición por lo bajo.

Aquel día solo iba de mal en peor.

Como el Café Alléchant, donde había quedado con Blythe, estaba a las afueras de Ithaca, decidió ir en bicicleta. Al no conducir y negarse a subirse en el autobús del campus (porque estaba demasiado concurrido y olía mal), aquella era la única opción que le quedaba. El clima frío de finales de noviembre consiguió arrebatarle el cansancio que le quedaba en el cuerpo. Eso sí, el dolor de cabeza seguía allí, una presión constante en la sien.

Llegó al pequeño establecimiento quince minutos tarde. Dejó la bicicleta en un lateral del edificio y, quitándose los guantes que se había puesto para que el viento no le congelara la piel, entró en él.

Aquí no pasa nada, todo sigue normal, aquí no pasa nada, todo sigue normal, empezó a repetirse mientras se dirigía a la mesa que Blythe había escogido para desperdigar sus libros y papeles. Como llevaba los auriculares puestos, seguro que escuchando el *Bolero* de Ravel o algo parecido, no se percató de su presencia hasta que se sentó frente a ella.

—Estás rojo —le dijo como saludo a la vez que se quitaba los auriculares y le daba un sorbo al café que se había pedido. Por el contenido que quedaba en la taza, llevaba en la cafetería un buen rato.

—He venido en bicicleta —comentó Connor, y forzó su mejor sonrisa desenfadada.

Blythe compuso una mueca. El gesto no la había convencido.

—¿Todo bien?

Aquí no pasa nada, todo sigue normal.

—Sí, claro, ¿por qué no iba a estarlo?

Su amiga depositó la taza sobre la mesa. Connor se fijó en el pelo azabache que le caía, trenzado, por el hombro derecho; en su jersey negro de cachemira, por el que sobresalía el cuello de una camisa blanca, y en sus uñas, con una manicura francesa perfecta. Se fijó en todo menos en su rostro, en sus ojos. Sabía que, si en ese momento la miraba, le confesaría hasta la última palabra.

—Que yo sepa, el sábado por la noche me llamaste pidiéndome la llave de repuesto de mi casa de los Hamptons. Teniendo en cuenta que tienes tu propia mansión allí, no sé, me he imaginado que había pasado algo con tus padres. Además, Kit me dijo que tenías un aspecto lamentable.

—Gracias, Kit —murmuró Connor para sí, pensando en el chico regordete y con bigote que le había entregado la llave de repuesto.

Connor empezó a doblar la esquina de uno de los papeles que tenía enfrente. Por lo que ponía en el título del documento, era un artículo sobre el concepto de preso preventivo en el marco del Derecho penal norteamericano.

—Así que indagando sobre nuestro amigo Kelly —dijo con la esperanza de que Blythe se olvidara de la noche de los Hamptons.

En efecto, al ver que se refería al supuesto de hecho que les había tocado preparar para el Caso Magno (el mismo que a Roman y a Vera), le arrebató el papel de las manos con un «vas a estropearlo».

—Sí. Creo que estos últimos días he perdido un poco el foco sobre cuál es el conflicto principal del caso. No se trata de dilucidar el grado de agresión que presuntamente sufrió Kelly. Se trata de determinar el punto exacto en el que un detenido pasa a considerarse un preso preventivo. —Se llevó las manos a la cabeza—. ¿Cómo he podido perder el tiempo de forma tan absurda? Si es que, además, es algo que discutimos al principio. No entiendo por qué me he desviado así.

Aquellas palabras fueron como recibir un puñetazo al estómago.

Carraspeó y focalizándose en el fuego que crepitaba en la chimenea de al lado, consiguió musitar:

—No te martirices, lo estás haciendo genial.

Blythe soltó un gruñido frustrado.

—No lo sé, Con. Hay días en los que pienso que sí, que vamos bien y tenemos el caso por la mano. Pero otros, como hoy, me siento inútil. ¿Recuerdas las sentencias que te comenté la otra noche por teléfono? ¿Las que en teoría nos iban tan bien? —No, no se acordaba, pero no iba a admitirlo, así que asintió—. Pues no nos sirven de nada.

Una camarera se acercó a la mesa y le preguntó a Connor si quería beber o comer algo. Pidió un café americano.

—¿Me lo puedes hacer en esta taza, por favor? —Se inclinó para rebuscar en su maletín de cuero y sacó la taza gris con la leyenda STAY WILD.

Ajena al intercambio entre Connor y la camarera, porque ya estaba acostumbrada a que su amigo trajinara la taza allá donde iba, Blythe siguió hablando sobre el Caso Magno.

—Y lo peor es que no puedo comentarlo con Vera porque estamos en equipos opuestos y tampoco quiero estresarla más de lo necesario porque ella también está histérica. Bueno, aunque el que está peor es Charles.

Al escuchar el nombre de su amigo, Connor se puso todavía más tenso.

—No me esperaba que el Caso Magno le afectara tanto. Quiero decir, sí, obviamente todos estamos nerviosos porque hay mucho en juego, y supongo que llevar todo el peso él solo, sin un compañero en el que poder apoyarse, es duro. Pero no sé… nunca lo había visto así.

Connor intentó decir algo, pero era como si se hubiera olvidado de hablar. Lo único que supo hacer fue encogerse de hombros, algo que, por supuesto, no le sentó bien a Blythe.

La chica se cruzó de brazos y entrecerró sus ojos rasgados.

—Ya está. Esa es tu respuesta a todo lo que te he dicho. ¿Qué te pasa? —La camarera dejó el café americano sobre la mesa y Connor agarró su taza, refugiándose en ella—. No te pienses que no me he dado cuenta de que estás evitando el tema. —Sus ojos, o lo que podía ver de ellos, lo atravesaron como flechas—. Me estás ocultando algo.

El móvil de Blythe empezó a sonar. Alguien la estaba llamando.

Miró la pantalla del aparato para comprobar quién era y, al ver el nombre, palideció.

Descolgó de inmediato.

—Rebecca. —Por su tono, cualquiera hubiera pensado que se encontraba en una isla desierta tomando el sol con un libro entre las manos y no estresada entre mil papeles en una cafetería.

Blythe se levantó de la silla y, dirigiéndole una mirada a Connor que claramente significaba que aquella conversación no había acabado, salió al porche de la cafetería.

Al perder a su amiga de vista, Connor se relajó sobre la silla. Tenía que hallar alguna forma de desviar la atención de Blythe porque si seguía insistiéndole acabaría por soltarle todo. Y ya había decidido que aquello no podía pasar. Bajo ningún concepto. Y menos después de ver lo agobiada que estaba con el Caso Magno, las horas que le estaba dedicando y el esfuerzo y trabajo que estaba poniendo en prepararlo.

Aprovechó para mirar el móvil, con la tonta esperanza de encontrar un mensaje de Charles, pero su panel de notificaciones estaba vacío.

Le dio un sorbo a su café americano. Charles lo estaba evitando y él, como un bobo, seguía llevando su taza a todas partes.

Cuando Blythe volvió, unos cinco minutos después, tenía las mejillas sonrosadas por el frío y el ceño y los labios fruncidos.

Se sentó y, sin decir nada, tecleó algo rápido en su móvil. Connor supuso que estaba enviando un mensaje.

—Eh… —Escogió sus próximas palabras con cuidado—. ¿Una mala noticia?

Blythe lo miró como si fuera la primera vez que lo veía y, sacudiendo su cabeza de un lado a otro murmuró que «no… sí… no lo sé».

Connor la invitó a hablar con una sonrisa y un gesto de la mano y, mientras lo hacía, se sintió el peor amigo del mundo. ¿Cuántas veces le había comentado a Blythe que odiaba la sensación de sentirse manipulado, sobre todo si era por alguien cercano? Y ahora él estaba haciendo exactamente aquello con su amiga.

Manipularla para que se olvidara de que Connor se estaba callando una verdad que podría cambiarlo todo entre ellos.

Blythe pareció dudar en si hablar o no, pero finalmente lo hizo.

—Con, si te confieso algo, ¿me prometes que no se lo contarás a nadie?

Connor tragó saliva. Conocía a Blythe, y por la mirada intensa que le estaba dedicando, por la forma en la que estaba recopilando sus papeles como si de repente necesitara ordenarlos, y por el tono de su voz (un témpano de hielo), supo que aquel no era el típico secreto inocente entre amigos.

No, Blythe, no quiero que me confieses nada, y menos cuando me miras y te mueves y hablas de esta forma.

—Claro —dijo en su lugar.

Blythe tomó aire, o más bien fuerzas, y lo soltó de golpe:

—Hace unos días me reuní con Rebecca Callahan en el Gattopardo y...

—Espera —la cortó Connor—. ¿Quién es Rebecca Callahan?

Blythe dejó escapar un suspiro exasperado.

—Rebecca Callahan —repitió—. ¿La socia de Greenberg & Hughes? ¿Una de las mejores abogadas jóvenes del momento según *The Legal 500*? ¿La única persona que ha conseguido entrar en el mejor despacho de Estados Unidos sin haber ganado la Beca Steven Greenberg y Jacob Hughes?

Connor se encogió de hombros porque para él aquella información no era tan evidente como para Blythe.

—La cosa es que el otro día me reuní con ella —retomó Blythe, obviando el desconocimiento de su amigo.

—Pero... no entiendo. ¿Cuándo ha pasado esto? —le preguntó.

Que él supiera, Blythe solo había ido a Nueva York dos veces en las últimas semanas. La primera, para que el médico le hiciera seguimiento de su lesión de rodilla, y la segunda, hace apenas unos días, para realizar la entrevista en Greenberg & Hughes. En ninguna de las dos ocasiones había tenido tiempo de ir a comer. A no ser que...

—Déjame adivinar. Hace bastante tiempo que no te revisas la rodilla.

Por la expresión de Blythe, que se contrajo levemente, supo que había dado en el clavo.

—Quedé con ella para comer en el Gattopardo —retomó la conversación, sin verbalizar el hecho de que les había mentido a todos y ocultado aquella reunión—. Y digamos que le pedí ayuda con el proceso de entrevistas de Greenberg & Hughes.

—¿Las entrevistas de la beca?

—Sí. Pero me comentó que este año ya no se encarga ella, sino Carrell. Me dio algunas pautas para la entrevista y dejó caer que trataría de interceder por mí, allanarme el camino.

Connor le dio otro sorbo al café, todavía caliente, y se reclinó en la silla.

—Deja que adivine otra vez. La entrevista te fue genial.

Blythe asintió y desvió la mirada. Estaba avergonzada de lo que había hecho, Connor no tenía ninguna duda. Al fin y al cabo, su amiga siempre se enorgullecía de poder decir que si había conseguido todo lo que había conseguido era por ella misma y no por ser la hija de dos de los abogados más importantes del país. Y aquel movimiento, el utilizar su apellido, era justamente lo contrario a lo que se vanagloriaba de defender.

—Rebecca me ha confirmado que Carrell va a hacer todo lo posible por que Greenberg & Hughes me considere una candidata sólida a la beca —hizo una pausa y después añadió—. ¿Qué piensas?

«No quieres saber lo que estoy pensando», quiso responder Connor. Por un lado, resentía a su amiga porque les había mentido, ocultado información y estaba siendo una hipócrita. Pero por el otro... ¿quién era él para reprocharle nada de aquello? Si es que estaba haciendo exactamente lo mismo.

Por un momento, le cruzó el arrebato de confesarle a Blythe la verdad de lo que había sucedido entre sus padres y él aquel fin de semana. Vista cuál era la situación y que ella había recurrido a trampas y engaños, quizá lo entendería. «Un secreto a cambio de otro, ¿qué me dices, Blythe?».

Pero no. No podía. Porque una cosa era mover hilos para *intentar* ganar la beca y otra muy diferente *tenerla garantizada* sin levantar ni un solo dedo.

Solo tenía una opción.

—Haz lo que tengas que hacer para conseguir la beca —susurró, todavía con la taza entre las manos.

Al escuchar aquellas palabras, el cuerpo de Blythe se relajó. Soltó una pequeña risita incrédula, como si hubiera estado esperando una reacción distinta.

«Créeme, lo habría sido si no estuviera metido en un secreto mucho más jodido que el tuyo».

De repente, Blythe alargó la mano y agarró a Connor.

—No se lo digas a los otros, Con. No lo entenderían. Si Vera se enterase… Ella no tiene dinero que la pueda ayudar o un contacto del que tirar. Y por motivos que no entiendo, Roman y Charles quieren esta beca igual que yo. No quiero que piensen que estoy jugando sucio.

—Pero estás jugando sucio. —Era la realidad, lo mínimo que podía hacer era aceptarla.

La mirada de Blythe se endureció.

—Connor, júrame que no les vas a decir nada. Ni a Charles.

—*Semper fidelis.* —Al menos, pensó, aquello era cierto. Siempre les sería fiel a sus amigos.

Blythe lo soltó. Volvió a desperdigar sus papeles por encima de la mesa, su necesidad de control y orden reducida después de haberse quitado aquel peso de encima.

—No sé lo que pasó el sábado entre tus padres y tú. Pero, Con, sea lo que fuere, puedes contármelo. Lo sabes, ¿no?

Connor se entretuvo arremangándose el cárdigan beige que llevaba puesto.

—Por supuesto, Blybie. No te preocupes. Son tonterías de familia. Después te lo cuento.

Callarse. Mentir. Hacer como si nada.

—De acuerdo —contestó Blythe.

Y, acto seguido, empezó a resumirle el artículo que había encontrado sobre el concepto de detenido preventivo.

Connor intentó hacerse el interesado e incluso llegó a interrumpirla para darle la razón o cuestionar el razonamiento del autor.

No obstante, por mucho que se esforzara en atender a su amiga, había una pregunta que no paraba de rondarle la mente; persistente, molesta y cada vez más potente.

Después de todo por lo que habían pasado, ¿serían los secretos los que acabarían con ellos?

XXIV

FUTURO

22 de diciembre de 2017

Roman no podía ni quería apartar los ojos de Vera. Monitorizó cada movimiento de su cuerpo, cada palabra que salía de sus labios, cada respiración agitada, que provocaba el leve pero rápido subir y bajar de su pecho. Sentía que si dejaba de mirarla desaparecería, se esfumaría como si solo hubiera sido un espejismo, una alucinación.

Por eso, cuando marcó el contacto de Blythe para llamarla y se puso a caminar por el salón de su casa, inquieta y nerviosa, se acercó a ella.

—¿Blythe? —susurró Vera—. Blythe. Es él. Tienes que venir. Ahora.

Al llegar junto a las escaleras que daban al piso de arriba, la chica giró sobre sus talones, dispuesta a recorrer de nuevo la estancia. Sin embargo, la presencia de Roman, tan cerca, la obligó a detenerse en seco.

Vera extendió una mano y la posó sobre el pecho de Roman, quien se la tomó sin dudarlo ni un segundo. Estaba helada.

—En casa de Roman. —Al pronunciar aquellas palabras, Vera posó sus iris dorados en los de él.

Tan suyos.

Tan diferentes a los de Nathalie.

Roman alcanzó a oír la voz atropellada de Blythe y se imaginó a su amiga corriendo de un lado a otro de su casa, cambiándose de ropa para salir lo antes posible. Después de algo que pareció «paso por casa de Connor y voy para allá», colgó el teléfono.

—Tiene que pasar por casa de Connor, pero ahora viene —corroboró Vera sin desprenderse de él.

Sabía que no tenían tiempo, así que solo se permitió unos segundos. Unos segundos de recorrerla de arriba abajo y fijarse en su piel, suave y tostada, en la forma en la que se arremangaba el jersey (se los solía comprar dos tallas más grandes porque eran los que estaban con descuento), en su pelo, con esas ondas tan ligeras pero tan características, en la manera en la que fruncía sus labios. Roman alargó una mano, la que tenía libre, y le colocó un mechón rebelde detrás de la oreja. Sintió la agitación de Vera, esta vez por motivos muy distintos.

Su cuerpo buscó acercarse más al de aquella chica... Pero se detuvo.

No tenían tiempo.

Forzó las palabras, que salieron ásperas:

—Nos tenemos que poner en marcha.

Tratando de ignorar el pesar que había invadido los ojos de la chica, soltó su mano y subió las escaleras que daban al segundo piso de su casa. Tras él, Vera hizo lo mismo, siguiéndolo de cerca.

Roman entró en su habitación y fue directo al armario empotrado que ocupaba la mitad de una de las paredes. Lo abrió y palmeó el interior del tercer cajón, buscando el punto hueco. Cuando lo hubo encontrado, presionó la madera. Al instante, el extremo del cajón se levantó, dejando entrever un falso fondo. Roman tanteó el compartimento secreto y sacó una mochila negra. Volvió a colocar la madera y, sin decir nada, depositó la mochila sobre su cama.

Vera lo estaba observando desde el marco de la puerta. Tenía sus grandes ojos abiertos de par en par y sus mejillas se habían teñido de ese color rosado que era tan suyo.

Roman cubrió el espacio que los separaba en dos pasos.

—Vera, lo que vas a ver… Lo que va a pasar hoy… Puedes ahorrártelo —lo dijo calmado, tranquilo, pese a que sus cimientos se estaban tambaleando—. Mi familia, yo, no somos buenas personas. Hay cosas que he hecho que nunca voy a poder olvidar. Manchas que siempre van a permanecer conmigo. Lo mismo con Connor, Charles y Blythe. Nuestras manos no están limpias. Pero tú… estás a tiempo. Si quieres, puedes salir ahora mismo de mi casa y nunca más volver a verme, a vernos. Creo que sería lo mejor para…

La piel de Vera se incendió todavía más.

—Oh, no; no te atrevas a tratarme con condescendencia, Roman Cagliari. —Sus manos, extendidas al lado de su cuerpo, se cerraron en puños—. ¿Qué te piensas? ¿Que no sé cómo sois? ¿Que lo de tu familia o lo de Nathalie me ha sorprendido? Por supuesto que no. Y adivina qué. Aquí sigo y aquí voy a seguir. Así que saca lo que sea que tengas que sacar de esa mochila.

Roman tuvo que reprimir los cientos de impulsos que lo invadieron.

Pero no tenían tiempo. Ni un maldito segundo. Así que volvió sobre sus pasos, abrió la mochila negra y empezó a sacar fajos de billetes.

—Mil, dos mil, tres mil —contó en susurros.

Sintió la presencia de Vera detrás de él, cálida y reconfortante.

—¿Cuánto ha dicho que necesitaba?

—Cincuenta mil.

—¿Y tienes cincuenta mil dólares en una mochila dentro de tu armario?

—En el falso fondo de mi armario, sí.

Cuando tuvo los cincuenta fajos que necesitaba, devolvió la mochila a su sitio. Sacó una bolsa marrón de cuero de debajo de la cama y, contando de nuevo para asegurarse de que no faltara ni un dólar, empezó a guardarlos.

—Si te pido que vayas al salón y me esperes allí mientras me encargo de una última cosa no me harás caso, ¿no? —Roman le tendió a Vera la bolsa de viaje y ella la agarró.

—Por supuesto que no.

—Eso me temía.

Salió de su habitación y se dirigió al estudio, con Vera pisándole los talones.

Se arrodilló sobre el suelo de parqué y, una vez más, palpó la madera en busca de un sonido hueco.

—Soy yo. —El susurro de Vera lo alcanzó en el momento en el que había dado con la tabla suelta.

Roman se giró. Vera estaba frente a una de las paredes del estudio, la opuesta a las grandes ventanas por las que, cada mañana, entraba una luz radiante y limpia. Tenía la vista clavada en uno de los varios bocetos que el propio Roman había dibujado y enmarcado para decorar la habitación, para hacerla más suya.

El dibujo estaba protagonizado por una chica. Sentada, con la espalda apoyada en el tronco de un árbol, escribía algo en una especie de libreta o diario. Tenía el pelo recogido en una media coleta y algunos mechones le cubrían los ojos. Su expresión era intensa, una mezcla de preocupación y frialdad capaz de atraer a cualquiera.

Era Vera.

—Sí —se limitó a responder Roman.

—¿Cuándo lo has dibujado? —le preguntó sin apartar los ojos del boceto.

—Pocos días después de conocerte. Te vi sentada en Stewart Park una tarde. Escribías sin parar en ese diario que llevas a todas partes.

—¿Y cuándo lo enmarcaste y colgaste aquí?

—Pocos días después de conocerte.

Sin pararse a contemplar la expresión de Vera, los sentimientos que debían de estar cruzándole por el rostro, Roman levantó el tablón de madera y, rebuscando en el suelo, sacó una pistola.

Con unos movimientos rápidos, propios de alguien acostumbrado a manejar armas, comprobó que estuviera cargada, le puso el seguro y se la guardó en la parte baja de la espalda, dentro del pantalón. El jersey la ocultaría a ojos de los demás.

De pronto, una mano apareció en su campo de visión. Extendida, con la palma mirando al techo, como esperando a que le entregaran algo.

—¿Qué haces? —Roman se puso en pie.

—¿Tienes otra pistola? —La mano seguía extendida.

—¿Para qué?

Vera cuadró los hombros, alzó la cabeza y mirando a Roman fijamente a los ojos, dijo:

—Para mí.

Eso era exactamente lo que estaba temiendo.

XXV
PRESENTE

Noviembre
Dolor

Esperaba impaciente, apoyado contra la pared del callejón que daba a la cocina del Liberty. Pese a la oscuridad de la noche, había procurado ocultarse tras un par de contenedores. Olía a sobras de comida y plástico quemado. No veía el momento de llegar a casa y darse una ducha rápida para eliminar la peste de su cuerpo.

Y también la ansiedad.

Sintió una punzada en el pecho, a la altura del esternón. Se masajeó la zona, tratando de aliviarla, pero en lugar de desaparecer o atenuarse, ganó fuerza.

¿Era un dolor real o una ilusión, alguna otra invención de su cabeza? Últimamente sentía que ya ni se podía fiar de su propia mente, y menos cuando sucumbía a la debilidad y buscaba refugio en el mismísimo infierno.

Qué más daba, fuera lo que fuere, lo sentía como mil cuchillos en el corazón.

Agarró un frasco de ibuprofeno del bolsillo interior de su larga chaqueta negra y se llevó las dos últimas pastillas a la boca. Las tragó sin agua.

Miró la hora por enésima vez.

Quedaban cinco minutos para las doce de la madrugada.

Cinco minutos para que todo se fuera todavía más a la mierda.

Pero era por un buen motivo, se repitió, intentando convencerse a sí mismo.

Unos pasos resonaron en el callejón. Vio una figura alta, robusta, encapuchada, acercándose al lugar donde se encontraba.

Había llegado el momento.

El hombre se detuvo frente a él y, cerciorándose de que no hubiera nadie alrededor, dijo:

—¿Lo tienes? —Se encendió un cigarrillo.

Controlando el temblor de sus manos, el chico sacó dos fajos de billetes del bolsillo interior de la chaqueta. El hombre encapuchado se los quitó al instante, como un perro callejero arrebatándole un trozo de carne a un humano. Hambriento. Desesperado.

Se llevó un dedo a la boca y, tras humedecerlo con saliva, empezó a contar el dinero.

El chico se preparó para lo que estaba a punto de suceder.

—Falta un tercio. ¿Dónde está? —El hombre alzó los fajos hasta situarlos a escasos centímetros de la cara del chico.

—No lo tengo.

El hombre de la capucha chasqueó la lengua.

El chico se lo intentó explicar. La mentira fluyó por sus labios tal y como la había imaginado. Ligera, fácil. El truco, había aprendido esos últimos meses, era creerte lo que estabas diciendo. Convencerte de que las palabras que salían de tu boca eran verdades.

Él, que antes era incapaz de pronunciar una falsedad sin palidecer y tartamudear, ahora se había vuelto un maestro.

Una risa histérica retumbó en su cabeza. Tantos años pensando en el significado de la justicia, refugiándose en la palabra «ley», dándoselas de moralmente correcto, y ahora… *En el fondo*, pensó, *el ser humano es como un camaleón, capaz de cambiar su color de piel, sus convicciones, sus ideales, si ese es el precio a pagar por la supervivencia.*

El hombre encapuchado tiró el cigarrillo al suelo y lo apagó con la suela del zapato.

Se arremangó, dejando al descubierto sus antebrazos.

Tomó impulso.

El primer golpe lo sorprendió, tirándolo al suelo. Del segundo trató de defenderse. De los siguientes ni lo intentó. Llegaron uno detrás de otro, todos dirigidos al estómago, a las costillas, a las lumbares. *Para que nadie los vea*, entendió. *Para que no me pregunten.*

Cuando hubo acabado, el hombre encapuchado le escupió y, acuclillándose para situarse a la altura de su cuerpo, siseó:

—Tus explicaciones me las meto por el culo. Y como te sigas pasando de listo…

Sacó algo del bolsillo trasero de su pantalón (¿un objeto?) y lo fue acercando a su rostro, poco a poco, poco a poco. Sintió el frío del metal rozarle la piel y después el filo de una navaja recorrerle la mejilla izquierda, la que no tenía apoyada sobre la gravilla del callejón.

—Lo entiendes, ¿no? Seguro que sí, eres un chico listo. Todos en esta podrida universidad lo sois.

Le dio un par de toquecitos en la sien con la punta de la navaja y, tras levantarse y escupirle otra vez, le propinó un segundo puntapié, directo a las costillas.

Y lo dejó allí, ensangrentado, en el suelo, al lado de los contenedores.

¿Cómo había acabado así?

Cuando uno decide *descender* al infierno e, ignorando el peligro, deja que su cuerpo y su mente se *deterioren*, es inevitable que el *dolor* acabe invadiendo cada rincón. Y si se está solo, si no se tiene a nadie a quien recurrir, solo queda un final: la *derrota*.

XXVI

PRESENTE

10 de diciembre de 2017

Aquel domingo se había despertado más cansada de lo habitual. Últimamente le costaba conciliar el sueño. Su cabeza se negaba a apagarse y era incapaz de desprenderse de una serie de preocupaciones que no paraban de repetirse una y otra, y otra vez.

La primera: cada vez faltaba menos para la presentación del Caso Magno y todavía quedaba mucho trabajo por hacer. Por ejemplo, preparar una lista de potenciales testigos a los que interrogar el día del simulacro y contactar con alumnos dispuestos a ayudarlos fingiendo que eran eso, testigos (*¿a quién se suponía que iban a convencer si Roman y ella no se llevaban bien con nadie?*).

La segunda: los exámenes. Sí, al margen del Caso Magno, tenía que estudiar para los exámenes del semestre y asegurarse de sacar las mejores notas para mantener la media que, por cierto, también contaba para ganar la beca.

La tercera: su relación con Tina seguía deteriorándose. Sus llamadas eran cada vez menos frecuentes y más cortas. Ninguna quería discutir, así que ninguna hablaba mucho.

Y la cuarta: Roman. Por alguna razón, el chico se negaba a salir de su cabeza. Era como si alguien le hubiera invitado a pasar un rato y él, insatisfecho, hubiera decidido quedarse de por vida. ¿Por qué? ¿Por qué se encontraba a sí misma esperando verlo cada mañana en la cafetería? ¿Por qué ahora siempre pasaba corriendo por el gimnasio en el que practicaba boxeo, solo por si acaso estaba rondando por allí? ¿Por qué cada vez que su móvil vibraba o sonaba deseaba que fuera él y, si no lo era, se llevaba una decepción?

No tenía una respuesta a esas preguntas. O quizá sí, pero era una cobarde y no quería admitir lo que sentía. Porque una vez lo admitías, lo decías en voz alta, lo que estaba en tu cabeza y en tu corazón pasaba a ser real. Y una vez era real, tenías que lidiar con ello.

Y eso era lo que no quería Vera: lidiar, enfrentarse a sus sentimientos, y descubrir que no eran correspondidos y que la única razón por la que el chico la miraba de esa forma o le sonreía cuando menos se lo esperaba era porque le recordaba a Nathalie.

No pienses así.

Hubiera entrado en el mismo bucle de siempre de no ser por el sonido que emitió su móvil, avisándola de que acababa de recibir un mensaje.

Era de Roman.

Su corazón dio un vuelco y empezó a palpitar con fuerza.

Tenemos que hablar. ¿Puedes venir a primera hora?
No le digas nada a Blythe.

Su plan había sido ir a correr pese a lo poco que había descansado. Pero aquellas palabras, sobre todo el «no le digas nada a

Blythe», hicieron que se cambiara en cuestión de minutos y saliera por la puerta, con cuidado de no hacer ruido para no despertar a su amiga.

Cuando llegó a casa de Roman, llamó al timbre. Y solo entonces pensó que, quizá, plantarse un domingo a las ocho y media de la mañana en el portal de su amigo no era tan buena idea. ¿Y si todavía estaba durmiendo? ¿Y si cuando le había dicho *a primera hora* había querido decir a las diez en lugar de a las ocho? ¿Y si la estaba esperando en otro lugar? Al fin y al cabo, el mensaje no había especificado que se tuvieran que encontrar en su casa.

Las dudas se disiparon cuando Roman abrió la puerta apenas unos segundos después. Llevaba una sudadera gris oscuro y unos pantalones de chándal negros.

Al verla, su postura, por naturaleza tensa, se relajó. Esbozó una sonrisa torcida que no le llegó a los ojos y se hizo a un lado para dejarla pasar.

—Pareces cansada —le dijo cuando estuvieron aislados del mundo en su salón.

Al escuchar aquellas dos palabras, la adrenalina y los nervios que la habían sacado de la cama y llevado hasta allí se desvanecieron. Era como si Roman le hubiera recordado a su cuerpo que sí, estaba exhausto. Ya no por las pocas horas que había dormido aquella noche, sino por las semanas (o más bien los meses) que llevaba en tensión, sin desconectar.

De pronto, sintió los párpados pesados, las pupilas secas.

—Llevo unos días sin dormir muy bien —admitió.

Roman la estudió como si realmente le importara el estado en el que se encontraba y, dirigiéndose a la cocina, dijo:

—Te haré un café.

Vera lo siguió, se sentó en uno de los cinco taburetes y...

—Espera, ¿cinco? —soltó en voz alta sin darse cuenta.

Roman se giró, filtro de café en mano. El pelo castaño, ilumina-
do por los rayos de sol que entraban por una de las ventanas de la
casa, le caía sobre los ojos, ligeramente despeinado.

—¿Qué has dicho?

—Nada.

Pero no era nada. Los *cuatro* taburetes habían pasado a ser
cinco.

Vera sintió su corazón encogerse. De pronto, las dudas que la
habían asaltado esa mañana perdieron fuerza y la abandonaron. En
su lugar florecieron pequeñas chispas de esperanza. ¿Y si aquel gesto no era una coincidencia? ¿Y si Roman había incluido un quinto
taburete por ella?

No pudo evitarlo, las comisuras de sus labios se alzaron y sintió un cosquilleo recorrerle el cuerpo. Por un instante, se permitió
recrearse en esa sensación.

Pero fue solo un instante.

Vera se obligó a controlarse y centrarse en el motivo por el que
estaba allí: averiguar lo que fuera que Roman quisiera contarle.

Así que preguntó:

—¿Qué ha pasado?

El chico se entretuvo preparando el café y solo cuando hubo
encendido la cafetera americana y el leve *grr grr* de la máquina invadió la estancia, habló.

—Es sobre la familia Arrieta.

Al escuchar el apellido, Vera se puso en alerta. La última conversación que había mantenido sobre ese tema había sido con Roman, la
mañana en la que lo había encontrado en el polideportivo practicando boxeo. Desde entonces, había decidido no darle más vueltas. Al
fin y al cabo, su amigo había tenido razón. Todo criminal necesitaba
un abogado. Los Arrieta no serían la primera ni la última familia involucrada en asuntos ilícitos que Greenberg & Hughes se viera obligado a defender. Por mucho que le perturbara aquella realidad, tenía

que aceptarla. No solo porque fuera eso, la realidad, sino porque hacer lo contrario sería comportarse de forma hipócrita.

Si la condición para convertirse en abogada de Greenberg & Hughes era tener como clientes a los Arrieta, implicaciones y consecuencias incluidas, Vera aceptaría sin pestañear.

Por eso, la mención de la familia la descolocó.

Roman le sirvió el café en una taza grande color azul marino y le añadió un chorrito de leche. La depositó en la encimera, frente a Vera, y apoyó los codos sobre el mármol.

¿Por qué sabía cómo le gustaba el café? ¿Por qué en lugar de hablarle desde el otro lado de la cocina se había inclinado justo delante de ella?

Roman continuó:

—Cuando me hablaste de ellos hace un par de semanas no le quise dar importancia. Pero intuí que el tema te preocupaba, así que volví a casa y me puse a investigar.

Decidió pasar por alto que si Roman había indagado sobre los Arrieta era por ella y puso su atención en la última palabra que había pronunciado.

—¿A investigar? —Tenía la sensación de que el concepto de *investigar* de Roman distaba bastante del suyo.

—Hice algunas llamadas. —No ofreció más explicaciones—. Me costó unos días empezar a dar con algo de información. Pero en cuanto obtuve los primeros indicios, supe que la relación entre los Arrieta y Greenberg & Hughes iba más allá de la típica entre un cliente y su abogado. —Hizo una pausa en la que miró a Vera—. Ayer me confirmaron lo que sospechaba.

Vera le dio un sorbo al café. Sentía que si no hacía nada, que si simplemente se quedaba quieta, explotaría.

—Los Arrieta llevan años controlando parte del negocio minero en Perú. Han estado involucrados en varios casos de fraude, explotación de trabajadores y otras malas prácticas laborales. No son trigo limpio.

—Pero, Roman, eso ya lo sabíamos. —Vera no entendía a dónde quería llegar su amigo.

—Sí. Lo que no sabíamos es que parte del dinero que los Arrieta generan con su imperio minero lo reinvierten en otro negocio que operan al margen de la ley y del gobierno. Es un negocio fantasma. Nadie lo conoce.

Roman seguía mirándola con aquellos ojos verdes que la perseguían por todas partes, incluso en sus sueños.

—A unos cien kilómetros de Iquitos, en la selva amazónica peruana, los Arrieta tienen unos terrenos inmensos. Estamos hablando de hectáreas y hectáreas de tierras cercadas y aisladas gracias a una inversión millonaria en seguridad. En esos terrenos hay unas naves industriales inmensas que funcionan como almacenes. Y dentro de esas naves, ocultos a ojos de todo el mundo, están algunos de los artefactos arqueológicos más valiosos de todo Perú.

La piel de Vera se erizó.

—Vera, los Arrieta tienen montada una red de contrabando de objetos arqueológicos por todo el país —sentenció.

—Pero… ¿cómo? Para gestionar un negocio de este calibre a espaldas del gobierno y del ejército necesitarían…

—Una cadena de contactos lo suficientemente potente para poder mover y distribuir los objetos arqueológicos sin levantar sospechas, una cantidad ingente de materiales, toda la infraestructura… Y dinero. Mucho, mucho dinero. Dinero para construir los almacenes, para financiar las excavaciones, para sobornar a autoridades, arqueólogos y vete a saber a cuántas personas más.

—Es imposible que desviar tanto dinero y recursos no haya llamado la atención del gobierno o de la policía. Alguien se tiene que haber dado cuenta.

El semblante de Roman se endureció. Sus labios se fruncieron en una fina línea, y sus pómulos, ya de por sí marcados, se tornaron afilados como cuchillos. Sus ojos eran dos dagas dispuestas a atravesar cualquier objeto.

—Los Arrieta no son los únicos que están metidos en el contrabando. Cuentan con un socio muy importante, poderoso, rico y bien conectado. Adivina quién.

Y entonces Vera unió los puntos.

Se vio a sí misma entrando en la sala de reuniones de Greenberg & Hughes donde le habían hecho la entrevista, a Carrell fardando de aquella pieza de cerámica que se encontraba expuesta en una de las estanterías. Vio los documentos y el contrato de compraventa de bienes inmuebles con el apellido en el encabezado.

Arrieta.

Las palabras que Roman había pronunciado hacía escasos minutos retumbaron en su cabeza como tambores de guerra: *En cuanto obtuve los primeros indicios, supe que la relación entre los Arrieta y Greenberg & Hughes iba más allá de la típica entre un cliente y su abogado.*

—Greenberg & Hughes. —El nombre del despacho salió de su boca como una exhalación.

Frente a ella, Roman asintió una vez.

—Greenberg & Hughes es el socio más importante de los Arrieta. Y no solo eso, también se encarga de limpiar los posibles rastros que puedan ir dejando, se asegura de que no tengan ningún problema para seguir operando.

Los pulmones de Vera habían dejado de funcionar. No le llegaba el aire. No podía respirar.

—Pero si esto es verdad… Si Greenberg & Hughes está metido en todo esto… Entonces los padres de Blythe…

—Grace y Heath Jeong lo saben. No tengo ninguna duda. Al igual que Carrell y una buena parte de los socios de Greenberg & Hughes. Al menos los más veteranos.

Vera se levantó del taburete y empezó a caminar por el salón. El café había quedado olvidado sobre la encimera.

Qué se suponía que tenía que hacer con aquella información.

Qué. Mierdas. Tenía. Que. Hacer. Ahora.

Céntrate en caminar, en respirar, se dijo.

Lo primero podía hacerlo, de lo segundo no estaba tan segura.

Roman seguía inclinado sobre el mármol. Por primera vez desde que había llegado, Vera se fijó en el morado que enmarcaba sus ojos. Si se había enterado de todo aquello hacía unas horas… su amigo no había dormido.

Vera paró en seco.

—¿Qué hacemos? —dijo con un hilo de voz, insegura.

—No lo sé. —Era una respuesta sincera, agónica.

Era la primera vez que Vera había escuchado aquellas palabras de su amigo. Y aquello, el que no tuviera ni idea de cómo actuar, la alarmó casi más que todo lo que le acababa de explicar.

Roman siempre sabía lo que debía hacer. Siempre tenía un plan. Siempre estaba seguro de sus acciones y reacciones. Era la estabilidad que los guiaba y los mantenía lúcidos.

Sin esa seguridad, estaban perdidos.

Estaba perdida.

—¿¿Y entonces por qué mierdas me lo dices?? —explotó Vera, desesperada—. Si no tienes una solución, si no sabes qué hacer, por qué me dices todo esto.

Sabía que su estallido era injusto. Roman no tenía la culpa de nada. Es más, si se trataba de buscar un culpable, debería estar señalándose a sí misma. Ella había sido la que se había fijado en el apellido Arrieta, la que le había preguntado a Tina por la familia y después había compartido su inquietud con Roman. Ella lo había implicado y, de alguna manera, inclinado a indagar sobre el apellido.

Si alguien había movido ficha en aquel tablero, era ella.

Y en lugar de ser consecuente con sus decisiones, de pensar en el próximo movimiento, estaba pagando su pánico con Roman.

Por fin, el chico se movió. Caminó hacia Vera hasta tenerla a escasos centímetros.

Lo próximo que sintió Vera fueron los brazos de Roman rodeándola y apretándola contra su pecho con fuerza.

Se quedaron así, quietos, abrazados, durante lo que pareció una eternidad.

El olor del chico la invadió, envolviéndola, acariciándola. No era un olor que pudiera describir con palabras, como esos que los autores se empeñaban en plasmar en sus novelas, del estilo olía a pino y nieve.

No.

Roman olía a Roman.

No había más.

Cuando se separó, la miró, y, secándole unas lágrimas que Vera ni se había dado cuenta de que había derramado, le susurró:

—No, no sé qué se supone que tenemos que hacer, Vera. Pero lo que sí sé es que vamos a averiguarlo. Vamos a encontrar una solución.

La guio de nuevo hacia el taburete, la mano de él apoyada en el bajo de su espalda, y le colocó la taza de café entre las manos, como queriendo devolver la escena a la cotidianidad que había imperado hasta hacía apenas unos minutos.

La bebida todavía estaba caliente.

—¿Se lo contamos a los otros? —preguntó Vera.

—No. —La respuesta fue rotunda—. Nadie puede saberlo.

—Pero Blythe… Son sus padres.

—Si se lo decimos a Blythe, solo vamos a conseguir alterarla y distraerla. Es mejor que no lo sepa.

—¿Y Connor y Charles?

—Por mucho que le pidiéramos que se lo callara, Connor iría corriendo a explicárselo a Charles y a Blythe. Y Charles… no, tampoco. Está demasiado abstraído y aislado. No sé exactamente qué es lo que le pasa y cómo reaccionaría ante esto.

—Entonces, se queda entre nosotros.

—Sí, se queda entre nosotros. Al menos hasta que pase el Caso Magno.

Vera asimiló aquellas palabras.

—¿Y qué se supone que tenemos que hacer? ¿Seguir con nuestras vidas como si nada?

¿Cómo podía seguir estudiando, preparando el Caso Magno, luchando por la beca, cuando Greenberg & Hughes, *su futuro*, estaba formado por criminales? Porque eso es lo que eran. No había otro nombre para designar a un grupo de personas que financiaban y colaboraban de forma activa en una ilegalidad como la que Roman le había explicado. Estaban explotando el patrimonio de un país y lucrándose a su costa. Y todo de forma ilícita.

Roman soltó un suspiro largo y pesado.

—De momento sí. No se me ocurre otra opción.

Y en ese instante, sentada en el quinto taburete de la cocina de Roman, Vera se dio cuenta de que si pudiera borrar aquella información de su mente y vivir en la ignorancia el resto de sus días, lo haría.

Pero eso es lo jodido de la verdad.

Una vez la conoces, no hay vuelta atrás.

No puedes ignorarla.

Tienes que vivir con ella.

Por mucho que cueste.

XXVII

PASADO

11 de mayo de 2017

—«Texas contra Johnson».

—¿En serio?

—Sí. Has dicho «libertad de expresión».

—Sabes que no estoy a favor de «Texas contra Johnson».

—¿Y? Te guste o no, es una sentencia histórica y trata sobre los límites de la libertad de expresión. *Ergo*, respuesta correcta.

—Es una tergiversación del derecho fundamental que ha abierto las puertas al vandalismo y propiciado la violencia. *Ergo*, me da igual si tu respuesta es técnicamente correcta.

—*Verba volant, scripta manent.*

—¿Quieres que te diga por dónde me meto lo que acabas de decir?

—Su señoría, la letrada de la parte contraria me está agrediendo verbalmente. Le pido que la amoneste y, de seguir así, suspendamos este juicio.

—No estamos en un juicio.

—Su señoría, me reitero en mi petición.

—Connor, como no te calles te juro que…

A su lado, Blythe se levantó de la silla y apuntó a Connor con el dedo índice, amenazándolo con tirar a la basura su taza preferida si no paraba de tomarle el pelo.

Ante aquellas palabras, Connor también se puso en pie e, imitando a su amiga, la señaló.

—¿Te atreves a proferir semejante barbaridad en mi *dies natalis*?

—¡Deja ya de hablar en latín!

Vera observaba el intercambio como si fuera la espectadora de una obra de teatro. De no ser por la cantidad de comida que acababa de engullir, no le importaría tener unas palomitas.

Se habían reunido los cinco en casa de Blythe (ahora también su casa, por mucho que le costara creerlo) para celebrar el cumpleaños de Connor. Vera había cocinado el plato peruano preferido de su amigo, ají de gallina, junto con algunos entrantes. Del postre se habían encargado Charles y Blythe. Roman había traído las bebidas (Coca-Cola incluida para Connor), como siempre que se reunían.

Después de que Connor soplara las velas y les obligara a cantarle «cumpleaños feliz» en cuatro idiomas diferentes, se habían puesto a jugar a una especie de dinámica que consistía en soltar un tema o concepto jurídico y citar un caso relacionado.

—Se nos ocurrió durante el verano antes de entrar en Cornell —le había explicado Charles antes de empezar a jugar—. Las respuestas correctas te dan cinco puntos, las incorrectas te restan dos. Si citas una sentencia histórica dictada por la Corte Suprema, son siete puntos. La idea es ir subiendo la dificultad de los conceptos a medida que el juego va avanzando. El primero que llega a cincuenta gana.

—Y si contestas mal, bebes —había añadido Connor.

—Pero si tú no bebes alcohol —le había reprochado Blythe.

—No es mi problema —murmuró al tiempo que se encogía de hombros.

Alcohol o no, habían empezado con la dinámica. Cuando Charles había retado a Vera a citar un caso que versara sobre el derecho a ser defendido por un abogado, ella no había dudado ni un segundo en responder «Gideon contra Wainwright». De allí, Vera le había preguntado a Blythe sobre la libertad de religión, a lo que su amiga no había dado una sino dos respuestas: «Wisconsin contra Yoder» y «Estados Unidos contra Lee», ambos casos relacionados con el conflicto entre las convicciones religiosas de los amish y las leyes laicas estadounidenses.

Tras esas dos rondas, Vera había comprendido que el juego tenía un problema fundamental: no era un juego, sino una competición. Era imposible juntar a las mentes más brillantes y ambiciosas de la Facultad de Derecho de Cornell y que no se tomaran aquello como una oportunidad para demostrar sus conocimientos y su superioridad intelectual.

Por eso, cuando Connor había citado «Texas contra Johnson», Blythe no había dudado en negarse a aceptar la respuesta. La cuestión no era si era correcta o incorrecta, sino quién conseguiría imponer su interpretación de la ley.

Claro que debatir con Connor a veces podía resultar complicado (incluso imposible) y lo que comenzaba siendo una conversación académica acababa convirtiéndose en una lucha de gritos y sinsentidos.

Así que allí seguían, Blythe intentando explicar por qué la quema de objetos simbólicos, como una bandera, constituía una clara incitación a la violencia, y Connor negando con la cabeza y tarareando algo ininteligible.

Al final, Charles agarró a su amigo de la manga de la camisa e, ignorando el chillido agudo que profirió, lo obligó a sentarse. Al otro lado de la mesa, Roman le ofreció una copa de vino tinto a Blythe, que la tomó sin pensarlo y apuró de un trago.

Después de aquello, siguieron jugando hasta que Charles llegó a cincuenta puntos y ganó.

—¿Por qué me da la sensación de que siempre eres tú el que gana? —inquirió Vera.

—Porque es la verdad —respondió Charles. Los ojos le brillaban divertidos, quizás un poco achispados por el alcohol.

—Es suerte —interrumpió Blythe desde la cocina. Se había levantado a buscar una jarra de agua.

—Yo más bien lo llamaría «inteligencia». —Charles alzó la voz para hacerse oír por encima del ruido de la nevera al abrir y cerrarse.

—Inteligentes somos todos. —Ya de vuelta, Blythe dejó la jarra sobre la mesa.

—Sí, pero yo más. —Charles le guiñó un ojo.

Vera observó aquel intercambio con una sonrisa tonta.

En Lima, durante sus últimos años de colegio, había fantaseado con vivir en Estados Unidos y estudiar en Cornell. Solía imaginarse a sí misma caminando por pasillos interminables con una pila de libros en la mano, estudiando en una biblioteca de película e incluso corriendo por las calles de un campus verde y lleno de vida. Pero en esas ilusiones, en esos sueños, siempre estaba sola.

«¿Y a quién vas a tener aparte de tu hermana? ¿Te crees que los gringos van a aceptarte como una más? Para ellos siempre serás una extranjera».

Su madre le había gritado aquellas palabras la noche antes de que Vera se subiera al avión con destino a Los Ángeles. Y pese a que le había contestado que qué iba a saber ella, que estaba equivocada, en el fondo se las había creído.

Porque la realidad era que ella misma se había convencido de que su vida en Estados Unidos iba a ser solitaria. Y lo había sido.

Hasta que habían llegado ellos.

Era increíble cómo, pese a conocerlas desde hacía solo unos meses, aquellas cuatro personas se habían convertido en elementos esenciales de su día a día. Con ellos encajaba. Con ellos podía ser la versión de sí misma que se imaginaba en un futuro: una Vera con éxito y poder.

Aunque también era cierto que la Vera que había acudido a casa de Connor y Charles hacía unos meses después de que el primero la invitara a pasar una tarde de estudio era radicalmente distinta a la Vera de esa noche, que sonreía de forma desenfadada, reía ante las bromas de Connor, e intercambiaba miradas cómplices con Blythe.

Sí, la Vera de entonces no tenía nada que ver con la Vera de ahora.

Y la verdad, no podría estar más contenta. Porque si hubiera continuado por el camino que se había planteado seguir en un principio… no sabía dónde estaría.

La voz de Connor la devolvió a la escena. Su amigo se había levantado, esta vez sin gritar ni señalar a nadie. Se arremangó los puños de la camisa blanca que se había puesto aquella noche, carraspeó un par de veces y, tras mirarlos uno por uno, empezó a recitar:

—*Beyond this place of wrath and tears,/ Looms but the Horror of the shade,/ And yet the menace of the years,/ Finds and shall find me unafraid.**

Connor recogió su vaso de la mesa y lo alzó en señal de brindis.

Uno por uno, Blythe, Roman y Charles se pusieron en pie. Acercando sus copas a la de Connor, terminaron de recitar aquel fragmento del poema de Henley.

—*It matters not how strait the gate.* —Charles.

---

* N. del E.: Para ver la versión en español del poema ve a la página 445.

—*How charged with punishments the scroll.* —Roman.

—*I am the master of my fate.* —Blythe.

Y antes de que pudieran pronunciar el siguiente verso, Vera se levantó y añadió:

—*I am the captain of my soul.*

Brindaron.

Y si a alguno le sorprendió que Vera conociera el poema, no lo dijo.

—Quiero que me prometáis una cosa —soltó Connor de repente.

—No sé por qué, pero creo que no me va a gustar lo que vas a decir. —Blythe entrecerró los ojos.

—Que en diciembre vamos a ir al Baile de Navidad de la Facultad de Derecho.

Las respuestas, más bien quejas, llegaron a la vez:

—¿A qué viene esto ahora? —Blythe endureció más su expresión.

—No. —Roman fue el primero en negarse.

—No creo que sea una buena idea —aventuró Charles.

—¿Baile de Navidad? —Vera no sabía ni de qué estaban hablando.

Connor depositó el vaso sobre la mesa y extendió ambas manos, como instando a sus amigos a calmarse y escucharlo.

—Dejadme hablar. Sé que queda mucho…

—Medio año —interrumpió Blythe.

— … y que el año pasado las cosas no acabaron muy bien.

—Decir que no acabaron muy bien es subestimarlo —masculló Charles—. Yo preferiría no ir.

Cansada de no entender de qué iba la conversación, Vera intervino:

—¿Alguien me puede explicar de qué estamos hablando?

Para su sorpresa, quien le contestó fue Roman. Le explicó que, cada mes de diciembre, la facultad organizaba el Baile de Navidad, una fiesta exclusiva para alumnos de JD y demás miembros del claustro.

—Es una excusa para vestirse de etiqueta, bailar como si estuviéramos en el siglo xix y emborracharnos. Aburrido. *Innecesario.* —La última palabra se la dirigió a Connor, que sonreía como un niño pequeño.

—Es maravilloso.

—No. No lo es. Y no vamos a ir —soltó Blythe.

—Oh, venga, Blythe.

—Connor, honestamente no entiendo qué se te ha metido en la cabeza para proponer algo que sabes que es una mala idea y para lo que, repito, queda más de medio año.

—Me apetece estar con mis amigos —dijo encogiéndose de hombros.

—Puedes estar con nosotros los restantes trescientos sesenta y cuatro días.

—¿Qué pasó en el Baile de Navidad del año pasado? —inquirió Vera, aunque realmente ya conocía la respuesta a esa pregunta. Kasey se lo había dicho el mismo día en el que había llegado a Ithaca: «Sucedió las Navidades pasadas. Nadie sabe qué ha ocurrido con ella».

La pregunta quedó enterrada entre las voces de sus amigos, que habían pasado de recitar un maldito poema sobre la fortaleza del espíritu humano a gritarse en menos de cinco minutos.

—Charles, ayúdame. —Connor.

—No sé… —Charles.

—Ves, si ni Charles te defiende es por algo. —Blythe.

—¿Rome? —Connor.

—Ya te he respondido. No. —Roman.

—Pero ¿por qué no? —Connor.

—Porque me parece un baile absurdo. —Roman.

—Ajá, pero no porque tengas miedo o te dé reparo ir. —Connor.

—Eso es todavía más absurdo. —Roman.

—Que te den, Roman. —Blythe.

Roman le enseñó el dedo corazón. Blythe lo imitó.

—¿Qué pasó en el Baile de Navidad del año pasado? —Vera, de nuevo.

De nuevo, sin respuesta.

—Venga, nos tomaremos algo, lo pasaremos bien. —Connor.

—Pero si tú ni bebes. —Blythe.

—A ver, pensándolo mejor… —Charles.

—Charles, no. —Blythe.

—Quizá Connor tenga razón. Nos lo pasaremos bien y puede ser una forma de cambiar el recuerdo que tenemos del último baile. —Charles.

—*¡Resurgam!* —Connor.

—¡Deja de hablar en latín! —Blythe.

Vera odió esa sensación, la de sentirse apartada del grupo y ser consciente de que, una vez más, estaban evitando explicarle cualquier cosa relacionada con Nathalie (Dios, esa chica era un fantasma que se negaba a dejarla en paz). Fue como si un relámpago de rabia la sacudiera por dentro. No pudo contenerse más.

—¡¿Me podéis escuchar de una puta vez?!

Se hizo el silencio.

Cuatro pares de ojos se posaron en ella. Confundidos, sorprendidos, cautelosos, enfadados.

—¿Qué sucedió el año pasado en Navidad? —Las palabras le salieron sofocadas, como si no le llegara el aire.

Una vez más, quien habló fue Roman:

—Es mejor si no lo sabes.

Vera no pudo seguir fingiendo, aparentando que no sabía de qué iba todo aquello, que no pensaba en Nathalie casi a diario, que pese a no conocerla esa chica la atormentaba día y noche, que era la voz de sus inseguridades y sus miedos.

Así que lo soltó, sin pensar en las consecuencias:

—*Nathalie.*

El chico asintió.

—¿Qué pasó con Nathalie? —Necesitaba llegar al fondo de aquel asunto—. Podéis contarme…

Un golpe seco resonó por todo el salón. Era Connor, que había dado una palmada para llamar su atención.

—Oh, no, no, no. Me niego a hablar de esto el día de mi cumpleaños.

Rodeó la mesa hasta colocarse al lado de Vera y posó el brazo izquierdo sobre sus hombros.

—Por favor —añadió, y le dio un pequeño apretón para reafirmar su ruego.

Blythe y Charles le dedicaron una media sonrisa, también pidiéndole en secreto que no sacara ese tema.

Y en cuanto a Roman… podía sentir sus ojos clavados en ella, monitorizando cada uno de sus movimientos y palabras.

Cuando Connor suplicó por segunda vez que «por favor, Verus, por favor», decidió no insistir. Dejarlo ir.

Aunque aquello, pensó, no acababa allí: en algún momento, volvería a salir su nombre; en algún momento, volvería a preguntar; en algún momento, el silencio y la evasión no serían suficientes.

Sí, en algún momento, llegaría al fondo de aquel asunto.

Pero no ahora, se repitió, *ahora déjalo ir.*

Percibiendo la tensión evaporarse del cuerpo de Vera, Connor volvió al tema.

—Entiendo vuestras reticencias, pero insisto: este año vamos a ir al Baile de Navidad. Y si no me queréis prometer vuestra asistencia, al menos prometedme que os lo vais a pensar.

—Sí, vale, lo pensaré —suspiró Charles.

—Bueno. —Un monosílabo por parte de Roman.

—Eres insufrible. —Blythe.

—¿Eso es un «sí»? —Connor le dedicó una sonrisa inocente.

—Es un «puede».

—Me sirve —concedió su amigo y, dándole otro apretón en los hombros, pronunció su nombre—. ¿Vera?

Ella asintió.

Connor la soltó y dio un saltito ridículo acompañado de un grito de «victoria, victoria».

A Vera le fue imposible no reír ante aquella muestra de emoción.

Y Blythe empezó a servir más vino, y Charles propuso que volvieran a jugar a la dinámica de los casos, y Roman se encendió un cigarro y simplemente los miró con una sonrisa torcida.

Y ella se dejó llevar por la alegría de Connor, y la bebida que Blythe le depositó en las manos, y la forma en la que Charles retomó el debate de «Texas contra Johnson», y los ojos brillantes de Roman.

Y se percató de que aquel era el peligro de estar con sus amigos, de formar parte del grupo: no importaba lo que hicieran o cómo se comportaran, siempre iban a fascinarla y atraerla.

Como un metal al imán.

Como un barco a la deriva que de pronto ve la luz de un faro en la noche.

Como un humano al oro, nunca satisfecho, siempre queriendo más.

Hijos Dorados.

XXVIII

PRESENTE

15 de diciembre de 2017

Prometedme que os lo vais a pensar.

Como siempre, Connor se había salido con la suya. Desde que había sacado el tema por primera vez, durante la noche en la que habían celebrado su vigesimocuarto cumpleaños, no había parado de insistir en que ese año tenían que acudir al Baile de Navidad. Todos juntos.

Un disco rayado, un martillo pilón, eso había sido, pensó Blythe mientras con una mano agarraba el bajo de su largo vestido negro. Lo último que quería era tropezarse por las escaleras que daban al jardín botánico de Cornell, donde se celebraba el Baile de Navidad.

A su lado, Vera hizo lo mismo con su vestido verde de terciopelo. No iba a ser ella quien lo dijera, pero su amiga estaba espectacular. El color oscuro resaltaba su piel dorada y su pelo castaño claro. Además, el corte de la prenda se le ajustaba a la perfección al cuerpo, resaltando sus curvas.

—Este vestido ha sido hecho para ti —le comentó Blythe cuando llegaron al último peldaño.

Vera le dedicó una sonrisa breve, tensa, y masculló:

—En realidad, lo hicieron para ti.

Ya estaba otra vez dándole vueltas a lo mismo. Blythe la agarró del hombro, cubierto por una chaqueta de piel negra, también suya, y la forzó a detenerse.

—Para ya. Y no me pongas esa cara —añadió ante la expresión afligida de Vera—. Si te invito a vivir en mi casa, es porque quiero. Si pago en los restaurantes a los que vamos, es porque quiero. Si te presto o regalo mi ropa, es porque quiero. Así que deja de tratarme como si actuara por pena o compasión. Porque te aseguro que no es así. Es más, si me comporto de alguna forma, es egoísta.

—Blythe...

—No, escúchame. Es verdad. Si hago todas las cosas que hago por ti no es porque empatice con tu situación. En este campus hay cientos de alumnos sin recursos y me importan lo que se dice bien poco. Si hago lo que hago, es porque quiero que estés conmigo. Odiaría que no pudieras venir a comer a los restaurantes que quiero porque no puedes pagarte una ensalada, o que no pasáramos tanto tiempo juntas porque sigues en la casa de Madison Street, o que no quisieras venir a este ridículo baile porque no tienes nada con lo que vestirte. Así que deja ya de poner esa cara de cachorro dolido cuando te hago un favor. Porque no es por ti. Es por mí.

Para cuando hubo acabado de hablar, Vera tenía las mejillas teñidas de un rojo escarlata, como si alguien le hubiera pintado la piel con sangre.

Blythe se preparó para el reproche, la reprimenda o incluso las lágrimas. Al fin y al cabo, le acababa de soltar a la cara que le importaba una mierda su situación económica.

No, no era algo agradable de escuchar, pero era la verdad (al menos en parte). Porque sí, Blythe se comportaba mirando por su propio bien, pero también le preocupaba el bienestar de su amiga. Por eso la había sacado de la casa de Madison Street y había hecho otros mil gestos. Pero si obviar ese detalle y pintarse a sí misma como una egoísta que no pensaba en nadie más era lo que hacía falta para que Vera dejara de sentirse miserable en situaciones como aquellas, pues era lo que iba a hacer.

Vera asintió con fuerza y, tras soltar un «vale» seco pero ligero, siguió caminando hacia la enorme entrada de cristal.

Era tradición celebrar el Baile de Navidad de la Facultad de Derecho en el jardín botánico de Cornell. Si bien la cena y la fiesta transcurrían en el edificio principal, que en ocasiones se cedía para eventos como aquel, los jardines cercanos permanecían abiertos. De esta forma, los asistentes que quisieran aventurarse en la noche pese al frío, podían admirarlos y pasear por ellos.

—¿Nombres? —les preguntó un chico de cabello rubio y tez pálida parado junto a la entrada. Varios estudiantes de Cornell se ofrecían para trabajar en fiestas de ese tipo. Una forma de ganar un dinero extra para pagar sus créditos o caprichos.

—Vera Velasco y Blythe Jeong —ofreció Blythe.

El chico revisó la lista que tenía entre las manos hasta que encontró sus apellidos.

—Pasen.

Y eso hicieron.

En cuanto pusieron un pie en el edificio, sucedieron tres cosas.

La primera, que cientos de estudiantes se giraron para depositar sus ojos en ellas. La segunda, que pese a la música, Blythe pudo escuchar los susurros viajando de boca en boca, los rumores siendo extendidos. Y la tercera, que le dio igual.

Había estado preparada para aquella reacción, y más teniendo en cuenta la noche que era y lo que simbolizaba. Y como no podía cambiar los pensamientos o acciones de la gente que la rodeaba, se focalizó en controlar los suyos.

Sacó el pintalabios del pequeño bolso de mano rojo Hermès que había decidido combinar con su vestido negro y, utilizando la cámara de su móvil como espejo, se lo retocó.

—Kasey parece a punto de echar humo —comentó, divertida, Vera.

Blythe buscó a la chica pelirroja. La localizó en cuestión de segundos, junto a su odioso grupito de amigos. Esbozó su mejor sonrisa y le guiñó un ojo.

A Vera se le escapó una risita.

—En estas ocasiones, agradezco que mis padres me obligaran a acudir a eventos a los que no tenía ningún interés en ir. No hay mejor aprendizaje para comportarte en una fiesta como esta que estar acostumbrada a moverte entre idiotas e inútiles. —Cuando un camarero pasó a su lado con una bandeja repleta de copas de champán, agarró dos sin dudarlo. Le tendió una a Vera y alzó la suya en señal de brindis—. Algún día te los presentaré. Les caerás bien.

El brindis no llegó. La expresión liviana y desenfadada de Vera había dado paso a una de pánico y preocupación.

Blythe miró detrás de ella, esperando encontrar el motivo de la agitación de su amiga. Pero solo vio a un grupo de estudiantes de primer año de JD dándose palmadas en la espalda unos a otros en señal de saludo.

—¿Todo bien?

Vera reaccionó al instante. Agitó la cabeza de un lado a otro, como queriendo sacudirse una mala sensación.

—Sí, sí, claro.

Blythe no lo vio nada claro.

Es más, hacía unos días que Vera tenía aquellos cambios de humor bruscos. Era como si hubiera algo que la estuviera molestando, persiguiendo, y la invadiera de forma repentina. ¿Un pensamiento? ¿Un recuerdo?

Vera se sacudió una pelusa inexistente del escote recto de su vestido, haciendo como si nada.

—¿Dónde están los demás? —preguntó, cambiando de tema.

Blythe decidió seguirle el juego.

—Ni idea, les escribo.

Le envió un mensaje rápido a Connor preguntándole si ya habían llegado. Recibió la respuesta un segundo después:

Estamos en cinco minutos. Charles llega tarde.

Como todavía no habían acudido al guardarropas a dejar las chaquetas, decidieron esperarlos fuera, junto a las escaleras. Así podrían interceptarlos antes de que se perdieran entre la multitud de estudiantes de JD.

Blythe se percató de que, cada dos por tres, Vera desviaba la mirada hacia el camino que llevaba hasta el edificio.

Por mucho que quisiera disimularlo, era obvio que estaba deseando ver a Roman.

—Yo que tú aprovecharía la noche. —Le dio un leve codazo en las costillas.

—¿A qué te refieres? —Otra mirada hacia el camino.

—Conozco a Roman desde hace unos años y tú te has convertido en mi mejor amiga. ¿Creías que no me iba a dar cuenta? Hacednos un favor a todos y matad de una vez esa tensión sexual que os hace estar babeando el uno por el otro.

Vera abrió la boca, seguro que dispuesta a negarlo, pero Blythe levantó el dedo índice y, con un «shhh» corto y brusco, la mandó callar.

—Ni te atrevas a mentirme, Vera Velasco.

—¿Y tú? —preguntó, tras un par de segundos, enarcando una ceja.

—¿Yo qué?

—¿Planeas aprovechar la noche?

—Oh, Vera. Eso siempre —articuló Blythe.

Pero la verdad era que no tenía ningún plan más allá de pasar un buen rato con sus amigos.

Hacía semanas que había cortado cualquier tipo de relación con Jared (si lo que habían tenido se podía tildar de relación) porque el chico se estaba poniendo demasiado intenso y ella le había aclarado más de una vez que lo que tenían era solo sexo. Pensándolo bien, quizás había sido demasiado directa e insensible, pero bueno, lo hecho, hecho estaba.

—Y con quién…

Un grito agudo que sonó como un *buona seraaa* impidió que Vera acabara la frase y las obligó a girarse.

Por supuesto, había sido Connor, que subía las escaleras de dos en dos en una especie de trote bizarro. Iba vestido con un traje marrón a cuadros estilo *tweed*.

Unos pasos por detrás, con un traje negro y una camisa blanca, estaba Roman. Se había encendido un cigarrillo y le daba caladas mientras, con la mano libre, se apartaba el pelo rebelde del rostro.

Connor las alcanzó primero. Las abrazó a las dos (besos en las mejillas incluidos) a la vez que elogiaba sus vestidos y les decía que parecían musas salidas de un mito griego.

—Melpómene y Calíope —sentenció señalando primero a Blythe y luego a Vera, tras lo cual hizo una leve reverencia.

—¿Me estás diciendo que soy la encarnación de la tragedia? —No había pasado ni un minuto y ya quería asesinar a Connor.

—Matices —contestó el chico con una sonrisa elocuente.

—No se lo tengas en cuenta, lleva diciendo estupideces desde que me lo he encontrado en el *parking* —Roman apareció por detrás.

—No es mi culpa, las fiestas me ponen nervioso.

—Eres tú el que ha insistido en venir, así que cálmate y compórtate. No quiero montar un espectáculo. —Roman le habló a Connor, pero sus ojos no se apartaron de Vera.

Su mandíbula, no, todo su cuerpo, se había tensado. Como si estuviera esforzándose en controlar las ganas de abalanzarse sobre ella. Le dio una calada larga y profunda al tabaco y, alzando la cabeza, exhaló el humo en la oscuridad de la noche.

—Vayamos dentro antes de que nos congelemos. —Blythe tomó el brazo de Connor y lo dirigió hacia la entrada, dándoles a Vera y a Roman un poco de intimidad para que se saludaran y verbalizaran lo que fuera que les estuviera pasando por la cabeza.

De verdad, lo que tengo que aguantar, pensó. Pero no pudo evitar sonreír.

Quince minutos después, Charles todavía no había llegado.

—¿Y si le llamamos? —propuso Vera.

—No descolgará. —Connor agarró un canapé de una de las bandejas que los camareros paseaban por la gran sala y se lo llevó a la boca. Su cara se contorsionó en una mueca de asco—. Lleva salmón.

Habían dejado sus chaquetas en el guardarropas y, apartándose de la multitud, se habían colocado frente a una pequeña exposición de flores y plantas secas enmarcadas.

A su alrededor, los demás estudiantes y los miembros de la Facultad de Derecho comían y bebían despreocupados.

Ignorando el comentario de Connor, Vera marcó el contacto de Charles.

—Me salta el buzón.

—Te lo he dicho.

—¿Dónde se supone que está? —Blythe escudriñó la sala en busca de Charles, como esperando localizarlo en algún rincón.

—Y yo qué voy a saber. —Connor seguía probando toda la comida que pasaba por su lado.

—No te lo preguntaba a ti.

—¿No? ¿Y a quién se supone que se lo preguntabas?

—A nadie en particular.

—Ya.

—Dios, Connor. Roman tiene razón, relájate. ¿No se suponía que eras tú el que quería venir a este maldito baile?

—Eso era antes.

—¿Antes de qué?

—De que todo empezara a irse a la mierda. —Y sin esperar a que alguno contestara, se excusó murmurando que iba al baño un momento.

Connor desapareció.

—Volverá, ¿no? —inquirió Vera.

—Como no lo haga, pienso matarlo. —Blythe apuró su tercera copa de champán y la depositó sobre una de las muchas mesitas auxiliares dispuestas en la sala.

—Ya somos dos —coincidió Roman.

—A mí no me pidáis ayuda para esconder el cadáver. —Vera se cruzó de brazos y los miró a ambos con las cejas levantadas, como retándolos a hacer lo contrario.

Por supuesto, Roman tomó la oportunidad para chinchar a Vera y decirle que seguro que ella colaboraría en el asesinato, a lo que su amiga respondió, fingiendo estar ofendida, que ella no era una persona violenta, a lo que Roman comentó que opinaba diferente, a lo que Vera se quejó, a lo que Roman aprovechó para acercarse unos pasos a ella… Y así siguieron.

Blythe decidió desconectar de la conversación, dejarlos a lo suyo. Honestamente, eran insufribles. Lo dijo en voz alta, pero ninguno de los dos pareció oírla. Claro que no, estaban demasiado ensimismados el uno en el otro.

Con un suspiro exasperado, se hizo con otra copa de champán (la cuarta) y se puso a observar su alrededor. *Aghh*, allí estaban Kasey y su séquito de incompetentes, cuchicheando sobre vete a saber qué con las cabezas muy juntas, para que los rumores no se escaparan (al menos no hasta que ellos decidieran). ¿Ese era Glassberg? ¿Ligando con Tracy de Administración? Por lo que sabía, Glassberg estaba casado y tenía un hijo de unos cinco años, pero si su vista no la engañaba... no, esa noche no llevaba anillo. Un poco más a la izquierda, justo en el centro de la gran sala, estaba Annette Wittman y, por las caras de concentración de los cuatro estudiantes que la rodeaban (eran de primer año de JD), les estaba explicando algo interesante. Típico de Annette, aprovechar eventos como aquel para explayarse con sus batallitas.

Y allí, al otro lado del cristal, junto a las escaleras, Mark Tahoe, Gavin Fuller, Frank Root y otros tres chicos fumaban mientras se reían de forma desenfadada.

La imagen la transportó a un año atrás, al Baile de Navidad de 2016. A Nathalie y todo lo que había sucedido por su culpa.

Cuando Nathalie había salido llorando del edificio principal, después de que Blythe la abofeteara, se había encontrado (o más bien casi chocado) con Mark Tahoe y el resto. Al ver el maquillaje corrido y las mejillas empapadas de lágrimas, Mark había posado una mano sobre su hombro y, por lo que parecía, se había preocupado por ella. Y había sido aquel gesto, más que ningún otro, el que lo había enviado todo a la mierda.

Blythe nunca sabría lo que había dicho Nathalie. Ella se había hallado a una distancia que hacía imposible oír nada. Junto con Roman, Charles y Connor, habían observado la escena como si se tratara de una película muda. Lo que sí podía asegurar, y sus amigos estaban con ella, era que Nathalie —valiéndose de sus dotes de actriz barata de Hollywood— había empezado a gesticular y gesticular, los brazos subiendo y bajando, los pies cruzándose y descruzándose, hasta que al final se había girado y, con una mueca que iba entre el asco, el odio y el terror, los había señalado a ellos. Y cuando hubo terminado su actuación, sin esperar una respuesta ni una reacción, había desaparecido escaleras abajo.

Al principio, Mark Tahoe, Gavin Fuller, Frank Root y el resto de los chicos se habían quedado un poco descolocados (o al menos eso era lo que denotaban sus rostros). Pero después, uno de ellos, Frank, había dicho algo que había conseguido que todos asintieran convencidos. Y sin más, habían ido tras Nathalie.

«Hija de puta. Zorra manipuladora», había soltado Roman, y preparando un cigarro para encendérselo en cuanto hubieran puesto un pie en el jardín, había siseado «vamos, hay que encontrarla antes que ellos».

Y eso habían hecho.

Blythe intentó desprenderse de los recuerdos y relajarse.

Volvió al presente justo en el momento en el que su móvil emitió un sonido corto y agudo.

Era un mensaje de Charles, que había escrito:

He llegado.

Blythe levantó la vista y, en efecto, atisbó la figura del chico subiendo las escaleras.

Esa imagen, tan similar a la del Baile de Navidad de hacía un año, la activó como un resorte. Sabía que Charles no era Nathalie, que él no estaba llorando, que no tenía ninguna intención de hablar con Mark Tahoe, pero su cuerpo reaccionó sin ser consciente de ello. Esa imagen, y todo lo que vino después, hizo que sus piernas se movieran antes de percatarse del propio movimiento. Sin darse cuenta, dejó atrás a Roman y a Vera y corrió hacia Charles.

Lo alcanzó a la altura del penúltimo escalón y lo abrazó sin pensarlo.

Y solo cuando estuvo a su lado, agarrada a él como si se tratara de un bote salvavidas, se permitió respirar y tranquilizarse de verdad.

Aquel Baile de Navidad no iba a ser como el del año pasado.

Nathalie no estaba.

Charles no era Nathalie.

Vera no era Nathalie.

No iba a pasar nada.

Se separó de su amigo, preparada para darle un golpe amistoso en el hombro y soltarle alguna broma como que si seguía llegando tarde iba a empezar a parecerse a Connor…

Y entonces lo vio.

Porque, hasta entonces, no lo había visto bien. Simplemente había advertido su presencia a lo lejos y había corrido hacia él como una loca.

Pero ahora que lo tenía delante, sí que lo veía bien.

Y lo que vio no le gustó nada.

Y esa sensación de angustia y terror que la había controlado hacía apenas un minuto, y que en realidad no se había acabado de marchar, resurgió más fuerte que nunca.

Y sin pensar en que detrás tenía a Mark Tahoe, a Gavin Fuller, a Frank Root y a otros tres chicos que seguramente los estaban observando y escuchando, exclamó:

—¿Se puede saber qué mierda has hecho?

XXIX

PRESENTE

15 de diciembre de 2017

Había recibido el mensaje mientras fumaba encerrado en uno de los baños.

He llegado.

Dos palabras que lo sacudieron como si fuera un mísero hierbajo en medio de una tormenta.

Porque lo que no les había contado a sus amigos era que la noche anterior él y Charles habían discutido. Otra vez.

Connor había llegado a casa después de una larga sesión de estudio con Blythe y se había encontrado a Charles tirado en el sofá. Otra vez.

Y cuando le había preguntado si estaba bien y Charles solo había balbuceado a modo de respuesta, Connor se había acercado a su amigo y, al percibir un ligero olor a marihuana —enmascarado con ambientador y una vela aromática que se consumía en la mesa de centro—, había explotado. Otra vez.

Pero no había servido de nada. Charles ni se había inmutado y lo había despachado con unas palabras secas que habían dolido más que una bofetada en toda la cara.

Pensándolo bien, decir que *habían discutido* no era la mejor forma de describir lo que había pasado entre ellos.

Connor había *intentado* discutir y Charles lo había ignorado. Esa era una forma más exacta de expresarlo.

La cuestión era que esa tarde ni se había molestado en preguntarle a Charles si quería que fueran al Baile de Navidad juntos. Simplemente se había marchado de casa y, cuando se había encontrado con Roman, ya en el jardín botánico, se había inventado que Charles todavía no estaba listo y que llegaría más tarde. Inciso: en ese momento no había sabido ni si Charles estaba en casa.

Por eso, cuando Blythe había preguntado dónde demonios estaba el chico —pregunta que, por cierto, iba dirigida hacia él porque sus amigos asumían que era quien lo sabía todo sobre Charles—, no había podido evitar sentirse atacado ni tampoco controlar la ansiedad que le había empezado a oprimir el pecho.

La única opción que había visto viable había sido escapar al baño y encerrarse un rato para estar solo. Porque *necesitaba* estar solo y alejarse por un momento de Charles y todo lo relacionado con él.

Pero al parecer no era posible porque no habían pasado ni cinco minutos que el móvil había sonado con ese *tirín* molesto y había visto el mensaje.

He llegado.

Ni cinco. Putos. Minutos. De paz.

Barajó la posibilidad de largarse a casa y así demostrarle a Charles que le daba igual si iba o no al Baile de Navidad, que ya estaba harto y que, o bien le explicaba qué mierda le pasaba, o iba a ignorarlo por el resto de sus días y acostarse con todos los hombres con los que se cruzara. Pero no, no podía hacer eso porque: 1) si se marchaba sus amigos lo matarían (tenían razón, al fin y al cabo él había insistido en que fueran a la fiesta), y 2) después de todo, su absurdo y ridículo corazón seguía desbocándose ante la posibilidad de ver a Charles.

—*The more I give to thee, The more I have, for both are infinite**.

Le dio una última, profunda y larga calada al cigarrillo y exhaló el humo mirando al techo de madera del baño (porque estaban en un jardín botánico de ricos y, por supuesto, los baños tenían que estar a la altura del recinto). Se mentalizó para el encuentro, es decir, se repitió una y otra vez que no iba a llorar como un crío, y salió.

Se abrió paso entre los estudiantes y miembros de la facultad que bebían y charlaban despreocupados, ajenos a que el mundo de Connor se estaba tambaleando.

Sus amigos estaban donde los había dejado hacía apenas unos minutos. Solo que, con ellos, ahora había una figura más. Un chico de estatura media con el pelo negro rizado y una postura propia de quien está sosteniendo una gran carga sobre sus hombros. *¿Cuál es tu carga, Charles?*

Ni veinte horas de meditación podrían haberlo preparado para lo que se encontró.

—¿Qué mierda has hecho?

Charles estaba apoyado sobre una de las mesitas auxiliares, copa de champán en mano, aunque por la palidez de su rostro y su expresión perdida y agotada, parecía una versión apagada de su amigo, un fantasma.

—Eso mismo le he preguntado yo cuando lo he visto. —Blythe se colocó a su lado y le tendió un canapé a Charles. Lo miraba de

---

* «Cuanto más te doy, más tendré para ofrecer, pues ambos son infinitos en esencia». William Shakespeare, *Romeo y Julieta*.

arriba abajo, de arriba abajo, como si no se creyera el estado en el que se encontraba su amigo.

No era que estuviera lleno de magulladuras y golpes, era que parecía… Eso, un espectro, una bombilla de esas blanquecinas que daban una luz tétrica y apagada.

Tenía el pelo desarreglado, alborotado. Parecía que no se hubiera peinado en una semana. La piel, blanca como la leche, carente de ese rubor y esa calidez que tanto lo caracterizaban (o, mejor dicho, habían caracterizado). Sus ojos marrones estaban enmarcados por un color entre morado y azul semejante al del cielo antes de una tormenta. ¿Desde cuándo las ojeras podían rodear todo el ojo en lugar de solo formar bolsas debajo? Y en general estaba… más delgado y escuálido.

Blythe debía de estar pensando lo mismo, porque no paraba de tenderle canapé tras canapé. Incluso detuvo a un camarero para preguntarle si podía prepararle algo a su amigo, inventándose que era celíaco y no podía comer la mayoría de la comida que estaban sirviendo. Cuando el pobre chico había empezado a excusarse, diciendo que no tenía permiso para solicitar algo especial a la cocina, Blythe había arremetido con una sarta de amenazas:

—Si mi amigo se intoxica y acaba en el hospital vais a tener un problema gordo y tú, por negarte, vas a acabar en la cárcel. —Algo que era improbable, si no imposible, pero que claro, el camarero no sabía.

Aterrorizado, el chico se había disculpado con una reverencia totalmente fuera de lugar y ridícula y había salido escopeteado hacia la cocina.

Connor sabía que, de un minuto a otro, volvería con un plato de pasta sin gluten o algo similar.

Charles había intentado quejarse, pero ninguno lo había dejado. Literalmente, Roman le había soltado que como dijera algo pensaba darle una paliza que recordaría para el resto de sus días. Y si Roman se ponía así era que el estado de Charles era preocupante.

¿En qué momento su mejor amigo había perdido mínimo cinco kilos y él no se había dado ni cuenta? Por las caras de Blythe, Vera y Roman, les estaban atormentando los mismos pensamientos.

Quizás esa revelación fuera consecuencia del traje, que, por el corte y el tallaje, se le ajustaba al cuerpo mucho más que los jerséis, pantalones anchos y chaquetas que solía llevar.

Pero aun así... tendría que haberse percatado.

A la mierda el no llorar y actuar de forma calmada. Sus ojos se convirtieron en dos presas de agua a punto de reventar.

—Te pasa algo —afirmó Blythe.

—No. —Una palabra cansada, nada más.

—Charles... Puedes hablar con nosotros. —Vera le puso una mano sobre el hombro.

Charles se estremeció ante el tacto de su amiga, pero esta no retiró la mano.

—Te saltas clases, no te vemos el pelo para estudiar, casi ni nos hablas, desapareces sin dar explicaciones...

El camarero apareció de repente deshaciéndose en disculpas y depositó un plato de pasta al pesto con tomates cherry y escamas de parmesano frente a Charles. Predecible. Al lado le dejó un sobre con unos cubiertos y una servilleta.

— ... estás en los huesos y tienes un aspecto deplorable —continuó Blythe, como si el plato hubiera aparecido por ciencia infusa.

Charles agarró el tenedor y empezó a comer, seguramente para ocuparse con algo, para desviar la atención de sus amigos.

No contestó.

—Char... —Roman apoyó los codos sobre la mesa auxiliar e intentó captar su mirada, pero Charles siguió con los ojos clavados en el plato de pasta.

El rostro de Roman se endureció y con un movimiento rápido, propio del *ring*, agarró a Charles de la muñeca, impidiendo que diera otro bocado.

—O paras ya de ignorarnos o...

Entonces, Charles lo miró. Frío, apático.

—¿O qué? ¿Vas a amenazarme otra vez con darme una paliza? —Su sonrisa se transformó en una mueca irónica—. Venga ya, Rome. Deja tu acto de machote. Nadie se lo cree.

Roman dejó caer la muñeca de Charles y este, al darse cuenta de que había desarmado a su amigo, de que por una vez lo había callado, se regodeó en su poder.

—Sois. Todos. Unos. Putos. Hipócritas. —Los miró a los ojos, uno por uno—. Si tan preocupados estuvierais por mí, habríais hecho algo hace meses. Pero no, claro que no lo habéis hecho. Porque hacer algo habría significado salir de vuestras vidas y dedicar tiempo a la mía. Y eso es lo único que no queréis perder. El tiempo. Es más importante estudiar para tener la puta beca.

—Eso no es verdad —siseó Blythe.

—Claro que lo es. Habéis escogido el camino fácil. Creer que todo estaba bien. «Oh, sí, Charles está un poco raro, pero seguro que es porque está estudiando para el Caso Magno» —entonó la frase con una voz aguda y sarcástica—. «Oh, Charles no ha venido a clase, mmm... se debe de encontrar mal». «Oh, Charles no me contesta a los mensajes, debe de estar celoso porque me he acostado con otro subnormal». —Dejó escapar una risa falsa.

Connor no pudo aguantarlo más.

—Llevo meses yendo detrás de ti, preguntándote qué te pasaba, preocupándome por ti. El hipócrita y mentiroso eres *tú*.

—Ten cuidado con a quién llamas «mentiroso», Con.

Fue como si le tiraran un jarro de agua fría sobre la cabeza.

—¿A qué te refieres?

—¿De verdad quieres que lo diga? ¿Aquí, delante de todos? —Se terminó el champán de un trago y, después de arrebatarle a Vera su copa de la mano, también apuró la suya.

—¿De qué estás hablando? —Esta fue Blythe.

—De que Connor, aquí presente —lo señaló con la copa de cristal—, tiene una de las cuatro becas garantizadas y se lo ha callado como una puta.

Connor sintió el mundo entero detenerse. Por un segundo, dejó de respirar. Después empezó a temblar de forma descontrolada. Hacía tiempo que las lágrimas corrían libres por sus mejillas.

—¿No tienes nada que decir? —Charles volvió a esbozar esa mueca de terror—. Una pena, es una historia interesante.

—¿Con? —Blythe lo estaba mirando, confusa, extrañada—. ¿Qué mierdas está diciendo? ¿Qué es eso de que una de las becas te pertenece?

—Los ganadores de las becas se anuncian después de celebrarse el Caso Magno, creo que incluso el mismo día por la tarde —aportó Vera, refugiándose en la razón.

—¡JA! —exclamó Charles, y un grupo de estudiantes de primer año de JD se giraron y los miraron con recelo—. Eso será para el resto de los mortales. Pero Connor no es mortal. Es un Hannaway. Y papá y mamá Hannaway se han encargado de comprar al decano Heiden y a toda la maldita Facultad de Derecho para asegurarse de que su hijito sea uno de los cuatro galardonados. Ni Caso Magno ni mierdas. Así de fácil. Por su cara bonita. —Extendió la mano y le pellizcó la mejilla a Connor.

Charles sabía lo que significaba aquel gesto para él. Cómo se sentía cuando su madre lo tocaba de aquella forma, el rechazo que experimentaba frente a la condescendencia con la que lo trataba. Lo sabía. Y se había aprovechado de ese conocimiento, de sus debilidades, para herirlo.

El Charles que tenía delante no era su Charles. No era el chico que lo acompañaba a comer tacos las veces que hicieran falta simplemente porque a él le gustaban. No era el amigo que había crecido a su lado y lo había respaldado en todos los momentos duros y felices de su vida, el que le había tendido la mano una vez y otra, animándolo a levantarse. No era el hombre del que se había enamorado, el que le había susurrado que el muelle era su lugar, por el que esperaría años y años y todo lo que hiciera falta.

No, el hombre que tenía delante era una caricatura de Charles. Un boceto mal dibujado, emborronado por el dolor, la rabia y la tristeza.

Habían prometido que siempre que estuvieran tristes, enfadados o perdidos irían al muelle. Y Charles llevaba meses aislándose, tragándose sus sentimientos y convirtiéndolos en una bola negra, en una bomba. Y en lugar de ir a su lugar seguro y confiar en él para descargar su peso, por muy pesado que fuera, había decidido tirar la bomba allí en medio.

Y *pum*.

Había detonado.

—Sí, Connor, nos has estado mintiendo a la cara. —Charles escupió las palabras. Y guiñándole un ojo a Connor, agregó—: Así que yo que tú vigilaría a quién llamas «mentiroso».

Connor nunca había pegado a nadie (es más, era de los típicos que en las películas violentas se tapaba los ojos cuando veía demasiada sangre), pero en ese instante hubiera dado lo que fuera por partirle el labio a Charles. Se aferró a la mesilla auxiliar hasta que sus nudillos se pusieron blancos como la leche.

—Cómo… —Fue lo único que consiguió articular.

Charles chasqueó la lengua.

—A veces subestimas el cariño que me tienen tus padres. ¿A quién crees que llamó Sarah cuando su preciado hijo no apareció en la casa de los Hamptons la noche en la que celebrabais su absurdo divorcio? —Los miró a todos, como esperando una respuesta y, al ver que nadie decía nada, abrió los brazos y exclamó—: A mí. Oh, tendríais que haberla escuchado, estaba tan preocupada. «Connor se ha marchado sin decir nada y no sabemos dónde está. ¿Tú sabes algo, Charles?» —imitó la voz de su madre—. Le dije que no tenía ni idea, incluso le di largas para que me dejara en paz, pero ella siguió. Y entonces lo soltó —volvió a cambiar la voz—. «Estábamos cenando tan tranquilamente y de repente se ha ofendido con el tema de la beca». Me lo contó como si fuera una tontería.

Su amigo detuvo su relato para llamar la atención de un camarero y, tras hacerse con otra copa de champán y preguntar si no servían nada más fuerte (sí, pero al otro lado de la sala), continuó:

—Supuse que te habrías marchado a casa de Blythe y que cuando volvieras me contarías lo de la beca. Pero ¡sorpresa! Te lo callaste como una putita. Supongo que es otro de los jueguecitos a los que tanto te gusta jugar.

Charles suspiró, como un padre cansado, harto de repetirles lo mismo a sus hijos. Volvió a sus macarrones.

Connor seguía agarrado a la mesita auxiliar, el jarro de flores del centro haciéndole de barrera ante el desconocido que tenía delante.

Sabía que Roman, Blythe y Vera lo observaban, esperando a que hablara, se excusara o, mejor, desmintiera las palabras de Charles. Si fuera valiente levantaría la cabeza y se disculparía, les pediría perdón y perdón y otra vez perdón y les explicaría que, si se había comportado así, si no había dicho nada, era por el miedo a perderles.

Pero no era valiente. Era un cobarde. Y por eso se quedó en su rincón de la mesa, cabeza agachada, como un perro acostumbrado al maltrato, aguardando el siguiente golpe.

Y el golpe vino en la voz de Blythe:

—Connor. ¿Es verdad?

Blythe ya sabía que era verdad, lo que quería era que Connor se lo confirmara. Y cuando no lo hizo, reventó.

—Te fuiste a los Hamptons a finales de noviembre. Hace casi un mes que sabes esto. ¿No habías pensado en decírnoslo? Todas las veces que hemos estado juntos estudiando y preparando el maldito Caso Magno y no has dicho nada. *Nada.* —Tomó aire—. Bueno, más bien, todas las veces que *he estudiado y he preparado* el caso, porque tú poco has aportado. Aunque claro, qué fácil es cruzarte de brazos y ser un vago y permitirte ir los sábados a darte masajes cuando ya sabes que tienes la beca garantizada, ¿no?

—Pero entonces, si una de las becas es para ti, eso significa que… —Vera todavía intentaba asimilar lo que estaba pasando.

—Solo quedan *tres* —terminó Roman.

—Exacto —canturreó Charles.

—Pero si tú ni siquiera quieres la beca. —Vera lo miraba con el ceño fruncido, sin comprender. Claro que no entendía, en su mundo la gente luchaba por lo que deseaba, no se lo entregaban en una bandeja de plata sin necesidad de mover ni un dedo.

—Exacto —volvió Charles.

—¿Y no puedes hablar con tus padres y explicarles esto? Que no la quieres —aventuró Vera.

La risa histriónica de Charles se alzó por encima del ruido de la sala. Estaban empezando a llamar la atención de la gente.

—Es más probable que corra una maratón a que hable con Sarah y George. Además, una vez que los Hannaway quieren algo, es imposible conseguir que cambien de opinión.

—Que te jodan, Connor —siseó Blythe—. Que te jodan a ti y a tus padres.

El insulto, en la boca de su amiga, lo hizo reaccionar.

Levantó la cabeza y se encontró con sus ojos, brillantes por la rabia.

—¿Disculpa? —susurró.

—He dicho que…

Pero Connor la cortó. Se dio cuenta de que ya había tenido suficiente. Podía ser un cobarde, pero no el tonto al que todo el mundo pasa por encima. Y menos cuando Blythe había hecho exactamente lo mismo que él.

—Sé muy bien lo que has dicho. ¿Y sabes lo que pienso? Que te jodan a ti, Blythe.

—Ups —murmuró Charles mientras se llevaba la copa a los labios.

—Quizá deberías parar de beber. —Roman intentó arrebatarle la bebida, pero Charles lo esquivó.

—Quizá deberías irte a la mierda.

—Que te jodan a ti, porque has mentido igual que yo —continuó Connor.

Blythe se quedó blanca y negó con la cabeza.

—Ah, ahora quieres que me calle. Eres muy rápida para lanzarte contra mí, pero cuando se trata de ti… No, cuando se trata de ti todo está bien. Porque eres santa Blythe.

—No es lo mismo.

—¿Qué tal la rodilla? Quizá deberías ir a que te la miraran, ya te toca.

—Pero si se la miraron hace un par de semanas, cuando… —empezó Vera.

—Oh, Vera, por favor, para de ser tan inocente y abre los ojos. —Connor hizo eso: abrir mucho, mucho los ojos—. Estás rodeada de mentirosos e hijos de puta, y ni te das cuenta.

La expresión de Vera pasó de la confusión a la dureza en menos de un segundo.

—Sí —remató Connor—, ya va siendo hora de que te enteres de con quién te has juntado.

XXX

PRESENTE

15 de diciembre de 2017

Ya va siendo hora de que te enteres de con quién te has juntado.

Vera llevaba meses vanagloriándose (aunque solo fuera por dentro) de conocer a sus amigos. Cada vez que los estudiantes de Cornell los observaban desde la distancia, susurraban mentiras y juzgaban, ella alzaba el mentón, orgullosa.

La gente creía conocer a los Hijos Dorados.

Pero solo Vera los conocía de verdad.

O al menos eso había pensado.

¿En qué momento un secreto pasa de ser inocente a ser capaz de causar una brecha infranqueable entre dos personas?

Tú también tienes tus secretos, le susurró una voz.

—Se puede saber qué estás diciendo ahora. —La discusión seguía. A su lado, Roman era pura tensión.

—Blythe no fue a Nueva York para mirarse la rodilla. Fue para comer con Rebecca Callahan, una de las socias de Greenberg &

Hughes. Nuestra amiguita convenció a Rebecca para que intercediera por ella ante Carrell y cualquier otro abogado del despacho involucrado en la beca —les explicó Connor—. Y supongo que eso llevan haciendo desde que Blythe tuvo su entrevista.

—No es lo mismo —repitió Blythe.

—Quizá no. Pero sigue siendo juego sucio.

Entonces, Vera lo entendió. O, mejor dicho, se entendió a sí misma.

Lo que la enfurecía de toda aquella situación no era que sus amigos pudieran tener secretos. Al fin y al cabo, ¿quién no los tenía?

Tú también los tienes, dijo por segunda vez la voz.

No.

Lo que la enfadaba y entristecía y hacía dudar de todo era que sus amigos se habían valido de un poder que para ella era inalcanzable y lo habían utilizado a sus espaldas. Se lo habían ocultado.

Y *esos*, pensó Vera, *eran los secretos que podían destruir a cualquiera.*

Si iban a *jugar sucio*, como había dicho Connor, lo mínimo que podían hacer era decírselo a la cara.

—Vera… —Blythe intentó posar la mano sobre su brazo, pero Vera lo apartó—. No te lo dije porque…

—Porque pobre Vera, ¿no? —No hacía falta que Blythe acabara la frase, Vera sabía perfectamente por qué no le había contado nada—. Pobre Vera, que no tiene dinero ni para comprarse ropa. Pobre Vera, que tiene que hacer turnos en la tienda del campus para pagarse la comida. Pobre Vera, que no tiene ni un mísero contacto que usar para tener alguna posibilidad de ganar la beca.

Era consciente de que había alzado la voz, de que estaba atrayendo las miradas de los estudiantes que, hasta hacía unos minutos, habían estado disfrutando en paz de la fiesta. Pero le daba igual.

Que miraran, que hablaran, que farfullaran. Al fin y al cabo, llevaban haciéndolo meses.

Vera soltó una carcajada seca, irónica.

—Connor tiene razón, ¿cómo he podido ser tan inocente? Es imposible que sea una de las cuatro personas elegidas. No cuando al lado tengo a un Hannaway, una Jeong, un Cagliari y un Aster. No cuando hay personas a mi lado que están dispuestas a hacerlo todo por conseguir lo que quieren.

Blythe volvió a extender la mano y esta vez sí que logró agarrarla. Vera sintió la manicura francesa de su amiga clavársele en la piel.

Le estaba haciendo daño. Se lo dijo a Blythe, pero ella desatendió sus palabras y, de forma brusca, le gritó que se callara.

Donde unos segundos atrás había habido arrepentimiento y preocupación ahora solo había rabia y dolor.

—Como si no fueras como nosotros. —Blythe lanzó sus palabras como quien lanza navajas afiladas contra una diana—. Sí, tienes razón. No te lo dije porque no quería restregarte por toda la cara que yo puedo hacer cosas con las que tú ni podrías llegar a soñar. Que tengo contactos y poder y eso me abre puertas. Pero no te las des de mosquita muerta y pretendas que tú no harías lo mismo en nuestro lugar porque sabes perfectamente que es mentira. Claro que lo harías. De hecho, me apuesto lo que quieras a que serías la primera en cruzar la línea y tirar por la borda cualquier discurso moral de esos que te repites por las noches para intentar convencerte de que no eres igual de ambiciosa y despiadada que nosotros. Venir de una familia humilde no te convierte en la encarnación y reina de la humildad. Ese título hay que ganárselo. Y tú, querida Vera, hace tiempo que dejaste de luchar por él.

Por segunda vez aquella noche, Blythe la calló de golpe. Y cuando la soltó, pudo ver las marcas de las uñas en su piel, cinco perfectas medias lunas.

Charles silbó.

—Y se suponía que el que tenía problemas era yo…

—Cierra el pico. Ya has metido suficiente mierda —siseó Roman. Si las miradas mataran, Charles ya estaría enterrado cien kilómetros bajo tierra.

—Tú, en cambio, estás bastante calladito, ¿no?

Roman parecía al borde de lanzarse contra su amigo. Un boxeador preparado para noquear a su oponente.

—No, no, Rome. Espera a escuchar esto. Tu querida Vera —Blythe la señaló— se acercó a ti por puro interés.

Los ojos de Roman volaron de Charles a Blythe, después a Vera y finalmente volvieron a Blythe.

Si Blythe estaba insinuando lo que estaba insinuando… El calor empezó a propagarse por su cuerpo. En cuestión de segundos, Vera estaba ardiendo.

—Bueno, en realidad se acercó a todos nosotros por interés. ¿Os pensabais que si decidió venir a estudiar esa tarde de febrero fue porque Connor le cayó bien cuando la abordó en el banco? No, fue porque vio una oportunidad. Por supuesto, había escuchado los rumores. La zorra de Kasey se encargó de contárselos todos el primer día en que llegó a Ithaca. Pero también sabía que estar con nosotros significaba tener más posibilidades de acceder a ese mundo *inalcanzable, imposible, inaccesible.*

Esas tres palabras resonaron en su cabeza como si alguien las hubiera gritado en un teatro vacío. De repente, Vera se vio a sí misma, encorvada sobre una pequeña libreta, escribiendo de forma frenética.

«¿Qué escribes en esa libreta que siempre llevas a todas partes?», le había preguntado Roman una noche que se habían quedado estudiando hasta tarde, juntos, en casa del chico.

«Mis más oscuros secretos», había susurrado ella.

Y Roman le había sonreído y negado con la cabeza, resignado, pensando que le estaba tomando el pelo, sin sospechar que Vera le había confesado lo que nunca le había confesado a nadie.

Y entonces, allí, en medio del Baile de Navidad, Blythe empezó a citar su diario, a leer sus pensamientos más crudos, reales y sí, también oscuros:

—«Supongo que es la forma en la que se relacionan, o mejor dicho no relacionan, con el resto. La forma en la que toda la facultad, sin quererlo, gravita a su alrededor. Porque, aunque se escuden en que los desprecian, la realidad es que siguen estando pendientes de cada uno de sus movimientos. Blythe es el centro. Solo de ver sus interacciones en las clases uno se da cuenta de que los tres buscan su aprobación para todo. Charles los mantiene unidos; sin él, el grupo se desmoronaría. Connor es la luz. Roman, la fuerza».

Había escrito ese fragmento hacía meses, en el jardín de la Facultad de Ingeniería, justo antes de conocer a Connor.

Aquello lo confirmó: *Blythe había leído su diario.*

—Sí, lo he leído. —Parecía que la chica estaba dentro de su mente.

—Es algo personal. No tenías ningún derecho a hacerlo.

—Bueno, disculpa si lo encontré tirado debajo de la mesa de *mi* salón, en *mi* casa y lo abrí pensando que era una libreta más. Pero claro, ¿cómo parar de leer cuando te enteras de que tu *mejor* amiga se ha querido aprovechar de ti?

—¿Cuándo lo leíste?

—Oh, hace tiempo. Acababas de mudarte a casa.

—¿Y por qué no dijiste nada? ¿Si piensas tan mal de mí, por qué no me echaste y me apartaste de vuestras vidas?

Vera no lo entendía. ¿Por qué Blythe seguía a su lado? ¿Por qué no les dijo a Charles, Roman y Connor lo que había descubierto? Había algo que no cuadraba.

Miró a Blythe, y lo que encontró en sus ojos fue algo que nunca hubiera pensado que llegaría a ver en su amiga.

Lágrimas.

—Porque seguí leyendo y leyendo hasta el final. Y vi cómo tu opinión sobre nosotros iba cambiando con cada página. Y cómo pasabas del interés a la curiosidad, y de la curiosidad a la amistad. Vi lo mucho que admirabas la constancia y la dedicación de Charles. Cómo Connor te hacía sentir parte de un grupo, de una familia, como nunca nadie lo había hecho en tu vida. Cómo ibas descubriendo al verdadero Roman y, poco a poco, te ibas enamorando de él. Y cómo empezaste a encontrar en mí lo que yo también empecé a encontrar en ti: una mejor amiga. Alguien en quien confiar. Vi que no eras ella.

Nathalie.

Blythe tomó aire y siguió.

—Quizás al principio nos utilizaste, pero eso cambió en cuanto nos conociste de verdad. Por eso nunca dije nada, ni a ti ni a nadie. Por eso decidí callarme. —Agarró una servilleta de la mesa e intentó secarse las mejillas sin estropear su maquillaje. Cuando se hubo tranquilizado, sus ojos volvieron a enfriarse—. Pero lo que no voy a consentir es que vengas aquí y vayas de chica humilde, de que no has roto ni un plato, de cachorro dolido y abandonado, cuando eres igual que nosotros. Lo harías todo por conseguir lo que quieres. Por ganar poder. —Y tras aquello, sentenció—: Espabila, Vera.

Vera no pudo aguantarlo más.

Necesitaba aire, salir de allí, alejarse de esas cuatro personas.

Antes de que pudieran detenerla, se había dado la vuelta y estaba caminando, corriendo, saliendo por la puerta del edificio donde se celebraba la fiesta, bajando las escaleras, adentrándose en la noche.

No sabía a dónde iba, solo que necesitaba poner distancia.

En algún punto se quitó los tacones.

En otro empezó a llorar.

Su mente era un lío. Millones de pensamientos la abordaban, le pedían que les prestara atención, que parara. Pero no podía. No quería.

Siguió corriendo y corriendo y corriendo. Sus pies magullándose y rasgándose.

Hasta que llegó al río. Y ya no pudo seguir.

Entonces se dejó caer sobre la húmeda hierba. Se abrazó las piernas y ocultó el rostro entre los brazos. Sabía que si no sentía el aire helado de la noche era por el calor que había generado su cuerpo al correr desde el jardín botánico. Pero en algún momento, cuando el bochorno de la actividad física se desvaneciera, el frío la asaltaría como un bandido en un camino abandonado. Y ella solo iba con un ridículo vestido sin tirantes que ni era suyo.

Genial.

¿Había sido todo en vano? ¿Realmente había tenido alguna oportunidad de ganar una de las becas? ¿O había sido una ilusión?

Al fin y al cabo, en eso se basaba la sociedad, ¿no? En hacer creer a los pobres que, si se esforzaban, si le echaban sangre, sudor y lágrimas, podrían conseguir lo que se propusieran, hacerse un hueco entre los poderosos. Ponle una zanahoria al conejo delante y ya verás cómo salta para morderla. Pero cuando esté a punto de conseguirlo, aléjala un poquito más. Y así constantemente. Mientras el conejo vea la zanahoria seguirá saltando, convenciéndose a sí mismo de que puede alcanzarla.

Así era como se sentía Vera. Como el puto conejo, dando brincos para hacerse con la beca. Y los encargados de alejar y alejar la zanahoria eran personas como Connor, Blythe, Charles y Roman.

Personas que estaban en lo alto de la pirámide social, de la jerarquía.

Personas con poder, capaces de utilizarlo sin escrúpulos, sin un ápice de consideración hacia los pobres, hacia los conejos.

Se imaginó a Blythe, ese día en el que le había mentido diciéndole que tenía cita con el médico en Nueva York, entrando por la puerta de un lujoso restaurante, dándole su chaqueta a un camarero para que se la guardara, sentándose a una mesa de mantel blanco, saludando a Rebecca Callahan con una sonrisa falsa, allanando su camino hacia Greenberg & Hughes. ¿Y, mientras tanto, dónde había estado Vera? Seguramente estudiando en su habitación, o encerrada en la biblioteca, o corriendo para liberar el estrés que le producía aquella batalla por conseguir un futuro que toda su vida le habían dicho que nunca podría alcanzar.

Se imaginó a Connor, secándose la boca con una servilleta de seda o lino después de haber devorado un arroz con langostas, riéndose ante la noticia de que la beca era suya, estrechándole la mano a su padre, abrazando a su madre, despidiéndose de ellos entre bromas y más risas. ¿Y, mientras tanto, dónde había estado Vera? Preguntándose si la disertación que había redactado para la clase del profesor Glassberg necesitaba más fundamentación jurisprudencial o si debería quedarse despierta esa madrugada para repasar el examen que tenía a la mañana siguiente.

¿Qué más le estarían ocultando sus amigos? ¿Qué le habían hecho a Nathalie? Quizás el motivo por el que Charles estaba tan fuera de sí, tan consumido, era porque un secreto lo estaba comiendo por dentro. Le constaba que su padre, John F. Aster, era el propietario de uno de los negocios familiares que más dinero movía en Nueva York. No le extrañaría que estuviera intentando comprarle a su hijo una de las cuatro becas (bueno, mejor dicho, tres, ya que la cuarta era de Connor).

¿Y Roman? Si estuviera jugando sucio, como había expresado Connor, ella se habría percatado, ¿no? ¿Y si después de todo solo estaba con ella porque le recordaba a Nathalie? Una forma sádica de revivir algo que ya no tenía pero de lo que se negaba a desprenderse.

Blythe te ha mentido a la cara y vives con ella, siseó su yo más oscuro.

Touché.

Pero Roman era diferente, ¿no? Sí, pensar en que su amigo llevaba esos meses ocultándole algo, fingiendo una realidad que no existía, le retorcía el corazón y le erizaba la piel.

Cómo ibas descubriendo al verdadero Roman y, poco a poco, te ibas enamorando de él.

Hasta ese momento, las palabras que Blythe había pronunciado antes de que Vera saliera corriendo del jardín botánico (*una buena forma de no llamar la atención*, pensó irónica) habían quedado sepultadas bajo el resto de verdades que, como balas, se habían disparado aquella noche.

Pero antes de que pudiera dedicarles un segundo de sus pensamientos, oyó el ruido de unos pasos acercarse por detrás.

Vera se puso en pie de un salto, tacones olvidados en algún lugar junto al río, y se giró para encarar a quien fuera que la hubiera encontrado.

—Joder, sí que corres rápido —encogido sobre sí mismo, Roman tomó aire—. He tenido que recorrer medio bosque hasta dar contigo.

Todavía resollando por el esfuerzo, se irguió. Con la mano izquierda, se aflojó el nudo de la corbata.

Tenía el pelo oscuro revuelto, como si acabara de salir de la cama después de una mala noche, y las mejillas de un color rojo intenso. La camisa se le había salido un poco del pantalón.

—¿Por qué has venido? —¿Acaso no había escuchado el discurso de Blythe?

Roman tanteó el terreno dando un paso hacia ella y, cuando Vera lo correspondió retrocediendo, acercándose al río, puso las manos en alto, como queriendo mostrar que venía en son de paz.

—Si sigues caminando hacia atrás, te caerás al río y, créeme, no me apetece mucho lanzarme al agua helada.

No, a ella tampoco le apetecía darse un baño.

Permitió que Roman recorriera la distancia que los separaba y se colocara frente a ella, a escasos centímetros.

—Vas a congelarte —susurró él, y Vera sintió las palabras en la piel de su rostro.

Cerró los ojos. No podía enfrentarse al chico. Porque hacerlo significaba enfrentarse a sus sentimientos, sus dudas y sus miedos, y todo era demasiado jodidamente confuso y la cabeza le dolía y el corazón no paraba de martillearle con fuerza y...

Notó al chico moverse a su lado, el rasgueo de una prenda de ropa al moverse y, segundos después, la calidez de una tela sobre sus hombros, su espalda, sus brazos.

No sabes que tienes frío hasta que sientes el calor. No sabes que necesitas a alguien hasta que lo tienes al lado.

... cómo ibas descubriendo al verdadero Roman...

Roman había abandonado la fiesta, la había seguido corriendo y, cuando le había perdido la pista, no había parado hasta encontrarla.

¿Por qué?

Debió de expresar la pregunta en voz alta, porque el chico respondió:

—Ya sabes por qué.

Y entonces, Vera abrió los ojos.

Y allí seguía Roman, solo que ahora sin americana. Tenía el ceño y los labios fruncidos. Pequeñas, finas arrugas de preocupación se extendían de lado a lado de su frente. Su mandíbula, tan fuerte y marcada, estaba tensa. Y sus ojos, de ese verde tan suyo, brillaban en la oscuridad, dos faros en una tormenta, pidiéndole que fuera hacia ellos, que confiara en él.

—Blythe tenía razón, Roman —confesó Vera—. Me acerqué a vosotros por interés.

Necesitaba decirlo. Con independencia de todo lo demás, Vera necesitaba liberarse de aquel secreto que había llevado consigo desde hacía meses. Aunque, como había dicho Blythe, sus sentimientos hubieran cambiado con el tiempo.

Roman resguardó las manos en los bolsillos de sus pantalones.

—Mi familia es de la mafia.

Por un momento, Vera se olvidó de respirar.

—No pongas esa cara, seguro que algo sospechabas. —Roman echó la cabeza hacia atrás y exhaló. Vera vio su aliento perderse en la noche—. De hecho, seguro que la mitad de los inútiles que estudian en esta universidad lo sospechan. —Devolvió sus ojos a los de Vera—. Stefano, mi… padre —la palabra se le atragantó y salió distorsionada—, es un hijo de puta. Nos crio a mi hermano, Carter, y a mí, para que siguiéramos sus pasos. Para que nos hiciéramos con las riendas de la familia Cagliari. Carter es otro hijo de puta, así que siempre ha estado encantado de obedecer a Stefano en todo lo que le ha pedido. Pero yo… yo no quiero esa vida, Vera. No quiero nada que tenga que ver con el crimen y el dolor y la muerte.

Vera extendió la mano y la posó sobre el brazo del chico. Él fijó su vista en el gesto y no la despegó de su piel.

—He hecho cosas, Vera. Cosas que no puedes ni imaginarte.

—Roman…

—No, escúchame —la cortó—. Hay cosas que he hecho que son imperdonables. Mis manos —las sacó de los bolsillos y las extendió— están manchadas de sangre.

Sacudió la cabeza, como intentando deshacerse de algún mal recuerdo.

—Lo que quiero decir con todo esto… es que no, no creo que ninguno de nosotros sea un ejemplo a seguir ni un santo. Yo el que menos. Y sí, Connor ha mentido, Blythe nos ha manipulado, Charles vete a saber en qué mierdas está metido y tú al principio nos utilizaste. ¿Y qué?

—No es tan fácil. —Vera sintió que el mundo se comprimía y la comprimía a ella con él. Que no tenía casi espacio para moverse, para decidir, ni para pensar. Soltó a Roman, pero él no le permitió alejarse. Sus dos manos, firmes, se posaron sobre las suyas.

—Sí que lo es. —Y con una leve pero decidida sacudida, la obligó a mirarlo a los ojos otra vez—. Porque, si no, ¿qué nos queda? ¿Cuál es la alternativa?

… cómo ibas descubriendo al verdadero Roman y, poco a poco,…

—No lo sé. —Y esa era la verdad. No sabía. No sabía nada. ¿Qué se suponía que tenía que hacer? ¿Olvidar todo lo que había pasado esa noche? ¿Todos los secretos y traiciones y mentiras?

—Pues yo sí que lo sé.

Y Roman la besó.

… te ibas enamorando de él…

XXXI

PRESENTE

15 de diciembre de 2017

Nada lo podría haber preparado para la sensación que lo invadió al besarla. Y mira que se había imaginado aquel momento de mil formas y en mil lugares diferentes. Por Dios, una vez hasta había tenido que detener uno de sus entrenos excusándose con que le había dado un calambre en el gemelo, para luego marcharse a los vestuarios y darse una ducha de agua fría.

Todo su cuerpo se volcó en el beso. Sus manos recorrieron los brazos de Vera hasta posarse sobre sus mejillas. Su pecho se acercó al de ella, sus pies rozaron los suyos. Sus músculos se relajaron y tensaron al mismo tiempo.

Y por un momento, el mundo dejó de existir. Sus pesadillas, Stefano y Carter incluidos, dejaron de atormentarlo. Blythe, Connor y Charles desaparecieron (¿quiénes eran?, no podía acordarse). La beca, Greenberg & Hughes y la familia Arrieta se convirtieron en polvo. Y Nathalie, esa presencia que llevaba persiguiéndolo día y noche desde hacía un año, se desvaneció como si nunca hubiera existido.

Ni miedos, ni preocupaciones, ni nada.

Solo estaban ellos dos.

Roman se había lanzado a Vera en un arrebato desesperado y Vera lo había recibido con un anhelo, con una codicia, de los que no la había creído capaz.

Pero allí estaba, aferrándose a su camisa como si le fuera la vida en ello. Tocando su cuerpo como si temiera que fuera a evaporarse si dejaba de hacerlo.

Y Roman solo pudo responder con más ansia, con más desesperación. Sin dejar de besar a Vera, su boca, su frente, su cuello, su clavícula (joder, ese vestido sin tirantes y con abertura en la pierna izquierda lo llevaba volviendo loco desde que la había visto en lo alto de la escalera), la giró y dirigió unos pasos hacia atrás, hasta que su espalda quedó apoyada contra la corteza de un árbol.

Solo entonces Roman despegó sus manos de las mejillas de Vera y las colocó a ambos lados de su rostro, sobre la corteza rugosa. Solo entonces, dejó de besarla para mirarla. Sus ojos dorados resplandecían en la oscuridad de la noche como dos gotas de oro.

Allí, en la quietud del bosque, Roman podía escuchar sus corazones, latiendo de forma desbocada.

Pensó en la primera vez que la había visto. En cómo todo su cuerpo la había rechazado de forma automática por su parecido con Nathalie. Había sido casi un acto reflejo, un mecanismo de defensa. Incluso cuando se había dado cuenta de que Vera no era para nada como la otra chica, su mente había continuado jugando con él, susurrándole que si se acercaba a ella iba a repetir los mismos errores. Y eso que Connor le había asegurado, en más de una ocasión, que aquella sensación se la estaba inventando, que eran sus miedos hablándole y no la razón.

Aun así, había sido cauteloso. Había mantenido la distancia y hecho todo lo posible por no acercarse demasiado a Vera.

Y ya no solo por Nathalie y el pánico a revivir una pesadilla, sino también por él. Porque seguía siendo Roman.

Un Cagliari.

Un monstruo.

Seguía teniendo las manos manchadas de sangre.

Y Vera era… Vera.

Con los meses, se había dado cuenta de que aquella chica era demasiado importante como para decepcionarla y romperla y herirla, como hacía con todo en su vida.

Pero con los meses, aquello, el mantener la distancia, se había hecho más y más y más complicado.

Y cuando Vera había empezado a mostrar signos de que quizá, solo quizá, ir en coche con él hasta Nueva York, o compartir una hamburguesa mientras le hablaba sobre sus años en Lima, no era tan horrible, alejarse de ella había resultado difícil y al final se había tornado imposible.

Las palabras de Blythe habían sido la gota que había colmado el vaso, la última barrera, el detonante.

Te ibas enamorando de él.

Todavía no se atrevía a preguntarle si eran ciertas, si realmente las sentía. El miedo, siempre el puto miedo, era mayor.

Pero una cosa estaba clara: Vera sí *sentía* algo.

Y por el momento, aquello era más que suficiente.

—Cierra los ojos —le susurró.

Vera obedeció y, cuando lo hubo hecho, Roman le besó un párpado, luego el otro. La piel de su amiga (¿tenía sentido que siguiera llamándola así?) se erizó y su respiración, que nunca se había calmado del todo, volvió a entrecortarse.

Eres lo más bonito que tengo, quiso decirle. *Por favor, no te vayas nunca*, quiso suplicarle. Pero una vez más, el pánico, esta vez a querer, a mostrarse vulnerable, se lo impidió.

¿Cómo expresar sus sentimientos cuando su padre le había arrebatado a golpes la capacidad de hacerlo?

Los hombres no lloran, los hombres no dicen mariconadas, los hombres no dicen «te quiero» ni «te necesito».

¿Cómo cuidar de alguien cuando toda su vida lo habían entrenado y educado para destruir?

No quería decepcionarla y romperla y herirla.

No quería estar sin ella.

¿Duele que te recuerden lo hijo de puta que eres?

Carter.

—¿Roman? ¿Estás bien? —La voz de Vera le llegó raspada, casi afónica.

Tengo miedo, quiso decirle. *Ayúdame*, quiso suplicarle.

—Sí.

—Te arrepientes de… Es por…

—No. —Fue una negación rotunda, seca. Por nada del mundo dejaría que Vera se pensara que se arrepentía de lo que acababa de hacer.

Y para reafirmarlo, volvió a besarla.

Y como antes, ella le correspondió.

Roman se acercó todavía más al cuerpo de Vera, lo que provocó que ella hiciera lo mismo y…

—Auch —soltó la chica.

Roman se separó de inmediato.

—Te he hecho daño. Lo siento, Vera…

Pero ella alargó el brazo y lo atrajo hacia ella, diciendo que no con la cabeza.

—Es solo que me he pinchado con algo. No llevo zapatos. —Y levantando ligeramente el pie izquierdo, se lo mostró. Estaba cubierto por una fina media color transparente rasgada, como mínimo, por cinco sitios diferentes. Alcanzó a ver un par de cortes.

Roman abrió mucho los ojos.

—¿Se puede saber qué haces descalza? —sonó enfadado. Normal, se dijo, se podría clavar cualquier cosa y hacerse una buena herida.

—Intenta tú correr con tacones, a ver qué tal se te da. —Se cruzó de brazos, indignada.

Aquella imagen, la de Vera enfurruñada, preparada para discutir con él y salir victoriosa del encuentro, hizo que se le escapara una sonrisa.

—Bueno, en este caso…

Y sin previo aviso, la tomó en volandas.

—¡Roman! ¡Bájame, Roman! —exclamó agarrada con fuerza a su cuello—. ¿Qué estás haciendo?

—Proteger tus pies —dijo él como si fuera obvio—. ¿Dónde están los tacones? —Dio un par de vueltas sobre sí mismo, ante lo cual Vera murmuró que iba a vomitar, hasta que localizó los zapatos—. Creo que va a ser mejor que te subas a mi espalda.

—No pienso…

Pero él la soltó con cuidado, depositándola en el suelo, y, una vez tuvo los tacones de terciopelo verde en la mano, se giró, esperando a que ella subiera.

Vera profirió una exhalación para mostrar su disconformidad con aquel plan, pero, unos segundos después, saltó y se colocó a horcajadas sobre su espalda. Roman aseguró las piernas con sus manos y le dijo que se sujetara fuerte, cosa que ella hizo.

—¿Cuál era tu plan, exactamente? ¿Quedarte a dormir en el bosque? —aventuró Roman mientras intentaba dilucidar el camino para volver al jardín botánico.

—No tenía plan —se sinceró Vera—. Solo necesitaba alejarme de…

—Nosotros —terminó Roman por ella.

—Sí.

—Te entiendo.

Siguieron en silencio unos minutos, hasta que Vera volvió a hablar.

—Connor, Blythe y Charles… ¿Dónde están?

—Ni idea. —Era la verdad—. He salido del baile justo cuando tú te has ido. Quizá sigan en el jardín, quizá se hayan marchado a casa.

—Roman.

—Dime.

—No quiero volver a la fiesta.

—Entonces, no volveremos.

Roman sintió el rostro de Vera sobre su clavícula y después sus labios, rozándole la piel del cuello.

—Vera.

—¿Hmm?

—Si quieres llegar a casa, mejor no hagas eso.

Ella profirió una carcajada que a Roman le supo como al café recién hecho en una mañana de domingo.

Iba a retarla con algún comentario inteligente cuando, de repente, le pareció ver un par de figuras unos pasos por delante, detrás de unos árboles.

Paró en seco. A su espalda, Vera se removió inquieta.

—Crees que hay alguien…

—Shh.

Los estaban vigilando.

De pronto, tenía el pecho oprimido, la respiración alterada y el pulso acelerado. Eran Carter y Stefano, que habían venido a arrebatarle lo único que no quería perder. «¿Pensabas que podrías esconderte en esta universidad para siempre?». Era Nathalie, que había vuelto un año después para recordarle que nunca se había marchado. «¿Vas a hacerle lo mismo que me hiciste a mí?». Aguzó el oído, intentando captar un ruido, unas pisadas, una respiración…

—Vaya, vaya. Si es que no dejáis de sorprendernos.

Mark Tahoe, Gavin Fuller y Frank Root salieron de entre los árboles. Tenían un aspecto desaliñado, como si llevaran un rato recorriendo el bosque. Tahoe sujetaba una petaca de metal de la que, al parecer por el tono de su voz, llevaba bebiendo un buen rato.

Lo que le faltaba aquella noche, el trío de idiotas de la Facultad de Derecho.

Roman le dio un leve apretón a Vera en la pierna derecha. Entendiendo lo que quería decirle, la chica se soltó de su espalda y volvió a posar los pies sobre el suelo. Por suerte esa vez no sufrió cortes ni se clavó nada, ya que se encontraban en los alrededores del jardín botánico, en una parcela de hierba rodeada de setos y árboles.

—Tahoe, Fuller, Root —los saludó, pese a que no tenía ninguna gana de dirigirles una sola palabra—. ¿Qué queréis?

—Oh, nada. —Mark se encogió de hombros, fingiendo inocencia—. Solo que estábamos en las escaleras fumando tranquilamente y de pronto hemos visto a la pobre Vera Velasco salir corriendo y a ti detrás como un loco. Nos hemos preocupado porque hemos tenido una especie de... cómo decirlo... *déjà vu*. ¿Verdad, chicos?

Los otros dos dijeron «sí, sí, claro» como dos ineptos.

—Bueno, pues como podéis ver, Vera está bien. —Roman le rodeó la cintura con un brazo—. Así que os podéis ir.

—*Nah*, nos apetece quedarnos un rato más. Asegurarnos de que la chica vuelva a casa. ¿No, chicos?

«Sí, sí, claro, un rato más. Asegurarnos de que vuelva».

Mark Tahoe le dio un largo sorbo a la petaca y, tras pasársela a sus dos amigos para que hicieran lo mismo, fijó sus ojos lascivos en Vera.

A su lado, Vera se convirtió en pura tensión.

«Es la forma en la que me miran», les había explicado un día, «como si no fuera más que un trozo de carne, un objeto del que se quieren apropiar».

Román hizo acopio de todo el control del que fue capaz. En otras circunstancias, se habría lanzado contra ellos y, de un solo golpe, les habría borrado esas miradas obscenas, esas sonrisas repulsivas. Al fin y al cabo, a lo largo de su vida se había visto en peores y más peligrosas situaciones. Pero estaba con Vera. Y bajo ningún concepto iba a permitir que le pasara nada.

Empleando el tono más calmado que pudo, dijo:

—Como he dicho, Vera está bien. —Y en un susurro, para que solo Vera pudiera escucharlo, añadió—: Vámonos de aquí.

Sin soltarla, empezaron a caminar hacia el otro lado de la parcela, donde un sendero de tierra llevaba directo al *parking* en el que había aparcado su coche.

Nunca había deseado tanto que alguien lo ignorara como en ese momento.

No digáis nada, no digáis nada, no digáis nada, se repitió como un mantra. Porque si lo hacían, si esos idiotas decían algo más, perdería el control que había conseguido reunir.

Pero, por supuesto, hablaron.

—¡Eh, no os marchéis! ¡Vera, ven con nosotros! —exclamó Tahoe.

—Sigue caminando —murmuró Roman. No sabía si sus palabras iban dirigidas a Vera o a él mismo.

—No creo que vayan a callarse —advirtió ella.

En efecto, los tres chicos seguían gritando, diciéndole a Vera que se detuviera, que dejara a Roman y se quedara con ellos un rato, que iba a ser divertido, que podían compartir su petaca, que la llevarían a casa.

—No, pero prefiero que se queden allí diciendo estupideces a que nos sigan.

—Pero ¿y qué harían? ¿Lanzarse sobre nosotros?

—Nunca infravalores a un hombre borracho. Y menos tratándose de esos tres.

Estaban a punto de llegar al camino de tierra y dejar atrás a esos idiotas cuando uno de ellos gritó:

—¿Le harás lo mismo que le hiciste a Nathalie Porter?

Las piernas de Roman se negaron a dar un paso más.

—¿Te la follarás como te la follaste a ella y después la arrojarás a una cuneta? ¿O te harás con una pistola y le pegarás un tiro cuando te canses de ella? Al fin y al cabo, lo tienes en la sangre, ¿no?

A su lado, Vera le dijo algo, pero él no la escuchaba. Solo veía su boca moverse, su expresión preocupada.

—¿Dónde está Nathalie, Cagliari? ¿Tú y tus amiguitos la tenéis encerrada en algún sótano?

Vera tiró de él, pero no se movió. No podía.

Venga, Vera, déjalo y ven con nosotros. Te aseguro que podemos meterte mano mucho mejor de lo que lo ha hecho este hace un rato en el bosque. Oh, espera, creo que ni te ha metido mano.

Y eso, el nombre de Vera arrastrado de esa forma, la imagen de esos tres desgraciados poniéndole un solo dedo encima, fue la gota que colmó el vaso.

Roman se giró y fue hacia ellos.

Estaban riéndose.

Estaban. Puto. Riéndose.

Ni se dieron cuenta de que lo tenían a escasos metros.

A ver quién reía ahora.

No lo dudó ni un segundo, se abalanzó sobre el primero que encontró y le propinó un puñetazo en toda la cara. El chico, Gavin Fuller, profirió un aullido de dolor y se llevó las manos al rostro, mascullando «me ha roto la nariz, me ha roto la puta nariz». Pero Roman no se detuvo. Es más, solo acababa de empezar. Tiró a Gavin al suelo y, antes de que los otros dos pudieran arremeter contra él, le dio una patada en todo el estómago que lo dejó sin respiración. Esperaba que por un largo rato.

Alguien le agarró el brazo izquierdo y se lo retorció detrás de la espalda hasta que Roman no pudo aguantarlo más y se sacudió del dolor. Una patada en la espinilla lo mandó sobre la hierba húmeda.

—Puto monstruo. —Alcanzó a escuchar—. Dale fuerte.

Un golpe le partió el labio.

Roman intentó zafarse de las cuatro manos que lo sujetaban contra el suelo y, en su lucha, consiguió patear a Frank Root en los cojones.

—Hijo de puta. —Root cayó de rodillas y llevándose las manos a la entrepierna empezó a llorar como un crío.

Otro menos, pensó Roman.

Intentó ponerse de pie, pero todavía tenía a Mark Tahoe encima, inmovilizándolo contra el suelo. El chico colocó sus rodillas sobre las manos de Roman con una fuerza capaz de romperle alguna falange.

—Voy a destrozarte esta cara tan bonita que tienes. Y entonces, ni Nathalie, ni Vera, ni nadie más querrá acercarse a ti. —Su aliento apestaba a alcohol.

Como queriendo afianzar su estado de ebriedad, Tahoe agarró la petaca de metal, desenroscó el tapón y le dio otro buen trago, tras el cual soltó un sonoro «ahhhh». Fue a taparla para guardársela en el bolsillo de la americana pero, justo cuando iba a hacerlo, se detuvo.

Esbozando una sonrisa desagradable, alzó la petaca por encima del rostro de Roman y empezó a inclinarla poco a poco.

—¿Qué dices? ¿Que quieres un poco de whisky?

El líquido dorado, calenturiento por el tiempo que llevaba almacenado, le salpicó el rostro. Sintió el alcohol deslizarse por su cuello, su clavícula, y colarse por entre el tejido de su camisa.

Roman se sacudió, intentando liberarse, pero Tahoe endureció la presión sobre sus manos.

—Te dije que te la devolvería, Cagliari, y ha llegado el momento. —Alzó la petaca—. A los hijos de puta como tú deberían encerrarlos.

El metal impactó contra su mejilla.

Roman ahogó un gritó de dolor. No consentiría que ese desgraciado lo viera sufrir.

—Cuando haya acabado contigo voy a ir a buscar a la chica y voy a follármela como si...

No terminó la frase. Mark Tahoe se llevó las manos a la cabeza con un alarido propio de una bestia.

Roman aprovechó el momento para quitárselo de encima e incorporarse.

Frente a él, Vera sostenía una piedra.

Tenía las mejillas inyectadas en rojo y brillantes por las lágrimas que no paraban de brotar de sus preciosos ojos.

Le tendió una mano (la que no sostenía la piedra) y Roman la tomó.

—¿Estás... estás bien? —balbuceó Vera una vez que él estuvo de pie.

—Sí —consiguió articular.

Pero Vera no paraba de recorrerlo con la mirada y repetir las mismas preguntas: ¿estaba bien? ¿Seguro que estaba bien? ¿Tenía algo roto? ¿Por qué había tanta sangre?

Estaba temblando como una hoja, claramente en estado de shock.

—Vera, suelta la piedra.

Y cuando Vera no lo hizo —porque seguía interrogando a Roman de forma frenética—, le acarició la piel de la mano hasta que se calmó y, por fin, se desprendió de la roca.

—Lo he matado —susurró entonces Vera. Y su respiración empezó a agitarse, entrando en pánico.

Roman la obligó a mirarlo. Le dolía todo el cuerpo, le costaba respirar, se sentía derrotado y olía el alcohol en su piel, pero Vera era lo único que importaba.

—Vera, escúchame. —Posó sus manos, magulladas por la presión que Tahoe había ejercido sobre ellas, en los hombros de la chica—. No está muerto. *No. Está. Muerto* —repitió, puntualizando cada palabra para asegurarse de que hicieran mella.

Como invocado, Tahoe se retorció en el suelo y gruñó una amenaza sin sentido.

—¿Ves?

Vera se relajó. Pero fue apenas un segundo, porque acto seguido empezó a mirar a su alrededor.

—¿Dónde están los otros dos?

No estaban. Lo que significaba que…

Joder.

—Tenemos que irnos. Ya.

Le rodeó la cintura y comenzó a guiarla de vuelta hacia el camino de tierra, dejando a Mark Tahoe doblado en el suelo y murmurando palabras sin sentido.

No sabía cuánto tiempo hacía que Fuller y Root se habían levantado y marchado, pero lo más probable era que hubieran ido a buscar ayuda y volvieran dentro de poco con sus otros amigos.

Así que sí, tenían que salir del jardín, desaparecer de allí.

Durante todo el camino de vuelta al *parking*, Vera siguió temblando y llorando en silencio.

Una vez en el coche, Roman activó el pestillo y, tras asegurarse de que Vera tuviera el cinturón puesto, arrancó el motor.

Condujeron unos cinco minutos en silencio hasta que, por segunda vez aquella noche, Vera lo rompió:

—Roman —una pausa cargada de significado—, no quiero volver a casa de Blythe.

Él asintió sin responder lo que pensaba: que él tampoco quería que volviera con Blythe y que solo ahora se daba cuenta de que había estado conduciendo hacia su casa y que por favor dijera que quería pasar la noche junto a él porque la verdad es que no quería separarse de ella.

En su lugar, contestó:

—Te llevaré donde me digas.

A unos metros, el semáforo se puso en rojo y Roman detuvo el coche.

Miró a Vera y, cuando lo hizo, se encontró con unos ojos brillantes, rebosantes de algo que en ese momento no supo descifrar.

Unos ojos que seguían anegados en lágrimas.

Por su culpa.

Porque si Vera no se hubiera acercado a ellos no tendría que haber vivido lo de esa noche. Habría acudido al Baile de Navidad y habría bailado y bebido y disfrutado como cualquier estudiante normal. Si Vera les hubiera dado la espalda y hubiera escuchado las advertencias, hecho caso de las señales, no habría acabado con una piedra en la mano ni temblando como seguía temblando.

—Roman.

Su nombre.

En sus labios.

—Dime.

—Quiero ir a tu casa.

Di que no, di que no, no la decepciones, no la rompas, no le hagas daño.

Pero las palabras de Blythe volvieron a asaltarlo, recordándole que quizá, solo quizá, Vera sentía por él lo que él sentía por ella. Y en un arrebato egoísta y también de esperanza, porque quizá, solo quizá, aquello podía acabar bien y, joder, es que no quería separarse de ella, dijo:

—Entonces, vendrás a mi casa.

Antes de que la luz cambiara al verde y siguiera conduciendo, Roman acarició el rostro de la chica. Y se juró a sí mismo que haría todo lo posible por que nunca más volviera a llorar.

XXXII

PRESENTE

15 de diciembre de 2017

Derrota

Ir al Baile de Navidad había sido un error.

Lo había sabido en cuanto había salido por la puerta de casa y durante todo el camino hasta el jardín botánico. Lo había sabido al subir las escaleras del edificio donde se celebraba la fiesta y al ver a su amiga corriendo hacia él, desesperada, como poseída por sus propios recuerdos.

Cuando ella le había recriminado que olía a tabaco, él se había encogido de hombros, fingiendo inocencia. Pero en realidad le hubiera gustado soltarle que sí, que se había fumado un par de cigarros, o tal vez tres, en la última hora y quizá también se había metido una raya. Porque sabía que ir al Baile de Navidad era una mala idea, que no debía hacerlo, pero igualmente había acudido.

¿Y por qué? ¿Para cumplir una absurda promesa que había hecho meses atrás, pensando que en diciembre todo seguiría como en mayo? ¿Para contentar a un chico al que había decepcionado y maltratado hasta el punto de alejarlo para siempre?

Bajó las escaleras de dos en dos, poniendo distancia entre él y la fiesta.

La noche había ido de mal en peor. Y lo que más le dolía era que él había sido la causa del dolor y las fracturas que ahora los dominaban y recorrían; a él y a ellos. Era como si una bomba hubiera estado suspendida por encima de sus cabezas y él la hubiera detonado. Porque no tenía suficiente con su vida, también tenía que joder las de los demás.

Se aflojó el nudo de la corbata y, echando un vistazo atrás para asegurarse de que no lo siguieran, se internó en los jardines y luego en el bosque.

Llegó a un pequeño claro rodeado de árboles enormes (*Quercus rubra*, apuntó su mente de forma innecesaria, porque quién en su sano juicio pensaba en la especie de un árbol en momentos como aquel) y se dejó caer sobre la hierba. Sacó el tabaco del bolsillo interior de su americana y se encendió otro cigarro. Exhaló el humo esperando que se perdiera en la oscuridad de la noche e intentó calmarse. Aunque, por supuesto, fue en vano.

Tanteó la posibilidad de meterse algo más y el mero pensamiento lo aterró y calmó a la vez.

Las lágrimas empezaron a brotarle y resbalarle por la piel. ¿Cuánto podía llorar una persona hasta quedarse seca?

—¿En toda una vida? —se preguntó a sí mismo.

—Sí, claro —se contestó.

—¿Veinte litros? ¿Treinta litros? ¿Infinitos litros?

—Seguro que él lo sabría.

—Ya, pero él no está, tú te has encargado de eso.

—Ya.

—Pues vaya.

—Pues vaya.

Fuera cual fuere la respuesta, él todavía no había llegado a su límite. Las lágrimas seguían brotando y brotando y, por lo que parecía, no tenían ninguna intención de detenerse.

Iluso.

Egoísta.

Estúpido.

Iluso, por haber tenido la esperanza de que quizás esa noche podía volver a ser el chico que había sido antes. Egoísta, por haber albergado la certeza de que aquello era imposible e, igualmente, haber acudido a la fiesta. Estúpido, por dejarse llevar por su rabia, por su dolor y por su impotencia y destruir, ahora sí de forma definitiva, lo único bueno de su vida.

Su móvil empezó a vibrar, incansable. Alguien lo estaba llamando, y teniendo en cuenta las horas y las circunstancias, había pocas opciones de quién podía ser.

Miró la pantalla y masculló un «mierda» que se lo llevó el viento.

Descolgó.

—Sí. —Un monosílabo, una negativa camuflada en una afirmación.

Porque, en realidad, lo que le habría gustado decir era «no, no me llames, no me hables, no me busques».

El pulso empezó a acelerársele. Escuchaba las palabras al otro lado de la línea, pero no las entendía. O más bien, no quería entenderlas: se había quedado sin tiempo, había abusado de su confianza, iba a enterarse de las consecuencias, iban a ir a por él, a por su madre, y a por sus amigos…

Un silencio.

Y más palabras: ¿le había entendido? ¿Podía responder de una puta vez y dejar de comportarse como un subnormal?

No, no te entiendo, no quiero entenderte.

—Sí.

Un par de gruñidos, amenazas e insultos después, colgaron la llamada.

Se había quedado sin tiempo.

Apagó el cigarrillo sobre la hierba, se levantó y empezó a ir y venir por el prado. Qué se suponía que tenía que hacer ahora.

—Lo primero, calmarte —se dijo.

—Pero cómo voy a calmarme, ¿tú has escuchado la conversación? —se respondió.

—Ya, han dicho que van a ir a por tu madre y tus…

Connor.

—Ya.

—Pues vaya.

—Pues vaya.

Se llevó las manos a la cabeza y se agarró el pelo con toda la fuerza que pudo. Por un momento, pensó en arrancárselo.

De pronto, oyó unos gritos a lo lejos.

Abrió mucho los ojos, buscando a alguien en la oscuridad. Pero no advirtió nada ni a nadie.

Eso sí, se vio a sí mismo, semanas atrás, en el callejón trasero del Liberty, en el suelo, sangrando, agonizando de dolor. Si aquello solo había sido un aviso, no quería ni imaginarse cuáles serían las consecuencias.

Otro grito. Y otro.

¿Y si lo estaban buscando? O peor, ¿y si ya lo habían encontrado y lo estaban vigilando desde las sombras? ¿Y si también tenían controlados a sus amigos?

Fuera lo que fuere, tenía que salir de allí.

Pero ¿para ir a dónde? No podía quedarse en casa, ni en ningún otro lugar que frecuentara.

Hablar con ellos nunca había sido una opción, y menos después de lo que había pasado aquella noche.

Un ruido en la linde de los árboles que rodeaban el bosque y, ahora sí, había dos figuras acercándose.

No lo dudó ni un segundo. Salió corriendo del prado. No sabía a dónde iría ni lo que sería de él las próximas horas. Pero había una cosa que tenía clara: si iban a por él, tenía que huir.

Si iban a por él, tenía que…

XXXIII

PRESENTE

15 de diciembre de 2017

… salir del campus lo antes posible.

Charles llegó al *parking* del jardín botánico. Corrió hasta la primera fila de coches, aparcados en batería, y se deslizó por el espacio que había entre dos de ellos hasta quedar sentado sobre el asfalto.

Necesitaba recuperar el aire, tomarse unos minutos para pensar.

Cerró los ojos y se dejó tragar por el silencio y la oscuridad de la noche. Deseó poder quedarse allí, en la ranura entre esos dos coches, para toda la vida. *Al menos aquí no hay gritos, ni reproches ni dolor*, pensó.

Pero no podía quedarse. Al igual que tampoco podía retroceder en el tiempo y borrar tanto aquella noche como los últimos meses de su vida, por mucho que quisiera.

Sabía que había sido injusto con sus amigos. Había arremetido contra ellos como un huracán, insensible ante sus lágrimas, su confusión y su decepción. Charles había tomado el sufrimiento de Roman,

Blythe, Vera y Connor, lo había absorbido, y cuando había tenido suficiente, había implosionado y los había roto en mil pedazos.

Sí, había sido injusto.

Pero también sincero.

Porque, con independencia del dolor que hubiera podido causar aquella noche, él tampoco se merecía la pasividad con la que lo llevaban tratando desde que había empezado a descender al infierno en el que estaba ahora.

Sí, le habían preguntado en más de una ocasión si se encontraba bien, si le pasaba algo. Connor incluso lo había enfrentado y se había mostrado claramente preocupado por su estado.

Pero aquello no había sido suficiente.

No para él.

Porque cuando estás en un pozo tan profundo que no alcanzas a ver ni una pizca de esperanza, necesitas algo más que una mano. Necesitas que alguien entre en el pozo contigo, te cargue a sus espaldas, y te saque de allí cueste lo que cueste.

Pues bueno, ninguno de sus amigos había bajado al pozo a por él. Y por eso sus palabras e intenciones no habían sido suficientes. La prueba de ello era que ninguno se había molestado en llamarlo o en salir a buscarlo.

Charles se llevó las manos a la cabeza y volvió a tirarse del pelo, esta vez hasta que sintió un dolor agudo. Pero aquello, el dolor físico, no fue suficiente para distraerlo del bucle en el que había entrado su mente.

¿Cómo se suponía que tenía que actuar? Necesitaba más que nunca a sus amigos, pero no podía pedirles ayuda por miedo a lo que pudiera pasar si lo hacía. ¿Por qué no podía soportar aquel peso él solo? ¿Por qué era tan débil?

Como activado por la palabra, la pequeña bolsa de plástico transparente que tenía guardada en el bolsillo de su chaqueta empezó a palpitar (o al menos eso sintió él). *Pum-pum, pum-pum. Tómame-tómame, tómame-tómame.*

Y eso hizo.

Débil.

Sacó una de sus tarjetas de crédito de la billetera e introdujo la punta en la pequeña bolsa, recogiendo un poco del polvo blanco.

Lo esnifó.

La cabeza se le despejó casi de inmediato, todo trazo de sentimentalismo y arrepentimiento eliminados.

Un plan. Necesitaba un plan.

Había dos cosas que tenía claras.

La primera: estaba seguro de que alguien lo estaba vigilando o estaría haciéndolo dentro de poco.

La segunda: no podía volver a casa. Si lo hacía, pondría en peligro a Connor, y aquello era lo último que quería.

Pero necesitaba dinero (bueno, lo que le quedaba) y algo de ropa y un cargador del móvil y un par de cosas más que estaban en su habitación.

Miró el reloj. Eran las once y media de la noche. Tenía que llegar a casa antes que Connor. Sí, ese era el primer paso. Después ya decidiría el resto.

Se puso en pie procurando no hacer ruido. Miró a derecha e izquierda. Despeja…

No.

Dos figuras se acercaban por el camino de tierra que unía el jardín botánico con el *parking*.

Charles se agachó, ocultándose una vez más entre las sombras pero sin despegar la mirada de las dos personas, que cada vez se acercaban más y más. Una de ellas, la más alta, echaba la vista hacia atrás cada pocos segundos. La otra se aferraba a la primera como si le fuera la vida en ello.

Siguieron avanzando, avanzando, hasta que pudo verlos.

Eran Roman y Vera.

¿Qué les había pasado? Roman parecía salido de una de sus luchas de boxeo (solo que peor) y, por la forma en que se sacudía, cualquiera diría que Vera acababa de presenciar la propia muerte.

Roman guio a la chica hasta su coche. Le abrió la puerta del copiloto y, cuando se hubo asegurado de que estaba sentada, rodeó el vehículo y también entró en él. Pocos segundos después, el coche se perdió en la noche.

Charles sintió el impulso de llamar a su amigo, preguntarle qué había pasado y si aquello era obra de…

No.

Aquello no tenía nada que ver con lo suyo. No tenía sentido, al menos no todavía.

Así que se contuvo e intentó pensar de forma lógica.

No podía, bajo ningún concepto, ponerse en contacto con sus amigos. Porque cualquier conversación o interacción podría ponerlos en peligro.

Quería que lo ayudaran, que hicieran más por él, pero no quería implicarlos en su mierda. No tenía ningún sentido y, a la vez, tenía todo el sentido del mundo.

Charles podía aceptar la responsabilidad de muchas cosas. Pero si había algo que sabía que nunca se perdonaría era que sus amigos descendieran al infierno por su culpa.

Así que dejó que Vera y Roman se marcharan y puso rumbo hacia su casa. Tenía que llegar antes que Connor.

Ese era el primer paso.

Después solo tendría que dar otro, y otro, y otro…

Hasta acabar. ¿Dónde? No lo sabía. Solo esperaba que donde fuera que acabara hubiera una pizca de esperanza.

Solo una.

XXXIV

PRESENTE

16 de diciembre de 2017

El sonido de su móvil, agudo y molesto, consiguió arrebatarle los últimos vestigios de sueño que la separaban de la realidad.

Vera desenterró el brazo del cálido y pesado edredón y palpó la mesita de noche en busca del dispositivo. No lo encontró; algo raro, porque cada noche se aseguraba de depositarlo sobre la superficie de madera.

Quizá se había caído al suelo.

Abrió los ojos, dispuesta a buscar el móvil, y fue entonces cuando se dio cuenta: no se encontraba en su habitación, en casa de Blythe. Aquella no era su cama ni sus sábanas ni su pijama.

Imágenes de la noche anterior empezaron a bombardearla sin consideración ni compasión. El Baile de Navidad, la llegada de Charles, las mentiras, el miedo, ella corriendo por el bosque, Roman, Roman, Roman, el miedo otra vez, el deseo, Roman, Roman, Roman…

Estaba en casa de Roman.

Ese era el motivo por el que su móvil descansaba dentro de su pequeño bolso negro en la mesa baja que había frente a la chimenea en lugar de en la mesita de noche. Se había visto obligada a dejarlo allí después de que Roman la agarrara por la cintura con ambas manos, la guiara hasta uno de los sillones frente al fuego y empezara a cubrirla de besos y bajarle la cremallera del vestido.

«Roman».

«Dime».

«Quiero ir a tu casa».

«Entonces, vendrás a mi casa».

Recordó las palabras que le había confesado al chico, hacía apenas unas horas. Sí, había sido ella la que le había insinuado que quería pasar la noche en su casa. Y no solo porque necesitara evitar a Blythe y todo lo relacionado con ella (al menos de momento), sino también porque, genuinamente, había querido estar con él. Pese a todo lo que había sucedido, el mero pensamiento de separarse de él le había producido un pavor que nunca, *nunca*, había experimentado.

¿Sentiría Roman lo mismo que ella? ¿Ese deseo? ¿Esa necesidad de absorberlo todo de él? Su aroma, su piel, su mirada, sus pensamientos, su pasado, presente y futuro.

Con cuidado de no moverse de forma brusca, se giró hacia el otro lado de la cama. Quería hallar la respuesta a aquellas preguntas en los ojos verdes de...

¿Dónde estaba Roman?

Confundida, el corazón empezando a desbocársele por los mil motivos por los cuales el chico podría haber abandonado la cama, se incorporó.

Se descubrió, dejó el grueso edredón a un lado (el lado en el que tendría que haber estado Roman) y caminó descalza hasta la mesa frente a la chimenea. Comprobó la hora en el móvil: las nueve menos veinte de la mañana.

Tenía una llamada perdida de Blythe, de hacía unos cinco minutos. Así que el sonido que la había despertado había sido su amiga, que quería hablar con ella.

¿Cómo se suponía que tenía que actuar? ¿Devolviéndole la llamada? ¿Fingiendo que no la había visto?

Volvió a depositar el móvil encima de la mesa y decidió que solucionaría los problemas uno por uno.

Y el primero es averiguar dónde está Roman y por qué ha salido de la cama tan pronto, sin decirme nada, pensó mientras entraba en el baño del chico, oculto tras una puerta corredera en una esquina de la habitación.

Se miró al espejo. Tenía el rímel y el delineador corridos por lo mucho que había llorado en el bosque y después en el prado, cuando Roman se había lanzado contra los tres chicos que los habían sorprendido en medio de la noche y ella había decidido golpear la cabeza de Mark Tahoe con una piedra.

Podría haberlo matado.

Tumbados en la cama tras mantener el sexo más espectacular que Vera había mantenido en su vida, Roman le había asegurado que todo estaba bien, que ni Mark Tahoe ni sus amigos habían sufrido heridas importantes y que no dirían nada porque hacerlo implicaría incriminarse también a ellos, algo que nos les convenía. En la carrera de fondo que era conseguir la Beca Steven Greenberg y Jacob Hughes cualquier tipo de comportamiento problemático implicaba una descalificación automática. Y Mark Tahoe, le había recordado Roman, quería la beca tanto como ellos.

Vera no le había confesado lo que le había pasado por la cabeza en ese momento: que su preocupación no era haber herido al idiota de Mark Tahoe, sino darse cuenta de que, en el fondo, desearía haberle dado más fuerte.

Ojalá lo hubiera enviado al hospital, se sorprendió a sí misma pensando mientras se lavaba la cara con un poco de jabón de manos y optaba por hacerse un moño alto para controlar el manojo de enredos que era su pelo. No sabía si Roman tenía un cepillo y no quería empezar a rebuscar en sus cajones.

Pensar en el chico la llevó a pensar, otra vez, en cómo se había sentido al estar con él. Era como si su cuerpo no hubiera tenido suficiente y necesitara recrearse en la imagen de estar encima de él, debajo de él, entre las sábanas, sobre el sillón, contra la pared.

Su piel se incendió.

Necesitaba más.

Lo necesitaba.

Tal vez fuera mejor que Roman no estuviera allí, en la habitación, porque Vera no tenía dudas de que, de estar presente, se habría abalanzado sobre él.

Pero ¿y si Roman no pensaba lo mismo? Al fin y al cabo, y pese a sus veintitrés años, Vera no era la persona más experimentada. Y por lo que había podido comprobar esa noche... Roman era todo lo contrario. ¿Y si ella era la peor chica con la que había estado? ¿Y si ya no quería tocarla? ¿Qué cosas debía de haber hecho con Nathalie? ¿Realmente se había acostado con Nathalie, o solo era algo que Tahoe y los demás habían dicho para provocarlo? ¿Y si solo se había acostado con ella porque le recordaba a Nathalie?

Detente.

Forzó la palabra a través de todas las inseguridades que, de pronto, habían salido de su escondite, dispuestas a joderle la cabeza.

Abandonó la habitación vestida solo con la camiseta negra que Roman le había dado como pijama y que le llegaba por encima de las rodillas.

El aroma a café recién hecho y algo dulce la invadió en cuanto empezó a bajar las escaleras.

Roman se encontraba en la cocina, vestido con una camiseta verde oscuro y con las palabras Cornell Boxing estampadas en blanco y unos pantalones de chándal grises. Estaba de espaldas a ella, frente a los fogones, cocinando algo que, por el olor, parecía… ¿tortitas? ¿Roman Cagliari, el misterioso boxeador, sabía cocinar tortitas?

La escena consiguió que su corazón se encogiera.

Intentando no hacer ruido, porque era una cobarde y quería retrasar el momento de enfrentarse a Roman lo máximo posible, se acercó hasta la cocina. Pero en cuanto retiró el taburete para sentarse, el chico se giró, espátula en mano.

La recorrió con la misma intensidad y la misma hambre con las que la había desnudado esa noche. Vera vio la nuez del chico subir y bajar un par de veces.

Después de lo que pareció una eternidad, dijo:

—Buenos días.

A lo que ella respondió:

—Buenos días.

Con la mano libre, Roman se revolvió el flequillo, despeinándolo todavía más de lo que ya estaba.

—¿Tortitas? —murmuró alzando la espátula a la altura de su rostro.

Y, por algún motivo, aquel gesto, tan poco Roman, le quitó parte de las inseguridades de encima. Se bajó del taburete de un pequeño saltito y caminó hacia él hasta colocarse a su lado.

Sus brazos se rozaron. El breve contacto con su piel fue suficiente para incendiar su cuerpo y avivar el deseo otra vez.

Contrólate, Vera.

Pero no podía. No al lado de aquel chico.

Vera carraspeó e intentó poner orden a sus emociones. No era una adolescente loca, era una persona adulta y, como tal, iba a comportarse con madurez.

Así que decidió abordar la situación, hacer frente a los mil pensamientos que no paraban de rondar por su cabeza.

—¿Hace cuánto que te has despertado? —Claro que sí, aquella era una forma muy directa de abordar la situación.

Roman echó un poco más de masa sobre la sartén.

—Hace una hora.

—¿No has dormido bien?

El chico la miró y ella hizo todo lo posible por seguir respirando con normalidad.

—Suelo despertarme pronto. No quería molestarte.

—¿Así que has decidido bajar a hacer tortitas? —No pudo evitar la sonrisa que se adueñó de su cara.

Oh, Vera, estás cayendo, pero bien fuerte…

Roman le dio un pequeño golpe en el brazo con la espátula.

—¿Qué hay de malo con las tortitas?

Ella soltó una queja y le devolvió el golpe.

—Nada. Es solo que el Roman de mi imaginación no cocina tortitas.

—Ah, ¿no? Y qué cocina el *Roman de tu imaginación.* —Esbozó una media sonrisa que le dio a entender que no había pasado por alto el hecho de que pensara en él.

—Pollo con arroz.

Roman soltó una carcajada. Le dio la vuelta a la tortita.

—¿Porque soy un boxeador torturado que solo come carbohidratos y proteína?

—Eso, y que no te imaginaba como el tipo de chico que disfruta cocinando.

Roman dio otra vuelta a la tortita y, al ver que ya estaba hecha, la depositó en el plato que tenía preparado junto al fuego. Echó un poco más de mantequilla sobre la sartén y, después de verter otra porción de masa, repitió el proceso.

—Cuando era pequeño, mi madre solía cocinarme tortitas para desayunar. —Su tono se había vuelto serio, más pausado—. Lo hacía solo las mañanas en las que Stefano no estaba en casa, gritándole órdenes y tratándola como un trapo. Venía a despertarme y bajábamos juntos a la cocina. Me sentaba en un taburete para que pudiera estar a la altura de la encimera y ayudarla. Me encantaba ayudarla. —La miró de soslayo, cauto, como si estuviera compartiendo uno de sus mayores secretos—. Mientras preparaba la masa y hacía las tortitas me contaba cuentos en voz muy baja. Pese a que Stefano no estuviera en casa, el miedo no la abandonaba nunca.

Era la segunda vez que Roman le hablaba de su familia. Vera no sabía qué contestar o cómo reaccionar. Lo único que se le ocurrió fue posar una mano sobre su brazo.

—Creo que esos momentos son los únicos buenos recuerdos que tengo de mi infancia.

—¿Dónde está ahora? —No hizo falta especificar que estaba preguntando por su madre.

Los ojos de Roman se oscurecieron y todo su cuerpo se encogió levemente, como si un gran peso se acabara de depositar sobre él.

—No lo sé. Huyó de casa cuando yo tenía diez años.

Vera sintió una punzada en el pecho, pero supo que aquello no debía de ser nada en comparación con el dolor de Roman.

—No la culpo —añadió el chico—. Yo hubiera hecho lo mismo en su situación. Stefano… es un monstruo, Vera. No quieres saber lo que sufrió mi madre a su lado.

—Te abandonó. —Las palabras salieron de su boca antes de que pudiera retenerlas.

Roman se encogió de hombros, como resignándose ante aquel hecho.

—Creo que en algún momento se planteó llevarme con ella. Carter, él siempre ha sido como Stefano. Ya desde pequeño podías ver cómo buscaba cualquier excusa para pegarnos a mis primos o a mí, para lanzarse sobre cualquier persona o animal. Era evidente que el camino de Carter era convertirse en Stefano. Pero el mío no. —Depositó otra tortita sobre el plato y siguió cocinando, hablando—. Y mi madre lo sabía. Supongo que al final tuvo que escoger entre salvarse o permanecer al lado de Stefano por el resto de su vida. No la culpo —repitió—. Estoy seguro de que, si se hubiera quedado, habría acabado muerta a manos de ese hijo de puta.

Pero, para Vera, aquello no era suficiente. No dudaba de que la madre de Roman hubiera vivido un infierno al lado de Stefano (Dios, se compadecía de la mujer y no podía llegar ni a imaginar el dolor que debería de haber soportado durante tantos años), pero no le cabía en la cabeza cómo había podido dejar atrás a su hijo. No conocía la historia de Roman, ni mucho menos, pero si de una cosa estaba segura era de que el chico había sufrido a manos de su padre.

Y todavía seguía sufriendo.

—Eh, eh, Vera. —Roman la sostuvo por los hombros y la miró a los ojos—. No llores. —¿En qué momento había empezado a llorar?—. Lo que te cuento pasó hace mucho tiempo. Entiendo por qué mi madre se fue y, créeme, hace tiempo que hice las paces con su decisión. Me alegra saber que consiguió escapar de toda la mierda que rodea a mi familia. Me alegra pensar que, esté donde esté, ahora ya no vive aterrorizada.

—Eso no cambia la realidad, Roman. Te abandonó. Te dejó atrás. Eras un niño.

Roman exhaló un largo y pesado suspiro, tras lo cual la soltó. Dejó caer su cuerpo sobre la encimera y se apretó el puente de la nariz con visible fuerza.

Y entonces Vera lo vio: el cansancio, el dolor, la pena. ¿Cómo había estado tan ciega? Era evidente que a ese chico lo rodeaba un aura de tristeza. Hasta ese momento no había sido consciente de ello, pues la enmascaraba de forma hábil con indiferencia y frialdad.

Todo el mundo lo consideraba arrogante, superficial y agresivo. Pero eso era una falacia, un personaje que se había creado para proteger su verdadero yo. La realidad era otra: Roman no era nada más que un niño maltratado y abandonado, un joven obligado a jugar unas cartas que nunca había querido.

—No voy a quedarme por mucho más tiempo. —Roman se había cruzado de brazos—. Sí, mi madre se marchó sin mí. Pero eso me sirvió para darme cuenta de que había una escapatoria, una forma de huir de Stefano. Y si mi madre lo había conseguido, yo también. Solo era cuestión de tiempo. —Hizo una pausa, tras lo cual la atravesó con la mirada—. Solo es cuestión de tiempo.

—¿Qué quieres decir?

—Que no voy a seguir siendo el perro de Stefano.

De pronto, el terror paralizó a Vera.

—Estás diciendo que… Quieres decir… ¿Te marchas?

Se imaginó al chico, saliendo por la puerta de su casa, para nunca volver. Con una maleta en cada mano, dispuesto a empezar de cero. Y se vio a ella, quedándose atrás, resignándose a seguir sin él. La imagen la llenó de una tristeza y una sensación de soledad desagradables. Es más, le dio ganas de romper algo. O a alguien.

—No. —Roman volvió a los fogones—. No sé cómo lo hizo mi madre, pero desaparecer así, de un día para otro… No quiero ni imaginarme la paranoia que debió de sentir los primeros meses. Temiendo que la encontraran y la encarcelaran de nuevo. Porque Vera, tendrías que haber visto a Stefano cuando se enteró de que mi madre había escapado. Decir que se volvió loco se queda corto. —Sacudió la cabeza, como intentando arrojar de sí esos pensamientos—. No. Yo no podría soportar esa sensación. El no saber si me va a encontrar, si me está vigilando. Si corto lazos con Stefano y mi familia… quiero asegurarme de que sea en mis términos y que nunca van a poder volver a por mí.

Roman depositó la última tortita en el plato. Lo alzó, satisfecho, mostrándole a Vera su creación.

—Espero que tengas hambre, porque he hecho unas cuantas.

—No hacía falta —murmuró Vera mientras se dejaba guiar por Roman hacia la mesa del comedor, donde dos tazas de café descansaban sobre unos posavasos de cuero—. Si te hubieras esperado te habría ayudado.

Vera se sentó y agarró la taza de café con leche como si le fuera la vida en ello, deseando que el chico no hubiera leído entre líneas y comprendido el verdadero significado detrás de sus palabras.

Pero era Roman, por supuesto que lo había entendido. Por eso se quedó de pie, de brazos cruzados, mirándola con una ceja enarcada, escéptico.

—No pensarás que he bajado a la cocina porque no quería estar contigo en la cama, ¿no?

Bueno, esa sí era una forma directa de abordar la situación, pensó Vera.

—Porque no es eso, Vera. Me he despertado pronto.

—Eso ya lo has dicho. —Le dio un sorbo a su café.

—¿Entonces?

¿De verdad tenía que explicárselo? ¿De verdad iba a obligarla a expresar sus inseguridades en voz alta?

Al parecer, sí.

Ahora fue Vera quien se apretó el puente de la nariz, frustrada y avergonzada por la situación en la que se había metido.

—Entonces, podrías haberme despertado y no dejarme allí tirada como una más.

Ya está, ya lo había dicho. Dios, se sentía como una adolescente con las hormonas revueltas. Además, qué se suponía que hacía preocupándose por lo que fuera que estuviera pasando entre Roman y ella en lugar de atender la cantidad de preocupaciones que tenían encima y…

Unas manos frías se posaron sobre sus mejillas, deteniendo el bucle de pensamientos.

—Mírame, Vera.

Y eso hizo.

—No eres una más. Lo siento si te he hecho pensar lo contrario. No lo eres.

Y como para demostrarlo, la besó.

No fue un beso atropellado ni ansioso, como los que habían compartido la noche anterior, tanto en el bosque como en su habitación.

No.

Ese beso fue diferente. Profundo y cargado de significado.

Era como si Roman le estuviera diciendo con sus labios que lo que había pasado entre ellos era importante, que ella no era una conquista más de una larga lista, sino alguien especial.

Que para él, ella era especial.

Y Vera escogió creerlo.

Así que se forzó a enterrar sus dudas y miedos.

Al menos por el momento.

—Más te vale que las tortitas estén buenas —dijo mientras pinchaba una y la colocaba en su plato. Roman le ofreció sirope de arce y nata. Vera aceptó la nata, mascullando que los estadounidenses no sabían comer panqueques, porque lo mejor era untarlos con dulce de leche.

—Van a ser las mejores que has probado. —Roman le guiñó un ojo y le dio un largo sorbo a su café.

—Eso tendremos que verlo. —Se llevó un trozo a la boca y lo saboreó y...—. Guau, vale. Tengo el presentimiento de que estoy cavando mi propia tumba al decir esto, pero... están increíbles.

—Jamás vuelvas a dudar de mis habilidades en la cocina.

—No lo haré.

La siguiente hora la pasaron charlando de todo y de nada. Simplemente disfrutando el uno del otro. Vera le preguntó sobre boxeo y se interesó por entender cómo funcionaba el deporte y por qué Roman parecía disfrutarlo tanto. Roman se lo explicó al detalle y le propuso ver alguna pelea juntos en la televisión más tarde, a lo que Vera asintió porque sí, deseaba quedarse con él.

Si por ella fuera, congelaría el tiempo y se quedaría en casa de Roman toda la vida. Así, vestida con nada más que su camiseta, comiendo tortitas hasta la saciedad, ignorando la realidad.

Ignorando que hacía unos meses lo primero que hubiera hecho al despertarse en la cama de un chico habría sido llamar a su hermana para contárselo, que su futuro cada vez parecía más incierto, que no tenía claro si estaba enfadada con Connor y Blythe o, por el contrario, si los entendía. Ignorando que la noche anterior podría haber matado a un chico y lo único que le preocupaba era asegurarse de que le hubiera hecho daño de verdad, que el despacho en el que soñaba con trabajar desde hacía años estaba lleno de criminales, que Charles se había convertido en un desconocido. Ignorando que todavía no sabía lo que había pasado con Nathalie y que estaba casi segura de que era una historia de esas que, una vez contada, se convertía en una pesadilla.

Pero Vera sabía que aquello, el desayunar tortitas y charlar y mirar la televisión, era solo un paréntesis, un tiempo muerto; un descanso antes de que se vieran obligados a volver a poner los pies sobre la tierra y afrontar todos los hechos que habían estado obviando.

En efecto, la paz se rompió cuando el móvil de Vera sonó por segunda vez aquella mañana.

El tañido llegó desde la habitación de Roman.

—¿No deberías responder? —preguntó el chico al ver que Vera no hacía ningún gesto de levantarse.

—No —contestó, seca. Y después añadió—: Supongo que es Blythe, llamando otra vez.

—No quieres hablar con ella.

No, no quería. Porque no sabía cómo afrontar lo que había pasado la noche anterior.

—Es complicado. —Quiso dejarlo allí, no hurgar más en la herida. Pero algo en ella hizo que diera rienda suelta a sus emociones—. Por un lado, me duele que me haya mentido. Pero, por otro, ¿quién soy yo para achacarle nada si he hecho lo mismo? Y lo de Connor… —Vera negó con la cabeza, todavía incapaz de asimilar lo que les había revelado Charles, lo que Connor les había estado escondiendo—. ¿Qué se supone que tengo que hacer? ¿Fingir que no ha pasado nada?

Roman permaneció en silencio, esperando a que Vera continuara. Porque no, no había acabado.

—Y para colmo, Greenberg & Hughes. —Vera descargó su rabia en la taza de cerámica verde. La agarró con tanta fuerza que sus nudillos se tornaron blancos en cuestión de segundos—. ¿Por qué, Roman? ¿Por qué?

Entonces, el chico se levantó y le tendió la mano. Y con esa decisión tan propia de él, ese fuego en sus ojos que prometía que sería capaz de ir al final del mundo por defender a los suyos, le dijo:

—No tengo las respuestas a tus preguntas. Pero creo que puedo ayudarte.

Sin pensarlo dos veces, ignorando la punzada de angustia que sintió al escuchar que su amigo tampoco sabía cómo actuar, tomó su mano.

Media hora después, se encontraban en el polideportivo por el que Vera solía pasar durante sus carreras matutinas.

En cuanto habían salido de casa del chico —Vera con su vestido verde porque no tenía nada más decente que ponerse— habían pasado por una de las tiendas del campus para comprar algo de ropa de deporte, zapatillas incluidas. Después se habían dirigido directamente al edificio en el que Roman entrenaba cada día de la semana.

—¿Me puedes decir qué se supone que estamos haciendo? —le había preguntado Vera mientras se bajaba del coche, ya vestida con la ropa nueva que, por supuesto, Roman se había empeñado en pagar.

—Ahora lo verás —se había limitado a responder él, colgándose la enorme bolsa de deporte negra que llevaba a todas partes sobre el hombro.

En el momento en el que Vera entró en una de las salas del polideportivo y vio el cuadrilátero delimitado con cuerdas entendió que ese «ahora lo verás» significaba que Roman pretendía que boxearan.

Como para confirmarlo, Roman tiró su bolsa negra al suelo, junto al *ring*, y sacó un par de manoplas de color rojo, vendas y unos guantes negros. Sus guantes. Acto seguido, se dirigió hacia un extremo de la sala y, tras abrir un baúl, sacó otro par de guantes, estos de color amarillo chillón.

—Creo que son tu talla. —Examinó los guantes como para asegurarse de que estuvieran en buen estado, y se los tendió a Vera. Más bien, la obligó a agarrarlos.

—¿Estás loco? ¡Vas a matarme!

Roman soltó una carcajada. Si no fuera porque ese chico estaba proponiéndole meterse en un *ring* con él y darle una paliza, se hubiera recreado en el sonido de su risa.

—No entiendo la broma.

—Vera, no voy a luchar contra ti. ¿Ves esto? —Se agachó y recogió las manoplas rojas—. Son manoplas para entrenar. Se utilizan para practicar golpes. Métete en el *ring* y te lo explico.

Al ver que no se movía, Roman la tomó de la mano y la guio hacia el cuadrilátero.

—Sube a la plataforma y agáchate para pasar entre las cuerdas. Bien, ahora ponte los guantes.

—¿Cómo? —Honestamente, por mucho que Roman hubiera tratado de explicarle las reglas de aquel deporte, seguía sin tener ni idea de algo tan básico como ponerse un guante.

Riendo por lo bajo, porque al parecer su ineptitud era divertida, Roman se acercó y le colocó los guantes amarillos.

—Levanta las manos —dijo, alejándose un par de pasos. Vera obedeció—. Un poco más. Más. Por encima de tu cabeza. Bien, ahora empieza a dar saltitos a la vez que giras sobre ti misma.

Y así lo hizo… hasta que vio cómo Roman se llevaba una mano a la boca para contener otra ristra de carcajadas. Y se dio cuenta de que le estaba tomando el pelo.

Le propinó un golpe en el brazo.

—Eres idiota.

—No he podido evitarlo —murmuró mientras se encogía para recoger las manoplas.

—Quiero que golpees en el centro de las manoplas con toda la fuerza que puedas. Flexiona un poco las piernas. ¿Eres diestra? —Vera asintió—. Bien, entonces coloca tu pie izquierdo delante. Cuando golpees, intenta que la fuerza salga del suelo y pase por todo tu cuerpo, que no salga solo de tu brazo.

—¿Por qué estamos haciendo esto? —preguntó Vera concentrándose en seguir todas sus instrucciones.

—Ahora lo entenderás.

Roman alzó ambas manoplas.

—Vale, ahora atenta, porque esto es un poco lioso. Vamos a asociar un número con cada tipo de golpe.

—¿No puedo golpear y ya?

—No.

—Pero…

—No.

—Vale. —Terminó accediendo, porque sabía que discutir con Roman no iba a llevarla a ninguna parte. Cuando el chico decidía focalizarse en algo, se lo tomaba en serio. Daba igual que esa fuera la primera vez que Vera se subía a un *ring*.

—Si digo uno, vas a golpear con el guante izquierdo en mi manopla izquierda.

—¿Cruzado?

—Exacto. Si digo dos, vas a hacer lo contrario. Es decir, golpear con el guante derecho en mi manopla derecha. Los números tres y cuatro son para los *hooks*, los golpes laterales. Guante izquierdo con manopla izquierda y guante derecho con manopla derecha. ¿Me sigues? —Vera volvió a asentir—. Y los números cinco y seis son para los *uppercuts*, tanto izquierdo como derecho. Mira, te lo enseño.

Roman se colocó a su lado y, adoptando la misma posición que le había indicado (piernas flexionadas, un pie por delante del otro, en su caso el derecho porque era zurdo), empezó a realizar los movimientos poco a poco. Uno, dos, tres, cuatro, cinco, seis. Los repitió unas cuantas veces, enumerándolos en voz alta para que Vera los interiorizara.

—Creo que lo tengo.

—¿Sí? —A su lado, Roman se detuvo—. Entonces, demuéstramelo.

El chico volvió a colocarse frente a ella y, una vez más, alzó las manoplas.

—¿Preparada?

Vera puso toda su atención en su postura, sus manos, su respiración.

—Uno, dos, uno, dos —ordenó Roman.

Izquierda cruzada, derecha cruzada, izquierda cruzada, derecha cruzada.

—Bien. Otra vez. Uno, dos, uno, dos.

Izquierda, derecha, izquierda, derecha.

Se concentró en clavar cada golpe y, sin darse cuenta, entró en trance. Al fin y al cabo, su cuerpo estaba acostumbrado a utilizar el deporte como una fórmula de abstracción.

Sí, en eso tenía práctica.

Lo que no esperaba era sentir que, con cada golpe, iba descargando un poco de la rabia y la frustración que, desde la noche anterior, se habían hacinado en su interior.

—Tres, cuatro, uno, dos.

Izquierda, derecha, izquierda, derecha.

Las mentiras de Blythe, la acidez y la apatía de Charles, el engaño de Connor, las inseguridades hacia Roman, como el no saber si él también le estaba ocultando algo.

—Cinco, seis, cinco, seis.

Izquierda, derecha, izquierda, derecha.

La vergüenza de verse expuesta como un libro abierto; de que sus amigos descubrieran que, en un principio, se había acercado a ellos por interés. El miedo al pensar que iba a perderlos y el alivio al ver que no (o eso creía). La frustración al no entender lo que pasó con Nathalie, el temor al enterarse de que se parecía a ella y de que, quizás, ese era el único motivo por el que sus amigos la querían.

—Uno, dos, uno, dos.

Izquierda, derecha, izquierda, derecha.

La impotencia de darse cuenta de que la beca por la que llevaba tanto tiempo luchando no iba a ser suya, el miedo al presenciar cómo Roman estaba siendo herido, la ira al golpearle a Tahoe en la cabeza, el pánico al pensar que lo había matado, pero también y por encima de todo la culpa al pensar que ojalá no se hubiera vuelto a levantar del suelo.

Lo soltó todo.

Entonces entendió por qué Roman había decidido llevarla al polideportivo y enfundarle los guantes de boxeo. Era la misma razón por la que el chico acudía al cuadrilátero cada día, sin falta. Y es que cuando las emociones te sobrepasan y se convierten en un tormento, en una carga, necesitas una forma de deshacerte de ellas.

—Más fuerte. Válete de todo tu cuerpo. Bien, Vera, bien.

Así que Vera siguió golpeando, y con cada golpe se sintió más libre, más en control.

—Los últimos. Tú puedes, vamos. Uno, dos, tres, cuatro, uno, uno, dos, dos.

Mentiras, miedos, inseguridades, impotencia, ira. Descargó cada una de las emociones y sensaciones y, con el último golpe, soltó un grito de rabia que resonó en todo el pabellón.

Vera sintió cómo la fuerza la abandonaba y caía al suelo, exhausta. Pero unos brazos lo impidieron. Roman la sujetó y, cuando las lágrimas empezaron a resbalarle por las mejillas, y los sollozos sacudieron su cuerpo, la abrazó.

Se quedaron así durante lo que pareció una eternidad. Vera llorando, aferrada con fuerza a la camiseta de Roman. Roman en silencio, paciente, rodeándola (manoplas todavía enfundadas), susurrándole que todo estaba bien, que no tenía de lo que preocuparse, que él estaba allí.

En algún momento, la ayudó a bajar del *ring* y, con cuidado, le quitó los guantes.

—Ahora entiendo por qué te pasas tantas horas aquí —dijo Vera.

Roman sacó una sudadera negra de la bolsa de deporte y se la tendió. Vera la aceptó y se la puso, consciente de que negarse no serviría de nada.

—Boxear es mi terapia —le confesó mientras le subía las mangas de la prenda para que no le colgaran. La sudadera, se percató Vera, era de Roman—. Es lo que me ayuda a lidiar con mi familia, con la presión, conmigo mismo…

—Roman, espero que sepas que no eres como ellos.

Al escuchar sus palabras, Roman la miró. Y en sus ojos encontró al niño abandonado por su madre, maltratado por su padre, al chico aterrorizado por sus recuerdos y por el miedo a convertirse en un monstruo.

—Vera, he hecho cosas que…

—Me da igual lo que te hayan forzado a hacer. Yo conozco al verdadero Roman. Y puedo asegurarte que no eres como ellos. Nunca lo serás.

Vera le tomó las manos.

—¿Por eso quieres la beca, no? —Ahora lo veía claramente—. Es tu vía de escape.

El chico asintió.

—Si me convierto en alguien importante, en alguien con poder, no podrán tocarme. Ni Stefano se atrevería a ir contra un despacho como Greenberg & Hughes, tienen contactos por todas partes. Es el despacho más importante de Estados Unidos. Vera, con la información que tengo, podrían meterlo en la cárcel en cuestión de horas.

—Él no lo sabe. No tiene ni idea de que planeas hacerte con la beca.

—No. Se piensa que cuando acabe el JD volveré a casa y seré uno más de ellos. El abogado de los Cagliari. Su perro fiel.

Vera asimiló aquella información.

Roman estaba jugando un juego muy peligroso. Porque si lo que le había contado sobre su padre era verdad y daba un paso en falso… No quería ni imaginarse lo que podría pasarle.

—Entonces, tienes que conseguir la beca. No hay otra opción. —Con independencia de que Greenberg & Hughes estuviera involucrado en la trama de los Arrieta, tenía que entrar en el despacho.

—No quiero salir de una familia de criminales para meterme en otra, Vera.

La vulnerabilidad con la que habló… Ahora entendía por qué Roman le había confesado que no sabía cómo actuar ante todo lo que habían descubierto sobre Greenberg & Hughes. Al igual que para ella, entrar en el despacho era una cuestión de supervivencia.

En ese momento, Vera tomó una decisión.

—No tienes por qué hacerlo.

—¿A qué te refieres? —Un rayo de esperanza.

—Entrar en Greenberg & Hughes no implica quedarte allí de por vida. Gana la beca, trabaja los años que sean necesarios para convertirte en alguien importante, alguien con poder —empleó las mismas palabras que él había pronunciado hacía apenas unos segundos—, y cuando estés seguro de que, vayas donde vayas, Stefano no podrá amenazarte ni controlarte, entonces márchate. Utilízalos, Roman. Utilicémoslos.

—Supongo que Themis nunca imaginó que tantas manos lucharían por descompensar su balanza.

—Mientras salgamos ganando…

—Sí, Vera, mientras salgamos ganando.

Qué ilusa había sido al creer en la noción de justicia.

La justicia no existía.

Solo existía el poder.

Y el poder o lo tenías o lo ganabas.

Y eso era lo que pensaba hacer ella.

Ganarlo.

Sí, la balanza de la justicia se había descompensado hacía tiempo.

Pero mientras ellos ganaran…

Y mientras Themis no se diera cuenta…

—Shakespeare tenía razón —susurró Vera.

—¿Y eso?

—*The first thing we do, let's kill all the lawyers*** —citó.

—Sí —confirmó Roman—. Shakespeare tenía razón.

---

* «Lo primero que haremos será matar a todos los abogados». William Shakespeare, *Enrique VI*.

XXXV
PASADO

15 de mayo de 2017

Tomar sin permiso la bicicleta de Connor había sido un error. Claro que de eso se dio cuenta apenas llegó al parque estatal Buttermilk Falls y vio los más de veinte mensajes que le había mandado su amigo, jurando vengarse del delincuente responsable del hurto.

Consciente del drama que podía ser capaz de montar Connor en cuestión de minutos, Charles le envió una foto de la bicicleta acompañada de un: La tengo yo, no hace falta que denuncies a nadie.

Antes de que Connor pudiera contestar, seguramente achacándole su desfachatez por llevársela sin previo aviso, Charles puso el móvil en silencio y se lo guardó en el bolsillo interior de la gabardina.

Sus planes no habían incluido terminar ese lunes por la tarde en Buttermilk Falls. Pero cuando estaba inquieto o nervioso, o necesitaba pensar, siempre acababa en medio de la naturaleza.

Aquel era uno de esos días.

Lo bueno de Ithaca, pensó mientras le ponía el candado a la bicicleta y se aseguraba de dejarla bien escondida tras unos arbustos, era que tenía parques tan impresionantes y bonitos como Buttermilk Falls a escasos kilómetros del campus.

Ya de niño había sabido que su verdadera pasión era la naturaleza. Lo del Derecho y la abogacía había llegado de forma impuesta cuando tenía trece años. Lo recordaba a la perfección: había estado comiendo con sus padres en el enorme piso del Upper East Side en el que vivían y Charles había empezado a hablarle a su madre de un documental sobre la fauna de California que tenía pensado ver ese fin de semana.

«Espero que sepas que toda esta tontería sobre los animales y las plantas es solo un *hobby*», la voz de su padre había llegado imponente desde el otro lado de la mesa.

Al escucharla, Charles casi se había atragantado con el pedazo de espárrago que se había llevado a la boca.

No, no había sido tan estúpido como para soñar con dedicarse a algo relacionado con la naturaleza. Siempre había sido consciente de que John F. Aster tenía otros planes para él. Pero hasta ese momento, nadie había verbalizado aquella realidad.

Oírla había sido más duro de lo que se había imaginado.

«Tienes dos opciones, Charles. Medicina en Harvard o Derecho en Cornell».

Charles no podía soportar pensar en la muerte ni ver sangre, así que, en realidad, no había tenido dónde escoger.

Si por él fuera habría estudiado algo como Biología o Ecología y, acabada la universidad, habría buscado trabajo en un parque natural como en el que se encontraba ahora para dedicarse a la conservación de la naturaleza.

Pero las cosas no eran como él había querido, sino como su padre las había planeado.

Charles tomó el sendero que remontaba el río y se focalizó en escuchar el arrullo de los pájaros, las ramas de los árboles al mecerse por el viento, las hojas que crujían bajo sus pisadas.

Media hora después, llegó a un claro con una cascada y un pequeño lago que brillaba como si se hubiera empeñado en absorber toda la luz del sol. Caminó hasta la orilla y se sentó en una roca grande. Estuvo tentado de descalzarse y remojar los pies, pero se contuvo. Pese al clima templado de mediados de mayo, el agua seguía helada.

Charles cerró los ojos, se dejó mecer por el sonido de la cascada y comenzó a darle vueltas y más vueltas al tema que llevaba atormentándolo desde hacía un par de meses.

Maldijo el día en el que Roman le había confesado lo que sucedió la tarde en la que conocieron a Vera. Sí, maldijo a su amigo y a su familia. Pero más se maldijo a sí mismo, por haber abierto una puerta que ahora sabía que nunca podría cerrar.

Pero ¿qué se suponía que tenía que hacer? Su padre lo había educado para tomar las oportunidades, para buscar soluciones.

«No quiero problemas, quiero soluciones», le había soltado cada vez que Charles le había pedido ayuda con los deberes, con una herida que se había hecho en la pista de atletismo, con las instrucciones de un juego que no conseguía entender.

Sí, esa era su filosofía.

Bueno, pues eso llevaba haciendo Charles desde que su padre, el muy hijo de puta, el mismo que tanto había pregonado sobre la importancia de los lazos familiares, los había abandonado.

¿Qué había hecho cuando su madre había caído en una depresión que le había impedido levantarse de la cama durante casi dos años enteros y la había dejado en los huesos? Tomar oportunidades. Buscar soluciones.

¿Y cuando él se había adueñado de las riendas de su casa y había cambiado la piel de niño por la de adulto, gestionando un hogar, una familia, un patrimonio? Tomar oportunidades. Buscar soluciones.

¿Y cuando su madre había pasado de la depresión al alcoholismo en cuestión de días, olvidándose de la mujer que había sido y convirtiéndose en un fantasma, solo que corpóreo? Tomar oportunidades. Buscar soluciones.

Y así había estado durante nueve años. Pagando facturas, entrando y saliendo de hospitales, buscando centros de rehabilitación, interpretando la figura de padre e hijo a la vez, contratando a abogados, excusándose ante familiares (no, su madre no había podido acudir porque estaba enferma; sí, tanto tiempo; no, no necesitaba ayuda, gracias). Y todo ello mientras luchaba por no desmoronarse ni perderse en el camino.

«Mira el lado bueno», le había dicho Connor un día al salir del hospital en el que su madre había estado ingresada debido a un coma etílico. Connor siempre estaba allí. «Al menos ahora puedes olvidarte del Derecho. Mira…», añadió mientras sacaba unos panfletos del bolsillo y se los mostraba. «En Berkeley tienen un muy buen programa de Biología. Además, en California están Yosemite, Joshua Tree, Death Valley y muchos otros parques naturales».

«No puedo», Charles apartó los panfletos con una mano.

«¿Por qué?».

«Una de las condiciones para poder acceder a los ahorros del fondo fiduciario que me ha dejado mi padre es que estudie Derecho en Cornell. El grado le da igual dónde lo haga, siempre que sea Ivy League, pero el posgrado… El cabrón se ha asegurado de que me acabe dedicando a lo que él siempre ha querido».

«¿Qué más le da?».

Charles se había encogido de hombros.

«Sigo siendo su hijo, supongo. Además, una parte retorcida de su cerebro espera que algún día lo perdone y me incorpore al negocio familiar como abogado».

«Que espere sentado».

«Díselo a él».

«*Nah*, no me acercaría a John F. Aster ni que me pagaran».

«Ni yo, Connor».

Sí, Charles llevaba años buscando soluciones, tomando oportunidades, para evitar que su madre se consumiera por la tristeza y el alcohol, para salvar la poca familia que le quedaba.

Pero una cosa era tener la intención de ayudar a una persona, y otra muy distinta que esa persona se dejara ayudar. Y su madre había sido de las que pensaban que no necesitaban nada ni a nadie. «Déjame, no te necesito, quiero morir, vete a hacer tu vida, olvídate de mí». Cada semana desde hacía nueve años eran las mismas frases, las mismas excusas, las mismas amenazas.

«Como me vuelvas a decir que deje de beber te echo de esta casa, Charles Aster», le había gritado una noche en la que Charles se la había encontrado vomitando en el suelo del salón, consumida y arrugada pese a sus cuarenta y pocos años.

«¿Ah, sí? ¿Y entonces quién cuidará de ti, mamá? ¿Quién se encargará de llenar la nevera de comida? ¿O de cambiarte las sábanas de la cama cada vez que te haces pis porque estás demasiado borracha como para ir al baño?».

«¡Calla, calla, calla! ¡Cállate! ¡No quiero escucharte! ¡No le puedes hablar así a tu madre!».

«Mírate. Hace tiempo que dejaste de ser mi madre».

«¡Caaallaaa! ¡No quiero escucharteeee!». Charles había esquivado de milagro la botella de vodka que su madre le había lanzado. Había impactado contra la pared y se había roto en mil cristales. Al recogerla, se había cortado con uno de ellos, haciéndose una cicatriz en la mano que lo acompañaría por el resto de sus días. «Desagradecido. Mocoso consentido». Llanto y más llanto y más llanto. Y después el silencio. Y después: «¿John? ¿John, estás ahí? ¿Has vuelto? Ven, John».

«No, mamá. No soy John. Soy Charles».

Después de eso, Charles había decidido hacer lo que se había jurado que nunca haría. Internó a su madre por primera vez en Hope Harbor, un centro de rehabilitación especializado en adultos con problemas de adicción al alcohol y enfermedades como la depresión.

Charles tenía diecisiete años.

Dos años después, le habían dado el alta y su madre había salido.

Solo para volver a joderse la vida.

A los seis meses, Charles ingresó a su madre de nuevo. Cuando salió del centro por tercera vez, hacía dos años, le hizo jurar que nunca más la volvería a meter en esa cárcel.

«Antes me mato, Charles. Tú decides lo que prefieres, una madre muerta o una madre viva».

No había contestado porque ni él mismo quería conocer la respuesta.

Al principio habían conseguido sobrevivir gracias al dinero que su padre les había transferido cada mes. Aquella cantidad era suficiente para comer, pagar los gastos del día a día y hasta darse algún capricho.

El problema había llegado cuando su madre se había levantado de la cama. El problema había llegado con el alcohol.

No solo era que ella había empezado a gastárselo todo en botellas de vodka y noches en el bar y vete a saber qué más, sino que Hope Harbor había agotado todos los ahorros que habían tenido y parte del fondo fiduciario de Charles.

El dinero se había ido consumiendo a la misma velocidad que su madre.

Hasta el punto de que Charles había tenido que pedirle un préstamo al banco para pagarse el segundo año del JD. Recurrir a su padre no era una opción. Si una cosa tenía clara era que nunca le pediría un favor a John F. Aster. Hacerlo sería darle poder. Y Charles no estaba dispuesto a ello.

Así que todo eran problemas, problemas y más problemas.

¿Y qué había hecho Charles desde que había vuelto de las vacaciones de verano, dispuesto a afrontar ese nuevo curso?

Tomar oportunidades, buscar soluciones.

Por eso, no podía dejar escapar la beca. Si quería sacar adelante a su madre y sobrevivir en el intento, necesitaba la garantía de un futuro estable. Necesitaba la seguridad de que cada mes iba a ingresar una cantidad ingente de dinero.

Pero hasta que ese momento llegara (y llegaría; no podía pensar de otra forma) quedaba un año. Un año durante el cual no podía permitirse no generar ingresos.

Y por eso, había cometido el craso error de ponerse en contacto con el hermano de Roman.

Carter.

Cuando Roman le había contado que Carter estaba buscando a un camello que vendiera droga por el campus, Charles había visto una vía para ganar dinero fácil.

«¿A qué tipo de persona busca?».

«No tengo ni idea, Charles. Supongo que alguien lo suficientemente desesperado como para querer vender droga en una universidad, con todos los riesgos que ello conlleva».

Ese soy yo, alguien suficientemente desesperado, había pensado.

Roman no sabía nada sobre el hilo del que pendía su vida.

Blythe y Vera tampoco.

Con Connor era distinto: conocía el espectáculo de terror que había sido su vida desde que su padre los había abandonado a su madre y a él. Pero no era consciente del punto crítico en el que se encontraba. Y la razón era sencilla: si se lo contaba, si le confesaba que se estaba quedando sin dinero, querría ocuparse, acudir a su rescate.

Y Charles no podría soportar que su relación con Connor se convirtiera en eso, una de dependencia. Tal y como estaba, con él incapaz de hacer las paces con sus sentimientos y Connor con sus juegos, ya era lo suficientemente complicada. Además, por mucho que quisiera a George y Sarah Hannaway, no quería convertirse en uno más de sus casos de voluntariado.

Por eso, cuando Roman se había levantado para ir al baño en la cafetería en la que habían parado a desayunar un sábado de febrero, dejando su móvil desbloqueado sobre la mesa tras contestar un par de mensajes, Charles no había dudado en agarrarlo. En cuestión de segundos había memorizado el teléfono de Carter y lo había guardado como contacto en su propio teléfono.

Esa noche, se había encerrado en su habitación y había marcado el número.

El hermano de Roman había descolgado al tercer tono con un «quién es» seco, propio de alguien desconfiado, siempre en alerta.

«Sé que buscas a un camello para que venda droga en Cornell».

Quizás aquella no había sido la mejor forma de iniciar la conversación con un criminal.

«Quién coño eres tú y de qué mierdas estás hablando», había siseado Carter al otro lado de la línea.

Le habían empezado a sudar las manos. Podía sentir los latidos de su corazón como si alguien se lo hubiera arrancado y lo estuviera sujetando junto a su oreja.

¿Era mejor decirle la verdad y confesarle quién era o inventárselo?

—Seas quien seas, voy a darte tres segundos para contestar. Si no lo haces, colgaré y no pararé hasta averiguar quién eres.

Había optado por la verdad.

«Soy Charles Aster».

Carter había dejado escapar una risa grave demasiado parecida a la de Roman. A Charles se le había erizado la piel.

«Vaya, conque Charles Aster. Y cuéntame, ¿qué hace uno de los amiguitos de mi hermano llamándome un miércoles casi de madrugada? ¿No deberías estar estudiando?».

«Quiero ser tu camello», lo había espetado así, de golpe.

Un silencio tenso, y después:

«¿Conque mi camello, eh? Ese cabrón no vale ni para callarse...».

«Por favor», le había cortado Charles. «Roman no tiene la culpa».

«Eso lo decidiré yo».

Charles se había llevado la mano libre a la cabeza, tirando del pelo con fuerza. En su ansiedad por seguir adelante con el plan no había pensado en cómo sus acciones podían repercutir en Roman.

Tras unos segundos en los que había intentado calmarse, había tratado de razonar con Carter:

«Mira, sé moverme por el campus, me lo conozco como la palma de mi mano. Y no voy a traerte problemas. Soy discreto. No le voy a decir nada a nadie. Te lo juro».

«¿Sabes por dónde me meto tus juramentos, Charles Aster?», pero después: «No trabajo con mentirosos ni con maricones. Y a la primera que te salgas de la raya, estás fuera. ¿Me has entendido?».

Charles había asentido como un poseso en su habitación y, cuando se había dado cuenta de que estaba haciendo el idiota porque Carter no podía verlo, había dicho «sí, sí, por supuesto, entendido».

Otro silencio.

«¿Qué hace un niño rico como tú pasándose al lado oscuro?».

En realidad, pensó Charles, se había pasado al lado oscuro hacía meses, en Navidad. Pero lo último que necesitaba era confesarle a Carter el secreto que él y sus amigos se habían asegurado de enterrar todo lo hondo que habían podido; por mucho que a veces, y más recientemente, hiciera lo posible por salir a la luz.

Así que lo único que se le había ocurrido balbucear había sido que se trataba de «asuntos personales».

«Ya. Asuntos personales», había repetido Carter en un tono despectivo. «Os creéis los reyes del mundo, ¿no? Allí, en vuestra universidad, con vuestros privilegios. Intocables. Pues déjame decirte una cosa, Charles Aster. No lo sois. Ni tú ni el idiota de mi hermano. Y como esto sea uno más de tus jueguecitos o hagas algo que no me guste, vas a enterarte. Tengo ojos por todas partes».

«Por favor, no le hagas nada a…».

«Te he dicho que eso lo decidiré yo. ¿Estás sordo?».

Entonces había comprendido que lo que le había contado Roman sobre su hermano y su familia, aquellas conversaciones ambiguas que más bien parecían cuentos de terror inventados, habían sido reales.

Aquello había sido un horrible error. Le habían entrado ganas de colgar la llamada y meterse debajo de las sábanas para no volver a salir nunca más. O mejor, ir a refugiarse a los brazos de Connor, que seguro estaba en el salón mirando una de esas pelis europeas que tanto le gustaban.

Pero antes de que pudiera mover un solo dedo, Carter había vuelto a hablar.

«Estamos en contacto».

«¡Espera!», una palabra desesperada. «¿Qué significa eso?».

«Significa que si quiero que trabajes conmigo te llamaré», un ruido seguido de una maldición y un par de gritos; y después: «Déjame adivinar: Roman no sabe que me has contactado».

Charles no había respondido y aquello, al parecer, había sido suficiente para darle a Carter la respuesta que había estado buscando, porque había empezado a reír como un histérico.

«No, no, si al final nos lo pasaremos bien. Que tengas una buena noche, Charles Aster».

Y había colgado.

Las semanas se habían sucedido sin noticias de Carter. Y la histeria y la ansiedad de Charles habían ido aumentando poco a poco. Cada vez que se había encontrado con Roman había estado convencido de que su amigo aparecería con media cara ensangrentada y amoratada, o bien se abalanzaría sobre él pidiéndole explicaciones sobre la llamada con su hermano. Pero no había sucedido ni una cosa ni la otra.

Roman había seguido como siempre.

Y Charles había continuado sin tener noticias de Carter.

Hasta hacía un par de semanas. Había estado con sus amigos en la cafetería del Edificio Este, su cafetería, cuando su móvil había empezado a sonar. Al mirar la pantalla y ver las letras «CC» (bajo las cuales había guardado el contacto de Carter Cagliari), se había excusado un momento y, una vez fuera del alcance de sus amigos, había descolgado.

«Charles Aster», lo había saludado Carter con esa voz que lo llevaba persiguiendo desde hacía meses. «¿Sigues interesado en mi oferta?».

En realidad, pensó Charles, había sido él quien se había ofrecido a ser el camello de Carter; y no al revés. Pero mejor no sacar a relucir detalles como ese. No tenía ninguna intención de acabar en una cuneta y, visto el tipo de persona que era el hermano de Roman, eso era lo que iba a pasar si lo sacaba de sus casillas o se hacía el listo con él.

«Ehh… yo…».

«Tienes dos semanas para darme una respuesta. Si no me llamas para entonces, entenderé que no estás interesado. Y te recuerdo que como se te ocurra irte de la lengua te vas a arrepentir el resto de tu vida. Si es que te quedan días por vivir».

Y tras un par de carcajadas que más bien sonaron como un niño ahogándose (porque aquella debía de ser una de las frases más ingeniosas que Carter había pronunciado en su miserable y ridícula existencia), colgó.

Y allí se encontraba. Dos semanas después. En Buttermilk Falls. Debatiéndose entre qué era lo correcto y qué era lo acertado.

La verdad, cuando Carter no lo había llamado en los meses que se habían sucedido después de que hablaran por primera vez, había sentido alivio. Porque que Carter no quisiera contar con él significaba que no tenía que tomar una decisión; la habían tomado por él. Automáticamente, su mente había descartado la posibilidad de ganar dinero mediante la venta de droga (algo que, pensándolo bien, había sido una locura, porque quién en su sano juicio se pondría a hacer de camello por Cornell) y había empezado a buscar otras soluciones.

No las había encontrado.

Y entonces, Carter había vuelto a llamar.

Y, una vez más, todo había cambiado.

De repente, la opción de ganar dinero rápido y fácil había vuelto a estar encima de la mesa. Algo que podía llevar a cabo sin levantar sospechas, sin que sus amigos se enteraran, que le podía permitir seguir aparentando que todo iba bien, que nada había cambiado (pensándolo bien, quizá no fuera una locura).

Y allí estaba. Encima de una roca, con los pies a punto de rozar el agua, pero sin rozarla. Rodeado de naturaleza porque era lo que necesitaba cuando estaba inquieto o nervioso, o necesitaba pensar. Dándole vueltas y más vueltas a si llamar a Carter Cagliari para aceptar una oferta que en realidad no era suya.

¿Qué haría Connor en aquella situación? Pero descartó la pregunta al momento porque, por supuesto, Connor nunca llegaría a encontrarse en esa situación. Por muy bizarra que fuera la relación entre sus padres, George y Sarah Hannaway se apoyaban y apoyaban a su hijo. Nunca abandonarían a Connor de la forma en la que sus padres, cada uno a su manera, lo habían abandonado a él.

Así que no, no podía preguntarse aquello, al igual que tampoco podía imaginarse cómo reaccionaría Blythe, por los mismos motivos. En cuanto a Vera… ella podía permitirse lo que él no: verbalizar su precaria situación económica, compartirla con sus amigos y hasta trabajar en la tienda del campus. Para Charles, recurrir a sus amigos o a un empleo que pusiera en evidencia su desesperación era la última opción.

«Antes me pongo a vender droga», masculló en tono irónico.

Sus palabras quedaron ahogadas por el ruido de la cascada al impactar contra el lago.

¿Y Roman? ¿Qué haría Roman para proteger a los suyos?

Charles agarró un guijarro del suelo y lo tiró lejos, bien lejos. Impactó contra el agua y se hundió.

Recordó las palabras que le había confesado su amigo una noche, después de un par de cervezas de más. «He hecho cosas de las que me arrepiento y que muchas noches me quitan el sueño, Charles. Pero no dudaría en volver a hacerlas. Porque de lo contrario… de lo contrario no estaría aquí. No habría sobrevivido».

Charles se llevó la mano al bolsillo interior de la gabardina y sacó su móvil.

Si la supervivencia podía justificar sus acciones…

Si aquella era la única forma de ayudar a su madre y salvarse él…

Marcó el contacto guardado bajo las dos letras y esperó.

—Charles Aster —su nombre, pronunciado con ese tono terrorífico que ahora sería capaz de identificar en cualquier lugar, a cualquier hora—. Intuyo que tienes una respuesta que darme.

—Sí. Acepto tu oferta.

Una risa grave y rota, que le recordaba demasiado a la de su amigo.

—No te preocupes, chico, no se lo contaré a Roman. Este será nuestro pequeño secreto.

Tomar oportunidades. Buscar soluciones.

Estarás contento, papá. Después de todo, sigo haciéndote caso.

XXXVI

PRESENTE

18 de diciembre de 2017

Esa noche Vera tampoco había dormido en casa.

Lo sabía porque lo primero que había hecho después de despertarse (tras horas de dar vueltas en la cama sin conciliar el sueño) había sido deslizarse en zapatillas hasta la habitación de su amiga y llamar a la puerta.

Toc, toc, toc.

Cuando nadie había contestado, Blythe había abierto la puerta y había comprobado lo que ya sabía.

Vera no estaba.

En algún momento, seguramente el domingo por la mañana, cuando Blythe tenía la costumbre de acudir a las pistas de tenis del campus para entrenar, Vera debía de haber pasado a recoger algo de ropa (el armario entreabierto y la ausencia de la maleta que siempre descansaba debajo de la cama eran señal de ello).

Blythe volvió a su habitación y, una vez en el baño, encendió la ducha.

Era lunes e iba a ir a la cafetería del Edificio Este. Llevaba haciéndolo desde que había entrado en Cornell y no iba a dejar de hacerlo ahora, y menos por un enfado absurdo. Era consciente de que esa semana ya no tenían clases y de que el Baile de Navidad había sido un desastre. No obstante, aun así… más les valía a sus amigos tragarse el orgullo y hacer como ella. Más les valía estar en la mesa, esperándola con una bebida caliente entre las manos. Roman y Charles debatiendo sobre política o Derecho o cualquier otro tema; Connor leyendo el periódico, levantando la cabeza solo para decir sinsentidos; Vera en silencio, observándolos con esa satisfacción de quien ha encontrado su lugar en el mundo.

Ya vestida con un jersey negro de cuello alto, una falda plisada, unas medias grises tupidas y unas botas altas de piel, salió de casa y puso rumbo al campus universitario.

Subió las escaleras del Edificio Este a las nueve menos diez. Nada más entrar en la cafetería, que estaba más vacía de lo habitual, el olor a café recién hecho y magdalenas de chocolate la envolvió.

Dirigió la vista a la mesa en la que siempre se sentaban: la de la esquina de la izquierda, justo al lado de los ventanales.

Nada.

Estaba vacía.

Ni rastro de sus amigos.

Intentó no perder la calma. Al fin y al cabo, todavía no eran las nueve en punto y ella solía ser la primera en llegar.

Así que pidió un café con leche de soja, un *bagel* de aguacate y un par de magdalenas de chocolate (por si Vera aparecía, o mejor dicho, para cuando Vera apareciera) y fue a sentarse a su mesa.

Y esperó.

Sacó el ordenador y abrió un par de artículos que su madre le había enviado la semana pasada. Uno era un recopilatorio de las principales novedades legislativas en materia mercantil y el otro algo que Jia había escrito sobre Derecho bancario. Optó por el primero. Eliminó el segundo.

Después de leer el mismo párrafo por tercera vez consecutiva se dio cuenta de que esa mañana su cabeza no estaba para lecturas densas.

Miró la hora en la pantalla de su móvil.

Faltaban cinco minutos para las nueve.

Todavía es pronto, se dijo. *Deben de estar llegando*, se convenció. *Quizá Vera y Charles han salido a correr y han decidido alargar un poco más la ruta*, se imaginó.

Le dio un sorbo a su café con cuidado de no quemarse la lengua (estaba hirviendo) y miró más allá de los ventanales.

El campus parecía una ciudad fantasma de esas que se describían en películas o libros de terror. Una niebla densa cubría los caminos, jardines y edificios de Cornell, algo que le daba a la universidad un toque misterioso y a la vez un poco tétrico. Además, casi no había estudiantes. La gran mayoría se había ido a sus respectivas casas a pasar las vacaciones de Navidad.

Pero no ellos.

Vera no podía permitirse un vuelo a California y menos uno a Lima (aunque pensándolo bien, ¿qué haría en Lima?, la relación con sus padres era pésima). Roman preferiría tirarse por un puente antes que pasar las fiestas con su familia (así lo había expresado cuando habían hablado del tema hacía unas semanas). Y Connor y Charles, al igual que ella, tenían pensado volver a casa solo los días festivos.

Así que, para ellos, aquel lunes era como cualquier otro lunes del curso. O al menos debería de serlo. Deberían de estar allí.

Las nueve en punto.

En la cafetería no entró nadie.

Bajo la mesa, la pierna derecha de Blythe empezó a subir y bajar frenéticamente. De pronto, la música que sonaba por los altavoces se le hizo insoportable (¿desde cuándo la ponían tan alta?) y estuvo a punto de gritarles a los tres estudiantes que charlaban de forma animada dos mesas más allá que se callaran.

Buscó refugio en su café, pero le supo amargo.

Le dio un mordisco al *bagel*, pero el aguacate, en su boca, se tornó pastoso.

Era una tonta. Una estúpida. Porque de todos, ella era la única que había tenido la esperanza de que la noche del Baile de Navidad hubiera sido una simple anécdota sin importancia, algo que podían arreglar hablando tranquilos.

De todos, ella era la única que había ido a la cafetería.

Era una ilusa. Porque había imaginado que se encontrarían esa mañana y Vera les pediría disculpas por haber salido corriendo del jardín botánico, causando una escena innecesaria, y ella admitiría que se había equivocado al mentirles y no explicarles que estaba valiéndose de su apellido para allanarse la entrada en Greenberg & Hughes. Y entonces Connor añadiría que el que más lo sentía era él y que, por favor, lo ayudaran a hablar con sus padres para hacerles entender que no podían manipular a la facultad de aquella forma, que una cosa era mover hilos, y otra muy diferente y en ningún caso aceptable ofrecerle la beca a su hijo en una bandeja de plata. Roman asentiría y con pocas palabras les haría entender que no se preocuparan, que todo estaba olvidado, y miraría a Charles de esa forma en la que solo él sabía, y conseguiría que el chico de pelo y ojos oscuros se disculpara por haberse comportado como un imbécil y les confesara de una vez por todas lo que llevaba atormentándole desde hacía meses.

Claro que aquello solo había sido eso, pura imaginación.

Porque la realidad era que ya pasaban diez minutos de las nueve y en la cafetería la única que estaba era ella.

Sola.

Tragándose su orgullo.

Blythe se levantó de la silla y guardó el ordenador en su bolso de diseño estilo *tote bag*. Se puso la chaqueta y agarró su café con la intención de pedirle a la dependienta que se lo vertiera en un vaso de cartón para poder llevárselo.

Pero entonces sus ojos se posaron en las magdalenas de chocolate y su mente le susurró que quizás era cuestión de minutos y Vera acabaría apareciendo por la puerta de la cafetería y, al ver la bollería, le reprocharía a Blythe el detalle. Y todo regresaría a la normalidad.

Así que Blythe volvió a depositar el café encima de la mesa de madera, se descolgó el bolso, sacó el ordenador y se quitó la chaqueta.

Esperaría cinco minutos más. Sí, haría eso.

Pero los cinco se convirtieron en diez, los diez en veinte y los veinte en treinta.

Y allí no apareció nadie.

Algo dentro de Blythe se rompió.

Le hacía gracia cómo sus amigos la tildaban de fría y egoísta cuando, en el fondo, ella era la única que había optado por dejar su ego atrás y acudir aquella mañana a la cafetería.

Pues sería la última vez.

De ahora en adelante, miraría por ella y solo por ella.

De ahora en adelante se convertiría en la dama de hielo que todos aseguraban que era.

Que os den, volvió a pensar (pero esta vez de verdad). *Que os den, que os den, que os den*. Porque si lo repetía varias veces, se lo acabaría creyendo.

XXXVII
FUTURO

22 de diciembre de 2017

—Ya deberían de haber llegado —murmuró Vera por enésima vez.

Estaba junto a una de las ventanas del salón, apoyada en la pared, con la vista clavada en la oscuridad que acechaba fuera. Una mano la tenía guardada en el bolsillo de la sudadera negra que Roman le había prestado la noche anterior. La otra agarraba la pistola.

Desde que se la había dado, no la había soltado.

Roman se acercó a Vera con cuidado de no asustarla porque la chica parecía estar lejos, muy lejos, sumida en otro mundo.

¿Dónde te has ido?, quiso preguntarle. *Déjame entrar.*

¿Después de todo lo que te he contado, me odias?, quiso gritar.

En su lugar, le acarició la mejilla, mojada por las lágrimas que seguía derramando en silencio.

El cuerpo de Vera se sacudió levemente, como si un escalofrío la hubiera recorrido de los pies a la cabeza. Y entonces lo miró.

Y en sus ojos dorados vio dolor, incertidumbre, ira. Pero sobre todo vio miedo. Mucho miedo.

—Puedes dejar la pistola, ¿sabes? —Posó su mano en la de Vera, pero en lugar de entregársela, sus dedos se contrajeron con más fuerza alrededor de la empuñadura del arma.

—¿Acaso tú te la has sacado de la espalda?

Esa chica era demasiado lista para su propio bien.

Negó.

—Entonces, ¿por qué tendría que hacerlo yo?

—Porque yo sé manejar una pistola, Vera. Tú no.

Ella volvió a clavar la mirada en el exterior.

Había empezado a llover.

—No puede ser tan difícil.

—Lo difícil viene cuando le disparas a alguien. Es un peso que nadie puede cargar por ti.

Vera se despegó de la pared y encaró a Roman.

—¿Crees que tendremos que matar a alguien?

—No lo sé, Vera.

Porque era la verdad. No sabía en qué mierdas estaba metido su amigo ni lo que se encontrarían cuando le entregaran lo que les había pedido.

Pero teniendo en cuenta cómo se había desarrollado la llamada, la desesperación que había palpado en su voz y la forma abrupta en la que había colgado, no era nada bueno. De allí la pistola («pistolas, porque le has dado una a Vera»). De allí que hubieran decidido llamar a Blythe.

Porque si algo tenía claro es que aquello tenían que solucionarlo juntos.

Él había tenido razón. Habían sido unos críos egoístas, demasiado centrados en su vida como para detenerse a mirar, *realmente mirar*, lo que estaba sucediendo a su alrededor. Demasiado focalizados en la beca. La jodida beca.

... hacer algo habría significado salir de vuestras vidas y dedicar tiempo a la mía...

Si aquellas palabras se le habían clavado en lo más profundo era porque sabía que eran ciertas.

—Odio que digas esto —susurró ella.

—¿Que diga el qué?

—Que no sabes.

Esa vulnerabilidad lo conmovió. Era increíble cómo Vera le hacía sentir la persona más fuerte y segura del mundo, cuando toda su vida lo habían tratado como lo contrario.

Se vio a sí mismo, de pequeño, debía de tener unos ocho o nueve años, en el jardín de la mansión de Tunkhannock. Estaba sentado en el suelo y jugaba con unas canicas que su madre le había comprado a escondidas. Cuidaba de ellas como si fueran su mayor tesoro. Y por «cuidar» se refería a ocultarlas de su hermano y de Stefano. Pero ese día, Carter lo descubrió. Cuando vio las canicas, se las arrebató. Corrió hasta el estanque en la parte trasera de la mansión y las tiró. Las canicas se hundieron como lo que eran, canicas. Con los ojos anegados de lágrimas y el corazón roto (su tesoro, su mayor secreto, ya no existía), Roman le gritó a su hermano e incluso intentó propinarle un golpe en la espalda baja. Tras un par de puñetazos en el estómago, Carter agarró a Roman por la cintura y lo arrojó al estanque. Como a las canicas, porque también se hundió. Lo siguiente que recordaba era a Stefano agarrándolo del cuello de la camiseta, sacudiéndolo como si se tratara de un trapo sucio y repitiéndole que era un débil.

Débil por llorar.

Débil por no saber defenderse.

Débil por no haber aprendido a nadar.

Pero desde que la había conocido, esa tarde de principios de febrero, Vera lo había mirado diferente. Como si en él no cupiera debilidad alguna. Como si fuera una luz brillante, una brújula, siempre señalando el norte.

Ella no se había dado cuenta. Para él lo había sido todo.

Y por eso la abrazó.

Y no la soltó.

Si por él fuera, se habría quedado así toda la noche. Habría congelado el tiempo y vivido en ese momento por el resto de su vida.

Pero alguien llamó al timbre.

Y tuvo que soltarla.

XXXVIII
PRESENTE

19 de diciembre de 2017

Llevaba horas tirado en el suelo del salón, mirando al techo sobre la alfombra persa, escuchando la misma canción en bucle.

Hacía seis años que no probaba una gota de alcohol, pero si en ese momento alguien le hubiera ofrecido una botella de vodka garantizándole que si la bebía lo olvidaría todo, la habría aceptado sin dudarlo.

Aunque allí no había nadie para tentarlo, ni tampoco para decirle que quizá ya era hora de que se levantara e hiciera algo con su vida porque, desde que había vuelto del Baile de Navidad, no había hecho otra cosa que esperar.

Esperar a una persona.

Pero él no venía.

Y por eso en casa no había nadie.

Solo estaban él y la maldita alfombra persa que se había empeñado en comprar porque le daría un toque exótico a la casa, o eso era la justificación que le había dado a Charles cuando el repartidor había llamado al timbre y les había entregado el enorme bulto (más bien lo había dejado caer sobre el porche).

«Ya tenemos una alfombra», que era la verdad.

«Pero esta es persa».

Y cuando Charles había enarcado una ceja, claramente queriéndole decir que le importaba una mierda que fuera persa, Connor solo había sonreído y mascullado que le daría la razón en cuanto viera cómo quedaba en el salón.

«¿Ves?», había resollado, porque la tarea había supuesto más esfuerzo físico del que estaba acostumbrado. «Le da un toque de color al salón».

Cruzándose de brazos, Charles había inclinado la cabeza a un lado y al otro, como evaluando las palabras de su amigo.

«Si tú lo dices…».

«Y mira lo cómoda que es».

Connor se había tumbado boca arriba sobre la alfombra, en el hueco entre la mesa de centro y el sofá, que era bastante ancho.

«¿Char?», había dicho al ver que su amigo se quedaba de pie.

«No pienso estirarme sobre el suelo».

«Nadie te está pidiendo que te estires sobre el suelo».

«Pues sobre la alfombra».

«Pero es persa».

Charles había exhalado, cansado, pero, unos segundos después, se había colocado al lado de Connor, muy pegado, porque el hueco entre la mesa de centro y el sofá era ancho, pero no tan ancho como para dos personas.

Y allí, cuerpo contra cuerpo, habían mirado el techo. Y un silencio amable se había posado entre ellos. Un silencio tranquilo, sencillo, irremplazable. Triple. Infinito.

Hasta que Charles lo había roto preguntándole a Connor si había escogido tema para el artículo que tenían que redactar para la clase de Derecho y Políticas Medioambientales.

«No. Pero seguro que tú sí».

No había sido necesario que Connor mirara a Charles para saber que había estado sonriendo.

«Voy a plantear una reforma de la Ley Orgánica del Servicio de Parques Nacionales. Al fin y al cabo, se dictó en 1916 y desde entonces…».

Una hora después habían seguido tumbados sobre la alfombra persa, Charles hablando y hablando, Connor escuchando medio dormido, simplemente disfrutando de su compañía.

Lo que daría por retroceder en el tiempo, por tenerlo a su lado teorizando sobre las posibles reformas de la Ley Orgánica del Servicio de Parques Nacionales o cualquier otra que estudiaran en la asignatura de Derecho y Políticas Medioambientales, a la que solo se había apuntado por él.

Después de que Vera hubiera huido corriendo del jardín botánico y de que Roman la hubiera seguido como un poseso, Charles les había dado la espalda y, tras recoger su chaqueta del guardarropas, había abandonado el edificio.

Sin despedirse.

Connor y Blythe se habían quedado en silencio, cada uno sumido en sus pensamientos, o más bien pesadillas. La gente de su alrededor había mirado y se había deleitado en su desgracia y había susurrado y empezado a esparcir rumores. «Otro baile, otro escándalo. ¿Los has visto? Siempre llamando la atención. ¿Los has visto? No se aguantan ni entre ellos. ¿Los has visto? Degenerados».

Sí, otro año, había pensado Connor. Solo que esa vez, en lugar de destrozar a alguien y salvarse ellos, se habían mutilado entre todos.

En algún momento Blythe se había marchado y él se había quedado en medio de la multitud, consciente de que la fiesta seguía pero incapaz de escuchar ni sentir nada. Era como si alguien le hubiera quitado el alma para solo dejar su cuerpo. Era un espantapájaros, un muñeco, un recipiente. Hueco.

No sabía cuánto tiempo había permanecido así, quieto, inmutable, porque otra de las cosas que había perdido había sido la noción del tiempo.

Hasta que una melodía se había abierto paso entre la gente y lo había alcanzado. Era una canción.

Su canción.

La que el que había sido su mejor amigo, confidente y compañero de vida, escuchaba a todas horas, incluso cuando estudiaba o salía a correr.

Last night I, smoked a cigarette. My dad would have been so upset.

Con cada verso había vuelto a ganar un poco más del alma que alguien (no sabía quién) le había robado. Y entonces se había acordado de Vera, que había huido, y de Roman, que la había seguido. Y de Blythe, que en algún momento se había marchado. Y de Charles, que lo había abandonado.

Charles.

Había sido su culpa. Esa era la conclusión a la que había arribado mientras se alejaba del jardín botánico y la verdad que llevaba repitiéndose desde que había llegado a su casa y la había encontrado vacía. Desierta.

Porque Charles no había estado. Seguía sin estar.

Y Connor se había negado a abandonar la casa. Seguía negándose.

—Por si vuelve —le susurró a la nada.

Pero su intuición, esa de la que tanto se jactaba frente a sus amigos y que solía utilizar de excusa para ocultar sus decisiones más infundadas, le decía que no volvería.

No volverá.

Connor tenía la certeza de que Charles había recogido cuatro cosas y se había largado de casa para no regresar en mucho, mucho tiempo.

—Pero te has dejado algo —la voz le salió ronca—. ¿Qué has hecho, Charles? ¿En qué mierda te has metido?

Levantó la bolsita transparente que había encontrado en uno de los cajones del escritorio de su amigo y la sostuvo por encima de su cabeza.

«¿Por qué?», quiso gritarle. Por qué hay droga escondida en tu habitación, por qué no me pediste ayuda, por qué has acabado así, por qué has tocado lo único que te pedí que no tocaras y que me juraste que nunca tocarías.

Por qué.

Por qué.

Por qué.

Demasiadas preguntas para una persona que no tenía las respuestas porque no iba a aparecer para responderlas.

Había sido su culpa. Sintió las palabras como un látigo contra la piel desnuda. Él había optado por convencerse de que todo estaba bien. De que la apatía y el aislamiento de su amigo habían sido fruto del estrés o de una mala racha. Y de que su mutismo, su negativa a contarle nada, habían sido causados porque, en el fondo, se había cansado de él.

Cansado de su carácter gandul y despreocupado, de su ley del mínimo esfuerzo. De todas las veces que había robado el periódico en la cafetería del Edificio Este pese a haber tenido el dinero suficiente como para comprarse un millón de ejemplares. De que llevara la taza que le había regalado a todas partes porque prefería beber el café pensando en él. De la forma en la que lo rodeaba con un brazo porque le reconfortaba tocarlo y sentir su calor. Pero también de sus juegos; de que cada semana le restregara en la cara cómo se había acostado con un chico nuevo o utilizara cualquier otra excusa para llamar su atención y provocar algún tipo de reacción en él, la que fuera, algo que le demostrara que todavía le importaba.

De su alfombra persa.

Porque, en su cabeza, por supuesto que el problema siempre había sido él.

Connor Hannaway.

Charles era demasiado puro como para permitir que la oscuridad lo encontrara y arraigara en su interior.

Pero al parecer, pensó mientras giraba la pequeña bolsa transparente entre sus dedos, había acabado por encontrarlo. Y él le había dado la bienvenida.

¿Debería llamar a sus amigos? ¿Contarles lo que había descubierto? ¿Que Charles estaba atrapado en un pozo mucho más profundo y oscuro de lo que se habían imaginado?

¿Y si Charles volvía? ¿Y si solo se había marchado unos días, para despejarse, y estaba a punto de abrir la puerta de casa? ¿Y si lo saludaba con una sonrisa y le preguntaba qué quería para cenar y todo volvía a la normalidad? ¿Y si finalmente le confesaba que sí, que le quería y estaba enamorado de él, y que perdona por haber tardado tanto en decírtelo pero ya está, esta es la verdad, Connor? ¿Y si aquella bolsa transparente tenía una explicación y se estaba montando una película? Al fin y al cabo, sí que era un poco dramático.

Demasiadas preguntas para una persona que ya no sabía responder porque la culpa lo había corroído hasta el punto de anularlo.

Había sido su culpa.

Connor cerró los ojos.

Se quedó tumbado en la alfombra persa.

Y deseó con todas sus fuerzas que, al abrirlos, se encontrara con un chico de pelo negro rizado hablándole sobre políticas medioambientales, tumbado a su lado, piel contra piel, porque el hueco entre la mesa de centro y el sofá era ancho, pero no tan ancho como para dos personas.

XXXIX

PRESENTE

20 de diciembre de 2017

Nunca en su vida se hubiera imaginado que acabaría en un motel a las afueras de Ithaca, con las persianas corridas, la puerta atrancada y un dolor en el pecho que le impedía respirar.

Llevaba cinco días en ese estado. Solo saliendo de la minúscula y roñosa habitación para comprar algo de comida en la tienda de la planta baja.

Pan de molde, patatas fritas, macarrones con queso precocinados y vuelta a la casilla de salida.

Los primeros dos días los había pasado en silencio, solo con sus demonios y la paranoia de que alguien lo estaba vigilando, controlando cada uno de sus movimientos, incluido el latido de su corazón.

El tercero, una señora mayor, debía de tener unos ochenta años, lo había parado en el corredor al que daba la puerta de su habitación para preguntarle si había visto a su nieto.

—No —había sido su respuesta.

Pero la anciana no había tenido suficiente, porque había empezado a describir a su supuesto nieto diciendo que era alto y con el pelo rubio y que seguro que sí, tenía que conocerlo, porque iba a la universidad que estaba a unos pocos kilómetros del motel.

—Es muy listo, ¿sabes? Creo que estudia Derecho. Será un gran abogado, ¿sabes?

—No. —De nuevo, había sido su respuesta.

Se había metido en la habitación y cerrado la puerta de un golpe, dejando a la mujer sola en medio del pasillo.

Diez minutos después, seguía hablando sola.

Charles hubiera dado lo que fuera porque se callara.

El cuarto día, la cajera de la tienda lo había mirado con pena y preguntado si necesitaba algo.

—No.

Aunque en realidad sí.

De necesitar, necesitaba muchas cosas.

Ese día, el quinto, había amanecido tronando.

Charles se encontraba en la cama, sentado con las piernas cruzadas, contando el dinero que le quedaba a pesar de que sabía que no era mucho. Aquel, el quinto, era el día en que lo llamarían. Ya había pasado demasiado tiempo desde la última vez.

La cuestión era esperar y, cuando pasara, actuar en consecuencia.

El móvil sonó a las doce menos veinte de la mañana.

Charles descolgó.

—Charles Aster —una voz grave, peligrosa—. Me alegro de que hayas contestado, no las tenía todas conmigo.

—¿Y por qué no iba a hacerlo? —aventuró con una seguridad que en realidad no poseía. Estaba aterrado.

—Si alguien saliera huyendo de la casa donde vive y fuera a esconderse a un motel medio derruido a las afueras de la ciudad… ¿tú que pensarías?

—¿Que esa persona necesita un cambio de aires?

Idiota. Lo último que debes hacer es ir de gracioso con este psicópata.

—Mira, niñato —siseó Carter—. Ya me he cansado de tus juegos y tonterías. Te lo advertí cuando te ofrecí trabajar para mí. A la mínima que intentaras pasarte de listo te enterarías. Wess te dio un aviso hace un mes y tú has decidido reírte en nuestras caras. ¿Te pensabas que podrías engañarnos? ¿Que podrías salirte con la tuya?

Charles no contestó. Había aceptado su destino en cuanto Wess le había sacado la navaja en el callejón detrás del Liberty y él se había dado cuenta de que las amenazas de Carter iban en serio. De que si le decían que a la próxima le rajarían el cuello era porque tenían la intención de hacerlo. Fuera quien fuere, incluido el amigo de su hermano.

Pese a ello, Charles había decidido seguir adelante. Era como si, de alguna forma, saber que corría peligro, que estaba a punto de caer por un precipicio, lo incitara a actuar con más imprudencia. Había algo en él, una oscuridad que antes no había albergado, que quería jugar con su vida.

Además, vender droga por el campus había resultado ser una fuente de ingresos rápida y eficiente. De pronto, Charles volvía a tener billetes con los que pagarse la comida. De la noche a la mañana, podía llamar a su madre y contarle que le acababa de enviar un sobre con un buen fajo.

El peligro, junto con esa sensación, lo había cegado. Y en su ceguera había convenido que en lugar de quedarse la parte que le correspondía de lo que vendía, empezaría a guardarse un poco más, solo un poco, en el bolsillo. Además, ¿quién iba a darse cuenta de que de vez en cuando se esnifaba o fumaba parte de lo que tenía que vender?

No había mejor sensación que la de volver a sentirse alguien con dinero, con poder. No había mejor conciencia que la que está tranquila por saber que estás ayudando a quien depende de ti, aunque esa persona esté convencida de que no necesita tu ayuda. No hay mejor motor que el propulsado por el peligro, por la inminencia de la muerte.

Así que incluso cuando Wess lo había tirado al suelo y dejado sin respiración y sacado la navaja, había seguido. Pese a las amenazas y las pesadillas, había seguido.

Hasta el Baile de Navidad.

Hasta que Carter lo había llamado y siseado lo que pensaba hacerles a su madre y sus amigos. Entonces, la realidad de su situación lo había sacudido como quien sacude a una muñeca de trapo.

¿De verdad se había pensado que Carter y Wess no habrían estado contando cada dólar que faltaba desde el principio? Seguro que llevaban vigilándolo desde el mismo momento en el que había aceptado ser su camello en Cornell. Persiguiendo sus pasos como dos cazadores que, en plena caza, siguen el rastro de su presa.

¿De verdad había pensado que podría salirse con la suya?

Sí, había sido un iluso, había estado cegado por el poder y el peligro, porque solo ahora se daba cuenta de que Carter y Wess habían estado esperando el momento oportuno para acorralarlo y acabar con él de la forma más dolorosa: atacando lo único que quería en este mundo.

Aquellas eran las consecuencias de su estupidez y su codicia.

No sabía cómo había dejado que las cosas llegaran hasta ese punto. Lo que sí sabía era que le debía mucho dinero al hermano de Roman.

Estaba jodido.

Realmente jodido.

—Te lo voy a repetir para que te entre bien en esa cabeza de empollón que tienes. O me entregas cincuenta mil dólares ahora mismo o ya te puedes ir despidiendo de tu familia y de tus amiguitos.

La sensación de mareo que lo invadió fue tal que Charles tuvo que sujetarse a las sábanas de la cama para evitar caerse al suelo. Una náusea ácida, con sabor a pan de molde, patatas fritas y macarrones con queso precocinados, remontó por su esófago.

¿De dónde se suponía que iba a sacar cincuenta mil dólares?

Era imposible que debiera tanto, ¿no? Hizo cuentas mentalmente. Había empezado a apropiarse de parte del dinero que le correspondía a Carter hacía poco más de un mes. De cada venta se había quedado un cinco por ciento más de lo que debería. Como mucho, le debía unos quince mil dólares.

Pero cincuenta...

—Carter, te devolveré lo que te debo. Te lo juro. —Se llevó la mano a la boca, controlando otra náusea—. Pero cincuenta mil dólares...

—Ya me juraste una vez, ¿te acuerdas? *No te traeré problemas, soy discreto* —se burló—. Tus juramentos valen lo que se dice una puta mierda.

—Pero cincuenta mil dólares...

—Llámalo «intereses». Eso y que te advertí que no trabajaba con mentirosos ni con *maricones*. —Carter pronunció la última palabra con un asco evidente, incluso casi palpable. Recordó lo que le había insinuado el hermano de Roman en más de una ocasión: que tenía ojos por todas partes. Vio a Connor, sonriente, tumbado sobre la alfombra persa que se había empeñado en comprar. Y a él estirado a su lado, sus cuerpos rozándose.

Sí, decir que estaba aterrado se quedaba corto.

Al otro lado de la línea, se oyó el chasquido de un mechero al encenderse una vez. Y otra. Y otra.

Se imaginó a Carter, tirado sobre una butaca de cuero desgastada, jugando con el mechero como si fuera el rey del mundo.

—Ahora no puedo. Dame unos días para juntar el dinero.

—Encima con exigencias.

—Por favor, dame cinco días y el dinero es tuyo.

—No.

—Cuatro días.

—No.

—Tres, *por favor* —suplicó. Pero no a Carter, sino al cielo, a quien fuera que estuviera allí arriba mirándolo.

—Tres días, Charles Aster. Te espero la medianoche de aquí a tres días en el callejón del Liberty. Tráeme el dinero. Y ven solo. Como intentes salirte con la tuya, como hables con alguien de esto, no serás el único que sufra. Sabemos dónde vive tu madre. Quiénes son tus amigos. Si te piensas que no sería capaz de hacerle daño a mi propio hermano estás muy equivocado. Hace tiempo que me muero de ganas de deshacerme de ese cabrón.

Charles no dijo lo que pensó, que, si tenían que escoger a una persona contra la que arremeter, que arremetieran contra su madre. Pero que no tocaran a Connor, ni a Roman, ni a Blythe, ni a Vera.

Por un momento vio el cuerpo de Connor, descansando en el fondo de un lago, con un balazo en el pecho.

Le entraron ganas de vomitar.

Si había algo que Charles nunca se perdonaría era que sus amigos visitaran el mismísimo infierno por su culpa.

—Tres días. A medianoche. En el callejón del Liberty.

—Sí, haces bien en repetirlo. No vaya a ser que se te olvide. —Una pausa, otro chasquido del mechero al encenderse y apagarse—. Esta es tu última oportunidad. No la desperdicies.

La línea se cortó.

Charles dejó caer el móvil encima de la cama y se tambaleó hasta el baño. Se arrodilló frente al váter y vomitó.

Vomitó el pan de molde, las patatas fritas y los macarrones con queso precocinados.

Cuando hubo acabado de verter todo el contenido de su estómago, se quedó sentado sobre las baldosas frías y pálidas del baño. Se abrazó las piernas y apoyó la frente sobre ambas rodillas.

No tenía fuerzas ni para lavarse los dientes.

Su cuerpo lo abandonó y su mente, en vez de actuar con racionalidad y ayudarlo a trazar un plan que lo salvara de aquella pesadilla, decidió gastar la poca energía que le quedaba en repetir la misma pregunta, una y otra vez, en bucle.

¿De dónde iba a sacar cincuenta mil dólares?

Qui amat periculum, in illo peribit.

Sí, había jugado con el peligro hasta el punto de amarlo y, por ello, perecería en él.

XL

PRESENTE

21 de diciembre de 2017

—¿Te vas? —La voz llegó desde una habitación al otro lado del pasillo.

Cómo la había oído, Vera no tenía ni idea. Al parecer, entre las habilidades de Roman se encontraba la capacidad de percibir hasta el ruido más mínimo.

Y eso que desde que convivía con Blythe se había acostumbrado a ser sigilosa y moverse con la ligereza de la brisa de principios de primavera.

Roman estaba sentado frente al escritorio de madera oscura de su estudio. Tenía el pelo alborotado, signo de que se había levantado no hacía mucho, y llevaba puestas unas gafas grandes y redondas con montura de madera.

Sobre la mesa, junto a un par de lápices y un carboncillo, descansaba una libreta, abierta por la mitad. En la página de la derecha, Vera vislumbró los bocetos de una mansión y, en la de la izquierda, una figura oscura encorvada, casi monstruosa.

Roman se quitó las gafas y las depositó sobre la mesa, junto a la libreta.

—Me ayudan a concentrarme cuando estoy cansado o no hay mucha luz —explicó, tratando de desviar la atención de Vera, que seguía fija en los dibujos—. Hoy, las dos cosas.

Eran las siete menos veinte de la mañana.

—¿Por qué no duermes más? —Sabía que era una pregunta absurda, porque conocía la respuesta, pero la lanzó igualmente.

—No puedo. —Los labios de Roman se convirtieron en una tensa línea recta, sus ojos se fruncieron de frustración.

—¿Y al menos quedarte en la cama con los ojos cerrados? —aventuró Vera.

Roman esbozó una sonrisa torcida y giró la silla de cuero estilo oficina para orientar su cuerpo en dirección al de Vera.

—Dijo la chica que va vestida con ropa de deporte antes de que salga el sol.

Vera se cruzó de brazos.

—Salir a correr es parte de mi rutina.

—Estamos de vacaciones.

—¿Y?

—Pues, que yo sepa, las vacaciones están para eso. Romper con las rutinas.

—Lo necesito. —Dos palabras, que salieron de sus labios antes de que pudiera detenerlas.

Cuando Roman asintió y, levantándose de la silla, murmuró un «te acompaño», Vera no se sorprendió.

Llevaba solo seis días viviendo en casa del chico, pero parecían más. Muchos más. Le asustaba un poco la forma tan clara en la que se entendían, la armonía en la que pasaban las horas, lo sencillo que era estar a su lado.

Para qué negarlo, no quería marcharse.

Era como si, de alguna forma, la casa de Roman se hubiera convertido en un espacio seguro, un paréntesis entre todo el caos y el desastre que se había desatado a raíz del Baile de Navidad. Cuanto más lo extendieran en el tiempo, más tardarían en volver a la realidad.

Conocía los motivos de que Roman anduviera despierto desde antes del amanecer. Eran los mismos por los cuales ella se había empeñado en salir a correr el viernes antes de Navidad.

Connor mintiéndoles.

Blythe manipulándolos.

Charles explotando contra ellos.

Vera ocultándoles la verdad.

Roman asimilándolo todo en silencio, otra carga más a su espalda.

El Caso Magno.

La Beca Steven Greenberg y Jacob Hughes.

Los Arrieta.

La Facultad de Derecho de Cornell.

Greenberg & Hughes.

Nathalie.

Desde la conversación que habían tenido la mañana siguiente al Baile de Navidad, los habían ignorado. Habían bailado a su alrededor como riéndose de ellos. «No podéis tocarnos», les habían gritado, «no podéis alcanzarnos».

Las llamadas de Blythe, aquellas que habían llegado después de la fiesta, seguían sin ser contestadas. El silencio de Connor, desechado como si se tratara de un papel sucio. El aislamiento de Charles, puesto en pausa. La beca, el Caso Magno, la presencia de Nathalie… olvidados.

Solo existían Roman y Vera.

Y los fantasmas. Siempre los fantasmas.

Al pasar a su lado, Roman depositó un suave beso sobre sus labios.

Ah, sí, y también estaba eso.

Si Tina le preguntara por su relación con Roman, Vera le contestaría que mejor no hablar sobre ello porque ni ella sabía lo que estaba pasando.

Después de acostarse la noche del Baile de Navidad, Vera había sido asaltada por la inseguridad. ¿Y si solo era cosa de una noche? ¿Y si Roman no quería nada con ella, sino con el espectro de alguien a quien había tenido y perdido? ¿Acaso ella quería algo más con él?

En el plazo de una mañana, entre el desayuno de tortitas y la excursión al polideportivo, había quedado claro que Roman no tenía ninguna intención de apartarla ni ella de marcharse. Es más, en cuanto se habían subido al coche de nuevo, después de que Vera se dejara media alma en el *ring*, Roman había conducido directo a su casa y ella no se había opuesto ni quejado.

Desde entonces habían adoptado una dinámica que consistía en no hablar de lo que estaba pasando entre ellos, pero actuar como si fuera algo.

En el caso de Vera, tenía demasiado miedo de que aquello se acabara. Por eso prefería no decir nada.

Sí, era una cobarde.

—¿Vamos?

La pregunta la devolvió al presente.

Allí estaba Roman, vestido con ropa de deporte y unos auriculares negros inalámbricos colocados en las orejas.

—No tienes por qué venir conmigo —dijo Vera mientras bajaban las escaleras.

—¿Qué pasa, Vera? ¿Tienes miedo de no poder seguirme el ritmo? —le lanzó Roman mientras abría la puerta de casa.

—Más bien de que acabes llorando en una esquina porque mi tiempo es mejor que el tuyo.

La carcajada de Roman se perdió en la oscuridad de primera hora de la mañana.

Vera cerró los ojos y se dejó envolver por la humedad de Ithaca. Las pequeñas gotas de lluvia le rociaron la piel de la cara, el frío le cortó las manos, la niebla le abrazó el cuerpo. Escuchó el gorjeo de los pájaros, anunciándole a la ciudad que ya se acercaba el momento de levantarse, de empezar un nuevo día. Sabía que Roman estaba a su lado y que la estaba mirando. Podía sentir el peso de sus ojos sobre su rostro.

Algo en ella le aconsejó que se regodeara en esa sensación, que se aferrara al chico con toda la fuerza que pudiera, que no diera por sentado el mañana.

Acalló la voz.

Ese no era momento de entrar en bucle con los millones de «y si…» que podían materializarse en un futuro. Era momento de evadirse, de entrar en trance, de intentar olvidar.

Y por eso, Vera emprendió la marcha. Primero caminando, después trotando y al final corriendo.

Izquierda, derecha, izquierda, derecha.

Roman la siguió, adaptándose a su cadencia cuando claramente tenía la capacidad física para ir a un ritmo mucho más alto.

Y así se adentraron en Ithaca.

Para Vera, solo existían ellos dos.

Pero los fantasmas acechaban.

Siempre los fantasmas.

Después de quince kilómetros de idas y venidas por el campus y sus alrededores, llegaron a Stewart Park.

Pese a que el sol ya había salido, una fina capa de niebla se negaba a abandonar el lago Cayuga.

Vera se detuvo en la orilla, en el mismo lugar en el que Charles y ella habían descansado tantas veces durante sus carreras matutinas.

Durante los primeros meses de Vera en Cornell, Charles se había convertido en su confidente. Por mucho que Connor le hubiera abierto los brazos desde el principio, o que Blythe la hubiera acogido en su casa y en su corazón, Charles había sido la persona a la que Vera había recurrido siempre que necesitaba sincerarse. Había algo en ese chico, la pureza de su mirada, la gentileza de sus palabras, que te hacía creer que, mientras permanecieras a su lado, nada malo podría sucederte.

Vera no pudo evitar encogerse al recordar el aspecto tan demacrado y desmejorado que había presentado en el Baile de Navidad.

Charles había estado allí siempre, pero ¿dónde habían estado ellos cuando él los había necesitado?

—¿En qué piensas? —Al igual que ella, Roman observaba el agua oscura.

—En Charles —admitió.

Era la primera vez que pronunciaba su nombre desde la mañana posterior a la fiesta.

—Yo también —confesó el chico.

—¿Crees que se ha ido a casa? —preguntó Vera, volviendo a la conversación.

—Connor y él tenían planeado volver a Nueva York el día 23. Al menos eso fue lo que acordaron hace unos meses. Ahora…

No terminó la frase. No hacía falta.

Ahora todo podía haber cambiado.

Un par de personas, probablemente estudiantes de Cornell, pasaron corriendo por el camino que bordeaba la orilla del lago. Vera alcanzó a ver la mirada de soslayo que les dirigieron. Pensó en Kasey, en la felicidad que había irradiado al recibir a Vera en la casa de Madison Street y en cómo esa alegría se había convertido en frialdad, rencor y aversión en cuanto Vera había escogido seguir su camino junto a Connor, Charles, Blythe y Roman.

Pensó en Tahoe, Fuller y Root, en cómo Roman había arremetido contra ellos la noche del Baile de Navidad, en los insultos, los gritos y las burlas. En cómo ella misma, en un arrebato de ira y rabia, había agarrado una piedra y la había estampado contra la cabeza de Mark Tahoe. En cómo no había dudado de sus acciones e incluso, cegada por el odio, había llegado a desear la muerte del chico. En cómo el cuerpo de Roman seguía magullado por los golpes que había recibido para defenderla de los insultos y obscenidades que habían proferido aquellos tres idiotas.

—No te preocupes, no me duele —le había asegurado Roman cuando ella se había preocupado por el estado de su rostro, sus manos, su abdomen—. Te aseguro que ellos han acabado peor que yo. Sobre todo Tahoe.

Vera había deseado que así fuera, que Mark Tahoe hubiera acabado tirado en el sofá de su casa, incapaz de moverse por el dolor y la vergüenza de saber que había salido perdiendo.

Sí, había perdido.

Y ella había ganado.

Teniendo a Roman, a los Hijos Dorados, de su parte, no podía ser de otra forma.

¿De verdad los tienes?, le susurró una voz. *¿Dónde está Blythe? ¿Y Connor? ¿Charles? Cuidado, quizá Roman acaba marchándose también…*

Vera intentó acallar sus inseguridades y miedos. Pero ya no fue capaz de evadirse, ni de entrar en trance, ni de intentar olvidar.

Volvieron más fuertes que nunca.

Connor mintiéndoles, Blythe manipulándolos, Charles explosionando contra ellos, Vera ocultándoles la verdad, escrita en su diario… Se repetían y repetían en su cabeza.

Un mantra.

Una pesadilla.

De pequeña, su madre siempre le decía que la vida era cuestión de instantes. *Los instantes lo determinan todo*, le había susurrado en más de una ocasión, como si le hubiera estado confiando un secreto, mientras la acostaba, la llevaba en coche a casa de una amiga o la recogía del colegio.

Solo ahora entendía claramente a lo que se había referido.

Si se encontraba allí, de pie frente al lago Cayuga, sudando pese al frío, era por un cúmulo de instantes que se habían ido concatenando sin que ella apenas se diera cuenta.

De pronto, fue como si el peso de esos instantes, de esos fantasmas (porque bien pensado, eran lo mismo), cayera desde el cielo. Después de seis días revoloteando a su alrededor, acechando, esperando el momento perfecto para abalanzarse sobre ella, descendieron como un rayo e impactaron contra su cuerpo.

Vera se dejó caer. Sus rodillas chocaron contra la hierba húmeda.

Permitirse pensar en Charles, incluso pronunciar su nombre, había abierto una puerta que, se temía, ya no podría cerrar.

Intentó por todos los medios no llorar, pero las lágrimas se agolparon bajo sus párpados, suplicándole que las dejara libres.

Intentó con todas sus fuerzas no gritar, pero la rabia que sentía era tal que necesitaba darle rienda suelta.

Lloró, y su llanto se perdió en la tierra.

Gritó, y su grito se lo tragó el lago.

El agotamiento que sentía era tal que por un momento pensó que sería incapaz de levantarse.

Roman la sujetó.

Tal y como había hecho en el *ring*. Tal y como llevaba haciendo los últimos meses y, en realidad, desde que lo había conocido (aunque ella, al principio, no se hubiera dado cuenta). *Nunca dejes de sostenerme*, le pidió en silencio. *¿Por qué sigues en pie?*, le preguntó en su mente, *¿acaso no sientes el cansancio?*

—Claro que lo siento —susurró porque, sin darse cuenta, Vera había pronunciado la pregunta en voz alta.

Después de lo que pareció una eternidad y a la vez no el suficiente tiempo, Vera se sintió con fuerzas para incorporarse.

Caminó un poco para retomar el control sobre su cuerpo y regular su respiración. Inspiró y se recordó a sí misma el motivo por el cual había aplicado a Cornell. Contuvo el aire y se convenció de que su futuro no estaba perdido, de que todavía existía una oportunidad para conseguir todo aquello que se había propuesto. Exhaló y se prometió que lucharía por ella y por sus amigos.

Repitió el proceso un par de veces más.

Y entonces encaró a Roman.

—Tenemos que solucionar esto.

Él la entendió. Últimamente siempre lo hacía.

—No podemos seguir eludiendo la realidad. Por mucho que queramos —añadió, porque una cosa era lo que deseaba y otra muy diferente lo que debía—. Tenemos que solucionar la mierda en la que nos hemos metido y, una vez lo hayamos hecho, volver a centrarnos en el Caso Magno. No todos podemos conseguir la beca, pero yo voy a ser una de las cuatro personas que se la lleven.

Su fuego, ese que la había llevado hasta Cornell y que la había abandonado la noche del Baile de Navidad, había vuelto con más fuerza que nunca.

Que vinieran los fantasmas.

Los mataría a todos.

—¿Y por dónde quieres empezar? Porque, la verdad, tenemos bastante mierda encima.

Connor mintiéndoles. Blythe manipulándolos. Charles explotando contra ellos. Vera ocultándoles la verdad, escrita en su diario. Roman asimilándolo todo en silencio, otra carga más a su espalda. El Caso Magno. La beca. Greenberg & Hughes. Los Arrieta. La Facultad de Derecho de Cornell. Nathalie.

Sí, Vera tenía muy clara su respuesta.

—Quiero que me cuentes qué pasó con Nathalie.

La expresión del chico se endureció, pero ella no flaqueó.

Era hora de actuar.

E iba a empezar pidiendo respuestas.

XLI

PRESENTE

22 de diciembre de 2017

Roman había sabido que, tarde o temprano, aquel momento llegaría.

Se encontraba en el salón de su casa, esperando a que Vera bajara. En el segundo en el que había murmurado que necesitaba una ducha y se había encerrado en el baño, Roman había comprendido que ya no podía alargar más el silencio.

Volvió a verla en Stewart Park, vestida de deporte, su pelo húmedo por la lluvia, su expresión pura congoja y determinación.

—No hace falta que sea ahora mismo —le había dicho tras pedirle explicaciones sobre Nathalie—. Pero quiero que me lo cuentes, Roman. De lo contrario…

En su mente, Roman había terminado la frase por ella: *De lo contrario, no creo que pueda seguir.*

Después de aquello, Vera se había girado y había emprendido el camino de vuelta a su casa. El resto del día había transcurrido bañado por aquella complicidad que se había asentado entre ellos.

No obstante, por mucho que Vera siguiera sonrojándose cada vez que él la tocaba o siguiera disparando pregunta tras pregunta, como si quisiera conocer cada rincón de su vida y todos sus secretos, Roman sabía que, en algún punto de aquella mañana, mientras habían estado en el parque, Vera había decidido que ya había tenido suficiente de esconderse.

Porque eso era lo que habían estado haciendo esos días en su casa. Esconderse. Roman no era un iluso, había sido plenamente consciente de ello. Pero en lugar de salir del escondite y seguir adelante, había antepuesto su egoísmo y su necesidad de estar con aquella chica. Como si fueran dos jóvenes normales con la única responsabilidad de quererse.

Al principio se había dicho que solo sería un día. La llevaría al polideportivo, boxearían, y conduciría de vuelta a casa de Blythe. Pero en lugar de seguir con su plan, había conducido directo a su casa. Una mirada a su rostro, brillante por el sudor pero un poco más libre, menos triste, había sido suficiente para acabar con su voluntad.

Solo un día más, se había obligado a prometer. Pero la promesa se había desvanecido en cuanto ella se había preparado para ir a dormir y en lugar de ponerse un pijama cualquiera se había vestido con una de sus camisetas.

Y así, día tras día, Roman había encontrado pequeñas excusas, detalles, que habían conseguido derribar, uno por uno, todos los motivos por los que tendría que volver a la realidad.

Una realidad oscura e incierta.

Tenía un mal presentimiento. Desde el Baile de Navidad, sentía como si un velo negro se hubiera posado sobre sus cabezas y estuviera esperando el momento indicado para asfixiarlos a todos.

Y el momento había llegado cuando Vera había decidido que ya tenía suficiente de esconderse, había desenterrado el nombre de

Nathalie y había pedido explicaciones al respecto, ahora de forma definitiva.

Nunca saques los cadáveres. Si lo haces, te arriesgas a perderlo todo.

Stefano podía ser un hijo de puta, pero, a veces (solo a veces), tenía razón.

Desde que Vera se había unido a ellos, hacia principios de febrero, la presencia de Nathalie había revoloteado a su alrededor como un espectro.

Todos la habían sentido.

No solo por el evidente parecido entre las chicas (su voz, los anillos, la forma en la que se había presentado, los *ojos*), sino por la sensación de estar reviviendo una pesadilla que se habían esforzado mucho por sepultar.

«Es como si estuviera aquí, vigilándonos», había musitado Blythe uno de esos miércoles en los que los cinco se habían reunido para estudiar en casa de Connor y Charles. Vera se había levantado para ir al baño y Blythe, aprovechando su ausencia, le había dado voz a su preocupación.

«Tengo la misma sensación». Charles, que había estado sumido en la lectura de un manual sobre teoría del Derecho Administrativo, había coincidido con Blythe.

«No está aquí ni va a volver. Así que dejad de hablar de esa zorra», los había cortado Roman.

Aunque hubiera intentado desatender las palabras de sus amigos, quitarles peso, la verdad había seguido allí, flotando en el aire y, por mucho que fuera invisible y nadie pudiera agarrarla, se había negado a marcharse. Alguien se había empeñado en desenterrar el maldito cadáver.

Así que sí, que Vera preguntara directamente por ella, por la verdad, sin darle opción a no responder, solo había sido cuestión de tiempo. Ya se la habían negado demasiadas veces, como aquella noche en la que habían celebrado el cumpleaños de Connor, hacia principios de mayo.

Cuando finalmente bajó, con el pelo a medio secar y vestida con una sudadera negra que le había prestado la noche anterior, le indicó que se sentara a su lado en el sofá. Ella lo hizo. Se cruzó de piernas, orientando su cuerpo para que quedara frente al de él.

Y así, Roman rompió el juramento que él y sus amigos habían hecho hacía un año.

Y así, empezó a relatar lo que pasó en la Navidad de 2017.

Y así, trajo de vuelta al peor de sus fantasmas.

—Cuando entramos en Cornell, teníamos muy claro que nuestra prioridad no era hacer amigos. —Pese a ser la primera vez que contaba aquella historia, las palabras brotaron de sus labios fuertes y seguras. Quizá fuera porque, en el fondo, ya no la sentía suya. Al fin y al cabo, llevaba meses obligándose a ignorarla y haciendo todo lo posible por reducirla a cenizas—. No fue difícil. En el momento en el que pisamos la Facultad de Derecho, nos quedó claro que nadie quería tener nada que ver con nosotros. De alguna forma, todo el JD conocía a la familia de Connor y sabía que los padres de Blythe eran dos de los socios más relevantes de Greenberg & Hughes. Por eso, ya nos detestaron. Pocos días después, cuando había quedado claro que Charles destacaba en todas las clases y también estaba forrado, empezaron a desperdigarse rumores que lo relacionaban con Connor y los Hannaway. La primera vez que escuché a alguien soltar mierda sobre ellos dos... perdí la razón. El subnormal acabó en el hospital del campus. Aquello fue suficiente para que la gente me prestara más atención. Investigaron sobre los Cagliari. Ya te puedes imaginar lo que vino después...

Vera lo observaba atenta.

Por un instante, Roman quiso parar. Era consciente de cómo seguía la historia y temía que, al escucharla, al conocer la verdad, Vera le diera la espalda y lo dejara solo.

Era lo que se merecía.

Sin embargo, una pequeña parte de él albergaba la esperanza de que Vera se quedara, de que no le diera la espalda. Recordó la forma en la que la chica había descargado toda su rabia contra la cabeza de Tahoe y el brillo que había atisbado en sus ojos.

La violencia.

Vera había querido hacerle daño a Tahoe. Su estado de shock no había sido tanto por el miedo a matarlo, sino por el terror que le había provocado lo que le pudiera pasar a él. A Roman.

Y ese era el motivo por el que Vera había encajado tan bien en su grupo. Porque era como ellos y estaba dispuesta a cruzar barreras consideradas infranqueables por la mayoría de las personas si eso significaba conseguir sus objetivos, defender a los suyos.

Así que continuó.

Y al hacerlo, depositó toda su fe en aquella chica, la misma que al principio había rechazado, de la que después había intentado distanciarse, y de la que ya no quería alejarse.

—Para ser sincero, nos lo ganamos un poco. —No pudo evitar que las comisuras de sus labios se alzaran ligeramente—. En ningún momento nos achantamos. El desprecio y el odio nos volvieron más fríos, más altivos. Creamos un aura impenetrable a nuestro alrededor. Que hablaran, que juzgaran, que inventaran. Nos daba igual. Porque sabíamos que, en realidad, lo que tenían era envidia. Envidia por no tener nuestro estatus, nuestro dinero, nuestro poder. Y cuando empezaron a llamarnos «Hijos Dorados», en lugar de sentirnos atacados, nos regodeamos en el nombre.

—Es un buen nombre —susurró Vera.

—Es un *gran* nombre —apuntó él—. La dinámica se prolongó un par de meses. Y entonces llegó Nathalie.

Habían estado los cuatro en el jardín de la Facultad de Ingeniería, haciendo tiempo entre clase y clase, cuando una chica de ojos dorados se les había acercado, decidida. Había extendido su mano y con una seguridad que bordeaba la arrogancia se había presentado:

«Nathalie Porter. Coincidimos en algunas clases».

Al principio, ninguno había respondido ni movido un músculo para corresponderle el saludo. Acostumbrados a vivir en su burbuja inquebrantable, la llegada de la chica los había sorprendido. Después de un par de minutos de silencio incómodo, había sido Blythe la que lo había roto para decirle que ya podía largarse por donde había venido. Pero Nathalie la había ignorado y, en lugar de marcharse, se había sentado al lado de Charles.

—Le empezó a preguntar cosas sobre la clase de Derecho Penal que habíamos tenido a primera hora de la mañana, y Charles, incapaz de quedarse callado, había optado por responderle. Cuando nos levantamos para irnos a nuestra próxima clase, Nathalie todavía seguía allí. Se despidió con una sonrisa y un «nos vemos pronto». Todos pensamos que aquello había sido una broma. Pero al día siguiente volvió y la dinámica se repitió.

Otra cosa no, pero había sido insistente. Charles les había intentado convencer de que no tenía ninguna mala intención. De que se notaba que lo único que quería era acercarse a ellos. Connor había rebatido que su intuición le decía que era mejor alejarse, pero como Charles había insistido, había acabado cayendo. Blythe se había negado a aceptarla. A Roman, la presencia de Nathalie lo había molestado.

—¿Sabes cuando una mosca no para de volar a tu alrededor y, hagas lo que hagas, te sigue a todas partes? Pues, para mí, eso era Nathalie. Al menos al principio. Después, cuando quedó claro que no tenía ninguna intención de irse, aprendí a tolerarla.

—Tú y ella…

—Solo fue una noche.

—Pues sí que la *toleraste*. —El tono con el que Vera pronunció aquella palabra dejó clara su opinión al respecto.

—El sexo a veces es solo eso, Vera. Sexo. —Hizo una pausa, en la que soltó un suspiro cansado—. Si te sirve de consuelo, me arrepiento cada día.

—¿Por qué?

—Porque la chica era una víbora manipuladora y estuvo a punto de joderme la vida. Hacia principios de diciembre, quedó claro que lo único que quería Nathalie era aprovecharse de nosotros. Blythe nos lo había dejado caer un par de veces, pero ninguno le habíamos hecho demasiado caso. Creíamos que solo lo decía porque no la soportaba. Pero un día, nos juntó a todos en su casa y nos obligó a escucharla.

Blythe los había invitado a cenar con la excusa de celebrar el fin de los exámenes. Cuando habían acabado con el postre, su amiga había sacado el tema y, antes de que ninguno pudiera decir nada, les había enseñado una hoja de papel. Una carta dirigida a los padres de Connor. En ella, Nathalie alegaba que Connor la había dejado embarazada y amenazaba con tener el hijo si no obtenía el dinero que pedía.

—Nunca en mi vida he visto a Connor tan enfadado como aquella noche. Le arrebató la carta de las manos a Blythe y la leyó letra por letra. —En este punto, Roman se levantó y empezó a caminar por el salón.

Por un momento, fue como si Connor estuviera frente a él. Vio su cuerpo, tenso por la cólera, sus ojos, brillantes por las lágrimas de ira que estaba a punto de derramar.

«Ya sabemos por qué te hacía ojitos, Roman», había siseado su amigo.

«Oh, no», Blythe se había llevado las manos a la boca. «Roman, dime que no…», pero la expresión helada de Roman lo había dicho todo. «Joder. ¿Utilizaste condones?».

Roman había agarrado su copa de vino con tanta fuerza que casi la había reventado.

«Sí, Blythe. Me puse un condón. Además, seguro que se ha inventado el embarazo», pero no había expresado lo que había pensado, que el condón en realidad se lo había dado Nathalie y él no había comprobado si estaba intacto. ¿Por qué iba a hacerlo? Era de noche y en ese momento no se le había cruzado por la cabeza la posibilidad de que Nathalie estuviera loca.

Blythe había negado de forma frenética y, tras sacar el móvil de su bolsillo, les había enseñado una foto.

«No es mentira», la pantalla mostraba la imagen de un test que, al parecer, indicaba que Nathalie estaba embarazada.

«¿Cómo has encontrado eso?», Charles había agarrado el móvil de Blythe y escrutaba la imagen con los ojos abiertos como platos.

«No quieres saberlo», se había limitado a contestar Blythe.

«Pero yo no soy el padre. ¡Puedo demostrarlo!», había exclamado Connor.

«Eso es indiferente. La chica está embarazada y, por lo que pone en la carta, está dispuesta a montar un buen escándalo si tus padres no le pagan un millón de dólares. Y tú más que nadie sabes lo mucho que tus padres aborrecen los escándalos. Harían lo que hiciera falta para evitar uno, y más si te implica a ti. Eres su única descendencia».

«¡Me someteré a un test de paternidad!».

«¿Y crees que Nathalie te lo va a permitir?».

«Pero yo no soy el padre», había repetido Connor, el enfado dando paso a la impotencia. «Si a mí me gusta…».

Había dejado la frase en el aire.

«Pensemos de forma racional», Blythe había caminado hacia la isla de mármol de su cocina y había descorchado otra botella de vino. Una por una, había llenado las copas que descansaban encima de la mesa. A Connor le había acercado otro refresco, que este había aceptado con un mohín.

Incapaz de desprenderse de un muy mal presagio, Roman se había encendido un cigarro y había empezado a fumar.

Calada, tras calada, tras calada, tras calada.

«Estoy perdido», se había lamentado Connor.

«Calla», le había amonestado Blythe.

«Destinado al fracaso».

«Con…», Charles había depositado una mano sobre el brazo de su amigo, en un gesto de comprensión.

«*Morituri te salutant*».

«No seas idiota. No vas a morir», Roman le había propinado un puntapié por debajo de la mesa, ante lo cual Connor había soltado un grito agudo.

«Nathalie no sabe que hemos descubierto su pequeño secreto». Optando por ignorar a Connor, que había seguido quejándose, Blythe había alzado su copa de vino y había empezado a andar lentamente por el salón de su casa. «Lo que significa que el poder lo tenemos nosotros».

«¿Qué propones?», había preguntado Charles, todavía con la mano sobre el brazo de Connor.

«Destrozarla, por supuesto». Diabólica, así fue la sonrisa que había esbozado Blythe.

Habían decidido que la confrontarían en el Baile de Navidad, que se celebraba esa semana en el jardín botánico de Cornell. Nathalie acudiría radiante, esperando encontrarse un clima desenfadado cuando la realidad era que, al pisar la fiesta, estaría firmando su sentencia de muerte.

—Eso fue hace un año —intervino Vera desde el sofá. No había despegado sus ojos de Roman.

El chico, todavía de pie, se dirigió a la cocina y sirvió dos vasos de agua fría. Uno de ellos lo apuró en un par de tragos, el otro lo depositó en la mesa de centro del salón, frente a Vera. Después, se encendió un cigarrillo. Si iba a continuar con aquella historia, necesitaba nicotina.

—Sí. De allí que al principio Blythe y Charles se negaran a acudir al Baile de Navidad. Supongo que temían que algo horrible volviera a suceder.

—Ya. Pues me temo que sus miedos se hicieron realidad. —La boca de Vera se transformó en una mueca tensa.

Roman no contestó.

No le dijo a Vera que lo que había sucedido el año pasado no tenía nada que ver con lo de hacía unos días. Tampoco añadió lo que su yo más egoísta le estaba gritando. Que si no hubiera sido por esa noche, quizá Vera y él nunca habrían llegado a besarse; y que, si alguien le diera a escoger, escogería volver a pasar por todo lo que había pasado si eso significaba acabar acariciando su cuerpo de la forma en la que llevaba haciéndolo desde que tenía la suerte de dormir a su lado. Nathalie incluida.

Siguió con el relato.

—Cuando Nathalie llegó al jardín botánico, acudió a nuestro encuentro tal y como esperábamos. —Le dio una profunda calada al cigarrillo—. Y entonces la encaramos. Le mostramos la carta y la fotografía del test de embarazo. Al principio, ella palideció. Intentó negarlo todo pero, al darse cuenta de que no nos creíamos nada de lo que salía de su boca, se transformó. Por primera vez, vimos a la Nathalie de verdad. Se rio en nuestra cara, porque ¿de verdad habíamos sido tan inocentes como para creer que no guardaba una copia de la carta? Iba a seguir adelante con el plan, nos pusiéramos como nos pusiéramos. Nuestra mejor opción era colaborar. Blythe le cruzó la cara de una bofetada. Fue un error, porque aquel gesto dio pie a todos los rumores que vinieron después. Nathalie salió corriendo de la fiesta. Se topó con Tahoe, Fuller, Root y otros tres idiotas y les soltó vete a saber qué mentiras, porque ellos nos miraron como si fuéramos ratas de cloaca. Después de eso, se perdió en la noche. Supimos que teníamos que encontrarla y acabar lo que habíamos empezado.

Habían dado con ella de camino a la casa que compartía con un par de chicas en las afueras de Ithaca. Nathalie había estado tarareando una canción, lágrimas y drama olvidados, seguramente convencida de que había vencido. La pobre no había sabido lo que se le venía encima.

Asegurándose de que no había nadie cerca, la habían acorralado entre los cuatro.

«Te vamos a contar lo que va a pasar ahora». Blythe había pronunciado las palabras muy lentamente, como si le estuviera hablando a una niña pequeña. «Te vas a ir derechita a tu roñosa casa, vas a meter todas tus cosas en una maleta y te vas a marchar de aquí. Para siempre».

«Si piensas que voy a hacer algo así estás más loca de lo que creía».

«Oh, ya lo creo que vas a hacerlo. Al menos, si quieres que tú y tu pobre hijo tengáis un futuro».

Pero entonces, Nathalie había empezado a reír.

Parecía una mujer poseída.

Cuando consiguió recuperar el aliento, se había incorporado y, con una expresión de triunfo, les había soltado.

«No lo entendéis, ¿no?».

Y cuando ninguno había respondido, había añadido:

«Es tuyo, Roman. El bebé. Es tuyo».

Fue como ahogarse, precipitarse al vacío.

Un balazo directo al pecho.

«Ahórrate tus mentiras, zorra», había lanzado Blythe, convencida de que Nathalie los estaba engañando otra vez.

Solo que aquello no era una mentira. En cuanto las palabras habían salido de la boca de Nathalie, Roman había sabido que eran ciertas. Como para confirmarlo, la chica había chasqueado la lengua y con un tono cargado de veneno, había canturreado:

«Roman, Roman, Roman. ¿Acaso tu querida madre nunca te ha dicho que compruebes el estado de los condones que te pones?», y posando una mano sobre su brazo había susurrado «la verdad, te tomaba por un chico inteligente».

Y en ese momento, Roman había perdido los papeles.

Con un movimiento rápido, había agarrado a Nathalie por el cuello y la había inmovilizado.

«Blythe, saca las llaves del bolsillo de mi pantalón y ve a por el coche. Connor, asegúrate de que nadie se acerque. Charles, quédate aquí conmigo».

Nathalie había intentado gritar, pero Roman se lo había impedido poniéndole una mano sobre la boca.

«Rome, qué estás insinuando…». Blythe lo había mirado con terror.

«Haz lo que te digo. ¡Ya!».

Y así lo habían hecho.

—Blythe trajo el coche y metimos a Nathalie en el asiento trasero. Connor recorrió los alrededores unos minutos más para cerciorarse de que nadie hubiera visto ni escuchado nada, y después nos dio el encuentro en mi casa.

—¿Era tuyo?

Roman apoyó los codos sobre sus rodillas y dejó caer la cabeza entre sus manos.

—No lo sé, Vera. Es posible. —La miró por entre sus dedos, temiendo encontrar enfado o miedo en los ojos de la chica, pero solo encontró determinación—. Fuera como fuere, no estaba dispuesto a correr ningún riesgo.

—¿Y qué hicisteis?

—Una vez llegamos a casa, la encerramos en la habitación de invitados. Estaba histérica. No paraba de gritar y de darle golpes a la puerta. Esperamos a Connor y, cuando llegó, pensamos en nuestros próximos pasos.

Se habían reunido en el salón de su casa, el mismo lugar en el que Roman y Vera se hallaban en ese momento.

«¿Y si no es tuyo?», había intentado razonar Blythe.

«Eso da igual. Ya lo habéis visto, Nathalie está loca. Si tiene el bebé irá directa a la familia de Connor, a la de Charles o a la mía y hará lo que sea por conseguir dinero o cualquier otra cosa que le apetezca. Además, existe una posibilidad de que lo sea». Roman había mirado a sus amigos, y tras un silencio tenso, había dicho «esa zorra no va a ser la madre de mi hijo».

«¿Y qué propones?», había chillado Connor, histérico, «¿arrancarle el feto del estómago, matarlo en cuanto nazca?».

Roman no había contestado. Y eso había sido respuesta suficiente.

«Oh, no» (Blythe).

«Joder» (Charles).

«No, no, no, no, no» (Connor).

«Nathalie no va a parir a ese crío», había sentenciado Roman, confirmando las negaciones e insultos de sus amigos.

«Roman, no podemos hacer eso» (Blythe).

«Es ir demasiado lejos» (Charles).

«Ya he cometido un crimen en mi vida, por favor, no me hagáis cometer otro» (Connor).

«Vosotros no vais a hacer nada. Yo me encargo. Conozco a un médico. Stefano siempre lo llama cuando… Da igual. No dirá nada. Es de fiar».

«Necesito una copa de algo fuerte», había murmurado Charles mientras se dirigía al armario en el que Roman guardaba el alcohol, sacaba una botella de vodka y le daba un largo trago.

«¿Y Nathalie? ¿Cómo vamos a conseguir que no vaya a la policía o cuente lo que le hemos hecho?». La expresión de Blythe había sido una de pura decisión.

«Dinero. Es lo que quiere. Y si aun así se niega… es su palabra contra la nuestra. Nadie va a creerla a ella antes que a nosotros. No es nadie. Y nosotros…».

Ellos lo eran todo.

Ellos eran poder.

«Creo que deberíamos evaluar las implicaciones legales de lo que estamos a punto de hacer», había murmurado Connor desde el sofá.

«Vamos a actuar al margen de la ley, Connor, no creo que las *implicaciones legales* sirvan de mucho», había contestado Blythe.

«Dijeron los estudiantes de Derecho de Cornell», había apuntado Charles y, tras darle otro trago a la botella, había añadido «bueno, pues vamos a darle la noticia a la zorra».

«No. Os he dicho que me encargo yo».

«¿Estás loco? Estamos juntos en esto. Siempre. Si uno peca, pecamos todos».

Confiteor quia peccavi nimis...

Roman había asentido y juntos, los cuatro, se habían dirigido a la habitación de invitados, donde Nathalie seguía encolerizada, aporreando la puerta.

—La forzasteis a abortar. —Vera se cubrió la boca con las manos. Sus mejillas estaban encendidas.

Cuatro palabras que se le clavaron como cuchillos.

Porque sí, eso era lo que habían hecho.

Habían conducido una hora en medio de la noche hasta Towanda, un pueblo entre Ithaca y Tunkhannock (Connor se había quedado en Cornell), para reunirse con el médico de los Cagliari. Nathalie había llorado todo el tiempo que había durado aquella pesadilla: en el coche, en el pueblo fantasma, en la nave industrial en la que el médico había improvisado una camilla, de nuevo en el coche y a la mañana siguiente, de vuelta a la universidad. La chica había sollozado y sollozado «no, no, por favor», «quiero tenerlo», «siempre he querido ser madre», «dejadme tenerlo». Y después, cuando la anestesia había hecho efecto, sumiéndola en un trance, se había puesto a rezar.

Padre nuestro que estás en el cielo,
santificado sea tu Nombre;
venga a nosotros tu Reino;
hágase tu Voluntad
en la tierra como en el cielo.

Confiteor quia peccavi nimis…

Mea culpa, mea culpa, mea maxima culpa…

—Ya en Ithaca, dejamos a Nathalie en su casa con un buen fajo de dinero. Cuando regresamos por la tarde, para asegurarnos de que no cometiera ninguna tontería, no la encontramos. Se había marchado. No volvimos a verla nunca.

Y así, Nathalie había perdido.

Y ellos habían ganado.

Realmente, ¿podría haber sido de otra forma?

No.

Después de todo, por algo eran los Hijos Dorados.

¿Cuánto tiempo llevaba hablando? Por la oscuridad que se hacinaba al otro lado de las ventanas, bastante.

Roman se aclaró la garganta y, tras apagar el cigarrillo en un cenicero que tenía en la encimera, se dejó caer sobre el sofá. Volvió a sentir el miedo a que Vera no lo quisiera a su lado, a que lo rechazara y odiara por lo que había pasado hacía un año.

Pero Vera pareció no inmutarse.

Se quedó quieta, el único movimiento perceptible en ella era el subir y bajar de su pecho.

—Los rumores empezaron cuando retomamos las clases en enero, y Nathalie no apareció. La gente decía que era como si se hubiera esfumado de la noche a la mañana y, en cierto modo, fue así. Lo último que se sabía de ella era que Blythe la había abofeteado y que había salido del Baile de Navidad montando un escándalo y señalándonos como culpables, así que ya puedes imaginar las historias que se montaron. Algunas son absurdas, otras… no tanto.

—¿Cómo lo sabes? —preguntó Vera.

—¿El qué?

—Que no volverá para vengarse.

Roman se cruzó de brazos.

—No lo hará. Sabe que no puede contra nosotros.

Vera frunció los labios, esbozando una mueca que tanto podría significar comprensión como resignación. Sin embargo, no dijo nada.

Se quedaron así, en silencio, cada uno perdido en su propia mente, sumido en sus pesadillas.

Hasta que Roman miró a Vera y se sorprendió a sí mismo pensando en lo mucho que necesitaba a aquella chica, en lo vacío y triste que veía su futuro sin ella.

—¿En qué piensas? —le susurró.

Pero sus palabras no llegaron a alcanzarla. Se las tragó el ruido de su móvil, que empezó a sonar en medio de la noche, rompiendo el aura que se había creado entre ellos.

A regañadientes, Roman se levantó, dispuesto a apagar el maldito aparato y volver al sillón para preguntarle de nuevo a Vera qué le estaba cruzando por la cabeza, qué opinaba de todo lo que le había contado, qué hubiera hecho ella en su situación.

No me alejes de ti.

No obstante, el nombre que apareció en la pantalla se lo impidió.

Charles.

Descolgó al instante.

—¿Charles?

Un ruido, como el de la tela al rozar con más tela; unos pasos, rápidos y seguros.

Segundos después, Vera estaba a su lado.

La voz de su amigo llegó ronca y estrangulada.

—Rome. Necesito tu ayuda.

Antes de contestar, Roman puso la llamada en altavoz.

—¿Dónde estás?

—Eso no importa.

¿Qué coño le había pasado a su amigo y por qué parecía que alguien lo hubiera asfixiado?

Quizá porque lo han hecho y tú, una vez más, lo has ignorado.

Roman hizo todo lo posible por acallar esa vocecita, la que siempre aparecía en los peores momentos y, adoptando el timbre de su hermano, le recordaba el tipo de persona que era.

Como sabiendo que necesitaba fuerzas, Vera lo tomó de la mano que tenía libre, la que no sujetaba el móvil, y apretó. Y ese gesto, tan sencillo pero a la vez no, borró todos sus miedos y preocupaciones, y le devolvió la determinación.

—Dime dónde estás, Charles.

Pero Charles no dio su brazo a torcer y, con una voz más rota que antes, sentenció:

—No te voy a decir dónde estoy, Roman. No quiero y tampoco tengo tiempo para explicaciones de mierda. ¿Vas a ayudarme o no? Porque si la respuesta es «no», pienso colgar ahora mismo.

Las palabras de su amigo, tan impropias del Charles que él conocía, lo dejaron sin habla.

Aunque, bien pensado, ¿hacía cuánto que Charles había dejado de ser Charles? ¿En qué momento su amigo se había convertido en aquella figura tan fría y distante?

Parecía un boceto de lo que realmente era.

Entonces cayó en la cuenta de que el velo que se había posado sobre sus cabezas y que había estado aguardando, paciente, el momento oportuno para asfixiarlos ya había empezado a descender.

Solo era cuestión de tiempo que se cerrara alrededor de sus cuellos como una soga y que los dejara sin aire.

Se sentía como un animal que sabe que va a ser cazado pero busca rebelarse contra su destino, luchando hasta el final.

—Sí —contestó. Por eso, porque se negaba a aceptar la certeza de que todo aquello iba a acabar mal. Terriblemente mal.

Pese a la distancia que lo separaba de su amigo (¿dónde mierda se había metido?), Roman pudo palpar el alivio de Charles, que exhaló profundamente.

No obstante, nada lo podría haber preparado para lo que vino a continuación.

—Necesito cincuenta mil dólares y una pistola.

Roman clavó la mirada en Vera.

Su piel, normalmente tostada y viva, había palidecido. Parecía un trozo de papel.

Ella negó con la cabeza.

Una vez.

Dos veces.

Tres veces.

Él entendió el mensaje. Sí, algo andaba terriblemente mal.

—Para qué coño necesitas cincuenta mil dólares y una pistola. —Ahora fue su voz la que sonó distante y raspada.

—Eso no importa —repitió Charles.

—No me jodas, Charles. Como no me digas…

Pero su amigo lo cortó.

—Esta madrugada. En el muelle. Puedes venir y traerme lo que te pido o quedarte en casa y… —Una pausa, cargada de significado. No hacía falta que le dijera que si no le entregaba lo que le pedía estaría ignorándolo una vez más—. Y Roman, pase lo que pase, ni se te ocurra decirle nada a los otros. Si vienes, ven solo. Y si te quedas en casa, mantén la puta boca cerrada.

Y colgó.

Roman no se movió. Era como si alguien le hubiera clavado los pies en el suelo del salón, impidiéndole dar un solo paso.

El mundo se había detenido.

Se sentía incapaz de hablar, de respirar, de existir.

Hasta que alguien, una chica de ojos brillantes, le devolvió al presente.

Estaba gritando su nombre y lo sacudía del brazo.

Cuando vio que había captado su atención, que había vuelto del lugar lejano al que se había marchado, lo encaró.

—Roman, tenemos que hacer algo. Si le pasa cualquier cosa... nunca nos lo perdonaremos.

Y entonces, al escuchar aquella sentencia, al ser consciente del peso de lo que acababa de suceder, reaccionó.

Charles necesitaba su ayuda.

Y él iba a dársela.

Sin importar las consecuencias.

Miró la hora en el móvil que todavía sujetaba (más bien aferraba).

—Son las diez y cuarto. Si queremos encontrarnos con él tenemos menos de dos horas.

Roman maldijo por lo bajo y, tras guardarse el móvil en el bolsillo trasero del pantalón, fue directo a la cocina. Allí, se encendió otro cigarro y empezó a darle caladas de forma compulsiva.

Vera lo siguió, disparando preguntas de forma desesperada.

—¿De dónde se supone que vamos a sacar cincuenta mil dólares en menos de dos horas? ¿Para qué los quiere? ¿Y una pistola? ¿Qué está pasando, Roman?

—El muelle —se limitó a susurrar él.

—¿Qué?

—El muelle —repitió.

—¿Qué muelle?

—Me ha pedido que vaya al muelle.

—¿Y dónde está?

—No lo sé —confesó.

—¿Y qué hacemos?

Roman le dio una última calada al cigarro y lo apagó sobre la encimera, sin molestarse en utilizar un cenicero.

Tomó una decisión.

A la mierda.

Confiteor quia peccavi nimis...

—Llama a Blythe.

Ella podría haberlo cuestionado, achacarle que Charles le había pedido expresamente que no hablara con nadie, recriminarle que aquello no era una buena idea, que no hablaba con Blythe desde el Baile de Navidad.

Pero no lo hizo.

Porque Vera confiaba en él con una fe que le asustaba y conmovía a la vez.

Así que solo asintió, dispuesta a hacer lo que le pedía.

Roman vio cómo Vera desbloqueaba la pantalla del móvil y marcaba el contacto de su amiga. El sonido de la llamada, en altavoz, resonó por la casa de Roman.

Blythe contestó al instante, casi como si los estuviera esperando.

—¿Vera? —Fue más un susurro.

—¿Blythe? Blythe. Es él. Tienes que venir. Ahora.

—¿Dónde estás?

RATIO DECIDENDI

En Derecho procesal, se entiende por *ratio decidendi*
la parte de una sentencia que contiene el conjunto
de argumentos jurídicos que sustentan la conclusión
a la que llega un juez.

XLII

PRESENTE

22 de diciembre de 2017

Blythe llamó al timbre de Roman a las once menos veinte de la noche del 22 de diciembre. Si por ella fuera, habría llegado más rápido, pero cargar con Connor la había retrasado.

Porque eso era lo que estaba haciendo, cargar con su amigo.

Desde que se lo había encontrado frente a la casa que compartía con Charles, sentado en el arcén, no había dejado de temblar y proferir sollozos.

—¿Puedes parar? —le repitió por enésima vez, mientras aguardaba a que Roman o Vera, o los dos, abrieran la puerta.

Él simplemente la miró con unos ojos brillantes y casi salidos de sus órbitas. Parecía un cerdo a punto de pasar por el matadero.

Blythe quiso agarrarlo del tronco y sacudirlo con fuerza, gritarle que saliera del estupor en el que llevaba sumido desde que se había subido al coche.

¿Qué se creía? ¿Que ella no estaba asustada? ¿Que en el momento en el que Vera la había llamado diciéndole que Charles estaba en peligro no había sentido su mundo romperse en mil pedazos?

Estaba aterrada.

Pero no iba a dejar que el miedo la frenase, que le impidiese actuar.

Connor era distinto.

Cuando se trataba de Charles, se convertía en un ser irracional, capaz de tomar las decisiones más descabelladas e imprevisibles. Como la de subirse al coche. Blythe había perdido la cuenta de la cantidad de veces que, a lo largo de los años, había intentado convencerlo de que se subiera a su coche.

«Yo te llevo, serán solo cinco minutos», le había asegurado en una ocasión.

«No».

«Solo sube y siéntate en el asiento. No hace falta que enciendas el motor ni nada», había propuesto una tarde.

«Nooop».

«Podemos ir en…», otro día, en la biblioteca de Columbia, donde habían estado estudiando juntos.

«*Nicht*».

Y aquella noche lo había hecho.

Por Charles.

«Él te necesita», había sentenciado Blythe nada más apearse del vehículo. Pese a estar encogido sobre sí mismo, incapaz de articular una sola palabra, Connor la había tomado de la mano y, por primera vez en seis años, había subido al coche.

Durante el corto trayecto que había conducido desde la casa de Connor hasta la de Roman, Blythe había intentado ordenar sus pensamientos.

Llevaba sin ver ni hablar con sus amigos desde el Baile de Navidad. Después de llamar a Vera sin éxito, deambular por Cornell como un fantasma con la esperanza de encontrarse con Charles e ir a la cafetería del Edificio Este y quedarse esperando más de media hora a que alguien apareciera, había intentado convencerse de que ya no iba a hacer ningún otro esfuerzo por intentar solucionar lo que se había roto la noche de la fiesta.

Si querían saber algo de ella, que la buscaran.

Pero aquella noche, cuando su móvil había empezado a sonar y había visto el nombre de su amiga estampado en la pantalla, no había dudado ni un segundo en responder. De pronto, las palabras que se había repetido durante aquellos días, *no hagas nada, ya vendrán ellos*, habían perdido significado. Al descolgar el teléfono, no había existido Baile de Navidad, ni mentiras, ni secretos; solo la certeza de que algo iba terriblemente mal y sus amigos la necesitaban.

Ahora, de pie frente a la puerta de casa de Roman, las dudas volvieron a asaltarla.

¿Cómo se suponía que debía actuar? No podía fingir que las cosas entre ellos estaban bien (Dios, solo hacía falta mirar a Connor para entender que *nada estaba bien*), ni tampoco invalidar sus propios sentimientos. Porque la realidad era que estaba avergonzada, dolida y llena de rabia y tenía ganas de decirles a todos que se fueran a la mierda.

Pero por otro lado…

Antes de que pudiera sacar algo en claro, Vera abrió la puerta.

Al verlos, sus ojos se convirtieron en dos lunas llenas, como si su llegada la hubiera tomado por sorpresa pese a que había sido ella misma la que los había citado allí.

Sin decir nada, se hizo a un lado para dejarlos pasar.

Al ver que Connor no se movía, Blythe lo empujó.

Cuando estuvieron refugiados en el salón, Vera cerró la puerta y se dirigió a la cocina, donde Roman fumaba de forma frenética junto a una de las ventanas que daban al exterior. Su amiga se colocó al lado de Roman y le dio un pequeño apretón en el brazo. Aquello, sumado a la mirada que le dirigió el chico, fue suficiente para confirmar lo que había pasado entre ellos.

Todos estos días, ha estado viviendo con él, comprendió de pronto. Sintió una mezcla de rencor y alivio que le hizo cambiar el peso de una pierna a otra, incómoda.

—Charles me ha llamado hace un rato. —Roman no los saludó. Tampoco les preguntó cómo se encontraban o si estaban bien. Fue directo al grano.

Al escuchar aquel nombre, Connor se dejó caer sobre el sofá con un *plof* medio ahogado por los cojines.

—¿Dónde está? —Blythe no sabía si quería conocer la respuesta.

—No lo sé.

La voz de Connor se alzó como el aullido de un perro malherido.

—¿Cómo que no lo sabes?

—No, no lo sé —repitió Roman.

El color abandonó el rostro de Connor.

—¡Te llama y ni se te ocurre preguntarle dónde coño se ha metido! ¿Es que eres idiota, Roman?

Roman se convirtió en un bloque de tensión. Señaló a Connor con un dedo, seguramente dispuesto a devolverle el golpe, pero Vera lo detuvo con un simple gesto.

—Roman se lo ha preguntado, pero él no nos lo ha querido decir. Así que antes de comportarte como un loco, calla y escucha. No tenemos mucho tiempo.

La reprimenda hizo que Connor sollozara y se encogiera en una esquina del sofá, un niño que acaba de ser regañado.

—No sé ni dónde está ni lo que le ha pasado —continuó Roman, la tensión todavía palpable en cada una de las palabras que pronunciaba—. Lo único que sé es que está metido en algo gordo porque… —Le dio una profunda calada a su cigarro y exhaló el humo—. Me ha pedido cincuenta mil dólares y una pistola.

Blythe profirió un «qué» alarmado a la vez que Connor emitía otro sollozo.

—¿Puedes parar? —gritó Blythe, desesperada. Luego, depositando toda su atención en Roman—: ¿Cincuenta mil dólares?

—Sí.

—No entiendo…

—Quiere que se lo entregue esta medianoche. Pistola incluida.

—Joder.

—Sí, joder.

Se hizo el silencio.

Roman siguió fumando. Vera permaneció a su lado con la mirada perdida en la fría noche de diciembre. Connor se encogió todavía más sobre sí mismo (si eso era posible) y ahogó sus lamentos con uno de los cojines del sofá. Blythe observó a sus amigos, uno por uno, intentando asimilar aquella información sin romperse. Porque estaban hablando de Charles, de *su* Charles.

Todo cobró sentido. El distanciamiento durante los últimos meses, la agonía con la que había hablado la noche del Baile de Navidad, lo delgado que había estado, las palabras, cargadas de rencor y rabia, que les había dedicado.

Sois. Todos. Unos. Putos. Hipócritas.

Charles no había pasado por una mala época, ni había estado estresado por el Caso Magno o la beca. ¿Cómo podían haber estado tan ciegos?

Cuando se vio con las fuerzas suficientes para retomar la conversación, rompió el mutismo en el que se habían sumergido.

—No hay duda, tenemos que ayudarle.

—Ya habíamos llegado a esa conclusión —murmuró Vera, todavía medio abstraída.

No lo dijo como un reproche ni una burla, sino como un hecho. El problema no era decidir si ayudar a Charles o no, sino cómo hacerlo.

—¿Para qué coño quiere cincuenta mil dólares y una pistola? —Blythe se apoyó contra la mesa del salón y se llevó las manos a la cabeza.

Roman negó, haciéndole ver que no tenía ni idea.

—Creo que yo lo sé. —La voz de Connor, apenas un susurro, llegó desde el sofá.

Roman tiró el cigarrillo por la ventana sin molestarse en apagarlo. Cruzó la estancia en dos pasos, apoyó las manos sobre el respaldo del sofá e, inclinándose de forma que su cuerpo se impusiera sobre el del otro chico, siseó:

—Habla.

Pero en lugar de hablar, Connor empezó a llorar de forma desconsolada. Las lágrimas resbalaron por sus mejillas y cayeron sobre el cojín, formando pequeñas gotas en la tela beige.

Roman maldijo por lo bajo y, tras elevar la mirada al techo brevemente, como si le estuviera pidiendo fuerza o paciencia a un dios en el que no creía, agarró a Connor del cuello del jersey granate que llevaba puesto.

Lo alzó como si se tratara de un muñeco y no de un chico de metro ochenta y cinco.

Connor le agarró las muñecas e intentó zafarse de él.

No pudo.

Claro que no.

La imagen era ridícula, como ver a un mero hombre enfrentándose a un gladiador.

Roman lo sacudió.

—¿Puedes parar de comportarte como un crío? ¿Te crees que nosotros no estamos asustados? ¡Mira a Blythe! ¡Mira a Vera! —le gritó—. ¡Mírame a mí! Estamos todos igual. La diferencia es que ellas y yo nos tragamos el miedo y tú lo único que haces es llorar y compadecerte. ¡Espabila!

—Déjame en paz, suéltame, cállate. Eres un…

El puño de Roman impactó contra su boca, impidiendo que continuara hablando.

Vera ahogó un grito.

Blythe no se movió ni un centímetro. No era la primera vez que presenciaba una escena como aquella.

Connor bramó de dolor y se llevó las manos a la cara, cubriéndosela mientras chillaba «hijo de puta, hijo de puta, hijo de putaaaaa».

Estuvo así un buen minuto, o tal vez dos, y de pronto calló de repente.

Cuando se descubrió la cara, tenía los labios hinchados y un reguero de sangre descendía por su barbilla.

Roman, que había aprovechado para ir a la cocina y volver, le tendió un trozo de papel de cocina para que se secara.

Connor lo aceptó.

—Gracias —masculló.

Blythe supo que no se refería al trozo de papel. Connor estaba agradeciendo que Roman le hubiera quitado la tontería de un solo golpe. Literalmente.

—No te he pegado tan fuerte —respondió Roman, que entendió a la perfección el significado tras la palabra.

—No, esta vez te has controlado.

Roman esbozó una media sonrisa y, después de darle un par de palmadas a Connor en la espalda, continuó con la conversación que habían estado teniendo antes de que le partiera el labio a su amigo.

—¿Qué es lo que crees que le ha pasado a Charles?

—Esto.

Connor rebuscó en el bolsillo interior de su gabardina y sacó una pequeña bolsa transparente.

—Carter —siseó.

—¿Tu hermano? —Vera se había acercado, como si necesitara estar junto a Roman en todo momento.

Roman asintió.

—Lo encontré hace un par de días en la habitación de Charles. Lo tenía escondido en uno de los cajones de su escritorio.

—¿Qué significa esto? —Blythe.

—Probablemente que estamos jodidos —Connor.

—Hace unos meses, en febrero, Carter me citó en el Liberty. Fue la tarde en que conocimos a Vera —les explicó Roman.

—¿El bar de mala muerte que está a las afueras de Ithaca? —volvió a intervenir Connor.

—El mismo. Carter me contó que quería empezar a vender droga en el campus. Quería que yo fuera su camello.

—¿Y qué dijiste? —Blythe sintió cómo un escalofrío la recorría de arriba abajo. Aquella conversación estaba tomando un cariz que no le gustaba nada.

—Que no. Carter está loco y es un hijo de puta. Antes que trabajar para él me pego un tiro. —Connor dijo que él haría lo mismo; todos conocían a Carter y sabían de lo que era capaz—. La cosa es que me enseñó una de las bolsas herméticas en las que guardaba la droga. Era igual a esta.

—Deben de existir miles de bolsas transparentes y no todas tienen por qué ser de Carter —apuntó Connor, claramente buscando una escapatoria a la realidad que cada vez se estaba haciendo más tangible.

Pero Roman negó.

—Le conté a Charles lo que había pasado con Carter y lo que me había pedido. Él lo sabía. Sabía que Carter tenía la intención de vender en Cornell y que estaba buscando a un camello.

—Lo que significa… —empezó Blythe.

—Que tiene esa bolsita porque se la ha comprado al camello de Carter… O Charles es el camello —terminó Vera.

Connor empezó a negar con la cabeza, una vez, y otra, y otra.

—No, Charles nunca… Él solo fumaba algo de maría de vez en cuando y se la compraba yo. —Ignoró la mirada que le dedicó

Blythe, que se acababa de enterar de aquel dato—. Le ayudaba a desestresarse cuando lo necesitaba. Él nunca… Me lo habría contado. Y vender… ¿Para qué iba a querer Charles vender droga?

—Por dinero —soltó Vera, seca.

—Charles no necesita dinero, su padre está forrado y los mantiene a él y a su madre —pero lo dijo en un tono que denotaba que ni él mismo estaba seguro de sus palabras.

—Todos tenemos secretos, Connor —murmuró Roman—. Creo que el Baile de Navidad fue prueba suficiente de ello.

—¿Y los cincuenta mil dólares? ¿Y la pistola? —inquirió Blythe—. Nos podríamos estar equivocando. Quizá no tenga nada que ver con Carter ni con la droga.

—Dime algo que mueva tanto dinero y a la vez sea lo suficientemente peligroso como para querer tener una pistola por si las cosas se tuercen. —Vera, que no se había despegado del lado de Roman, la miró con ojos tristes. Porque sabía que tenía razón, y eso le dolía.

Un leve pitido, proveniente del reloj digital que llevaba puesto Vera, ese que utilizaba para contar los kilómetros que hacía cuando salía a correr, les indicó que eran las once de la noche.

Solo les quedaba una hora.

Tenían que actuar.

—¿De dónde se supone que vamos a sacar cincuenta mil dólares y una pistola? —Connor los miró uno por uno, el terror reflejado en sus ojos.

Roman se encendió otro cigarrillo.

—Eso no es problema.

—Explícate. —Blythe entrecerró los ojos, sospechando lo peor.

El chico se dirigió a la cocina y abrió el armario que estaba debajo del grifo. Sacó una bolsa marrón de cuero y la cargó hasta la mesa del comedor. La dejó caer sobre la madera y, cuando sus amigos se hubieron acercado lo suficiente, la abrió.

Dentro había fajos y fajos de billetes.

Muchos.

Cientos.

Miles.

Cincuenta mil dólares.

—No te voy a preguntar de dónde lo has sacado —murmuró Connor sin apartar la mirada de la bolsa.

—Mejor. No quieres saberlo.

—¿Por qué me da la sensación de que también tienes una pistola? —Blythe recordó las veces que Roman se había ausentado de Cornell para acudir a las reuniones familiares de Tunkhannock, los morados y heridas con los que había vuelto, cómo les había advertido que era mejor si no preguntaban y sabían lo mínimo sobre los Cagliari.

Roman se llevó la mano a la espalda y, con un movimiento ágil, les mostró la pistola que había llevado guardada durante todo ese tiempo.

Connor dejó escapar un «joder» a la vez que Blythe le preguntaba si esa era la única que tenía.

—Sí —respondió al instante—. Es la única.

Y tras dirigirle una mirada fugaz a Vera, que parecía una estatua de lo tensa que estaba, se la volvió a guardar.

Connor exhaló un largo suspiro.

—¿Cuál es el plan?

—Encontrarme con Charles y, cuando vea que tengo lo que quiere, convencerlo para que no cometa la estupidez que tiene pensado cometer, sea cual fuere.

—¿Encontrarme? ¿Convencerlo? ¿Por qué cuando pasa algo siempre hablas en singular? —Blythe se aferró al borde de la mesa con toda la fuerza de la que fue capaz. De lo contrario, corría el riesgo de abalanzarse sobre Roman. Quizá no le partiera el labio, pero un buen golpe se lo iba a llevar.

—Porque voy a ir yo solo.

Blythe soltó una carcajada irónica.

Connor empezó a gritar que por encima de su cadáver, que no pensaba quedarse allí esperando.

Vera simplemente calló y, cuando Blythe y Connor se calmaron, dijo:

—Entonces, ¿para qué nos has involucrado? ¿Si desde el principio pensabas hacer esto solo, por qué has decidido llamar a Blythe y a Connor? Por qué me has dado…

No terminó la frase y, si no fuera porque Roman habló al instante, Blythe le habría preguntado a qué estaba haciendo referencia; qué era eso que Roman le había dado.

—Por tres razones. —Al parecer, su amigo las había meditado bien—. La primera, porque creo que es justo que lo sepáis. La segunda, porque si Carter está involucrado significa que existe una alta probabilidad de que alguien acabe herido, y no quiero que os pase nada. Y la tercera, porque quizás uno de vosotros dos —señaló a Blythe y a Connor— pueda decirme dónde está el muelle en el que Charles me ha pedido que me reúna con él.

—¿Muelle? ¿Qué muelle? —se extrañó Blythe.

—Eso mismo me he preguntado yo.

Pero Blythe repitió que no, no conocía ningún muelle y que, de hecho, en los dos años que llevaba viviendo en Ithaca, nunca había pisado uno.

Roman soltó una maldición.

—Estamos jodidos.

—¿Cuáles son los muelles más conocidos de Ithaca? —Blythe desbloqueó su móvil y, con las manos pegajosas del estrés, tecleó en su buscador «muelles de Ithaca».

—Podría ser el del Club Náutico, el que está en el Parque Myers, o incluso uno de los varios que hay en Cliffside. Hasta donde sabemos, podría ser cualquiera del lago Cayuga. —Por primera vez desde que habían llegado, Roman dejó entrever lo desesperado que estaba.

—No tenemos el tiempo suficiente como para recorrerlos todos. —Vera les enseñó la pantalla de su móvil, que señalaba que eran las once y cuarto.

—*Tengo*. No *tengo* el tiempo suficiente —incidió Roman.

A lo que Vera se cuadró de hombros y le soltó que no pensaba quedarse atrás, que estaban juntos en eso, que dejara de actuar como si pudiera decidir por ellos. Y Blythe le dio la razón y, acercándose a su amiga, reafirmó que Charles los necesitaba a todos y que no podían separarse y que estaba harta de recordarle que si uno se iba a la mierda se iban todos. Y Roman les recriminó que no tenían tiempo para estar discutiendo, que cada minuto que pasaba era un minuto menos que tenían para encontrar a Charles. Y Vera acusó a Roman de haberla engañado y a Blythe se le llenaron los ojos de lágrimas, pero no las derramó, y Roman le suplicó a Vera que no dijera eso, que si algo le sucedía no podría soportarlo.

Y alguien gritó.

Y alguien perjuró.

Y alguien insultó.

Y de pronto, una voz se alzó por encima de los gritos y los juramentos y los insultos.

Una voz cargada de miedo. Pero también de seguridad.

—Yo sé qué muelle es.

XLIII

PRESENTE

22 de diciembre de 2017

El muelle es nuestro lugar seguro; de ahora en adelante, cada vez que estemos tristes, enfadados o perdidos, iremos al muelle.

Connor no dejó de repetirse esa frase durante los veinte minutos que tardaron en llegar a Glenwood Pines. Con la mirada clavada en la carretera, la mano derecha aferrada al asidero del asiento del copiloto y la izquierda atrapada bajo el peso de su pierna para frenar el temblor que todavía lo dominaba, paladeó cada palabra, tratando de encontrarle un sentido a todo lo que había sucedido en las últimas dos horas.

Roman les indicó que llegarían en unos cinco minutos, pero él no contestó porque no podía arrancarse la imagen de Charles esperando en el muelle. Solo. Desesperado. Aterrorizado. Su cuerpo recortado contra la oscuridad de la noche.

Trágico y a la vez poético, que hubiera escogido aquel lugar para reunirse con Roman a medianoche.

¿Qué has hecho, Charles? ¿Qué te ha pasado? ¿Por qué no has queri-
do hablarme? ¿Por qué no has querido contar conmigo? Las preguntas
asaltaron a Connor, que tuvo que hacer un esfuerzo por contener
todo lo que estaba sintiendo. Se habían prometido que siempre que
estuvieran tristes, enfadados o perdidos, acudirían al muelle. Pero
en lugar de ser fiel a su palabra, Charles lo había descartado como
quien descarta unos pantalones usados, y había mancillado lo más
puro que Connor había tenido en su vida.

—Tienes que desviarte en el siguiente cruce. A la derecha —consiguió articular.

Roman puso el intermitente y giró por un camino de tierra que
se internaba en el bosque, ese que había recorrido en bicicleta tantísimas veces.

Allí ya no había luces que iluminaran el camino.

Solo oscuridad.

—Aparca por aquí —indicó Connor cuando atisbó el pequeño
claro que se extendía a unos cinco minutos a pie del embarcadero.

Roman obedeció y apagó el motor del coche.

En cuanto abrió la puerta del vehículo, Connor sintió la humedad de la noche pegarse contra la piel de su rostro. A su lado,
Blythe murmuró que acabarían todos congelados.

Vera ni se inmutó. Había cerrado los ojos y sus labios se movían
rápido, como si estuviera articulando una plegaria o repitiéndose un
mantra. Pese a que se había colocado su chaqueta estilo Barbour, tenía las manos resguardadas en el bolsillo canguro de la sudadera de
Roman. Llevaba así desde que habían salido de casa. Como si estuviera aferrándose a algo y no quisiera desprenderse de ello.

Pese a la tozudez y mil objeciones de Roman, al final habían
acudido los cuatro.

Esa había sido su condición. Información a cambio de que dejara de comportarse como el superhéroe de una historia en la que,
claramente, todos eran villanos.

—Si quieres que te lo diga, vas a dejar que vayamos contigo. —Esas habían sido sus palabras.

—Connor, no tenemos tiempo para…

—No me tientes, Roman.

—Connor, Charles está en peligro. No puedes…

—Oh, ya lo creo que puedo.

—¿Es que eres idiota?

—Puedes insultarme todo lo que quieras. No pienso decirte dónde está el puto muelle hasta que accedas a que te acompañemos.

—Pensaba que le querías.

Si las palabras fueran capaces de infligir dolor físico, Connor habría perdido una pierna o un brazo.

—Todos le queremos —había conseguido responder—. Por eso, esto es algo que tenemos que hacer los cuatro. Juntos.

Después de aquello, Roman se había quedado sin argumentos y fuerzas para seguir discutiendo.

Así que allí estaban.

Faltaban quince minutos para medianoche.

Quince minutos para que Charles apareciera en el muelle, esperando encontrarse con Roman, cincuenta mil dólares y una pistola.

En silencio, caminaron por el sendero que conectaba el bosque con el lago. Pese a la niebla que se había aposentado, Connor pudo ver la madera del muelle alzarse por encima del agua.

El muelle es nuestro lugar seguro; de ahora en adelante, cada vez que estemos tristes, enfadados o perdidos, iremos al muelle.

La frase volvió a sonar en su cabeza, ahora acompañada de recuerdos e imágenes: Charles sentado en el extremo más alejado del muelle, sus pies descalzos colgando; Charles sonriendo al ver un par de cormoranes planear sobre el lago; Charles tendiéndole la mano y diciendo con un tono divertido que «si te murieras aquí nunca me lo perdonaría».

«¿Me echarías de menos?», había respondido Connor mostrando su mejor expresión despreocupada, porque qué más daba fingir otra vez cuando llevaba años, casi toda la vida, haciéndolo.

Pero Charles se había puesto serio de repente y le había susurrado:

«Más de lo que te imaginas».

Connor se había tragado las palabras que le habían saltado a la boca. Y ahora, meses después, frente al muelle, ya era demasiado tarde para confesarle que él también lo echaría de menos, más que a nadie en el mundo.

Se quedaron en la linde del bosque, bajo las copas de los árboles, a unos metros del lago. Ninguno se atrevió a dar un paso más.

—Y ahora qué —susurró Blythe.

Roman dejó caer la bolsa de cuero que contenía el dinero a sus pies.

—Lo mejor es que Charles no sepa que habéis venido. Al menos al principio —añadió al ver la expresión iracunda que Connor le estaba dirigiendo—. No queremos arriesgarnos a que monte en cólera y se marche.

—Podemos quedarnos escondidos detrás de los árboles —propuso Vera.

—Sí —añadió Blythe—. Roman, tú intenta hablar con él y…

—Qué coño hacéis vosotros aquí.

La voz llegó desde las profundidades del bosque.

Los cuatro se giraron a la vez, idénticas expresiones de horror en sus rostros.

Porque sabían a quién pertenecía esa voz.

Connor la hubiera reconocido en cualquier lugar, a cualquier hora, bajo cualquier circunstancia.

Estaba todavía más delgado que la última vez que lo había visto. Si en el Baile de Navidad había parecido un espectro, ahora era una sombra.

—Charles... —Su nombre fue más bien una súplica.

Pero Charles no le concedió ni un instante de su atención. Estaba demasiado ocupado clavando sus ojos en los de Roman.

—¡Te he dicho que no hablaras con nadie! —le gritó mientras avanzaba por entre la oscuridad. Iba a tal velocidad que se chocó con el tronco de un árbol, un seco *pum*, aunque pareció no enterarse. No se detuvo cuando tuvo a Roman a escasos centímetros, ni tampoco cuando impactó contra su pecho. Cuerpo contra cuerpo.

Roman, que no se esperaba el choque, trastabilló un par de pasos hacia atrás. Connor reaccionó al instante y lo sostuvo, evitando que perdiera el equilibrio.

—¡¿Esta es tu puta ayuda?! —Ni sus gafas podían ocultar las ojeras que apagaban su mirada—. Sabía que podías ser un cabrón, pero no un imbécil. ¿Qué es lo que no entiendes de «mantén la puta boca cerrada»?

Connor sintió a Vera removerse a su lado, claramente alterada por las palabras del chico que, hasta hacía unos meses, había sido el más comprensivo y lógico de los cinco.

Las manos de Charles se cerraron en puños. Sus nudillos se pusieron blancos por la fuerza con la que estaba apretando los dedos.

—¿Vas a pegarme, Charles? Eso es lo que quieres, ¿no? —Roman recuperó los dos pasos que había retrocedido, volviendo a quedar cara a cara con su amigo—. No sé qué mierdas te ha pasado estos meses, pero si lo que necesitas es descargar tu rabia contra alguien, puedes hacerlo contra mí. Pégame. —Roman se llevó una mano al pecho y se lo señaló como queriendo decir «aquí, pégame justo aquí». Los hombros de Charles se tensaron, pero no hizo ademán de obedecer—. ¡PÉGAME!

El grito los rodeó y voló hasta el lago, donde murió.

Ninguno se movió. Parecían dos depredadores, acechándose el uno al otro, midiéndose, esperando a que uno diera un paso en falso.

Connor no pudo soportarlo más.

—Roman, no creo que… —Se acercó a ellos con las manos en alto, en son de paz, porque lo último que quería era que Charles se sintiera amenazado y huyera.

Cuatro pasos, eso es todo lo que pudo aproximarse antes de que Charles, con un aullido desesperado, le asestara un puñetazo en la sien izquierda. El segundo de aquella noche.

Connor sintió sus piernas flaquear y perder la capacidad de sostenerlo. Sus rodillas golpearon contra la tierra, después su tronco, después su cara. La arena, gruesa, se coló por entre sus dientes. A lo lejos, pero muy lejos, creyó escuchar a Blythe y a Vera exclamar su nombre y a Roman soltarle a alguien que si pretendía matarlo. ¿Matar? ¿Quién quería matar a quién?

De pronto, Connor fue consciente y a la vez no de la perturbadora posibilidad de que algún bicho, una hormiga quizá, se metiera en su boca e incubara allí.

Una voz llegó hasta él. Melódica. Como el canto de una madre arrullando a su bebé (pero no su madre, Sarah nunca le cantó).

> *Out of the night that covers me,*
> *Black as the pit from pole to pole,*
> *I thank whatever gods may be*
> *For my unconquerable soul.*

La voz estaba recitando a Henley.

> *In the fell clutch of circumstance*
> *I have not winced nor cried aloud.*
> *Under the bludgeonings of chance*
> *My head is bloody, but unbowed.*

Una imagen, la de sus amigos sentados alrededor de una mesa y con las copas en alto, declamando aquel mismo poema.

Beyond this place of wrath and tears
Looms but the Horror of the shade,
And yet the menace of the years
Finds and shall find me unafraid.

It matters not how strait the gate,
How charged with punishments the scroll,
I am the master of my fate,
[...]

—*I am the captain of my soul.*

—¿Qué ha dicho?

—Henley.

—¿Es broma?

—Es Connor.

—Joder.

—¿Está bien?

—¿Ahora te importa si está bien? ¿Por qué mierdas no lo has pensado antes de derribarlo como si fuera un puto muñeco de trapo?

Una maldición, seguida de un «ve al muelle y relájate, ahora hablamos».

—No tengo tiempo.

—¿Quieres tu dinero y tu pistola? —Silencio—. Pues espera en el maldito muelle.

Dio unos pasos para alejarse y luego:

—¿Connor?

Ese era él. Connor.

—¿Connor? ¿Me escuchas? Di algo.

Le estaban pidiendo que hablara, pero lo único que pudo articular fue un *hmm* ronco.

Al parecer fue suficiente porque alguien dijo «ayudadme a sentarlo contra el tronco» y, acto seguido, unas manos (varias) lo sostuvieron de debajo de las axilas y el pecho y lo alzaron del suelo. Unos segundos después, en los que se vio arrastrado por la tierra (porque aparentemente había estado tumbado sobre la tierra), su espalda quedó apoyada contra algo duro y rugoso.

—Intenta abrir los ojos. —Una voz amable pero contundente.

Eso hizo. Primero un párpado, después el otro.

Fue como si mil cuchillos se clavaran en su cabeza.

—Le ha dado un buen golpe.

—¿Quién? —consiguió articular.

—Charles.

El nombre lo acabó de devolver al presente.

Estaba en el bosque, en el muelle, *su muelle*. Habían venido a encontrarse con Charles. Charles le había pegado. ¿Por qué todos le pegaban?

—¿Dónde está?

No hizo falta que especificara a quién estaba haciendo referencia. Era obvio.

—En el muelle.

—Vamos.

—Connor, puedes quedarte aquí si quieres. —Vera lo estaba estudiando con el ceño fruncido.

—No.

—No tienes muy buena cara —insistió su amiga.

Pero Connor empezó a negar y a decir que no, no, no, quería ir, quería ver a Charles, no iba a quedarse atrás, ¿por qué querían dejarlo atrás?

—Vale, vale, tranquilo —lo calmó Roman. Y añadió, dirigiéndose a Vera y a Blythe, como si Connor no lo estuviera escuchando—. Vamos, si lo dejamos aquí será peor.

Lo ayudaron a levantarse, porque todavía se sentía nublado, y juntos, avanzaron hasta el muelle.

Charles los estaba esperando.

Caminaba de un extremo al otro con una mano en la boca. Se estaba mordiendo las uñas, un viejo hábito que solo sacaba a relucir cuando estaba realmente alterado. Murmuraba para sí algo que bien podía ser una plegaria o una maldición, y cada pocos segundos alzaba la cabeza y miraba al bosque, como si esperara que alguien apareciera por la linde en cualquier momento.

Connor buscó la mirada de su amigo, esperando un «lo siento», un «no era mi intención», *algo*, pero este la rehuyó.

—Por favor. —La rabia y la ira habían abandonado sus ojos. Ahora solo quedaba miedo—. Necesito el dinero y la pistola.

Sin decir nada, Roman dejó caer la bolsa de cuero en la madera del muelle.

Su muelle.

—Aquí los tienes. —Charles dio un paso al frente, haciendo ademán de hacerse con la bolsa, pero Roman se puso delante, impidiéndoselo—. Pero antes, nos vas a contar en qué mierdas estás metido y por qué estás en contacto con alguien como Carter.

Al escuchar aquel nombre, las mejillas de Charles perdieron el poco color que les quedaba.

—Eso no es… —trató de defenderse.

—No nos mientas, Charles. —Blythe dio un paso adelante, su largo pelo negro, azuzado por el viento helado, revoloteaba alrededor de su rostro—. Ya no.

Fue como si el cuerpo de Charles perdiera la fuerza de un momento a otro. De repente, el chico parecía más pequeño, más débil.

—¿Cómo?

Sin pensárselo dos veces, Connor le lanzó la bolsita transparente. Charles no la agarró. En su lugar, observó cómo volaba sobre el muelle y caía frente a sus pies.

—La encontré en uno de los cajones de tu escritorio.

—¿Vendes o consumes? —soltó Roman.

—Las dos. —Charles seguía con la mirada clavada en el sobre de droga.

Connor se apretó la sien, provocándose una punzada aguda en la cabeza. El dolor, pensó, era mejor a cualquier palabra que saliera por la boca de Charles.

—¿Por qué? —Fue Blythe la que expresó lo que claramente todos se estaban preguntando.

Al principio, Charles no respondió. Pero después murmuró un «no es asunto vuestro» airado.

Y aquello fue la gota que colmó el vaso.

Quizá no fuera asunto de Vera, ni de Roman ni incluso de Blythe, pero sí era *su asunto*. Llevaba siendo su asunto desde que su madre lo había presentado por primera vez en casa de los Aster y, al verlo, Charles le había preguntado si en lugar de jugar quería ver un documental de animales. Llevaba siendo su asunto desde que Charles le había confesado que su sueño era vivir en un parque o en una reserva natural y Connor le había mentido diciéndole que él no tenía ninguna aspiración cuando, en realidad, su único deseo era estar a su lado. Llevaba siendo su asunto desde que Charles lo había llamado llorando porque su padre había abandonado a su madre y, en el proceso, la había destruido. Y por supuesto llevaba siendo su asunto desde que habían acudido a ese maldito muelle por primera vez, y se habían jurado que aquel era su lugar seguro.

Que no se atreviera a pronunciar aquellas palabras y quedarse tan tranquilo. Que no se atreviera a decirle que aquello no era su asunto sin mirarlo siquiera a los ojos.

—Ni te atrevas —lo dijo en voz alta, aunque las palabras salieron ahogadas—. ¡Ni te atrevas! —exclamó, ahora con más fuerza—. ¿Qué te crees? ¿Que puedes comportarte de la forma en la que llevas comportándote los últimos meses sin dar ni una explicación? ¿Que puedes desaparecer de la noche a la mañana sin pretender que nos preocupemos por ti? ¿Que puedes pedirnos cincuenta mil dólares y una pistola y te los vamos a entregar con los ojos cerrados?

—Yo a ti no te he pedido nada.

—¡Sí que lo has hecho! ¡Se lo has pedido a Roman, y eso significa pedírselo a Blythe y a Vera y a mí! ¿De verdad piensas que vamos a dejarte marchar con una pistola?

—No lo entiendes.

—¡Pues explícamelo! ¡Explícanoslo! —gritó Connor, al borde del desgañite.

Por primera vez desde que se habían encontrado en el bosque, Charles lo miró.

Y explotó.

—¡No tengo dinero! —Tenía los ojos inyectados en desesperación—. ¡Estoy endeudado hasta las cejas y casi no tengo ni un puto dólar para vivir en esta universidad! —Sus manos se habían vuelto a convertir en puños. Connor retrocedió un paso—. ¡Mi madre es una alcohólica deprimida que malgasta lo poco que nos envía mi padre y me amenaza con matarse si la vuelvo a meter en un puto centro de rehabilitación! ¡No tengo dinero, pero lo necesito! Así que sí, Connor, he estado vendiendo droga porque es la única forma que he encontrado de conseguir dinero fácil. Y sí, de paso también me la he estado metiendo. Perdóname por querer escapar de la puta mierda en la que se ha convertido mi vida. Perdóname por querer hacerla menos insoportable.

La última palabra se quebró en su boca.

Después de aquello, lo único que se escuchó entre ellos fue el sonido de las olas al romper contra la orilla y la madera del muelle.

Charles resollaba, como si acabara de correr una maratón y no tuviera aliento para dar un solo paso más.

—Hay otras formas de ganar dinero —siseó Vera.

Charles dejó escapar una risa irónica.

—Quizá para ti. Yo soy un Aster.

—No lo entiendo. ¿Tu madre...? ¿Y el dinero que te dejó tu padre...? ¿Cómo...? —Blythe estaba intentando encajar las piezas de un puzle sin saber que nunca podría acabarlo porque no las tenía todas.

—Solo tenías que pedirlo. —Connor la interrumpió—. Te habría dado todo el dinero que hubieras necesitado. Sabes que lo habría hecho.

—No. —Una palabra. Una bala directa al corazón.

—¿Por qué? Charles, soy yo.

—Precisamente por eso —susurró su amigo.

—¡Mírame! —Porque había dejado de hacerlo—. ¡Mira dónde estamos!

Un flechazo de dolor, que los atravesó a los dos. En el caso de Connor, la agonía se quedó en su pecho, oprimiéndole. En el de Charles, se desvaneció tan pronto como había llegado. Murmuró algo ininteligible y giró su cuerpo en un gesto que claramente significaba que lo dejara en paz, que no tenía nada más que decirle.

—Le debo dinero a Carter —dijo, dirigiéndose a Roman—. Por eso los cincuenta mil dólares. Por eso la pistola.

—No sabes dónde te has metido —respondió Roman, todavía una muralla entre Charles y la bolsa de cuero.

—Puede que no, pero voy a solucionarlo.

—Eso es lo que no entiendes. Te crees que saldando tu deuda con Carter todo va a acabar, ¿no? ¿Que después de entregarle el dinero vas a poder volver a tu casa y seguir con tu vida? —Roman se pasó una mano por el rostro—. Carter nunca deja un cabo suelto.

—Pero... —Charles señaló la bolsa, un niño convencido de que ha encontrado un tesoro.

—Charles, si le das el dinero, solo va a querer más. Lo he visto mil veces. Cuando alguien le debe algo, Carter se asegura de que esa deuda sea de por vida. Encontrará una forma de que sigas trabajando para él, de que le sigas debiendo.

—¿Y qué se supone que tengo que hacer?

Pero antes de que Roman pudiera responder, una voz partió la noche en dos:

—Pero bueno, cuánto drama.

Dos figuras se acercaban por la orilla. Una tenía las manos escondidas en los bolsillos de la chaqueta de cuero que vestía, la otra sostenía un cigarrillo.

Roman se colocó frente a sus amigos en un gesto protector. De forma instintiva, Connor alargó el brazo para aferrarse a Charles, pero este estaba fuera de su alcance.

—Romie, Romie —volvió a retumbar la voz—, nunca aprendes. Te dije que juntarte con niños ricos solo te traería problemas.

La tenue luz de la luna iluminó las dos figuras, cada vez más cerca.

Entonces, cuando llegaron al muelle, Carter esbozó una sonrisa lobuna y, sin detenerse, empezó a caminar hacia ellos.

XLIV

PRESENTE

22 de diciembre de 2017

—Pero bueno, cuánto drama.

Eran dos las figuras que se acercaban por la orilla, pero Vera no podía apartar los ojos del hombre que sostenía un cigarrillo.

Carter.

La reacción de Roman fue inmediata. Se colocó delante de ellos, como si aquel gesto fuera suficiente para protegerlos.

—Romie, Romie. Nunca aprendes. Te dije que juntarte con niños ricos solo te traería problemas.

Había algo en la forma en la que hablaba y caminaba que a Vera le era familiar.

Solo cuando lo tuvo a escasos pasos de distancia lo entendió.

Carter era una versión mayor de Roman. En todos los sentidos: más alto, más robusto, con el pelo más largo y oscuro y los ojos de un verde todavía más intenso.

Más peligroso, le susurró una voz.

Recordó lo que le había contado Roman la mañana después del Baile de Navidad. Había estado preparando tortitas y le había confesado que su padre, Stefano, los había criado a su hermano y a él para que siguieran sus pasos, para que se hicieran con las riendas de la familia Cagliari. Y había añadido que «Carter es otro hijo de puta, así que siempre ha estado encantado de obedecer a Stefano en todo lo que le ha pedido».

Pero Roman no quería esa vida.

«No quiero nada que tenga que ver con el crimen y el dolor y la muerte».

Carter, en cambio…

Carter era crimen.

Era dolor.

Era muerte.

—¿Interrumpimos algo? —preguntó Carter en un tono irónico.

Le dio una última calada al cigarrillo y lo tiró al lago, donde flotó durante unos segundos antes de hundirse.

—Qué haces aquí, Carter. —Roman seguía en el centro del muelle, entre su hermano y ellos.

Carter sacó un encendedor de metal del bolsillo de su cazadora y empezó a abrirlo y cerrarlo en un *clic clac clic clac* que a Vera le recordó al sonido de los huesos al crujir unos contra otros.

—Oh, es una historia curiosa —dijo, todavía esbozando esa mueca perturbadora, salida de una película de terror—. Estábamos Wess y yo en el Liberty, tranquilos, tomando algo, cuando de repente recibimos una llamada de Glenn. Te acuerdas de Glenn, ¿no? —Carter le hablaba a Roman como si estuviera contándole lo que había hecho el fin de semana—. ¿No? Una pena. Le caías bien. La cosa es que Glenn nos chiva que nuestro querido Charles Aster acaba de salir a escondidas del motel en el que lleva días encerrado. Raro, ¿no? Que una persona decida encerrarse en un antro deplorable y de repente salga a las once de la noche. Y más cuando esa persona debe cincuenta mil dólares. ¿Pensabas que no ibas a levantar ninguna sospecha? ¿Que no íbamos a enterarnos? —Miró a Charles con una mezcla de desdén y diversión, como si estuviera riéndose de él—. Así que le ordenamos a Glenn que lo siga y… ¡sorpresa! Minutos después nos dice que Charles Aster se ha bajado de un taxi en un bosque cerca de Glenwood Pines. —Carter abrió mucho los brazos, abarcando el muelle, la orilla, el bosque, el lago—. Pero he de decir que la mayor sorpresa ha sido cuando nos ha informado de que Charles no estaba solo, sino con otras cuatro personas. Dos chicos —señaló a Roman, a Connor— y dos chicas —a Blythe y a la propia Vera.

Clic clac clic clac y el sonido del agua al mecerse.

De pronto, Carter mudó su expresión. Fue como si un velo de oscuridad se posara sobre sus facciones.

—Creía que te había dicho que no hablaras de esto con nadie, que no intentaras ir de listillo y salirte con la tuya.

—Carter, yo…

Pero Carter no lo dejó continuar.

—Ya sabes lo que toca, Aster.

Charles empezó a caminar hacia las dos figuras murmurando «no, no, por favor», que lo escuchara, que aquello no era lo que parecía. Cuando llegó a la altura de Roman, este extendió el brazo y lo agarró del hombro, impidiéndole que continuara.

—Charles no nos ha llamado. Hemos venido nosotros. —Blythe intentó sonar calmada, pero no pudo esconder el leve temblor de sus labios.

Carter profirió una carcajada grave.

—¿De verdad piensas que me lo voy a creer? —Chasqueó la lengua—. Honestamente, niña, no te tomaba por una imbécil.

Casi de forma imperceptible, Blythe se contrajo.

Y entonces, Vera fue consciente de la insignificancia de su presencia. Se sentía un peón en un tablero de ajedrez dominado por reyes y reinas.

A su lado, Connor pareció llegar a la misma conclusión, porque murmuró un «joder» desesperado por lo bajo. Porque sí, joder, ¿cómo se suponía que iban a salir de esa situación?

Una ráfaga de viento los envolvió y trajo consigo un ruido que, al principio, no supo identificar. Vera posó la mirada en un punto lejano, más allá del muelle, y atisbó un grupo de cinco cuervos junto a la orilla.

Graznaban y se atusaban las alas como si estuvieran descansando al sol en mitad de una mañana cualquiera.

Solo que eran las doce y media de la madrugada de un viernes, y en vez de luz, los engullía una noche casi sin luna.

Solo que no formaban una simple bandada, sino una premonición del final que les esperaba si decidían seguir por aquel camino.

Roman giró el rostro y fijó sus ojos en los de ella. Por un momento, pareció que fuera a decirle algo, pero no lo hizo. En su lugar, le dedicó una sonrisa triste, como si supiera algo que ella desconocía y se estuviera lamentando por ello.

Algo dentro de Vera le gritó que lo tocara, que le aferrara la mano y no lo soltara porque, de lo contrario, no podría volver a hacerlo nunca.

Pero antes de que pudiera mover un solo dedo, Carter volvió a hablar.

—Acabemos con esto. Dame el dinero, Aster.

—Carter, tú y yo sabemos que esto no va a terminar aquí. Deja que Charles se marche y haré lo que quieras. —Roman alzó las manos y, con las palmas orientadas hacia el cielo como si estuviera esperando a que alguien le pusiera unos grilletes y se lo llevara preso, suplicó—: Por favor.

Charles protestó, pero nadie le hizo caso.

Con las manos en los bolsillos, Carter dio un par de pasos al frente, recortando la distancia que lo separaba de Roman, y miró a su hermano de pies a cabeza.

—Ya te pedí que hicieras algo por mí, ¿te acuerdas? —Carter pronunció las palabras lentamente—. Te pedí que fueras mi camello en Cornell y tú, *querido hermano*, te negaste. Quizá, si no te hubieras comportado como un niñato arrogante, tu amiguito no estaría metido en este lío. —Sus facciones se contorsionaron en una mueca de puro odio.

—Te lo estoy diciendo ahora. Deja a Charles en paz y haré lo que me digas.

Carter movió los labios articulando un «no» y después se giró, volviendo junto a Wess.

—El dinero, Aster —repitió.

Esta vez, Roman no impidió que Charles recogiera la bolsa de cuero del suelo y la depositara frente a Carter y Wess. En su lugar, miró a Connor, a Blythe y a Vera uno por uno y susurró que no se les ocurriera moverse.

Vera y Blythe asintieron, pero Connor ni se inmutó. Toda su atención estaba fija en Charles y en cómo Carter le estaba indicando que abriera la bolsa y le ordenaba a Wess que contara el dinero.

—No, no, tú te quedas aquí —dijo Carter al ver que Charles pretendía volver al extremo del muelle en el que se encontraban Roman, Blythe, Connor y Vera.

El chico obedeció.

Clic clac clic clac y el sonido del agua al mecerse y los graznidos de los cuervos, que todavía seguían en la orilla observándolos.

—Está todo —anunció Wess después de unos minutos.

—¿Puedo volver?

—Claro —concedió Carter.

Vera sintió cómo Connor soltaba una bocanada de aire y Blythe se relajaba. Roman, en cambio, solo tensó más la mandíbula.

Sin pesarlo, Charles se dio la vuelta.

Y antes de que pudiera dar un paso, Wess lo alcanzó y presionó una navaja contra su mejilla izquierda. Empezó a recorrerla por su piel, poco a poco, poco a poco.

—Te advertí, Aster.

—Carter ha dicho que…

Pero el hermano de Roman solo volvió a reír.

—He dicho que podías volver, no que fuéramos a dejarte.

Todo pasó muy rápido.

Blythe se aferró al brazo de Vera a la vez que Vera extendía una mano hacia Roman. Roman amenazó a Wess y Wess respondió apretando más la navaja contra la piel de Charles. Un hilo de sangre resbaló por su cuello y, al verlo, Carter soltó otra carcajada. Alguien empezó a sollozar y Vera pensó que era Connor, pero cuando se giró para comprobarlo Connor ya no estaba allí.

Una sombra pasó a su lado como una exhalación, directa hacia Wess.

Roman corrió hacia Connor, tratando de detenerlo, pero Carter llegó primero. Impactó contra el cuerpo de Connor y lo derribó.

Connor cayó al suelo profiriendo un aullido de dolor que provocó que los cinco cuervos graznaran y batieran sus alas, alterados. Carter lo arrastró por la madera del muelle y, cuando lo tuvo a escasos centímetros del borde, le pisó la cara con el zapato.

Connor se removió y removió, intentando zafarse de Carter, y este le gritó que como no parara las cosas iban a ponerse más feas todavía. Pero Connor, enloquecido, solo siguió chillando y consiguió articular que como se le ocurriera hacerle algo a Charles pensaba matarlo, costara lo que costara.

Entonces, Carter se llevó las manos a la espalda y sacó una pistola.

En un abrir y cerrar de ojos, se había agachado y tenía apretado el cañón contra la sien de Connor. La misma que Charles había golpeado hacía menos de una hora. Le estaba susurrando algo en la oreja, pero Vera no alcanzaba a escucharlo. Estaba demasiado lejos.

Blythe volvió a sollozar (porque la que había soltado el primer lamento había sido ella) y murmuró «por favor, por favor, parad, por favor, parad». Y Roman le suplicó a su hermano por segunda vez aquella noche. Y Carter le propinó una patada a Connor en las costillas, seguido de un «jodido maricón» y, al ver que Connor no se calmaba, apuntó al cielo con la pistola.

Y disparó.

La noche se partió en dos.

—¡Connor! —bramó Charles, un cuervo más quejándose en la negrura.

Aprovechó que el disparo había tomado a Wess desprevenido y se zafó de él.

Al percibir movimiento, Carter giró en redondo y alzó la pistola contra Charles.

Y fue en ese momento, en ese instante, «porque no lo olvides, Vera, los instantes lo determinan todo», que Vera tomó una decisión.

Se llevó la mano al bolsillo de la sudadera y agarró la pistola que Roman le había entregado en su casa. La misma que llevaba aferrando todo ese rato.

«¿Tienes otra pistola?».

«¿Para qué?».

«Para mí».

Recordó lo que alguien le había dicho un día: que las personas tienen una vocecita que les habla en lo más profundo de la noche, que les susurra consejos y advertencias. Y la suya, su vocecita, siempre le había alertado de una oscuridad que, si no vigilaba, acabaría adueñándose de ella.

A su lado, Blythe empezó a llorar. Porque era consciente de lo que estaba a punto de suceder y de que no podía hacer nada para detenerlo.

Vera la ignoró.

En ese instante, solo existían ella y la oscuridad, esa tumba que había ido cavando día tras día, desde que había decidido acercarse a ellos.

Hijos Dorados.

No quería detenerse en ese pensamiento porque, si lo hacía, si empezaba a repasar todas las ocasiones en las que podría haber dicho «basta», entraba en bucle. Y ese bucle la aceleraba, y la respiración y el pulso y su cabeza se descontrolaban, y ya no podía parar de repetirse y repetirse que quizá debería haberse negado, debería haber escuchado a esa vocecita, esos consejos y advertencias. Debería…

Para. Respira.

Cuando consiguió ralentizar sus latidos, apuntó a Carter con la pistola. Como atraído por la posibilidad de su muerte, el hermano de Roman encaró a Vera y también la encañonó.

Arma contra arma.

Se miraron. En los ojos de Carter, Vera atisbó la duda de no saber si aquello era un farol o si realmente sería capaz de disparar.

Pero ella ya no podía volver atrás. Ya no podía fingir que era la misma persona que había llegado hacía un año a Cornell. No lo era. Y sí, eso la asustaba. Pero lo que la aterrorizaba más era darse cuenta de que, muy en el fondo, sabía que volvería a hacerlo todo. Sí, la oscuridad se había adueñado de su ser. Pero ella había sido la que le había permitido entrar y ganar fuerza.

Ella la había alimentado.

Y por eso, porque ya no había nada en su interior que pudiera salvarse, apretó el gatillo.

Un disparo.

Un grito.

Un cuerpo.

Cinco cuervos volando.

XLV

PRESENTE

22 de diciembre de 2017

Roman disparó su arma al mismo tiempo que Vera apretaba el gatillo de la suya.

De la pistola de Vera no salió nada.

De la de Roman, una bala dirigida al corazón de su hermano.

Stefano solía decir que Roman era el hermano débil, que, en comparación con Carter, le faltaba determinación y ansias de sangre, pero había una habilidad que nunca podría negarle: su puntería.

La bala penetró en el pecho izquierdo de Carter, provocando que este se desplomara sobre la madera del muelle.

Wess gritó el nombre de su primo y se llevó la mano a la espalda, buscando su propia pistola.

Pero Roman fue más rápido.

Un segundo, y había encontrado el ángulo perfecto.

Otro, y había apretado el gatillo.

Un último, y Wess yacía en el suelo, también derribado.

¿Qué pasa, Romie? ¿Duele que te recuerden lo hijo de puta que eres?

Las palabras que Carter le había dedicado hacía unos meses, en el Liberty, volvieron. Pero en lugar de quedarse en su cabeza, atormentándolo, sonaron como un recuerdo. Lejanas, borrosas.

Al fin y al cabo, la persona que las había pronunciado estaba muerta.

Al fin y al cabo, la amenaza que habían supuesto, el miedo a que fueran reales, se había esfumado.

Porque lo era.

Se había convertido en su peor pesadilla.

Tantos años queriendo escapar de la vida que le había tocado, del crimen, el dolor y la muerte, y, al final, había acabado transformándose en ellos. Por mucho que hubiera intentado huir, lo habían acabado encontrando.

Lo del policía había sido la semilla.

Lo de Nathalie, un aviso.

Aquello, su condena.

Y lo peor era que en algún momento se había llegado a creer que, al igual que su madre, lo conseguiría. Cuando había llegado a Cornell y se había dado cuenta de que tenía posibilidades reales de ganar la beca, lo había creído. Cuando Connor, Blythe y Charles lo habían aceptado como uno más, sin juzgarlo por sus silencios demasiado largos ni su rudeza, lo había creído. Cuando Vera lo había besado y le había susurrado que no quería alejarse de él, lo había creído.

Pero esa creencia había sido como el ala de una mariposa. Delicada. Capaz de romperse en cualquier momento, con solo el tacto de un dedo o el roce del viento; o con una pistola y dos disparos.

Roman bajó el arma y se la volvió a guardar en la espalda.

Cerró los ojos un solo instante.

Y en ese instante se permitió lamentarse por todo lo que podría haber sido y ahora nunca sería. Se lamentó por el futuro que había imaginado y que acababa de perder.

Una parte de él había muerto junto con Carter y Wess y nunca podría recuperarla.

Confiteor quia peccavi nimis...

Mea culpa, mea culpa, mea maxima culpa...

El instante pasó.

Roman abrió los ojos y estudió a sus amigos, uno a uno.

Connor seguía en el suelo. Se había conseguido erguir, pero su estado era lamentable. Tenía medio rostro al rojo vivo por el trauma de haber sido pisoteado por Carter. Se estaba cubriendo el diafragma con una mano. Le costaba respirar.

Charles se había arrodillado a su lado y lo sujetaba como podía mientras, por su cuello, seguía cayendo un reguero de sangre.

El rostro de Blythe era una mueca de horror. Incapaz de apartar la mirada de los cuerpos de Carter y Wess, lloraba mientras susurraba algo ininteligible. Desde donde estaba, Roman podía ver los dedos de su amiga clavados en el brazo de Vera.

Pero Vera parecía no sentirlos. Seguía aferrando el arma que él mismo le había dado como si su vida dependiera de ello. Sus ojos, dos rayos de luz en la oscuridad de aquella noche, estaban clavados en él. Y su expresión era de rabia y traición.

—Estaba descargada —susurró. Y después, más alto—: ¡Me la has dado descargada!

Roman la ignoró. No había nada que pudiera decirle para aplacar su cólera porque la realidad era esa: le había dado una pistola sin balas porque se negaba a que tuviera que cargar con el peso de la muerte para el resto de su vida. Había antepuesto su necesidad de proteger a Vera y, en el camino, le había dado igual cómo podría reaccionar ella al percatarse de que la había engañado.

Caminó hasta los cuerpos de Carter y Wess y buscó el pulso en sus cuellos. Sabía que estaban muertos, pero aun así sintió que debía comprobarlo. Como si aquel gesto humanizara el crimen que acababa de cometer.

Da igual lo que hagas, sus fantasmas te perseguirán por el resto de tu vida, se dijo a sí mismo.

Nada bajo la piel de Wess.

Nada bajo la piel de Carter.

—Están muertos —confirmó más para él que para sus amigos.

Acababa de asesinar a su hermano y a su primo.

Fue como si sus amigos hubieran estado esperando a que pronunciara esas dos palabras para realmente asumir lo que había sucedido.

El trauma dio paso al pánico.

—Los hemos matado —masculló Connor.

—Tú no has matado a nadie, Connor. Así que relájate —le soltó Roman, todavía acuclillado frente al cuerpo de Carter.

—¿Qué hacemos? —Charles se incorporó y fue hacia él.

—Los hemos matado —repitió Connor.

—Voy a llamar a mis padres.

—¿Estás loca?

—Ni se te ocurra.

—Ellos sabrán lo que hacer.

—Me lo imagino, al fin y al cabo tienen experiencia ocultando crímenes.

—¿Qué quieres decir con eso, Vera?

—Blythe, como no guardes el puto móvil, pienso arrancártelo de las manos y tirarlo al lago.

—¿Y qué quieres que hagamos? ¿Deshacernos de los cuerpos?

—Hemos matado a dos personas.

—¿Creéis que alguien ha escuchado los disparos?

—Puede.

—No.

—Hemos matado…

—¡CALLAD! —bramó Roman.

Se incorporó y los volvió a mirar uno por uno.

—Nadie va a llamar a nadie ni va a contar lo que ha pasado esta noche, ¿entendido?

—¡Están muertos, Roman! ¡Esto no es un puto juego! ¡Lo de Nathalie te lo paso, pero esto no! ¡Tenemos que hacer algo! ¿Pretendes volver caminando a casa y fingir que esto no ha ocurrido?

—No, Blythe. Créeme, por mucho que quiera, voy a ser incapaz de olvidarme de que he matado a mi propio hermano y a mi primo. Lo que pretendo es que mantengas tu puta boca cerrada porque, a diferencia de lo que puedas creer, no quiero que me metan en la cárcel.

—Mis padres… —empezó de nuevo.

—Me importa una mierda lo que creas confiar en tus padres. Yo no lo hago. Y menos después de todo.

—¿Qué coño quieres decir con «después de todo»?

—Eso ahora no importa.

—Vosotros dos sabéis algo —le había soltado a Vera y retrocedido un par de pasos, como si su amiga se hubiera convertido en una extraña—. Sabéis algo y no me lo estáis diciendo.

Pero antes de que alguno de los dos pudiera contestar, Charles recortó la distancia que lo separaba de su amiga, le arrebató el móvil de las manos y lo tiró al lago.

Plof y se hundió.

—¡Qué coño haces!

—Evitar que cometas una estupidez.

—¡Esto es tu culpa! —Blythe lo empujó con ambas manos, pero Charles ni se inmutó—. ¡Es tu puta culpa! ¡Si no te hubieras comportado como un idiota no estaríamos aquí! Te odio. —Otro empujón, y otro, y otro—. Te odio, te odio, te odio. ¡Os odio a todos!

Charles consiguió sujetarle las manos, impidiendo que siguiera arremetiendo contra él.

—Cuando esto acabe, puedes odiarme todo lo que te dé la gana. Pero ahora vas a callarte y a colaborar —soltó Charles—. Tenemos que deshacernos de los cuerpos.

—¿Y cómo piensas hacerlo? —Blythe seguía furiosa.

—El lago —dijo Roman.

—No los podemos tirar aquí. Estamos demasiado cerca de la orilla y cualquiera podría encontrarlos. —Vera caminaba de un lado para otro del muelle.

—Hay una barca con un par de remos a unos cinco minutos de aquí —dijo Connor, que por fin había dejado de repetir que los habían matado, los habían matado, los habían matado—. Al menos estaba allí la última vez que...

La voz se le quebró y no pudo terminar la frase.

—Sí. Tiene razón —confirmó Charles. Y les explicó que era la barca de un pescador de la zona. George o Geoffrey, apuntó sin que nadie le hubiera preguntado.

Decidieron que Charles, Blythe y Vera irían a por la barca. Roman arrastraría los cuerpos hacia la orilla. Así sería más fácil cargarlos.

—Tú te quedas conmigo —le ordenó a Connor—. No estás en condiciones de hacer nada.

—¿Y si no la encontramos? —preguntó Blythe.

Pero ninguno contestó. Porque ninguno sabía qué pasaría si aquella barca no estaba en el sitio donde se suponía que tenía que estar.

—Quieres que... —aventuró Connor una vez se quedaron los dos solos.

Estaban frente a los cuerpos de Carter y Wess. Tenían los ojos abiertos. Parecían tranquilos, en paz.

—No —dijo Roman—. Yo me encargo.

Después de cerrarles los ojos a ambos, agarró las muñecas de Carter y empezó a tirar de él. Con fuerza. Porque estaba muerto.

No. No estaba arrastrando el cuerpo inerte de su hermano. No había disparado contra su corazón con la certeza de que iba a acabar con su vida. No había conducido hacia ese muelle con la premonición de que aquella noche iba a derramarse sangre. No. Carter no estaba muerto. Seguía en la mansión de Tunkhannock, junto a Stefano.

Si se decía todo aquello, pensó Roman mientras avanzaba por el muelle, quizá podría olvidar que acababa de quitarle la vida a su hermano. Aunque solo fuera durante unas horas.

Dejó el cuerpo en la orilla y volvió a por Wess.

Quince minutos después, divisaron a tres figuras. Remolcaban una barca por la orilla.

—La han encontrado —exhaló Connor, aliviado.

En silencio, cargaron los cuerpos sobre la pequeña embarcación de madera. Roman no quería ni imaginarse lo que debía de estar pasando por las cabezas de sus amigos. ¿Qué debían de pensar de él? ¿Qué pensaría su madre si lo viera ahora?

«Tú no eres como ellos, Roman», le había susurrado las mañanas en las que habían cocinado juntos. «Tú tienes un buen corazón», le había dicho tocándole el pecho con un dedo embadurnado de harina, «aquí dentro solo habita bondad. No dejes que te la arrebaten».

Confiteor quia peccavi nimis…

He vuelto a pecar, madre, quiso gritarle al recuerdo. *He vuelto a pecar y, ahora sí, he perdido lo único que me había jurado a mí mismo que nunca perdería: mi alma. ¿Qué me queda ahora?,* quiso preguntarle a la figura de una mujer que hacía años que se había marchado. *¿Qué se supone que me queda ahora? ¿Por qué tengo que luchar? Si ya no me queda nada, si ya no tengo motivos.*

—Charles, tú vienes conmigo. Blythe, Vera —se giró hacia las dos chicas—. Vosotras conduciréis mi coche e iréis hasta mi casa. —Se acercó a ellas y, tras agarrar la mano de Vera, le entregó las llaves del coche. Ella no la apartó—. Id al sótano. Allí encontraréis un armario blanco con un par de cubos, cepillos de cerdas, guantes, lijas… Meted todo lo que haya dentro de ese armario en una bolsa y traedla. —Blythe empezó a murmurar que por qué tenía todo ese material, que si ya había matado a alguien antes, pero Roman la miró de una forma que hizo que se callara—. Connor, tú quédate aquí. Necesitamos asegurarnos de que no venga nadie.

—¿Y si viene alguien?

Una vez más, ninguno contestó.

Roman seguía con la mano de Vera entre las suyas. No quería soltarla. Sabía que, una vez lo hiciera, no habría vuelta atrás.

—Lo siento —susurró, pero no supo si ella llegó a escucharlo.

Lo estaba mirando con esos ojos dorados tan suyos, con esa intensidad que en ocasiones le había hecho pensar que podía con todo, que era capaz de superar cualquier obstáculo.

Pero aquel no.

No podía superarlo.

Y por eso lo sentía.

Soltó la mano de Vera e, inmediatamente, una sensación helada le recorrió el cuerpo. Solo que aquello no tenía nada que ver con el frío, sino con la certeza de que ya no podría haber sido todo lo que había deseado; de que acababa de perder el futuro que tantas veces se había imaginado.

—¿Y después qué? —Pese a tenerla a escasos metros, la voz de Blythe llegó lejana.

—Después seguimos adelante —contestó, porque no había otra opción.

Los cinco observaron el lago.

Negro.

Incansable.

Infinito.

—*It matters not how strait the gate. How charged with punishments the scroll* —susurró Connor—. *We are the masters of our fates. We are the captains of our souls.*

Aunque eso último, pensó Roman, era mentira.

Él había perdido su alma.

Y nunca podría recuperarla.

XLVI

PRESENTE

Enero de 2018

Cuando la tetera silbó, Vera seguía de pie sobre las frías baldosas de la cocina de Blythe. Su idea había sido aprovechar los minutos que el agua tardaba en hervir para ir al baño y darse una ducha. Pero, una vez más, se había perdido en sus propios pensamientos.

Agarró una taza blanca del armario que estaba junto a la nevera y, con cuidado de no quemarse, se sirvió el agua caliente. Después fue a la despensa a por un sobre de té, ese que Blythe solía tomar cada noche antes de ir a dormir, y lo depositó sobre el líquido. El agua empezó a teñirse de un color rojizo intenso.

Como la sangre que Roman había limpiado de la madera del muelle.

De forma instintiva, buscó su móvil, que descansaba sobre la encimera, y comprobó si tenía alguna llamada o mensaje.

Nada.

Llevaba así tres semanas.

«En unos días vengo a buscarte», le había prometido Roman cuando se habían despedido en la puerta de casa de Blythe la madrugada en la que habían matado a Carter y a Wess. Ella había protestado y le había pedido que le dejara acompañarlo. Pero él se había negado y le había dicho que era mejor así. «Debo asegurarme de que nadie sospeche de nosotros. Y para eso, tengo que vigilar a mi familia de cerca».

Los días se habían convertido en una semana y la semana en tres.

Y Roman seguía sin aparecer.

Lo peor era la angustia de no saber si le había pasado algo.

Lo peor eran las pesadillas que le impedían dormir por las noches y la atormentaban por las mañanas. Gritos y disparos y el sonido de cinco pares de alas al sacudirse y los graznidos y los sollozos.

Lo peor era la sensación de soledad. De aislamiento. Ella, que se había vanagloriado de no necesitar a nadie, ahora se encontraba lidiando con el terror de no recuperar a sus amigos. De no recuperar a Roman.

Lo peor era la incertidumbre. El no saber cómo actuar.

Su vida se había convertido en una cuenta atrás en la que cada día que pasaba significaba un día menos para tomar la decisión de si seguir adelante, como si nada de aquello hubiera pasado, o rendirse y dejar de fingir.

Por primera vez desde que había decidido entrar en Cornell, no lo tenía claro.

El alcohol resbaló por su garganta, quemándole por dentro.

Connor dejó la botella de cristal sobre la mesa y, con el dorso de la mano, se secó los labios humedecidos por la bebida.

Sentía la cabeza dichosamente nublada y, a su alrededor, todo daba vueltas.

Hacía un par de horas que su madre había salido del ático en el que vivían para ir a cenar con unas amigas y celebrar el año nuevo por enésima vez. Le había preguntado si quería ir porque, en sus palabras, lo veía alicaído.

—Llevas así desde que volviste a casa por Navidad, Connie. ¿Seguro que no te pasa nada? ¿Te has enfadado con Charles?

Connor le había gruñido que no y que si no lo dejaba en paz se pensaba largar de allí para siempre. Al parecer, había pasado de comportarse como un niñato malcriado a explotar contra cualquiera que le dirigiera la palabra.

Quizá, si hubiera sido así desde el principio, nada de aquello habría sucedido.

Se levantó del sillón en el que llevaba sentado por lo menos media tarde y se acercó a la enorme cristalera con vistas a Central Park. Las luces de la ciudad destellaban como pequeñas estrellas y, si se concentraba mucho, podía escuchar los sonidos de los coches circulando por Columbus Avenue.

Cerró los ojos, dejándose llevar por los motores y las bocinas y los frenos al detenerse en seco sobre el asfalto. Todo daba vueltas y vueltas y de pronto se encontraba en su casa de Cornell, sobre la alfombra persa del salón, mirando el techo junto a Charles. Estaba allí, rozando su piel, sintiendo el calor de su cuerpo. Él le explicaba algo sobre un artículo que el profesor Glassberg les había pedido que leyeran y Connor simplemente lo escuchaba. No necesitaba nada más, solo a él y el sonido de su voz y...

Pum.

Un disparo.

Connor se tiró al suelo y se llevó las manos a la cabeza, intentando protegerse de quien fuera que hubiera disparado. La madera del muelle estaba fría y húmeda y, a lo lejos, podía escuchar los graznidos de un grupo de cuervos. Lo estaban llamando, estaban pronunciando su nombre.

Connor, Connor, Connor, Connor, Connor.

Alzó la cabeza, esperando encontrarse con los pájaros, pero, en su lugar, vio a Roman.

En una mano sujetaba una pistola y, en la otra, el cuerpo inerte de Charles.

—Lo has matado —siseó Roman.

Connor quiso gritarle que estaba mintiendo, que él no había matado a nadie, que quien tenía la pistola era él, pero era como si le hubieran cortado las cuerdas vocales.

Los cuerpos de Charles y Roman empezaron a convulsionar y cuando parecía que iban a explotar, se convirtieron en dos de los cuervos negros. Volaron directos hacia él con las garras extendidas, como si pretendieran arrancarle los ojos.

Connor se cubrió el rostro y gritó y esperó el impacto, pero este no llegó.

Miró a su alrededor.

Seguía frente a la cristalera, en el ático de su madre.

No estaba en su casa de Cornell. No estaba junto a Charles. Roman no sujetaba ningún arma y allí no había ningún cuervo.

Con los ojos llenos de lágrimas, volvió al sillón.

Agarró la botella de cristal, bebió de ella hasta vaciarla y, después de asegurarse de que no quedaba ni una gota, la estampó contra el suelo.

Blythe era consciente de que sus padres estaban hablando sobre un cliente del despacho, pero era incapaz de concentrarse en sus palabras.

A su lado, Jia, asentía y puntualizaba con un «claro, entiendo, sí», mientras se servía otra copa de vino.

Era domingo y se habían reunido en casa de sus padres para comer, una tradición que mantenían desde que Jia se había marchado de casa para estudiar en Harvard y a la que Blythe se había reintegrado desde que había vuelto de Cornell.

Su plan inicial había sido pasar las Navidades en familia y volver a la universidad para preparar el semestre de primavera. Por lo general, permanecer en casa de sus padres largas temporadas la agobiaba y provocaba una presión en el pecho que, si podía, prefería evitar.

Ese curso, tres semanas después, seguía en Nueva York.

Cuando su madre, extrañada, le había preguntado el motivo de la postergación, ella se había inventado que Connor también estaba en la ciudad y que habían acordado verse de forma recurrente para ultimar detalles del Caso Magno. Solo pronunciar el nombre de su amigo le había provocado arcadas.

La realidad era que cada mañana Blythe salía de casa y paseaba sola, sin rumbo, durante horas. Un día había acabado en una pequeña librería de Brooklyn y se había sentado en un rincón con una novela de romance escrita por una autora española que había escogido de entre las estanterías. Iba sobre dos amigos de la infancia que crecían y tenían que aceptar que la vida cambiaba y que podía ser que, en algún momento, sus caminos se separaran.

No recordaba la última vez que el tiempo le había pasado tan rápido.

Otro día había acabado en una cafetería y en lugar de repasar la defensa del Caso Magno (que ya se sabía de memoria), se había pedido una porción de tarta de zanahoria y se la había comido entera mientras observaba a la gente caminar por la calle. Jia le hubiera echado en cara las calorías que estaba engullendo, pero su hermana no estaba, así que la había devorado.

Eso sí, fuera donde fuere, los recuerdos del muelle la acompañaban, asegurándose de que siempre tuviera presente la atrocidad que había presenciado y de la que había sido partícipe.

Los rostros de sus amigos se le aparecían en cualquier esquina, desencajados por el miedo, y tenía la constante sensación de que alguien la estaba vigilando, esperando el momento indicado para detenerla y llevársela presa.

Porque aquella noche de viernes de hacía tres semanas dos personas habían muerto.

Y la culpa la tenían ellos cinco.

Así que cada tarde, cuando Blythe volvía a casa, estaba más convencida de algo: necesitaba olvidar.

Necesitaba olvidar lo que había sucedido hacía unas semanas y, para ello, necesitaba olvidarlos a ellos. Por mucho que le doliera.

En el mundo existía luz y oscuridad y ellos, los cinco juntos, eran lo segundo. Una bola negra que, con el paso del tiempo, solo se hacía más y más grande; que solo destruía.

Lo de Nathalie había sido una advertencia.

Aquello, la sentencia definitiva.

Había llegado el momento de parar, de mirar por ella y solo por ella, de actuar como Blythe y no como la amiga leal y comprensiva de un grupo que, con tal de protegerse, arrasaba con todo lo que se le ponía por delante.

Tenía que asegurarse el futuro por el que tanto había luchado y, tal y como estaban las cosas, para hacerlo solo había un posible camino: distanciarse de ellos. Porque mientras estuviera junto a Vera, Roman, Charles y Connor, seguiría recordando. Seguiría escuchando disparos en medio de la noche y viendo cuervos allá donde fuera. Seguirían cometiendo atrocidades y destruyendo porque esa era su naturaleza, su oscuridad.

Ellos eran su debilidad.

Su talón de Aquiles.

Las palabras de Jia, aquellas que le había dedicado el día en el que se habían encontrado en el Gattopardo, el restaurante de Nueva York, volvieron más letales que nunca: *Les vas a mentir a la cara. Como llevas haciendo toda tu vida y vas a seguir haciendo. Hasta que te quedes sola.*

Solo que esa vez no iba a mentir. Iba a hacer algo mucho peor.

Blythe ignoró la punzada de dolor que le perforó el pecho. Había sido tan bonito, el sentirse querida, el querer. Había sido tan especial, el encontrar una familia fuera de su familia. Había sido…

Se forzó a controlar sus emociones, retenerlas como quien retiene el aliento bajo el agua. Temía que si dejaba que corrieran libres, le impedirían llevar a cabo lo que debía llevar a cabo.

Estaba decidido, no había marcha atrás.

En silencio, en secreto, se despidió de sus amigos.

Adiós, Charles.

Adiós, Connor.

Adiós, Roman.

Adiós, Vera.

Y cuando aquel domingo, durante la comida, sus padres cambiaron de tema y le preguntaron sobre el Caso Magno y la beca, ella depositó los cubiertos que había estado sujetando sobre la mesa y, después de secarse la boca con la servilleta, siempre la hija perfecta, dijo:

—Tengo algo que pediros. Y necesito que, por una vez en vuestras vidas, me escuchéis de verdad.

Roman observaba el estanque que había en la parte trasera de la mansión de Tunkhannock mientras le daba caladas a un cigarrillo.

Era el quinto que se fumaba aquel día y solo eran las doce de la mañana.

Llevaba un buen rato allí, de pie, dejando que los minutos transcurrieran entre calada y calada. Había una parte de él que todavía se aferraba a la idea de que Carter apareciera en cualquier momento, vestido con su chaqueta de cuero y una expresión ceñuda.

Era como si su cabeza se negara a aceptar que estaba muerto.

Pero lo estaba.

Muerto.

Y él lo había matado.

Aunque lo que más lo martirizaba no era aceptar que había acabado con la vida de su hermano, sino la certidumbre de que, si retrocediera en el tiempo, volvería a hacerlo. Cruzaría todos los límites si ello significaba salvar a sus amigos.

Salvar a Vera.

Y aquello era, quizá, más peligroso que el asesino en el que se había convertido.

La gente solía decir que la sangre estaba por encima de todo, pero, para él, la sangre nunca había significado nada. Era polvo.

Esa era una de las razones por las que había decidido abandonar Cornell para siempre.

La otra era que ya no podía seguir fingiendo ser alguien que no era: el estudiante brillante, el futuro abogado de éxito, el amigo fiel, el amante sincero. Todo eso se había esfumado en el momento en el que había apretado el gatillo de la pistola.

El primer disparo había roto su vida.

El segundo lo había roto a él.

En cuanto había dejado a Vera en casa de Blythe había sabido que nunca volvería a verla. Le había dicho que en unos días regresaría a por ella, pero esas palabras habían sido una mentira camuflada de promesa.

Pasados tres días, ella lo había llamado por primera vez. Roman no había respondido. Después de eso, los mensajes habían empezado a llegar, uno tras otro.

¿Estás bien?
¿Dónde has ido?
¿Por qué no vuelves?

Preguntas que habían dado paso a acusaciones.

Dijiste que solo estarías fuera unos días.
Veo que solo piensas en ti.

Acusaciones que se habían convertido en confesiones.

Hoy ha llovido.
Quizá debería escribirle a Blythe.
He intentado ver una película, pero no consigo
concentrarme.
Te echo de menos.

Podría haberse deshecho del móvil, tirarlo al estanque o al bosque, pero las palabras de Vera eran una prueba de que ella estaba bien y de que lo que habían vivido había sido real.

No era imbécil. Sabía que, eventualmente, los mensajes pararían, que Vera se cansaría de escribirle a un fantasma. Pero, hasta que ese momento llegara, pensaba deleitarse en el destello de luz que lo invadía cada vez que recibía uno.

Al fin y al cabo, era lo último que le quedaba.

Quizá Vera nunca llegaría a saberlo, pero gracias a ella había podido sobrellevar las semanas que habían sucedido a la noche del muelle. No había sido fácil, nada de ello. Ni marcharse de Cornell sabiendo que nunca volvería a pisar Ithaca ni ver a sus amigos, ni llegar a Tunkhannock y lidiar con Stefano, ni todo el drama y la paranoia que habían acompañado la desaparición de Carter y Wess, ni cubrir su rastro y el de sus amigos para que los Cagliari no sospecharan de ellos.

Después de tres semanas observando desde las sombras, vigilando los movimientos de Stefano y sus secuaces, podía respirar tranquilo. Habían asociado los asesinatos de Carter y Wess a una banda rival contra la que los Cagliari tenían una disputa desde hacía años.

Estaban a salvo. Por el momento.

Sí, después de tres semanas, podía dar el siguiente paso: desaparecer.

Desde ese día, Roman Cagliari dejaría de ser Roman Cagliari. Ese nombre moriría de la misma forma en la que les había arrebatado la vida a su hermano y a su primo; de la misma forma en que también había acabado con la vida de un bebé que nunca había llegado a nacer. En un instante.

No sabía en quién se convertiría a partir de ese momento, cómo viviría, a dónde iría. Pero lo que sí sabía era que nunca más volvería a ser el perro de Stefano, ni tampoco el chico que había morado en los pasillos de la Facultad de Derecho de Cornell.

Roman observó por última vez la mansión de Tunkhannock. Ahora entendía la decisión que había tomado su madre hacía tantos años, la de huir sin importar lo demás, dejando atrás incluso a las personas que más quería.

Porque él iba a hacer lo mismo.

Se giró y, sin detenerse un solo momento, se alejó de lo que se acababa de convertir en su pasado.

—¿Charles? ¿Eres tú?

Su madre se encontraba en el salón del piso en el que vivían, frente al Parque Roosevelt. Estaba estirada sobre uno de los sofás beige, con los pies apoyados en el reposabrazos. Llevaba un chándal gris y unos calcetines de lana gruesos porque, al parecer, prefería gastarse la asignación mensual que su padre les enviaba en botellas de vodka en vez de en necesidades básicas como la calefacción.

Charles soltó un «sí, soy yo» desde la entrada y fue directo a su habitación. Sin pensárselo dos veces, porque ya había meditado lo suficiente aquella decisión, abrió la puerta de su armario y agarró una bolsa verde caqui.

Metió algo de ropa, un neceser, tres libros y poco más. Allá donde iba, no necesitaba mucho.

Le echó un último vistazo a su habitación, asegurándose de que no se dejaba nada y, sin quererlo, sus ojos se depositaron en el corcho colgado sobre el escritorio. Se acercó y, con cuidado, descolgó la única fotografía que tenía. Una en la que salían Connor y él, frente a un lago color turquesa, en uno de los parques naturales que habían visitado durante su viaje a la Columbia Británica. Connor se había empeñado en que alguien les hiciera una foto y prácticamente había arrastrado a Charles para que posara junto a él. El resultado había sido una imagen en la que Connor sonreía a la cámara con una expresión de felicidad incomparable y Charles salía mirándolo, enfadado y divertido a la vez.

Charles ignoró la agonía que lo sacudió y, forzándose a no pensar en su amigo, dejó la foto sobre el escritorio.

Podía aceptar la responsabilidad de muchas cosas. Pero lo que nunca podría perdonarse era que sus amigos hubieran descendido al infierno por su culpa. Y eso era exactamente lo que habían hecho la noche del muelle, cuando habían matado a dos personas por el lío en el que él se había metido. Por eso, no podía seguir allí. En Cornell, en Ithaca, en Nueva York. Por eso, tenía que desaparecer. Para siempre.

En el salón, su madre seguía en la misma posición.

Dejó la bolsa junto a la puerta de entrada y caminó hasta ella.

—¿Charles? —repitió. Tenía los ojos entrecerrados y temblaba ligeramente.

—Me voy.

Lo dijo así, sin rodeos. Al fin y al cabo, no ganaba nada con suavizar sus palabras ni sus intenciones.

—¿Vuelves a Cornell? —articuló su madre.

Charles pudo oler el alcohol en su aliento. Tuvo que controlar la arcada que le sobrevino.

—No. Me voy lejos.

—Ah.

—Mamá: no voy a volver.

Al escuchar aquellas palabras, su madre intentó incorporarse. Lo consiguió después de lo que pareció una eternidad.

—¿Qué quieres decir? ¿No vas a volver a dónde?

Charles estaba perdiendo la poca paciencia que le quedaba.

—No voy a volver aquí. A Nueva York. A esta casa. Contigo.

—Pero… No entiendo…

—Ya lo entenderás.

Se había echado la bolsa al hombro cuando la voz volvió a llegar.

—¿Y qué pasará conmigo?

—No lo sé. Ya no es mi problema.

Los gritos de su madre le persiguieron al salir por la puerta, en el ascensor y horas después, cuando ya estaba a cientos de kilómetros de Nueva York.

XLVII

PRESENTE

2 de febrero de 2018

Llegó a la Facultad de Derecho a las nueve en punto. Se suponía que en media hora tenía que sustentar el Caso Magno junto a Roman y, sin embargo, estaba sola.

Seguía sola.

Lo último que sabía de él era lo que le había dicho la noche del muelle, cuando la había dejado en casa de Blythe, después de haber estado horas a la intemperie, deshaciéndose de dos cuerpos y limpiando la sangre de la madera. Que regresaría a por ella. Que solo estaría unos días fuera.

Mentiras.

Roman había desaparecido y, en el fondo, Vera sabía que no volvería a verlo. Nunca.

Por eso, esa última semana se había obligado a no escribirle ni llamarle. Cada vez que lo hacía sentía la esperanza de recibir una respuesta. Y cuando pasaban las horas y su móvil seguía donde lo había dejado, sin timbrar ni vibrar, una parte de ella se marchitaba.

Esa mañana se había despertado con un nudo en la garganta y la sensación de que estaba ahogándose en su propia respiración. No porque hubiera llegado el momento de exponer el Caso Magno, algo determinante en su futuro y para lo que llevaba meses preparándose, pese a que las últimas semanas hubiera resultado imposible; sino porque existía la posibilidad de que Roman apareciera y tuviera que enfrentarse a él.

Allí estaba otra vez: la esperanza.

La estúpida e inocente esperanza de que Roman estuviera esperándola en la facultad con una disculpa entre los labios.

Vera entró en el edificio y fue directa al jardín interior, decidida a aprovechar el tiempo repasando la línea de defensa que ella y Roman habían preparado para ganar el Caso Magno. La idea había sido partirse los argumentos e interrogatorios, de forma que cada uno tuviera igual oportunidad de brillar sobre el estrado. Si Roman no aparecía... todo el peso caería sobre sus hombros.

Estaba tan metida en sus pensamientos que no advirtió la presencia de Blythe hasta que la tuvo a escasos metros.

Pese a ir vestida de forma impecable —con una chaqueta negra larga, un jersey blanco de cuello alto y una falda—, su expresión era de cansancio profundo.

Por un segundo, Vera pensó que la ignoraría. Al fin y al cabo, llevaban sin dirigirse la palabra desde que, hacía semanas, Blythe había recogido sus cosas y se había marchado a Nueva York. Y la noche anterior, cuando su amiga había llegado por fin a casa, había ido directa a su habitación, donde se había encerrado sin decir nada.

No obstante, Blythe dio un paso hacia ella y murmuró un «hola» seco.

—Has venido pronto —fue lo único que se le ocurrió contestar.

—Tú también.

Vera se ajustó el bolso. Por hacer algo. Por no enfrentarse a su mirada de rencor.

Sabía que tenía una conversación pendiente con Blythe. La había tenido desde el Baile de Navidad, cuando había salido corriendo del jardín botánico y había acabado pasando la noche en casa de Roman. A la mañana siguiente su amiga la había llamado, había hecho un esfuerzo por remediar lo que fuera que se había roto entre ellas. Y Vera la había evitado, sabiendo el daño que aquello le causaría.

Cuando, la noche del muelle, Blythe se había aferrado a su brazo aterrorizada y, después, en el coche de camino a casa de Roman, estando ellas dos solas, se había roto, llorando del shock y gritándole que quién le había dado una pistola y por qué había apretado el gatillo, Vera la había seguido tratando con distancia y frialdad.

Había tenido miedo de que cualquier gesto o palabra iniciara una conversación para la que no estaba preparada. Porque sabía que Blythe guardaba razón y que Vera no tenía derecho a juzgarla a ella, ni a Connor ni a nadie. No podía echarles en cara sus actos, mentiras y manipulaciones porque ambas sabían que, en el fondo, si ella tuviera poder, actuaría igual sin ningún tipo de remordimiento. Por Dios, si había estado dispuesta a matar con tal de salvar a sus amigos.

Había actuado como una cobarde.

Y ahora temía que ya fuera demasiado tarde.

—¿Connor? —preguntó.

Pero Blythe negó una sola vez con la cabeza, dando a entender que no sabía dónde estaba su amigo. Y acto seguido:

—¿Roman?

Vera no contestó. Al parecer, su silencio fue suficiente, porque Blythe dejó escapar una carcajada grave y murmuró:

—Así todo será más fácil.

—A qué te refie...

—¡Blythe!

Una mujer entró en el jardín interior por uno de los arcos laterales y se acercó a ellas. No hacía falta que nadie le explicara de quién se trataba, porque saltaba a la vista.

Era la madre de Blythe.

Grace Jeong.

Una de las socias más importantes de Greenberg & Hughes.

Su rostro era una composición de facciones firmes y serias. El pelo, cortado por encima del hombro, era del mismo color negro profundo que el de Blythe. Vestía unos pantalones de traje azul marino y una americana a juego.

De inmediato, Vera pensó en los Arrieta y en cómo aquella mujer colaboraba en mantener una de las redes de contrabando de objetos arqueológicos más extensa y peligrosa de Perú.

Aquella mujer tenía las manos manchadas de sangre y estaba allí, caminando tan tranquila, como si nada en el mundo la perturbara.

Tú también estabas dispuesta a mancharte las manos de sangre, le recordó una voz.

Sí, contestó Vera, *pero si yo hubiera disparado esa pistola, no habría sido capaz de seguir con mi vida.*

¿Estás segura?

—Blythe. —En los labios de Grace Jeong, el nombre de su amiga parecía una orden en lugar de un saludo—. Aquí estás. Ven, tu padre y yo queremos presentarte al juez Brown.

El juez Brown era uno de los siete miembros del jurado que estarían evaluando a los candidatos a la Beca Steven Greenberg y Jacob Hughes. Ellos serían los que ponderarían cómo habían resuelto y defendido el Caso Magno y los que, en última instancia, determinarían los cuatro galardonados.

Por supuesto, Blythe tendría la oportunidad de conocerlos y hablar con ellos. Era una Jeong. No podía ser de otra forma.

En cambio, ella...

Ella no era nadie.

Al menos no en aquel círculo de poder que, desde siempre, había rodeado a sus amigos.

Durante todos aquellos meses, lo había soportado. Incluso lo había admirado y había deseado que, al estar junto a ellos, una parte de esa aura la acabara cubriendo. De hecho, esa había sido la razón por la que, en un principio, se había acercado a ellos.

Pero ahora, Roman la había abandonado. Ahora, ni Charles ni Connor estaban allí para decirle que todo saldría bien y que era una más de ellos, sin importar de dónde viniera. Ahora, Blythe la miraba con una frialdad y un desapego que antes solo había dirigido a los desconocidos.

Y por eso, ahora, lo único que sentía era rabia.

Por primera vez desde que los había visto a los cuatro, aquel día de febrero en el que había visitado el campus con Kasey, Vera los envidiaba y resentía.

Blythe dijo algo que Vera no alcanzó a escuchar pero que provocó que Grace Jeong se girara hacia ella y la mirara por primera vez.

—Así que tú eres Vera Velasco —la saludó con indiferencia, como si Vera no fuera más que una mosca molesta.

Vera asintió.

—Y dime, Vera. ¿Qué piensas de Boston?

—¿Disculpe?

—¿Es que no me has entendido? Boston. La ciudad. ¿Qué piensas de ella?

Blythe cambió el peso de una pierna a la otra, algo que solía hacer cuando estaba nerviosa o incómoda.

—Nunca he estado —respondió Vera, desconcertada.

—Una pena. —Y volviéndose hacia Blythe—: Tu padre y yo te esperamos con el juez Brown en el auditorio.

Grace Jeong salió del jardín, dejando a Vera y a Blythe solas una vez más.

—¿Qué acaba de pasar?

Blythe no dijo nada. Simplemente la miró con los ojos cargados de una emoción que Vera no supo identificar.

—¿Blythe?

Su amiga dio un paso adelante, después otro, y la abrazó.

—Lo siento, Vera. Lo siento mucho —murmuró—. No quería... no podía... No puedo... Necesito olvidar.

—Blythe, qué...

Pero Blythe ya la había soltado y, con esa máscara de frialdad cubriéndole de nuevo el rostro, repitió las palabras que le había dirigido la noche del Baile de Navidad:

—No es por ti, Vera. Es por mí.

—¿Qué has hecho?

—No pienso dejar que destroces el futuro que, año tras año, he ido construyendo. Así que, si tengo que pisarte hasta que no quede nada de ti, pienso hacerlo.

Y sin decir nada más se giró, dispuesta a seguir a su madre al auditorio. Dispuesta a hablar con los miembros del jurado y ganarse todavía más su favor. Dejándola a ella atrás, sola, aterrada y en desventaja.

Algo en el interior de Vera implosionó y, antes de que pudiera retenerlas, las palabras salieron de su boca.

—Tus padres no son quienes crees.

Blythe se detuvo en seco.

—A eso nos referíamos Roman y yo la noche del muelle. Te están mintiendo. —Vera era consciente de que Roman y ella habían acordado guardar silencio y que revelar lo que habían descubierto antes del Caso Magno podía desestabilizar a Blythe.

Pero Roman ya no estaba allí.

Ni Connor ni Charles.

Ni Blythe.

Porque aquella chica que tenía delante no era la Blythe que había conocido. Su amiga.

Y por eso, Vera continuó:

—Pregúntales sobre la familia Arrieta. Pregúntales sobre los crímenes que están perpetuando en Perú. Pregúntales sobre las piezas arqueológicas que decoran las salas de Greenberg & Hughes. ¿De dónde te crees que han salido?

Blythe soltó otra carcajada y meneó la cabeza, como si no pudiera creer lo que estaba escuchando. Su coleta, perfectamente sujeta, se balanceó de izquierda a derecha.

—¿Y qué te hace creer que no conozco todo lo que me estás contando? ¿Qué te hace creer que no sé la verdad?

Por un momento, lo único que pudo pensar Vera fue que no, no era posible, aquello no estaba pasando. Pero después la invadió la cruda realidad de que sí, sí era posible, sí que estaba pasando.

—Eres lo peor.

Blythe le lanzó una mirada llena de dolor e ira.

—No. Soy como tú, solo que con dinero y poder. Y eso es lo que te jode. Espabila, Vera.

Y se marchó hacia al auditorio, donde en unos minutos estaría hablando con el juez Brown, con sus padres y con el resto de los miembros del jurado, ganándose todavía más su favor, asegurándose la beca que seguro que ya tenía garantizada. Porque llevaba manipulando su camino a la cima desde hacía meses.

Y Vera se quedaría atrás.

Sola.

Al fin y al cabo, siempre había sido la intrusa, la oveja negra, la que no debería haber llegado hasta allí, pero, por alguna razón, lo había hecho.

Solo que ahora entendía que aquella razón tenía un nombre o, más bien, dos palabras.

Hijos Dorados.

Y sin su luz, comprendió, no era nadie.

XLVIII

PRESENTE

2 de febrero de 2018

Apreciada Vera Velasco:

Me dirijo a usted en calidad de decano de la Facultad de Derecho de la Universidad de Cornell y en nombre de toda la facultad para informarle sobre el proceso de selección de la Beca Steven Greenberg y Jacob Hughes (en adelante «la Beca»).

Tras realizar una cuidadosa evaluación de su recorrido académico tanto en la USC (la Universidad de California) como en nuestra facultad, así como su reciente participación en el Caso Magno, lamentablemente debemos transmitirle que no ha sido una de las cuatro galardonadas con la Beca. Como entenderá, aunque su perfil es uno de los más destacados de la facultad, el número limitado de becas (cuatro) nos ha obligado a tomar decisiones muy difíciles.

En nombre de la facultad, quiero expresar nuestro más sincero reconocimiento por su esfuerzo y dedicación. Entendemos que esta noticia puede ser desalentadora, pero confiamos en que su talento y determinación le abrirán otras oportunidades en el futuro próximo. Así pues, le animamos a seguir persiguiendo sus metas académicas y profesionales (tanto dentro como fuera de Cornell) con la misma pasión y compromiso que ha demostrado hasta ahora.

Reciba mi más cordial saludo y reconocimiento.

Atentamente,

Decano Heiden

Vera releyó el correo como mínimo cinco veces. La primera, no entendió nada. La segunda, no se lo creyó. En la tercera, empezó a llorar, y, en la cuarta, tiró el móvil contra la pared de la cafetería, lo que provocó que los estudiantes que estaban sentados a su alrededor, en sus respectivas mesas, la miraran con recelo. Cuando impactó contra el ladrillo y cayó al suelo con un seco *pum*, fue a buscarlo desesperada porque ¿y si había sido un error y el decano estaba a punto de enviarle una rectificación?

Pero no, no era un error.

Porque la quinta vez que lo leyó asimiló que la frase «debemos transmitirle que no ha sido una de las cuatro galardonadas con la Beca» significaba exactamente eso: que no le habían dado la beca.

Tantos años obsesionada, tantos planes de futuro alrededor de un simple objetivo, tantas relaciones olvidadas. Y todo por la idea de obtener un premio que, al final, no había conseguido.

Quiso llamar a Tina, pero la última vez que habían hablado había sido en Nochevieja y solo habían intercambiado un rutinario «hola, cómo estás», «bien, ¿y tú?», «bien, gracias», añadiendo un «feliz Navidad» acorde con la ocasión.

Quiso que Connor la hiciera reír, que Charles la ayudara a racionalizar la situación, que Blythe la tomara de la mano y la llevara a la cocina porque aquella era una ocasión para beberse una botella de vino entre las dos, que Roman la abrazara. Pero sus amigos la habían abandonado.

Roman y Charles habían desaparecido, Blythe se había convertido en su enemiga y Connor se encontraba en un estado de irracionalidad con el que era imposible interactuar. Así lo había comprobado ese mismo día, cuando el chico había irrumpido en el auditorio a escasos minutos de empezar la defensa del Caso Magno.

Había abierto las puertas de golpe y, con el pelo alborotado y la camisa arrugada (como si hubiera dormido con ella puesta), había trotado hasta la mesa en la que estaba Blythe, en el lado izquierdo de la sala. Al pasar junto a Vera, la había mirado de reojo con una expresión enloquecida.

—Hannaway, gracias por honrarnos con su presencia —había dicho el decano Heiden, de pie en el centro de la sala, esperando a que el reloj marcara las nueve y media para dar inicio al juicio simulado. Connor había mascullado un «sí, sí, claro» que no había pasado inadvertido—. Velasco, ¿alguna idea de dónde se encuentra Cagliari?

Vera había respondido que no, así que cuando había llegado la hora, el decano Heiden le había informado de que tendría que defender el Caso Magno sola y, acto seguido, habían empezado la sesión.

El juicio había durado casi dos horas y, al acabar, aprovechando que Blythe se había acercado a hablar con el jurado, Vera había intentado entablar conversación con su amigo.

—Connor —había pronunciado su nombre con cautela, como si se tratara de un animal herido que en cualquier momento podía huir, temiendo que volvieran a maltratarlo—. ¿Cómo estás?

Entonces, Connor la había encarado y Vera había podido reafirmar lo que había pensado nada más verlo entrar en la sala: que en algún momento entre la noche del muelle y aquella mañana, se había perdido a sí mismo. No solo era su aspecto desaliñado y las profundas ojeras que enmarcaban sus ojos. Era el aura de derrota que lo envolvía.

Y el olor a alcohol.

Al ver a Vera, a Connor se le habían llenado los ojos de lágrimas. Había estado a punto de decir algo, pero Blythe se había acercado por detrás y lo había llamado.

—Necesito hablar contigo —le había dicho, más bien ordenado, a su amigo—. Ahora.

Con una última mirada implorante, un grito de auxilio y a la vez una despedida, Connor se había dado la vuelta y alejado junto con Blythe.

Vera se había quedado en las puertas del auditorio toda la mañana y parte de la tarde. Por si Connor volvía. Por si Blythe volvía. Por si Charles y Roman aparecían. Y cuando los últimos alumnos habían vaciado las aulas, señalando el final de las clases, había aceptado que nadie iba a regresar a por ella y se había dirigido a la cafetería del Edificio Este.

Su cafetería.

Pero tampoco la habían estado esperando allí.

Cuando el móvil vibró una segunda vez, anunciando que había recibido otro correo, Vera seguía llorando.

Apreciados estudiantes de la Facultad de Derecho:

Nos complace anunciar los resultados del proceso de selección para la Beca Steven Greenberg y Jacob Hughes de este curso 2017-2018.

Nuestras máximas felicitaciones a los siguientes cuatro alumnos, de ahora en adelante los galardonados de esta promoción, los *optimates* de la Facultad de Derecho de Cornell:

1. Connor Hannaway
2. Blythe Jeong
3. Susanna Parsley
4. Mark Tahoe

Asimismo, debemos comunicarles que las candidaturas de Charles Aster y Roman Cagliari finalmente no han sido consideradas, debido a su decisión de retirarse del proceso de selección.

Una vez más, felicitaciones a los galardonados.

Atentamente,
La Facultad de Derecho de Cornell

A su alrededor, varios estudiantes empezaron a susurrar y dirigirle miradas nada disimuladas. «No la ha conseguido», creyó escuchar, «pero hay dos que sí», siguieron diciendo, «quizá los otros han desaparecido, como esa chica el año pasado», terminaron.

Vera no pudo soportarlo.

Se levantó de la silla, recogió sus cosas a toda prisa y salió de la cafetería del Edificio Este, dejando el café que se había pedido humeando sobre la mesa.

Ya en los terrenos del campus, el aire frío y húmedo de inicios de febrero envolviéndola, sintió que podía respirar.

Quiso llorar, pero ya no le quedaban lágrimas para derramar.

Quiso gritar, pero solo conseguiría que la siguieran mirando y pronunciando sus nombres. Y en aquel momento, quería, *necesitaba*, ser invisible.

¿Qué se suponía que tenía que hacer? ¿Continuar con su vida en Cornell como si nada hubiera sucedido? Como si no supiera que la beca era un fraude, porque realmente el apellido sí importaba y Connor y Blythe eran un claro ejemplo de ello. Como si no hubiera descubierto que Greenberg & Hughes estaba lleno de criminales, dispuestos a lucrarse a costa de explotar el patrimonio cultural de un país. Como si no conociera la verdad sobre Nathalie. Como si no hubieran matado a dos hombres y se hubieran deshecho de sus cuerpos en el lago. Como si fuera inocente, la estudiante perfecta, la chica humilde e inofensiva que todo el mundo creía. Como si nunca se hubiera enamorado y después le hubieran roto el corazón. Como si nunca los hubiera conocido a ellos.

¿Qué mierdas tenía que hacer? ¿Aceptar que había perdido la beca? ¿Agradecer que al final no iba a trabajar en Greenberg & Hughes? ¿Ignorar que había estado dispuesta a matar a un hombre y que había colaborado en la comisión de dos asesinatos? ¿Olvidarse de ellos? ¿Olvidarse de él?

Bien pensado, si fingía que nada de aquello había sucedido no tendría que lidiar con la persona en la que se había convertido.

Pero fingir era imposible y, en el fondo, tampoco quería.

No quería dejar de recordar la risa de Connor, ni las carreras por Cornell con Charles, las cenas junto a Blythe, ni los instantes con Roman.

Sí, la condena de la memoria era preferible al vacío de un futuro sin ellos.

Llegó a casa de Blythe cuando ya era noche cerrada. Había estado vagando por el campus hasta que se había dado cuenta de que aquello no tenía ningún sentido porque, tarde o temprano, tendría que volver a casa de su amiga. Al fin y al cabo, vivía allí.

Abrió la puerta principal.

No había nadie.

Lo sabía porque la única luz que alumbraba la oscuridad era la del comedor, la que Blythe siempre dejaba encendida cuando salía porque, según ella, si alguien quería entrar a robar, se lo pensaría dos veces.

Vera dejó las llaves en el mueble de la entrada. Decidió que lo mejor sería encerrarse en su habitación hasta que Blythe llegara. Entonces, se dijo, hablaría con ella. Le pediría explicaciones. Sobre su comportamiento aquella mañana: por qué le había pedido perdón y después le había dado la espalda. Sobre qué se suponía que tenían que hacer ahora. Sobre si un futuro en el que estuvieran las dos ya no era posible.

Sí, eso era lo que había decidido. Hasta que algo llamó su atención.

Una hoja de papel doblada por la mitad con su nombre escrito en rotulador fino negro y una carta, también dirigida a ella.

Vera se acercó a la mesa del comedor y se hizo con el papel.

Lo desdobló.

Reconocería la letra de Blythe bajo cualquier circunstancia. Las palabras, escritas sin ninguna falta de ortografía, y con escaso espacio entre ellas. Las líneas, rectas y perfectas, pese a que la hoja no tenía pauta ni cuadrícula que pudiera guiarlas. El trazo, redondeado, delicado. Y abajo, su firma: una *B* y una *J*.

Vera

No es por ti, es por mí.

Necesito olvidar.

Y no se me ocurre otra forma de hacerlo.

Quizás ahora no, pero sé que algún día lo entenderás y podrás perdonarme.

Porque en el fondo somos iguales. Los cinco.

Lo siento.

BJ

Controlando el temblor que estaba empezando a sacudir su cuerpo, Vera depositó el papel sobre la mesa y agarró la carta.

La abrió.

Procedía de Shefield, Scott & Moores, un despacho de abogados de Boston, y estaba escrita por Anthony Moores, uno de los socios directores. Según la carta, la firma le estaba ofreciendo a Vera la posibilidad de empezar a trabajar allí de inmediato mientras acababa su JD a tiempo parcial en la Facultad de Derecho de la Universidad de Boston. El coste de sus estudios, apuntaba Anthony Moores, correría a cargo del despacho de abogados siempre y cuando su desempeño en el trabajo fuera excelente y mantuviera su currículum. Como despedida, el socio director expresaba lo mucho que esperaban poder trabajar con ella, ya que había recibido muy buenas recomendaciones de unos queridos amigos y compañeros de profesión, y le pedía que, si finalmente decidía aceptar su oferta, llamara al número de teléfono que le había dejado en el encabezado de la carta.

Las palabras de Grace Jeong, pronunciadas aquella misma mañana, invadieron su mente: «Y dime, Vera. ¿Qué piensas de Boston?».

Y después vio a Blythe, pasando de golpe de la frialdad a una emoción que en ese momento no había sido capaz de identificar pero que ahora sabía que era culpa: *No es por ti, Vera. Es por mí.*

Blythe se estaba deshaciendo de ella.

No era capaz de superar lo que había sucedido en el Baile de Navidad ni en el muelle y, por eso, la estaba alejando. Más bien, desterrando.

Porque necesitaba olvidar.

Y tener a Vera en Cornell, *en su propia casa*, era un constante recordatorio de que la noche del muelle habían matado a dos personas.

Entonces, Vera comprendió que incluso las personas más fuertes y determinadas tenían límites. Y que cuando los traspasaban, cuando algo dentro de esas personas se rompía y destrozaba todas las barreras que se habían construido, ya no había marcha atrás.

Quizá Blythe no había cruzado esos límites con sus constantes manipulaciones y mentiras, ni con Nathalie, pero sí lo había hecho cuando se había enfrentado cara a cara con la muerte y, en lugar de ser una víctima más, había sido la Parca.

Lo peor era que no le estaba dando ninguna alternativa.

Para Blythe, la única opción que existía era que Vera metiera sus cosas en una maleta aquella misma noche y pusiera rumbo a Boston.

Cerró los ojos y, por un segundo, deseó tener a su amiga delante para gritarle todo lo que opinaba sobre ella y su jodida familia y cruzarle la cara de un golpe.

Pero Blythe no estaba allí y no volvería hasta que Vera se hubiera marchado de Cornell.

Y si decidía quedarse… se convertiría en otra Nathalie. Porque, si algo tenía claro, era que Blythe llegaría hasta donde hiciera falta por conseguir lo que quería y consideraba que era mejor para ella. Se lo había dicho aquella misma mañana.

Si tengo que pisarte hasta que no quede nada de ti, pienso hacerlo.

De alguna forma, al actuar como había actuado, al suceder todo lo que había sucedido, había antagonizado a Blythe. Y ahora iba a sufrir las consecuencias.

¿Qué se suponía que tenía que hacer? ¿Obedecer a Blythe como un perro faldero? ¿Abandonar la universidad en la que había soñado estudiar toda su vida? ¿Empezar de cero una vez más, lejos de su familia y de su hermana que, por cierto, ya no quería tener nada que ver con ella?

Vera arrugó la carta y la tiró sobre la mesa. Fue directa a la cocina, abrió el armario donde Blythe y ella guardaban el alcohol, sacó una botella de ginebra, la destapó y le dio un largo trago.

Y otro.

Y otro.

¿Qué se suponía que tenía que hacer? ¿Renunciar a todo por lo que llevaba tanto tiempo luchando? ¿Escapar como una fugitiva en medio de la noche? ¿Decirle adiós a Cornell y a Greenberg & Hughes?

Dejó la botella sobre la encimera, cruzó el salón y entró en la habitación de Blythe. Descolgó del perchero de madera la bolsa donde guardaba sus cinco raquetas de tenis. Porque no era suficiente con tener un par.

No.

Blythe siempre necesitaba más.

Agarró una de las raquetas y la sujetó como si se tratara de un martillo.

Observó su reflejo en una de las ventanas.

Y solo vio rabia.

Ira.

Dolor.

Traición.

¿Qué se suponía que tenía que hacer? ¿Desvincularse de las únicas cuatro personas que la habían hecho sentir especial? ¿Asumir que nunca llegaría a tener el poder que siempre había deseado?

Porque ese era el quid de todo.

El poder.

Vera alzó la raqueta de tenis y, con la fuerza de quien ya no tiene nada que perder, la hizo descender sobre la mesilla de noche de Blythe. Con el primer impacto, la madera se resquebrajó. Con el segundo, tiró la lámpara de noche al suelo, donde se rompió.

Si Roman, Connor, Charles y Blythe habían sido quienes habían sido, los Hijos Dorados, era por el poder que ostentaban tanto dentro como fuera de la Facultad de Derecho. Si habían metido a Nathalie en un coche y la habían forzado a abortar, sabiendo que no contaría nada a nadie, era por la seguridad que les proporcionaban sus apellidos y los millones de fajos a los que podían acceder con solo un chasquido de sus dedos.

Entró en el vestidor de Blythe y, cuando estuvo frente al espejo de cuerpo entero, lo reventó de un solo golpe. El cristal se rompió y mil pedazos cayeron a sus pies como gotas de lluvia, mostrándole a una Vera rota y resquebrajada.

Si Greenberg & Hughes financiaba la red de contrabando de los Arrieta, era porque se creían con el poder suficiente como para salir impunes. Si Grace Jeong tenía la desfachatez de mirarla a los ojos y preguntarle si había estado en Boston cuando sabía perfectamente que no, era porque se sentía con el poder de quien posee información que nadie más conoce.

Vera volvió a la habitación de su amiga y, con un bramido de ira, destrozó todo lo que encontró sobre su escritorio.

En algún momento, las lágrimas volvieron. Solo que esta vez ardían de cólera.

Porque si Blythe se sentía en la posición de decidir sobre su futuro y de conseguir que Vera abandonara su vida en Cornell en un abrir y cerrar de ojos, era por el poder que ostentaba y ejercía.

El mundo no se dividía entre lo justo y lo injusto.

No.

El mundo se dividía entre el poder y la ausencia de poder.

Potentiorum ius est.

Vera soltó la raqueta de tenis, se dejó caer sobre el suelo de la habitación de Blythe y lloró de forma desconsolada hasta que sintió que ya no tenía nada más por lo que llorar. Entonces, se levantó y caminó hasta el comedor. Agarró la carta y la abrió de nuevo, intentando que quedara lo menos arrugada posible.

Inspiró una vez.

Dos.

Tres.

Cuando consideró que se había calmado lo suficiente, volvió a leerla.

Y por eso, porque nunca había tenido poder, buscó su móvil y marcó el número que figuraba en el encabezado.

Y mientras el teléfono sonaba, pensó en ellos.

Desde el principio había sido consciente de cuál era el peligro de estar a su lado, de formar parte de su grupo.

Lo peor era que después de todo, sabía que, acabara donde acabara, iban a seguir fascinándola y atrayéndola.

Y que si ahora la llamaban y le pedían que volviera o fuera a buscarlos, lo haría.

Ese era el poder que tenían sobre ella.

Como un metal al imán.

Como un barco a la deriva que de pronto ve la luz de un faro en la noche.

Como un humano al oro, nunca satisfecho, siempre queriendo más.

Hijos Dorados.

EPÍLOGO

El sol de mediados de julio calentaba la piel mojada de Connor.

Llevaba toda la mañana entrando y saliendo del lago (chapuzón por aquí, chapuzón por allá) y absorbiendo el calor del verano europeo tumbado en una hamaca de madera.

Si por él fuera, se quedaría así todo el día, pero aquella tarde tenía que adecentarse para visitar a un conocido que, como él, había emigrado de Estados Unidos para instalarse en el lago di Como.

Había cierto confort en la certeza de saber que existía gente que, como él, había escapado de su pasado.

Tres años.

Ese era el tiempo que había pasado desde que, una mañana de marzo, se había hecho con un par de maletas y se había subido a un avión rumbo a Italia. Por supuesto, sus padres habían intentado detenerlo. Pero incluso George y Sarah Hannaway habían acabado admitiendo que, por algún motivo que desconocían, su hijo no estaba en condiciones de seguir con la vida que tanto cuidado habían puesto en construirle. Se había sumido en una oscuridad en la que no podían, ni querían, adentrarse. Así que en lugar de intentar cambiar algo que claramente no eran capaces de cambiar, habían aceptado la situación y se habían encargado de enviarlo a casa de Enzo, un viejo amigo y antiguo profesor de la Università de Bocconi que desde hacía unos años vivía retirado en su villa a las afueras de Bellaggio.

Los primeros meses los había pasado prácticamente encerrado en esa casa a la orilla del lago, llena de habitaciones, esculturas y jardines laberínticos. Enzo había respetado su espacio, limitándose a recomendarle sus libros preferidos las veces que el chico se había sentado a descansar en uno de los sillones de la biblioteca y a encender las luces del pasillo las noches en las que se había despertado gritando por las pesadillas que todavía lo perseguían.

Y un día, sin darse cuenta, había empezado a sanar.

Connor tenía claro que nunca volvería a ser quien había sido antes de la noche del muelle, pero una mañana se había sorprendido a sí mismo bebiendo café de una taza que no era *su* taza, y una tarde, después de comer, se había acercado al pueblo y se había sentado en un muelle a observar la inmensidad del lago, con sus pájaros y sus árboles y su todo. Y habían sido aquellos pequeños detalles los que le habían indicado que quizá, solo quizá, existía un futuro en el que podía ser mínimamente feliz.

Otra tarde había empezado a escribir. Primero frases sueltas y párrafos sin sentido.

Luego recuerdos: algunos felices, otros no tanto, pero en todos *ellos*.

Luego cartas: algunas cortas, otras largas, pero todas dirigidas a la misma dirección, la de *él*.

Y todas revestidas de la misma esperanza: que algún día, pronto o tarde, fueran respondidas.

Connor se levantó de la hamaca y se estiró, perezoso. Frente a él, el lago di Como se mecía, tranquilo, en un ir y venir infinito.

Recogió sus cosas (su toalla, sus gafas de sol y uno de los últimos libros que Enzo le había recomendado) y empezó a caminar de vuelta a la villa. Quizás esa tarde incluso le daba tiempo de darse un paseo por el pueblo y tomar un helado.

Sí, algún día.

Pronto o tarde.

Pero algún día.

El autobús llegó a la estación con treinta minutos de retraso.

Roman se apeó del vehículo y recogió su equipaje del maletero: una mochila en la que, desde hacía tres años, guardaba y acarreaba todas sus pertenencias.

Cuando te ves obligado a moverte de un estado a otro, sin ningún lugar al que poder llamar «hogar», tampoco puedes permitirte acumular mucho.

Eran las cuatro de la tarde y, según lo que le había escuchado decir al conductor del autobús, esa noche iba a llover.

Tras colgarse la mochila a la espalda, decidió que caminaría hacia la dirección que tenía apuntada en un trozo de papel y que guardaba en un bolsillo como si se tratara de un diamante. Para él lo era.

Al poner un pie fuera de la estación, sintió el peso de la incertidumbre caer sobre sus hombros.

¿Y si, después de todo, ir a esa ciudad había sido un error? ¿Y si todavía lo estaban buscando? ¿Y si en ese mismo momento alguien estaba vigilando sus movimientos? ¿Y si era demasiado pronto?

Llevaba batallando contra miedos como aquellos desde que había abandonado Cornell. Pero hacía meses que no los sentía tan reales como ahora.

Roman aferró las asas de su mochila y empezó a repetirse que quien hablaba era la paranoia, no la razón, y que no tenía nada que temer porque hacía mucho que Stefano y el resto del clan Cagliari lo habían dado por perdido. Si había dado aquel paso, el de viajar hasta donde se encontraba, era porque se había cerciorado de que ya no estaba en peligro; el peligro de ser descubierto y devuelto al infierno del que había luchado tanto por escapar.

Sí, quizá Roman se había convertido en un asesino. Aquella era una realidad con la que había tenido que contender día y noche y que, con el paso del tiempo, había acabado aceptando. Pero lo que nunca volvería a ser era un Cagliari. El perro faldero de Stefano.

Por eso, en cuanto había tomado la decisión de marcharse de Ithaca, dejando atrás a sus amigos, dejándola atrás a ella, se había jurado que haría todo lo posible por escapar.

Por desaparecer.

Tal y como había hecho su madre.

Al principio había estado seguro de que nunca regresaría.

Esa había sido su condena por toda la mierda que había hecho a lo largo de los años, pero sobre todo por haber matado a su hermano y a su primo. Dos balazos en la oscuridad.

Pero con cada madrugada en la que se había quedado despierto, alerta, pensando en todo lo que habría podido ser y no era, fantaseando con dos ojos dorados, esa decisión había flaqueado un poco y un poco y un poco más, hasta que una mañana, al despertarse, se había dado cuenta de que la certeza se había convertido en una posibilidad y la posibilidad en una realidad.

Y así, había acabado en Montana, comprando un billete sin fecha de retorno con destino a esa estación de autobuses.

Averiguar dónde vivía no había sido difícil, pero sí una sorpresa. Durante esos tres años había jugado a imaginar la vida que llevaría y cómo serían sus días. En cualquiera de los escenarios, la había pensado en la gran ciudad con la que siempre había soñado, acompañada por ellos.

Al parecer, no era así.

Roman llegó a la dirección que se había apuntado meses atrás, porque esa decisión llevaba tomada desde hacía tiempo, y observó el enorme rascacielos que se alzaba, imponente, frente a él.

No se permitió dudar, ni barajar un futuro distinto a ese que, cada mañana, se convencía de que alcanzaría.

Había huido.

Había desaparecido.

Se había condenado.

Y pese a que nunca se perdonaría, porque sabía que nunca llegaría a hacerlo, había vuelto.

Y así, con esa nueva realidad bailando ante sus ojos, Roman se descolgó la mochila y, recostándose sobre una de las farolas que había frente al rascacielos, esperó.

Pese a ser las diez de la noche pasadas, las luces de Greenberg & Hughes seguían encendidas. Como solía decir Rebecca Callahan, la que había sido su superior durante sus primeros meses en la firma, el despacho era como un vampiro: frío, con sed de sangre e insomne. «La única diferencia es que, en lugar de ataúdes, tenemos oficinas», había bromeado Rebecca en una de las ocasiones en las que había empleado aquella comparación.

Blythe recorrió el largo pasillo que llevaba hasta la cocina. Por suerte, estaba vacía. Detestaba verse obligada a mantener conversaciones insustanciales con sus compañeros, y más a aquellas horas de la noche.

Sabía lo que decían de ella: que solo estaba en el despacho por su apellido, que era la marioneta de sus padres, que ocultaba secretos, que había algo en ella que no encajaba y, por eso, siempre estaba sola.

En muchos aspectos, se sentía como se había sentido en Cornell: despreciada, rechazada, admirada, envidiada.

Solo que ahora, y desde hacía ya tres años, no los tenía a ellos.

Blythe encendió la cafetera y colocó una taza de porcelana blanca bajo la boquilla de la máquina. Si pretendía sobrevivir a las próximas horas de trabajo, necesitaba cafeína.

Sí, habían pasado tres años desde que, fruto de la Beca Steven Greenberg y Jacob Hughes, había empezado a trabajar en Greenberg & Hughes.

Para ese entonces, sus amigos ya se habían convertido en espejismos, en un pasado reciente pero no por ello menos pasado. Ella misma se había asegurado de que fuera así.

Todavía recordaba las palabras que había escrito en la carta que le había dejado a Vera: «No es por ti, es por mí». Si se esforzaba, también era capaz de reproducir la conversación que había mantenido con Connor y la forma en la que le había pedido (más bien ordenado) que no aceptara la beca.

«Lo mejor que puedes hacer es marcharte», le había susurrado tras haber defendido el Caso Magno, cuidándose de que nadie la escuchara. «Además, tú nunca has querido la beca».

La parte difícil no había sido manipular a Connor para que lo dejara todo y desapareciera de Cornell, sino lidiar con la culpabilidad que la había invadido al tener que abandonar a su amigo en el estado deplorable en el que se hallaba. Esa misma culpabilidad que la había perseguido tras desterrar a su amiga a otro estado; al forzarse a fingir que Roman y Charles no habían desaparecido de la noche a la mañana sin dejar rastro.

Blythe agarró la taza con el café recién hecho y volvió a recorrer el largo pasillo, esta vez de vuelta a su oficina. Llevaba todo el día estudiando la documentación relativa a la compraventa de un terreno de más de cinco hectáreas cerca de Iquitos, en Perú, la ciudad portuaria en el norte del Amazonas. En teoría, un asunto como aquel no debería de llevarle más de una tarde. Pero esa era la cuestión: aquel no era un asunto cualquiera.

«Si abandonas mi equipo para irte con Heath y Grace, no podré protegerte», le había advertido Rebecca la mañana en la que Blythe le había comunicado su decisión de dejar a su equipo para unirse al de sus padres. «No sabes en lo que te estás metiendo».

«Sí que lo sé», había contestado Blythe. «Y por eso lo hago».

Blythe depositó la taza sobre la mesa y observó los papeles que yacían, desperdigados, frente a ella.

Aquel era el error que la gente cometía cuando la conocía.

La infravaloraban.

Infravaloraban lo que era capaz de hacer por conseguir lo que quería, por protegerse a ella y sus intereses.

Cuando había querido darlo todo por sus amigos, lo había dado.

Cuando esos amigos se habían convertido en un obstáculo, una piedra en su camino, los había apartado.

Y cuando sus padres le habían advertido que su única oportunidad de escalar posiciones en ese despacho era defender y colaborar con un grupo de criminales, había aceptado sin pestañear. Qué más daba. Había perdido sus ideales y su humanidad hacía tiempo, primero en un quirófano improvisado y después la noche en la que había ayudado a ocultar el asesinato de dos hombres.

Ella tomaba sus decisiones.

Ella tenía el control.

Recordó las palabras que le había dedicado Jia el día en el que se habían encontrado en el restaurante Gattopardo, hacía más de tres años: *Como llevas haciendo toda tu vida y vas a seguir haciendo... hasta que te quedes sola.*

Bueno, pues al final la muy cabrona había tenido razón.

Charles conducía por uno de los caminos de tierra que atravesaban el parque nacional de Yosemite. Llevaba toda la mañana reparando un cerco que se había dañado debido a las lluvias torrenciales del fin de semana.

Estaba exhausto.

Exhausto, pero satisfecho.

Encendió la radio y sintonizó su emisora preferida. La voz de Freddy Mercury, energética y potente, invadió el interior del coche.

Charles sonrió. Un gesto que cada vez le costaba menos esbozar.

Tras otros quince minutos recorriendo curvas y más curvas, adentrándose en el bosque, divisó un pequeño bungaló junto a un arroyo.

Su hogar.

Charles aparcó la camioneta entre dos pinos y, caja de herramientas en mano, recorrió el camino de piedras que llevaba hasta la cabaña.

«Tendrás que hacer unos cuantos apaños, como arreglar la chimenea o cambiar la cisterna», le había explicado el guardabosques al que había sustituido en ese trabajo hacía tres años. «Pero si lo que buscas es alejarte del ruido y un poco de paz, es el paraíso».

Charles había tenido que controlarse para no exclamar de forma desesperada que sí, eso era exactamente lo que buscaba; para no suplicar que lo dejara solo y se fuera del parque porque lo único que quería era encerrarse, vivir, esconderse.

Por supuesto, nada de aquello lo había expresado en voz alta, pero el guardabosques (Peter o Parker, ya no recordaba el nombre) le había acabado entregando el manojo de llaves, su uniforme y también su caja de herramientas.

«Suerte», se había despedido.

«Gracias», había contestado Charles. Aunque en realidad le habría gustado decir que él no era merecedor de algo como la suerte.

Todavía recordaba el día en que había agarrado una bolsa y, tras dejar a su madre aturdida en el salón de su casa, se había marchado de Nueva York.

En parte, había sido como arrancarse el corazón y descartarlo en un callejón. O peor, tirarlo al fondo de un lago. «Como también tirasteis los cuerpos de Carter y Wess», le susurró una voz.

En otra parte, había sido liberador.

Charles se quitó los zapatos en el porche del bungaló (detestaba que su casa se llenara de tierra) y abrió la puerta. Depositó la caja de herramientas en el suelo, junto a una cómoda, y fue directo a su minúscula habitación. Y con la lentitud de quien intenta darles significado incluso a los pequeños gestos porque considera que estos son los únicos que le dan sentido a la vida, empezó a desvestirse.

Con el tiempo, y mucha práctica, había aprendido a neutralizar el pavor y la ansiedad que lo invadían cada vez que pensaba en la noche del muelle y los oscuros meses que la habían rodeado.

Aunque había cosas que nunca se le borrarían: ni de la cabeza ni del alma.

La desesperación de saberse sin dinero cuando toda su vida le habían preparado para bañarse en él.

La droga manteniéndolo en estado de alerta incluso cuando lo único que había deseado era que le apagara la mente. Solo unos minutos.

Los gritos de Nathalie, sus golpes contra la puerta de casa de Roman, sus súplicas («no, no, por favor», «quiero tenerlo», «siempre he querido ser madre», «dejadme tenerlo»), sus rezos («Padre nuestro que estás en el cielo, santificado sea tu Nombre...»).

Dos disparos en una madrugada fría e impenetrable.

Cinco cuervos volando.

La llamada de un policía informándole de que habían encontrado el cuerpo de su madre, inerte, con las venas de las muñecas cortadas, en la bañera de su apartamento de Nueva York.

El viaje de regreso a la que había sido su casa (la misma que había abandonado), jurándose que aquella era la última vez que volvería a pisarla.

Las decenas de cartas que Connor le había enviado en los últimos meses y que había encontrado en la mesa del salón, todas abiertas. Las había contado: una por día, siete a la semana.

Recuerdos, pesadillas, que se encargaban de mantenerlo anclado al pasado.

Ese, se dijo mientras se daba una ducha de agua caliente, era el precio que tenía que pagar por sus actos.

No, Charles nunca podría acabar de recuperarse del trauma y del infierno que había vivido hacía tres años. Pero lo que sí podía hacer era intentar seguir adelante y construir un futuro alejado de Cornell; alejado de *ellos*. Y por primera vez en tres años, sentía que lo estaba consiguiendo. El parque, Yosemite, lo estaba sanando. Al fin y al cabo, en la naturaleza Charles siempre se había encontrado en paz, seguro.

Se enfundó un pantalón de chándal y una sudadera y, tras prepararse un té verde con miel, se sentó ante el escritorio.

Como cada tarde desde que había vuelto del funeral de su madre, sacó el fajo de cartas del cajón y las releyó una por una. Había decenas. Incluso cientos. Una por día, siete a la semana. Y seguía recibiendo. Él mismo se había encargado de pedirle al portero del edificio de Nueva York que, en cuanto llegaran, se las reenviara al parque.

Como cada tarde desde que había descubierto aquel tesoro, agarró una hoja de papel y un bolígrafo. E intentó escribir.

Pero también como cada tarde, no pudo.

Las palabras se le atragantaron y el papel, en lugar de cubrirse de tinta, se cubrió de lágrimas.

Pasaron los minutos y las horas hasta que, finalmente, enjugándose los ojos, se levantó.

Charles se enfundó su chaqueta, se calzó sus botas y salió a dar un paseo por los alrededores de la cabaña. Quizás avistaba algún oso negro.

Y mientras caminaba, el viento y los árboles y los animales como única compañía, pensó que mañana volvería a intentarlo. Sí, lo intentaría las veces que fueran necesarias.

Y algún día lo conseguiría.

Pronto o tarde.

Pero algún día.

Vera se llevó las manos a la cabeza y se masajeó la sien por quinta vez en la última media hora. Por alguna razón que desconocía, era incapaz de concentrarse.

Mentira, le dijo esa voz que siempre la acompañaba y, en lo más profundo de la noche, le susurraba consejos y advertencias. *Sabes perfectamente por qué estás así.*

Aquella mañana los había visto. O al menos, eso había creído durante unos pocos segundos.

Como cada día, había entrado en el Starbucks más cercano a Shefield, Scott & Moores, el despacho en el que llevaba trabajando desde hacía ya tres años. Se había acercado a la barra y le había pedido a una camarera de mirada cansada y gesto consumido un café con leche mediano para llevar a nombre de Vera («sí, con *v*»). Y mientras esperaba a que le entregaran la bebida, los había visto. Sentados en una mesa de la esquina izquierda del local, justo al lado de los ventanales que daban a una de las calles principales de Boston. Conversaban de forma desenfadada, con esa aura etérea que siempre los había caracterizado.

Tres chicos y una chica.

Vera había sentido como si alguien tirara de ella y, sin darse cuenta, había empezado a caminar hacia el grupo.

De pronto, el tiempo que habían pasado separados y los motivos por los cuales se habían distanciado, se esfumaron; quedaron reducidos a cenizas.

Con cada paso, había estado más convencida de que todos esos años había estado matando el tiempo hasta volver a verlos, que su vida en Boston solo había sido un paréntesis hasta reencontrarlos.

No importaba que Blythe la hubiera desterrado a aquella ciudad, que Charles hubiera desaparecido sin dejar rastro o que Connor le hubiera negado una última conversación. Tampoco importaba que Roman la hubiera abandonado cuando habían estado a un paso de tenerlo todo.

Al llegar junto a la mesa, la ilusión se había roto.

No eran ellos.

Por supuesto que no lo eran.

Con la decepción dibujada en el rostro y un café caliente que ya no quería en la mano, Vera había salido del Starbucks y había caminado hasta Shefield, Scott & Moores.

Y por eso llevaba todo el maldito día sin poder concentrarse.

Lo peor era que no era la primera vez que le pasaba algo como aquello.

Desde que había llegado a Boston, se había sorprendido en más de una ocasión corriendo hacia un desconocido que le había parecido tener el mismo pelo rubio que Connor, o las mismas gafas redondas que Charles. Una noche, mientras había estado cenando con un compañero de trabajo en el que no tenía ningún interés más allá de demostrarse a sí misma que podía llegar a sentir algo hacia alguien que no fueran ellos, incluso había gritado el nombre de Blythe al ver a una chica de pelo negro vestida con una falda plisada.

A él lo veía por todas partes.

Lo veía cuando se despertaba, en la cocina del diminuto apartamento en el que vivía, cocinando tortitas. Lo veía cuando salía a correr por Boston Common, sentado en un banco, garabateando en su libreta de bocetos. Lo veía cuando llegaba al despacho, al otro lado del espejo del ascensor, sonriéndole con esa media sonrisa con la que no paraba de soñar. Lo veía cuando salía de trabajar, esperándola frente al enorme rascacielos, con el rostro marcado por el cansancio, pero también la felicidad de encontrarse con ella.

Lo veía.

Habían pasado tres años y todavía lo veía.

Resignándose ante el hecho de que, por mucho que quisiera, aquella tarde no conseguiría trabajar más, Vera apagó el ordenador y empezó a recoger sus cosas.

Con el bolso cargado hasta arriba, se despidió de sus compañeros, y cruzó la oficina en dirección al ascensor. Como de costumbre, unos ojos verdes brillantes la saludaron al otro lado del espejo. Y también como de costumbre, Vera les sonrió con tristeza.

Ya en la planta baja, le dirigió un seco «adiós» al portero del edificio y atravesó las puertas de cristal para salir a la fría y oscura noche de Boston.

Saboreó la humedad del ambiente y recordó Cornell; los recordó a ellos. Y alzó la mirada al cielo y le pidió a alguien, si ese alguien existía, que nunca le arrebatara la memoria. Porque en la memoria era donde vivía, el único lugar en el que era realmente feliz.

Vera se enjugó las lágrimas que, sin darse cuenta, habían empezado a resbalarle por el rostro, y emprendió el camino de vuelta a su pequeño apartamento.

Allí, frente al rascacielos, apoyada en una farola, vio una figura recortada en la oscuridad del invierno.

Lo veía.

Sí, habían pasado tres años y todavía lo veía.

AGRADECIMIENTOS

Escribir *Hijos Dorados* ha sido un viaje increíble; uno que no hubiera sido posible sin el apoyo, el trabajo, la inspiración y la compañía de muchas personas.

Para empezar, de Leo Teti, mi editor, que confió en mí desde el minuto uno y, desde entonces, no ha parado de hacerlo. Gracias por tu trabajo y pasión, por estar siempre que lo he necesitado y permitirme cumplir mi sueño. Y gracias también a todo el equipo de Urano, y en concreto a Facu, Fran, Mariola y Mercedes, que me han hecho sentir como en casa desde el primer momento.

Gracias a Rodrigo, porque si no fuera por tu ilusión y tu luz, nunca hubiera retomado mi pasión. Gracias por creer en mí, por animarme a seguir hacia delante y por levantarme todas las veces en las que pensé que no podía más y que no era suficiente.

Por supuesto, muchísimas gracias a Carla y a Nora. Honestamente, no podría pedir mejores amigas que vosotras. Gracias por vuestros consejos, vuestro ojo crítico y por vivir *Hijos Dorados* con tanta pasión como yo. Creedme que me llena de felicidad saber que, pase lo que pase, os voy a tener a mi lado. Me sabe mal haberos hecho sufrir pero… es lo que hay.

A mis lectoras y lectores cero, también compañeros de profesión y de vida, que recibieron el manuscrito con una sonrisa, cuando solo era un primer borrador, y lo trataron con todo el cariño del mundo: Adri, Belén, Fer, Geo y Lucía. Lo siento por privaros del epílogo durante un mes. Pero, oye, al final os lo mandé.

También mil gracias a todas las personas que, de una forma u otra, han colaborado en este proceso tan bonito, ya sea para ayudarme con determinadas escenas, conceptos jurídicos, términos en latín, durante sesiones de escritura (sí, os miro a vosotras tres), la publicación, el proceso... Y en concreto a la familia Maristany Bosch. Gracias por abrirme las puertas de su casa y de sus corazones porque sin ellos, sin Cretas, esto no hubiera sido posible.

A mi familia, y en especial a mis padres, porque desde pequeña me animaron a perseguir mis sueños y me apoyaron en todo (incluso durante ese año en el que me obsesioné con empezar a tocar la batería). Si cuando decidí saltar al vacío y adentrarme en esta aventura no hubiera tenido la certeza de que vosotros estaríais allí para recogerme si me pasaba algo, no lo habría hecho. Y *avis*, sé que estáis allí arriba, mirando. *Aquesta història també és per vosaltres.*

Por supuesto, gracias a ti, lector. Por decidir darle una oportunidad a esta novela, adentrarte en sus páginas y vivirla. Gracias por compartir este viaje junto con mis personajes. Espero que, pese a todo, se hayan ganado un rinconcito en tu corazón y tus estanterías.

Y por último, gracias a Blythe, a Charles, a Connor, a Roman y a Vera. Hubo un momento en el que sentí que tenía que contar vuestra historia y así ha sido. Espero haberos hecho justicia.

Qué queréis que os diga, después de este viaje tan intenso... solo tengo ganas de escribir otro libro. ¿Me acompañáis?

Desde la noche que sobre mí se cierne,
Tan negra como el abismo que fin no tiene,
Le agradezco a cualquier dios que exista,
Por la existencia de mi alma invicta.

En las azarosas garras de las circunstancias,
Nunca he mostrado mi dolor ni mis desgracias.
Bajo la fuerte golpiza del destino,
Mi rostro ensangrentado se mantiene erguido.

Lejos de este lugar de ira y sensibilidad
Yacen los horrores de la oscuridad,
Mas la amenaza de los años
Me halla, y sin miedo me hallará.

No importa qué tan estrecha sea la puerta,
Ni qué tan condenado sea el camino,
Soy el amo de mi destino,
Soy el capitán de mi alma.

«Invictus», William Ernest Henley.

NO TE PIERDAS ESTE CONTENIDO
EXCLUSIVO DE *HIJOS DORADOS*,
NARRADO POR NATHALIE...

NATHALIE

Odié a los Hijos Dorados desde el primer momento en que los vi.

Lo recuerdo como si fuera ayer.

Fue durante la primera semana de clases; esos días en los que los estudiantes hacen lo posible por encontrar su lugar en el nuevo ecosistema social que es la Facultad de Derecho de Cornell. Saludos incómodos, risas nerviosas, invitaciones a comer que esperan ser aceptadas, e incluso algún que otro «te veo mañana» esperanzado.

Sí, todos buscábamos una forma de encajar y sentirnos parte del grupo.

Todos, menos ellos.

Desde el principio, los cuatro se juntaron como si una fuerza extraña y potente les prohibiera separarse. Se conocían de antes y eso les daba una ventaja que el resto no teníamos. Esa sensación, la de pasar a su lado y, al escucharlos conversar, sentirme la persona más insignificante y sola de Ithaca, tardó meses en irse de mi cuerpo.

De todas formas, el problema no fue ese, sino la manera en la que se movían, como si la facultad les perteneciera; en la que hablaban, con una suficiencia y superioridad que, en ellos, parecía natural; y en la que nos miraban, como si el resto fuéramos simples moscas que no merecíamos su atención; como si pudieran aplastarnos contra la pared con el simple pero violento movimiento de una mano.

Muchas veces, los humanos nos unimos gracias al rencor. Es triste, pero es así. En el año 2016, a la promoción de nuevos estudiantes de JD nos unió nuestra aversión hacia los Hijos Dorados. Porque no, por mucho que después me tacharan de falsa e hipócrita, nunca dejé de odiarlos.

Y esa, al final, fue la razón por la que todo se acabó yendo a la mierda.

Para ser sincera conmigo misma, todavía no acabo de entender por qué lo hice. De pequeña, cuando me obsesionaba con las cosas más absurdas y me pasaba horas frente al ordenador buscando información al respecto, mi hermano bromeaba diciendo que, si seguía por ese camino, me volvería loca. «Cuando te internen en un centro psiquiátrico te acordarás de mí», se burlaba desde la puerta de mi habitación.

Reconozco que, en parte, tenía razón.

Desde que tengo uso de razón, mi vida ha sido una concatenación de obsesiones que, pese a no llegar a enloquecerme, sí que me han llevado a actuar de forma irracional y tomar decisiones cuestionables.

De hecho, creo que, de todas las malas decisiones que he tomado en mi vida, las relacionadas con los Hijos Dorados han sido, sin lugar a duda, las peores. Alguien tendría que haberme advertido que el odio, mezclado con la obsesión, puede llegar a convertirse en una bomba de relojería.

Tic tac, tic tac.

Y después, cuando menos te lo esperas: *pum.*

Pero allí fui yo, con la bomba en la mano cual dulce infantil, paseándola por todas partes como si estuviera orgullosa de ella, como si disfrutara del riesgo y de la tensión de saber que, en cualquier momento, me explotaría en la cara.

«Nathalie Porter. Coincidimos en algunas clases».

Esas eran las palabras que les había dirigido cuando, en un arrebato, me acerqué al grupo en el jardín de la Facultad de Ingeniería.

No me conocían.

Pero yo a ellos sí.

Después de todo, llevaba semanas recabando información sobre los cuatro y sus respectivas familias. Había saboreado sus nombres tantísimas veces que podría haberlos escrito con los ojos cerrados, con la mano izquierda o incluso del revés.

Connor Hannaway.

Charles Aster.

Blythe Jeong.

Roman Cagliari.

Al principio, tildé mi comportamiento de curiosidad. *Toda la facultad habla sobre ellos, solo quiero saber un poco más*, me decía cada vez que encendía el ordenador y los buscaba en el navegador. Cuando la curiosidad dio paso a la fijación, la justifiqué bajo el pretexto de que era mejor estar preparada. Si alguien me hubiera preguntado por qué tenía una carpeta con información sobre esos cuatro estudiantes, hubiera respondido que era una medida preventiva. Porque los rumores advertían que eran peligrosos. Por sus apellidos, por sus conexiones, por su violencia, por sus recursos. Por su poder.

Una vez me obsesioné, ya era demasiado tarde.

No tenía pensado hablarles. Ni mucho menos despedirme con un «nos vemos pronto» totalmente improvisado. Lo primero fue un arrebato. Lo segundo una reacción al desprecio con el que Blythe me había soltado que gracias por la presentación pero que estaban hablando sobre un tema privado y «¿te importa marcharte?».

Ese, más que ningún otro, fue el gesto que me confirmó los rumores sobre ellos y, más tarde, en la casa que compartía con otras dos chicas del JD, provocó que una idea naciera en mi cabeza y empezara a repetirse en bucle, hasta el punto de quitarme el sueño durante tres noches seguidas: *acaba con ellos, acaba con ellos, acaba con ellos.*

Quizás al final no fue por mi mano, pero me alegra saber que, después de todo, los Hijos Dorados terminaron destruyéndose los unos a los otros.

A veces, cuando nadie observa, me llevo las manos al vientre y lo acaricio mientras imagino al hijo que, de no ser por ellos, hubiera gestado.

Digo hijo porque sé que, de haber nacido, hubiera sido un niño. Hay cosas que las madres saben. Yo fui madre. Aunque por demasiado poco tiempo, lo fui. Y por eso, lo sabía.

Me lo arrebataron.

Decidieron sobre mi cuerpo sin preguntarme ni darme la oportunidad de oponerme.

Me encerraron en una habitación y, después, cuando ya casi no me quedaban lágrimas para llorar ni voz para suplicar, me ataron a una camilla en una nave industrial de algún lugar entre Ithaca y quién sabe dónde.

Mutilaron lo único bueno que me había pasado en la vida mientras sollozaba que no, por favor, no, no, quiero tenerlo, dejadme tenerlo. Porque era la verdad, siempre había querido ser madre. No solo por mis creencias, sino porque realmente quería demostrarle al mundo entero y a mí misma que las buenas madres existen y que, pese a todas las desventuras que había sufrido a manos de la mía, yo podía ser una de ellas.

Pero me lo arrebataron.

Mi futuro, mi vida, mi hijo.

Hay personas que, debido al poder que ostentan, son capaces de bloquear su humanidad para cometer los actos más terribles si estos garantizan su seguridad y bienestar. Lo vi en Roman y la forma en la que me agarró del cuello y me arrastró hasta el asiento trasero de su coche. Lo vi en Blythe, en ese «¿te importa marcharte?» carente de emoción, y en cómo no le tembló el pulso cuando me explicó, con una calma admirable pero también temible, que estaban a punto de acabar con la vida que llevaba dentro. Lo vi en Charles, en la capacidad que tenía para aislarse del mundo y cometer cualquier tipo de acto sin derramar una sola lágrima, ni siquiera en el funeral de su madre. Lo vi en Connor, en cómo había girado la cara cuando, todavía en Ithaca, le había gritado que hiciera algo, que no permitiera que me hirieran y que, por Dios, me ayudara.

¿Conseguirían dormir aquella noche y la siguiente y la otra y la otra? Yo no lo hice y, a día de hoy, las pesadillas de lo que sucedió tras el Baile de Navidad de 2016 todavía me persiguen.

Nunca olvidaré las últimas palabras que me dedicó Roman cuando, como si fuera un paquete extraviado, me depositó en mi casa de Ithaca:

«Más te vale que no volvamos a escuchar tu nombre o verte».

El veneno que atisbé tras sus ojos fue suficiente para entender que la amenaza iba en serio; que, si desobedecía, me encontraría y me acallaría, esta vez para siempre.

Así que no lo hicieron. No volvieron a saber de mí nunca más.

Pero yo de ellos sí.

Nunca dejé de odiar a los Hijos Dorados. Pero sí que es cierto que, junto a ese odio, florecieron otros sentimientos.

Estar con ellos se volvió algo adictivo.

El día en el que les hablé por primera vez («Nathalie Porter. Coincidimos en algunas clases») volví a casa con una adrenalina que no sentía desde que, con quince años, presencié la muerte de un motorista en plena calle.

La interacción no había estado planeada y, sin embargo, me encontré a mí misma imaginando cómo sería la siguiente y la siguiente y la siguiente. Poco a poco, construí una narrativa para justificar la necesidad de mantenerlos cerca. Me hacía falta el dinero. *Si lo tuviera*, me decía, *podría estudiar en Cornell sin la preocupación constante de llegar a final de mes. Si lo consiguiera*, me aseguraba, *le compensaría a mi hermano el sufrimiento que le causó el tener que hacerse cargo de mí. Si lo obtuviera*, me repetía, *me desprendería de mi madre de una vez por todas.* Me obcequé con esa idea y con la certeza de que, para conseguir lo que quería, mi única vía era extorsionarlos y destruirlos.

Cuando, al día siguiente, volví a acercarme a ellos, mi cabeza ya había armado un plan que, a mis ojos, era perfecto.

El único problema fue subestimarlos.

A ellos.

A su amistad.

A sus ansias de poder.

Y a los límites que estarían dispuestos a sobrepasar por conseguirlo.

Pese a todo, lo disfruté. La atención de Blythe, las sonrisas de Connor, la amabilidad de Charles, el sexo con Roman. Aunque fueran gestos o actos efímeros y puntuales, los disfruté. Porque junto al odio nacieron emociones que no había esperado y que me hicieron sentir deseada e importante.

Supongo que ese es el problema de juntarte con personas como los Hijos Dorados. Te hacen sentir especial, parte de su mundo, incluso invencible. Te hacen sentir como una pepita de oro en un mar de barro. Como la pieza de arte más codiciada de un museo, expuesta en el centro de una enorme sala, protegida por un cristal para que nadie pueda tocarte ni hacerte daño.

Solo que todo es una falacia.

Ahora comprendo que, para ellos, no fui más que un juguete viejo sin valor. Dispensable y reemplazable.

Cuando se cansaron de jugar conmigo, me tiraron.

Y me reemplazaron.

Con *ella*.

Vera Velasco.

Les seguí la pista.

Pasé dos meses sin levantarme de la cama. En la habitación de invitados de la pequeña casa de mi hermano, dejé que los días pasaran, deseando que el tiempo me ayudara a limpiar la capa de suciedad que, sentía, embadurnaba mi cuerpo.

Mi hermano no preguntó qué me había sucedido. Tampoco le dio mucha importancia a mi estado. Lo achacó a una ruptura o algo por el estilo y se escudó en el pensamiento de que yo era así y ya está, no había nada que hacer.

Cuando por fin conseguí permanecer consciente sin llorar durante más de una hora, me levanté y busqué mi ordenador. No fue difícil encontrar información sobre ellos. Ni sobre mí. Algo bueno que tienen las facultades como la de derecho de Cornell son los cientos de foros y chats a los que los alumnos recurren para estar al día de la vida universitaria o, simplemente, enterarse de rumores.

Así que continué alimentando mi odio y, con este, mi obsesión.

Ellos no lo saben, pero los acompañé durante los últimos meses que estuvieron en Cornell. Para mí, fue como seguir a su lado. Para ellos, como si no existiera.

Si aceptaron a Vera Velasco fue porque les recordaba a mí. Al menos, eso era lo que decían los otros alumnos del JD. Que acabar conmigo no había sido suficiente y, por eso, ahora iban detrás de esa chica de cabello dorado. Que la fijación que tenían con ella era enfermiza. Que la matarían como me habían matado. Que era una copia de lo que yo había sido.

Incluso a kilómetros de distancia, apenas un fantasma de mí misma, me sentí deseada. Era como si, de alguna forma, siguiera con ellos, solo que a través de otra persona. Pensaba que todo se había acabado la Navidad de 2016, pero estaba equivocada. La bomba de relojería seguía en mi mano, *tic tac tic tac*, aguardando el momento indicado para implosionar.

Durante algunos días incluso llegué a pensar que nunca explotaría y que ese bucle en el que había entrado y del que ya no podía salir seguiría infinitamente (odio obsesión odio obsesión odio obsesión, y así hasta el fin).

Pero acabó haciéndolo.

Explotó.

Todavía no sé cómo explicar el vacío que me dejaron cuando todo terminó.

Alguien tendría que haberme enseñado que el odio, mezclado con la obsesión, puede llegar a romper a las personas.

Las rompe hasta convertirlas en una versión irreconocible de lo que fueron.

Yo me rompí.

Perderlos me hizo tocar fondo.

Mi hermano solía bromear con que, si seguía por ese camino, acabaría en un centro psiquiátrico. «Te acordarás de mí», solía reírse desde la puerta de mi habitación. Solo ahora, mirando en retrospectiva mi vida, entiendo que enmascaró su preocupación en burla y que, en el fondo, solo quería advertirme.

Y yo lo desoí. Lo ignoré igual que ignoré todas las señales que, a gritos, me alertaron de lo que podía pasarme si me acercaba a ellos. Conduje un coche sin frenos a sabiendas del riesgo y terminé estampándome contra una pared de ladrillo.

Porque yo no los destruí; pero se destruyeron y, en el proceso, también me destruyeron a mí.

Por suerte, he acabado superándolo.

Tanto lo que me hicieron como a ellos.

Hace meses que ya no busco sus nombres ni me pregunto qué estarán haciendo. Si se acordarán de mí o pensarán en los momentos que pasamos juntos.

Podría decirse que he empezado de cero. Porque los inicios son buenos o, al menos, eso es lo que dice mi hermano.

Estoy aquí, en una nueva Facultad de Derecho, en una nueva universidad, dispuesta a enfocarme en mí misma. En nadie más.

Como estoy en la primera semana de clases, los estudiantes están haciendo lo posible por encontrar su lugar en el campus. Veo saludos incómodos, risas nerviosas, invitaciones a comer que esperan ser aceptadas, e incluso algún que otro «nos vemos» esperanzado.

Supongo que, al fin de cuentas, todos buscamos encajar y sentirnos parte del grupo.

Todos, menos ellos.

Son cinco.

Van siempre juntos, como si una fuerza sobrenatural les impidiera separarse. Se conocen de antes y eso les hace sentirse invencibles y les garantiza una seguridad que el resto no tenemos.

Por ahora.

Antes de ponerme de pie saco un espejo pequeño de mi bolso, me retoco el pintalabios y me coloco bien unos mechones de pelo oscuro. Quizá he alterado mi aspecto (por esas cosas de que un cambio va bien para superar el trauma) pero, en el fondo, sé que sigo siendo la misma.

Me acerco con paso decidido hasta que se dan cuenta de mi presencia. Entonces, me detengo. El problema es la forma en la que se mueven, como si la facultad fuera suya; en la que hablan, con una suficiencia y superioridad que, en ellos, es natural; y en la que me están mirando, como si fuera una mosca asquerosa que no merece su atención; como si pudieran aplastarme contra la pared con un simple pero violento movimiento de la mano.

Les odio.

Y a la vez no.

Alzo la cabeza y, esbozando mi sonrisa más inocente, me presento:

«Nathalie Porter. Coincidimos en algunas clases».

¡LEE LAS PRIMERAS PÁGINAS DE LA NUEVA NOVELA DE PATRICIA IBÁRCENA!

SANCTAS:

Estudio de una mentira

PRÓLOGO

Para ella, que llevaba bailando alrededor de su propia muerte desde hacía años, la idea de sumirse en la oscuridad más profunda debería ser tan solo una molestia; una mosca revoloteando a su alrededor en una de esas sofocantes mañanas de verano.

Pero Agnes siempre le había tenido miedo a la oscuridad.

Y, por eso, cuando posó su mano sobre la barandilla de las escaleras que daban al piso principal de la pequeña casa, no pudo detener el temblor que la sacudió.

Sintió el impulso de encogerse sobre sí misma y hacerse pequeña, muy pequeña, y simplemente esperar a que todo pasara. A que esa oscuridad se cerniera sobre ella y la engullera o la dejara estar y nunca volviera a jugar con su imaginación, con su realidad.

Se contuvo.

El miedo, pensó, es una reacción de la mente, un mecanismo de protección, ante aquello que nos quita el sueño.

El miedo, se dijo, es una nube de polvo que tanto puede asfixiarte como desaparecer con el chasquido de dos dedos.

Bruja.

Asesina.

Loca.

Traidora

Histérica.

Pecadora.

A lo largo de su corta vida, Agnes había sido todas y cada una de aquellas cosas.

Pero lo que nunca había sido era una cobarde.

Tampoco planeaba empezar a serlo.

Así que se irguió, sacó pecho, y tras bajar uno a uno los peldaños de madera, la tenue luz de la entrada plasmando su sombra sobre la pared, se enfrentó a la muerte.

GÉNESIS

DE PROFUNDIS
ABRIL DE 1993

Sor Lupe siempre dice que, frente a la duda y el miedo, lo mejor es hablar con Dios. Ir a la capilla y rezar, porque en la oración se encuentra la paz y, en la paz, al Señor. También dice que, siempre que cometemos algún acto reprochable, debemos confesarnos ante los sacerdotes.

Pero a mí me da miedo.

Me da miedo orar y que Dios me escuche.

Confesarme y que los sacerdotes me castiguen.

Por eso, prefiero escribir.

Prefiero escribir que ayer sucedió algo y que todavía no sé cómo interpretarlo.

Estaba en el comedor. Era la hora del almuerzo. Catalina se encontraba sentada frente a mí. Engullía sus lentejas como si no hubiera comido nada en tres días y, entre bocado y bocado, me explicaba que esa mañana, después de haber orado la Tercia, Sor Araceli la había sorprendido en el patio mientras regaba las plantas.

—Y otra vez me ha vuelto a regañar —Catalina habló muy bajito, temerosa de que alguna Hermana o la propia Madre Superiora la oyera—. Siempre encuentra algo por lo que regañarme, Ness. Si no es por la forma en la que canto es por mi caligrafía o por cómo camino. Dice que muevo demasiado las caderas y que incito. Pero, honestamente, ¿a quién voy a incitar? Los únicos hombres que vemos en el Monasterio son los sacerdotes que…

En ese momento, la escuché.

Fue solo un segundo, pero la escuché.

O más bien, la percibí.

Se abrió paso por las calles del Monasterio y, sin que nadie le hubiera dado permiso, entró al comedor.

Una voz.

Ni femenina, ni masculina. Solo una voz.

Susurró dos palabras, pero pude entenderlas.

«*De profundis*».

Un escalofrío subió por mi espalda hasta la nuca, erizándome la piel. De pronto, sentí frío, mucho frío. Me giré de izquierda a derecha, intentando determinar el origen de la voz, pero en el comedor solo se escuchaban las conversaciones casi silenciosas de las monjas.

Catalina chascó los dedos frente a mi rostro.

—¿Ness?

Cuando vio que no reaccionaba, repitió el gesto, causando que Sor Isabel y Sor Tatiana, que compartían nuestra mesa, nos lanzaran una mirada de reproche.

—¡Agnes!

Esta vez, la miré.

—¿Lo has escuchado? —me arrepentí de mis palabras nada más salieron de mi boca.

—El qué.

Catalina tiene esta manía de imponer preguntas. Como si le debiera una respuesta. Como si callarme no fuera una opción.

—Nada — devolví la mirada al plato y removí las lentejas con el tenedor. Era obvio que estaba nerviosa, rara incluso.

Catalina lo sabía y, por eso, insistió.

—Qué ha pasado.

En ese punto, ya estaba convencida de que había sido una imaginación mía, de que en realidad esa voz no había hablado. Así que abrí la boca para decir justo eso, que no te preocupes, Catalina, ya sabes que a veces digo cosas sin sentido.

Pero volvió a suceder.

En ese mismo instante.

Otra vez la presencia, solo que ahora más fuerte. Me sobrevino un dolor punzante en la sien que me obligó a dejar caer el tenedor. Impactó contra el estofado, que salpicó el jersey blanco que había escogido para esa jornada.

«*De profundis clamavi ad te, Domine…*».

Abrí mucho los ojos.

De nuevo, e ignorando la expresión confusa de Catalina, observé el comedor. De derecha a izquierda, de izquierda a derecha. También de nuevo, no atisbé nada fuera de lo común. Ni tampoco a nadie.

Fue entonces cuando una idea cruzó mi mente, veloz y peligrosa.

Me llevé la mano a la boca para contener la arcada que me sobrevino.

Sin dar ninguna explicación, me levanté de la silla y salí corriendo del comedor. A mi paso, varias cabezas se alzaron, escrutaron mi rostro en busca de señales que me delataran, que me declararan, por fin, una enemiga del Monasterio, de la orden de dominicas y de la Iglesia.

Al fin y al cabo, llevan años, desde que la Madre Superiora me acogió, esperando el momento de echarme. Para ellas, cada oportunidad es buena.

Recorrí las calles del Monasterio hasta llegar a la pequeña habitación que compartía con Catalina. Abrí la puerta de un golpe (tenemos prohibido cerrar con llave) y me dirigí directa al baño.

Allí vomité las lentejas, las verduras y la panceta.

Cuando hube vaciado todo el contenido de mi estómago, me senté sobre las baldosas frías del baño.

Y esperé.

Esperé por si esa presencia, esa voz, volvía. Pero no regresó. De pronto, era como si nunca hubiera aparecido.

Catalina llegó media hora después, acompañada de Sor Lupe. Me preguntaron («qué te ha pasado, niña», «qué te duele»). Inventé que había sufrido un episodio de migraña.

Sor Lupe se lo creyó.

Catalina fingió creérselo.

La monja me ordenó que me metiera en la cama y no saliera hasta la mañana siguiente. «Si necesitas algo, pídeselo a Catalina», me dijo con una voz cruda, como de pescado muerto.

Cree que lo que necesito es descansar, que me baje el dolor de cabeza.

Se equivoca.

Lo que necesito es entender.

Me he pasado toda la noche en vela. Pensando. Reviviendo la escena del comedor. Es curioso como, en la oscuridad, una lo ve todo distinto. Aquello que crees cierto se torna imposible y lo imposible se tiñe de verdad. Y todo con la facilidad de quien se lleva un caramelo a la boca, de quien le da una calada a un cigarrillo o un puro (nunca he fumado, pero imagino que debe de ser sencillo, inhalar exhalar, así sin más).

Cuando los primeros rayos anaranjados se han colado por la ventana, ya harta de observar la noche, me he levantado. He agarrado mi cuaderno, ese que tiene una A grande en la esquina inferior derecha, y he venido hasta el jardín del pozo para ponerme a escribir.

Lo que necesito es entender y creo que, quizás, escribir me ayude.

Escribo y escribo que ayer sucedió algo y que todavía no sé cómo interpretarlo, aunque cada vez estoy más segura de una cosa:

La presencia, *la Voz*, es real. No me la he inventado.

Pero nadie más, ni tan siquiera Catalina, es capaz de escucharla.

Lo que solo puede significar una cosa.

Todo ha pasado en mi cabeza.

En mi mente.

Y eso me aterra y, por alguna razón, también me calma. Porque por una vez en la vida tengo algo que es solo mío, que ni la Madre Superiora, ni las monjas, ni Catalina conocen.

¿Estoy loca?

1
RUST
EDIMBURGO, 2001

Las campanas de la Catedral de Edimburgo anunciaron el inicio de un nuevo año en el mismo instante en el que Rust Fraser apuraba la botella de whiskey que había robado hacía una hora.

Quizá, se dijo mientras se debatía entre dar por terminada la noche o volver a casa de Murray para hacerse con más alcohol, su destino siempre había sido acabar solo. Quizá, se convenció a la vez que alzaba el rostro al cielo y permitía que las frías gotas de lluvia le mojaran la piel, aquel era el precio que tenía que pagar por su estupidez y egoísmo.

La culpa, descontrolada, era capaz de corroer hasta el espíritu más indómito; y en su caso, que no había luchado mucho por dominarla, había acabado carcomiéndolo y mermando su yo más sincero y puro.

Sí, la culpa se había convertido en su compañera, pero también en su infierno.

Había dejado que lo contaminara como un parásito contamina el cuerpo que habita.

Su risa, seca e irónica, flotó frente a él, un vaho blanquecino.

Cualquiera que lo viera pensaría que estaba loco.

Intentó ponerse en pie, pero en cuanto se incorporó todo empezó a dar vueltas y vueltas y antes de poder procesar que estaba perdiendo el equilibrio ya estaba cayendo de espaldas, sus manos buscando parar el golpe en un gesto instintivo. Claro que su mente, embotada por el alcohol, no pensó en soltar la botella de whiskey antes de que esta impactara contra la calle adoquinada.

El cristal reventó contra su piel desnuda.

—¡Joder, joder, mierda! —gritó al ver como la sangre empezaba a manar a borbotones de su palma izquierda y caía en gotas gruesas al pavimento.

—¡Fraser! Qué se supone que... —La voz de Murray lo alcanzó desde la sinuosa calle que conectaba la casa de su amigo con Bruntsfield Links, el parque al que Rust había acudido a ahogar sus fantasmas—. ¡Joder, mierda! —imitó en cuanto sus ojos azules se fijaron en él, la botella hecha añicos y la sangre y de nuevo él y la sangre y la botella y la sangre y...

—¡Murray! —exclamó Rust, causando que este saliera del estupor provocado por la escena—. Tu bufanda.

Murray balbuceó un «sí, sí, la bufanda, la bufanda», se desanudó la prenda de cachemira que su madre le había regalado aquella Navidad y la enrolló con fuerza alrededor de la mano de Rust para tratar de detener la hemorragia.

Un aullido de dolor cabalgó desde sus entrañas directo a la garganta, pero Rust lo ahogó mordiéndose los nudillos de la mano que estaba ilesa.

—Te llevo al hospital. —La voz de Murray temblaba, si por el frío de la madrugada o por la sangre, Rust no tenía ni idea.

—No.

—No seas idiota, necesitas que alguien te mire ese corte.

—Avisa... —Una ráfaga de dolor lo invadió y volvió a morderse, esta vez en la muñeca—a Hamish.

A su lado, Murray abrió mucho los ojos.

—Hamish está como una cuba. La última vez que lo he visto estaba apostando su mísero salario en una partida de whist. Por muy brillante que sea, no creo que esté en condiciones de…

—Hamish —repitió Rust, que sintió cómo la cabeza empezaba a darle vueltas y su visión perdía foco.

Murray resopló y soltó un «idiota cabezota», pero finalmente claudicó, amenazando a Rust con asesinarlo si volvía y no lo encontraba exactamente en ese lugar.

—Va en serio, Fraser, ni se te ocurra moverte de aquí —insistió antes de desaparecer entre la fina niebla que cubría la ciudad.

Rust volvió a quedarse solo en el parque.

Trastabilló hasta el banco más próximo, cuya placa de metal honraba la vida de un tal matrimonio Thomson. Necesitaba sentarse, hacer algo por mitigar el mareo que no paraba de crecer y embotarlo todo.

Sabía que negarse a acudir al hospital era una estupidez, al igual que sabía que, cuando llegara, Hamish estaría furioso, empezaría a insultarle en su gaélico escocés de Inverness (¡*amadan, sgrios, gòrach*!) y le reprocharía que le debía, por lo menos, cinco pintas. Rust no podría hacer otra cosa que aceptar la reprimenda en silencio y rehuir sus mil preguntas.

¿Por qué te has marchado de casa de Murray? No podía seguir fingiendo.

¿Por qué no nos has avisado? Necesitaba estar solo.

¿Por qué no has querido ir al hospital? Porque estoy empezando a olvidarla y el dolor, al igual que la culpa, la traen de vuelta.

Nadie más que él podía comprender la angustia que le había oprimido el pecho en casa de Murray, entre aquella gente que conocía, pero a la vez no. La necesidad de salir de allí, sentir la noche helada en el rostro y beber hasta saborear la náusea.

Nadie más que él podía entender la paz que lo estaba invadiendo, poco a poco pero cada vez más, pese a la sangre que sabía que seguía manando de su mano y al mareo que le impedía ver con claridad.

La paz de saber que, si quería, podía seguir llorando por ella, evocando su voz, recordando su nombre: Erin.

Que, después de tantos años, todavía no la había olvidado.

Si el dolor era el condicionante que le ayudaba a encontrarla, entonces seguiría acudiendo a él.

Se volvería adicto.

Rust cerró los ojos y, con la ligereza de quien encuentra la calma después de la tormenta, se abandonó a la inconsciencia.